ANIKA ACKERMANN

SOUL OF STARS

Das Buch

Als Solas Heimatplanet untergeht, möchte sie eigentlich nur eines: Sterben. Wie ihr Vater. Wie ihre Freunde. Wie alle, die sie kannte. Doch am anderen Ende des Universums erwartet sie mehr, als sie sich hätte vorstellen können.

»Auf dich wartet eine ganz neue Welt, die erobert werden will. Du musst nur den ersten Schritt wagen!«

Die Autorin

Anika Ackermann wurde 1989 in Trier geboren. Sie studierte Kunstgeschichte und Geschichte in Jena und Trier. Nach ihrem Abschluss verbrachte sie einige Monate in London, wo sie unter anderem an ihrem Debütroman Lucrum schrieb. Inzwischen lebt die junge Autorin und Hobby-Künstlerin mit ihrem Mitbewohner und drei Zwergkaninchen in der Schweiz.

Für alle, die mit mir träumen, und für meinen Bruder Fabian, der so groß ist, dass er die Sterne vom Himmel holen kann.

FSC
www.fsc.org
MIX
Papier aus verantwortungsvollen Quellen
Paper from responsible sources
FSC® C105338

Bibliografische Information der Deutschen Nationalbibliothek: Die Deutsche Nationalbibliothek verzeichnet diese Publikation in der Deutschen Nationalbibliografie; detaillierte bibliografische Daten sind im Internet über dnb.dnb.de abrufbar.

Deutsche Erstausgabe Juli 2017

Cover: Alexander Kopainski
(unter Verwendung mehrerer Bilder von Shutterstock)
Autorenfoto: Oliver Look
Illustration: Fabian Lavater
Lektorat: Antje Ackermann
Kartengestaltung: Anika Ackermann

Herstellung und Verlag: BoD – Books on Demand, Norderstedt

ISBN: 978-3-7448-3851-1

Anika Ackermann

SOUL OF STARS

Wenn Sterne fallen

Roman

Alles über Anika Ackermann

Lucrum, *Bd. 1*, Dezember 2015
Damnum, *Bd. 2*, Dezember 2016
Soul of Stars. Wenn Sterne fallen, Juli 2017

www.anikaackermann.com

THETHYS
NORDLANDGEBIRGE
MARIS LAGER
LUNAS CAMP
FLIEGENDE FELSEN
DSCHUNGEL
SOLAS BUCHT
EFLOCK ISLANDS
ÖDLAND
BLAUER FELS
GRASLANDEBENE
MOUNT
PINA-HEIN

Buch Eins

Das Weltall breitete sich in seiner unendlichen Weite vor Sola aus. Sie stand am Bug des riesigen Weltraumseglers, der den Namen Starstorm trug und sie fort von dem brachte, was sie kannte und liebte. Fort von ihrer Heimat, von ihrem Vater, von der gesamten Menschheit, von allem, was sie je gekannt hatte.

Eine leichte Brise erfasste sie und brachte ihr langes, weißblondes Haar durcheinander, das ihr zartes Gesicht wild umrahmte. Die dicken Strähnen nahmen ihr die Sicht und sie schob sie in den Nacken. Laut Bord-Computer befand sie sich irgendwo schräg über der Plumae-Galaxie, die sich wie die weiße Feder eines Schwans im Universum ausbreitete. Früher hatten sich im Zentrum strahlend helle Sterne befunden, deren Lichter nach außen hin immer heller geworden waren, bis sie schließlich erloschen waren. Sola kannte die Galaxie aus ihren Schulbüchern. Doch das, was sich unter ihr ausbreitete, war längst nicht so strahlend schön, wie sie es sich immer vorgestellt hatte. Das Universum starb und mit ihm alles, was es beherbergte. Die Plumae-Galaxie war verkümmert. Einzeln blinkte noch ein trotziger Stern, der gegen sein Ableben ankämpfte. Der Anblick versetzte Sola einen Stich. Sie schluckte schwer, wandte sich ab und sank an der Reling hinab. Auf den alten Dielen blieb sie mit ausgestreckten Gliedern liegen und musterte das Sternen-gespickte Samtschwarz über ihr. Wieder und wieder formte sich in ihrem Innern eine einzige Frage: Warum?

Sola war als glückliches Kind und stolze Tochter von Capt'n Alexander Malcom »Monkfish« Fallinstar aufgewachsen. Der Seeteufel hatte mit der Starstorm alle Ströme des Universums bereist. Während Sola lustlos die Schulbank drückte und von ihrem Vater und seinen Abenteuern träumte, ging Capt'n Fallinstar seiner Aufgabe als Handelsvertreter nach und transportierte Waren zwischen den Planeten. Manchmal brachte er ihr sonderbare Geschenke von fremden Völkern mit. Wenn Sola Ferien gehabt hatte, hatte sie ihren Vater sogar begleiten dürfen. Damals genoss sie das Gefühl, die Einzige im Universum zu sein. Jetzt, da sie es tatsächlich war, hasste sie es.

Sola hatte ihren Vater heiß und innig geliebt. Jetzt war er tot. Tot wie alle anderen, die sie gekannt hatte.

Wie eine alte Lady pflügte die Starstorm unermüdlich durch die grenzenlose Weite des Universums. Das lauernde Nichts schlug gegen ihren Bug und brach sich wie Wellen, die sich an dem fülligen, klinkerbeplankten Schiffskörper trotzig aufbegehrten. Die Segel des Großmastes waren aufgebläht und trugen die Starstorm immer weiter.

Die Planken fühlten sich unter ihrer ausgestreckten Hand rau an. Das vertraute Holz, auf dem sich Jahrzehnte erfahrene Weltraumsegler bewegt hatten, war nun so leer wie das, was vor ihr lag. Keine Schritte, die die Bretter knarren ließen. Nichts als drückende Stille. Oder war Sola vielleicht taub geworden? Sie schrie. Nur um zu überprüfen, ob sie noch hören konnte, und um dem bodenlosen Schmerz Ausdruck zu verleihen. Sie war nicht taub. Sie hörte sich selbst, schrill und verzweifelt. Die tiefe Trauer um all das, was Sola verloren hatte, überwältigte sie. Haltlos schluchzend vergrub sie das Gesicht in den Händen. Ihre Schultern bebten, die Lippen zitterten. Trauer vermischte sich mit Angst und Ungewissheit. Was erwartete sie am Ende ihrer Reise? Wohin schickte der Capt'n sie? Und über allem schwebte gnadenlos: Warum?

Warum starb das Universum und mit ihm alles Leben? Warum hatte der Capt'n sie mit der Starstorm fortgeschickt? Warum hatte sie nicht an seiner Seite sterben dürfen? Und warum hatte sie ihn verlieren müssen? Er, der ihr das Wichtigste im ganzen Weltraum war!

***

Feuerrote Wolken hingen über den Dächern. Die Erde bebte. Menschen schrien. Straßen taten sich auf und verschluckten sie. Hochhäuser stürzten ein wie Kartenhäuser, als bestünde ihr Kern nicht aus unzerstörbarem Stahl, sondern aus dürren Streichhölzern. Sola erinnerte sich an jedes Detail. Sie war alleine in der

Wohnung, als es begann. Ihr Appartement, das sie mit ihrem Vater bewohnte, lag im 285. Stockwerk eines Stahlgiganten. Man sollte meinen, dass die Aussicht im 285. Stockwerk überwältigend sein musste. Auf Karit war sie das nicht. Sie bedeutete, dass man tief im Kern des Planeten lebte und nichts vor seiner Nase hatte als die Wohnungen der Nachbarn. Als Kapitän der Handelsflotte führte man kein bequemes Leben. Das Einzige von Wert, das Solas Vater besaß, war die Starstorm. Entsprechend karg war ihre Wohnung eingerichtet. Sola hatte die Kinder beneidet, die im 1000. Stock und aufwärts lebten, die schicke Kleidung besaßen und ein eigenes Cyboard, die auf Elite-Schulen gingen und sich alles kaufen konnten, was sie wollten, die als Erste sahen, dass der Himmel sich verdunkelte.

Sola lümmelte in einem abgetragenen Jogging-Anzug auf der Couch und kaute selbstvergessen auf den Schnüren der Kapuze herum, während sie in ein Buch versunken war. Sie atmete es förmlich ein, so spannend war es. Die Heldin der Geschichte war ins Zwergenreich entführt worden, wo sie den jungen Prinzen heiraten sollte. Gerade las Sola eine Szene, in der die Protagonistin in einem traumhaften Kleid über die Schlossgründe lief.

Sola seufzte. Warum lebte sie in einer derart unromantischen Welt? Sie nagte an ihrer Unterlippe und stellte sich vor, wie sie selbst ein prächtiges Kleid trug und durch ein verwunschenes Schloss schlenderte, als ihr eine Idee kam. An ein Schloss würde sie so schnell nicht herankommen, aber an ein Kleid… Sie schielte quer durch den Raum zu dem uralten 3D-Drucker ihres Vaters. Er hatte ein Modell der ersten Generation günstig erstanden, als bereits drei weitere Serien auf dem Markt waren. Er war nicht so schick wie die anderen und groß wie ein Schrank. Aber er erfüllte seinen Zweck. Sola tippte eine Beschreibung des Kleides in ein quadratisches Bedienfeld und der Drucker erwachte zum Leben. Er dröhnte, ratterte und zuckte. Das Ende einer Diele, auf dem er stand, sprang nach oben und zwei Schrauben sausten wie Fluggeschosse an Solas Ohr vorbei. Sie ging in Deckung, als Funken aus dem Deckel stoben und Löcher in den durchgetretenen

Teppich brannten. Sie beobachtete, wie der Drucker nach und nach altrosafarbenen Satin und Tüll ausspuckte.

»Wow«, hauchte sie, als er sich langsam beruhigte und schließlich zum Stillstand kam. Ihre Finger glitten über den edlen Stoff. Das Kleid sah genauso aus, wie sie es sich vorgestellt hatte. Es gab sogar die winzigen Perlen und Stickereien am Saum. Sola tauschte ihren alten Jogging-Anzug gegen das wunderschöne Kleid. Sie drehte sich um die eigene Achse und betrachtete sich in der schmutzigen Fensterscheibe. Verwirrt stellte sie fest, dass es draußen schon dunkel war. Hatte sie die Zeit vergessen?

Es war nicht Abend. Es war das Ende des Universums.

Seit ihrer Kindheit hatte man davon gesprochen: Der Tag würde kommen, an dem alles Leben starb. Irgendjemand, der besonders wichtig war, hatte vor Jahrhunderten eine besonders wichtige Prophezeiung gemacht, die das besonders wichtige Ende des Universums vorausgesagt hatte. Sola war in dem Wissen aufgewachsen, nicht alt zu werden. Sie hatte immer gewusst, dass es eines Tages so kommen würde. Doch was dann geschah, hatte sie sich nicht im Traum vorstellen können.

Feuerrote Schatten zogen über die gläsernen Fassaden der Nachbarhäuser. Sola wich von den Fenstern zurück und versteckte sich unter dem Esstisch, als der Capt'n türenknallend und polternden Schrittes zurückkehrte. »Sola!« Er war der einzige Halt in einer Welt, die sich drehte.

»Daddy!«, rief Sola und kletterte aus ihrem Versteck, während sie ihren Kopf mit den Armen schützte. Das Geschirr in der Vitrine klirrte. Bilder fielen von den Wänden. Der Capt'n schloss seine Tochter erleichtert in die Arme und drückte ihr einen kratzigen Kuss auf die Stirn.

»Geht es dir gut?«, fragte er.

»Nichts passiert«, meinte Sola. »Was ist mit dir?«

»Unkraut vergeht nicht«, entgegnete Monkfish mit seiner tiefen, ruppigen Stimme. »Lass uns gehen!«

»Gehen?«, fragte Sola verwirrt. Ein Stuhl kippte um und ließ sie zusammenzucken.

»Ich bringe dich in Sicherheit!«

»Wenn das Universum untergeht, sterben wir alle.« Sola wollte ihre kleine Wohnung nicht verlassen. Sie wollte nicht unter einem Himmel sterben, der aussah wie der Schlund eines feurigen Monsters. Sie wollte in den ihr vertrauten vier Wänden bleiben, sich an ihren Vater kuscheln und vergessen, was um sie herum geschah.

»Du musst mir vertrauen«, beharrte der Capt'n und zog sie grob zur Tür, deren Rahmen bedenklich ächzte.

»Ich gehe so nicht raus!«, rief Sola und sträubte sich gegen seinen Griff. Sie wies auf den Traum aus Satin und Tüll, der sich um sie herum ausbreitete.

»Wir haben keine Zeit für so etwas!«, knurrte Monkfish und packte ihr Handgelenk so fest, dass es weh tat. »Unser Planet geht unter, niemanden interessiert, was du trägst. Zieh dir Schuhe an!« Sola starrte ihn mit weit aufgerissenen Augen an. Ihr lieber, brummiger Vater war selten wütend. Doch nun sah er sie mit verdunkeltem Blick und verzogenen Mundwinkeln an und sie wusste, dass ihr Widerstand zwecklos war. Also schlüpfte sie in die nächstbesten Schuhe, ein derbes Paar Wanderstiefel aus feinem Dermur-Leder, die ihr Vater ihr einst von einer seiner Reisen mitgebracht hatte. Sie hatte keine Zeit, sie zu schnuren, da schob er sie schonungslos aus der Wohnung. Keine Zeit, sich noch einmal umzuschauen. Keine Zeit, sich von ihrem Zuhause zu verabschieden.

Das Treppenhaus war erfüllt von Schreien und Schritten. Menschen hasteten in alle Richtungen. Niemand nahm von Sola oder dem Capt'n Notiz, als er ungeduldig auf die Knöpfe des Aufzugs schlug und sich umschaute. Sola schlang die Arme um den Oberkörper und wiegte sich hin und her. Sie hatte Angst, obwohl sie schon seit ihrer Geburt auf diese Situation vorbereitet worden war.

Der Aufzug erschien mit einem leisen Pling, die Glastüren öffneten sich zischend und Sola betrat nach ihrem Vater die kleine Kabine, die sie binnen Sekunden ins oberste Stockwerk beförderte. Beißender Qualm lag in der Luft, als sie nach draußen traten. Jeder Atemzug brannte heiß in Solas Lungen. Die Brücken zwischen den Dächern bebten unter den panischen Menschen oder dem Sterben des Planeten. Der Capt'n umschloss Solas Hand mit seiner warmen, rauen Pranke und führte sie durch das Chaos. Sie versuchte, nicht nach oben zu blicken. Denn dort lauerte der Tod. Zu Solas Rechten brach eine Strebe. Die Brücke begann wie die wütende See, heftige Wellen zu schlagen. Sola schrie. Dann rannte sie hinter ihrem Vater her. Aus dem Augenwinkel beobachtete sie, wie eine Frau in den Abgrund stürzte und zwischen den gläsernen Giganten verschwand, die die Menschen auf diesen Planeten gebaut hatten. In den Fenstern spiegelte sich das Unheil, das sich am Himmel abspielte. Sola keuchte. Aber ihr Vater kannte kein Erbarmen und riss sie mit sich. Am Ende des Piers ankerte die Starstorm. Vor dem Höllenschlund sah das Segelschiff ungeheuer majestätisch aus, als würde es dem Ende trotzen wollen. Der Anker steckte in einem gusseisernen Schloss, für das nur Solas Vater einen Schlüssel besaß. Eine gigantische Eisenkette führte hoch über ihre Köpfe, wo die Starstorm in der Luft schwebte, als dümpelte sie auf einer leicht bewegten Wasseroberfläche. Je näher sie kamen, umso größer wurde das Schiff. Der Pier ächzte. Sola versuchte, in der Mitte zu laufen. Links und rechts lag der Abgrund. Auf der Plattform, an der die Starstorm ankerte, lagen vergessene Kisten und Fässer, die aus einem ihr fremden Teil des Universums stammten. Die Besatzung ihres Vaters hatte die Fracht einfach liegen gelassen. Zwischen zwei Strohsäcken lag ein Bündel, das aussah wie ein Mensch. Sola trat näher. Es *war* ein Mensch.

»Daddy!«, rief sie und deutete auf den gefesselten jungen Mann, dessen Kopf auf seiner Schulter lag. Sein dichtes, dunkelbraun gelocktes Haar wirkte wie eine Krone. Die langen schwarzen Wimpern verliehen ihm ein attraktives Aussehen.

Der Capt'n wandte sich um, während Sola sich über den Jungen beugte. Er lebte noch. Sein Atem war flach, aber ganz eindeutig an ihrer Wange zu spüren. »Sola, komm schon!«, rief Monkfish über den dröhnenden Lärm hinweg, den ein einstürzendes Hochhaus in der Nähe von sich gab.

»Wir können ihn hier nicht zurücklassen!«, schrie Sola empört und schickte sich an, die Fesseln zu lösen. Sofort war der Capt'n an ihrer Seite. Er packte sie und hob sie einfach hoch. Erschrocken keuchte Sola auf. »Was ist mit ihm?«

»Er ist ein Dieb«, entgegnete der Capt'n barsch. »Dein Leben ist zehnmal so viel wert als das seine!«

»Aber...« Solas Protest ging in einem neuerlichen Dröhnen unter, das den Fall des nächsten Hochhauses ankündigte. Der Capt'n tastete nach dem Schlüssel für die Starstorm, der an einer Kette um seinen Hals hing. Er steckte ihn in das Schloss in dem großen Kasten, in dem der Anker mündete, und drehte ihn um. Es klickte.

»Was hast du vor?«, fragte Sola. Ihr Herz schlug bis zum Hals. Doch ihr Vater ließ sich zu keiner Antwort herab. Stattdessen tippte er auf dem Computer, der sich in dem Kasten verbarg, und weckte ihn zum Leben. Die Knöpfe blinkten rot, blau und grün. Nachdem er einen Code eingegeben hatte, öffnete sich eine Luke am Bauch des Schiffes und eine Strickleiter fuhr summend herab. Früher hatte dieses Geräusch Schmetterlinge in Solas Bauch flattern lassen. Jetzt wurde ihr schlecht davon. »Daddy?« Ihre Stimme brach. Als das Ende der Strickleiter endlich in Reichweite war, drehte sich der Capt'n um. Er beugte sich über seine Tochter und nahm ihr Gesicht in die Hände.

»Du wirst mich jetzt sehr stolz machen«, sagte er. »Du wirst jetzt nach oben klettern!«

»Das Universum stirbt«, bemerkte Sola zitternd. »Wir sind nirgendwo sicher!«

Ein Lächeln stahl sich auf das Gesicht ihres Vaters. Es erreichte seine Augen und rahmte sie mit geschwungenen Falten. Etwas an der Art und Weise, wie er sie ansah, lehrte Sola das Fürchten. »Du hast Recht. *Wir* sind nirgendwo sicher. Du schon!«

»Was soll das heißen?«, fragte Sola über den Kloß in ihrem Hals hinweg.

»Ich kann dich nicht begleiten, Sola«, sagte der Capt'n und wenn er sie geschlagen hätte, hätte sie sich sicher ähnlich gefühlt. »Du musst alleine gehen!«

»Was?«, brachte sie über bebende Lippen heraus.

»Es gibt nur einen Platz auf der Starstorm!«

»Unsinn, es gibt dutzende Plätze auf der Starstorm«, widersprach Sola. »Wir können zusammengehen und viele andere Menschen mitnehmen!«

»Die Starstorm wird nur noch einen einzigen lebenden Passagier transportieren!«, beharrte der Capt'n.

»Daddy!«

»Du wirst leben, Sola, und ich werde in deiner Erinnerung leben!«, sagte ihr Vater und zog sie dicht an sich. Verzweifelt schlang Sola die Arme um seinen breiten Hals. Sie vergrub ihr Gesicht in seinem Jackett und atmete den vertrauten Duft nach Pfeifentabak und Pfefferminze ein.

»Ohne dich gehe ich nirgendwohin!«, rief Sola und schüttelte den Kopf.

»Du hast den Sturkopf deiner Mutter«, lachte Monkfish und klang dabei wie ein Bär. Er hielt sie von sich, um sie anzuschauen. »Du warst alles für sie. Und für mich bist du mein ganzes Leben.« Er seufzte und plötzlich wusste Sola, wie schwer es ihm fiel, sie gehen zu lassen. »Wenn du es nicht für mich tust, dann tu es für deine Mutter!«

»Ich liebe dich!«, schluchzte Sola.

»Ich liebe dich auch, Kleines«, brachte der Capt'n mühsam hervor, schluckte und fing sich wieder. Er strich über ihren weißblonden Schopf und lächelte versonnen. »Du siehst aus wie deine Mutter!«

Sola versuchte, sich an seinem Revers festzuklammern. Aber er löste ihre Finger. »Sei mutig, Prinzessin«, sagte er. Tränen glitzerten in seinen Augenwinkeln. »Versprich mir, dass du bis zum Schluss durchhalten wirst!«

Sola wusste nicht, wovon er sprach, doch sie nickte, denn die Situation erforderte es. In diesem Moment hätte sie ihm alles versprochen. Der Capt'n schob sie zur Leiter. Ein Donnern ließ die Welt beben.

»Ich habe Angst!«, keuchte Sola und spürte, wie sie ihr die Kehle zuschnürte.

»Ich weiß«, sagte der Capt'n. »Halt dich einfach fest!« Als würde sie nichts wiegen, hob er sie auf die erste Sprosse der Leiter. Sola klammerte sich daran fest wie eine Ertrinkende, während der Capt'n ein paar Tasten bediente. Die Leiter erwachte zum Leben und trug Sola nach oben.

»Daddy!«, rief sie halb blind vor Tränen. Sie streckte die Hand nach ihm aus, um ihn ein letztes Mal zu berühren. Doch sie streifte nur seine Fingerkuppen. Neben ihr schwebte der massige Anker in die Lüfte und verschwand im Bauch des Schiffes, bevor Sola es erreichte. Die Welt unter ihr wurde immer kleiner. Ihr Vater wurde immer kleiner. Sie versuchte, sich jedes Detail von ihm einzuprägen: der graue Bart, die dicken Wangen, die kleinen Augen. Seit sie denken konnte, hatte er jeden Tag einen deformierten Dreispitz getragen, in dem die zerrupfte Feder eines Liros steckte. Das dunkelblaue Jackett war zerschlissen und spannte über den Bauch, der in den letzten Jahren immer runder geworden war. Darunter lugte das altmodische, Rüschen behaftete Hemd hervor, das ihm das Aussehen eines romantischen Piraten verlieh, der seinen Degen vergessen hatte. Die einzige Waffe, die ihr Vater besaß, war ein Zahnstocher, auf dem er gerne gedankenverloren herumkaute.

Ein Grollen schwoll an. Lauter als alles, was Sola bisher gehört hatte. Es klang, als würde der Planet einfach entzweibrechen. Alles war in Bewegung. Die Stege hüpften, die Dächer wankten. Sola beobachtete, wie ihr Vater die Hände ausstreckte, um das Gleichgewicht wiederzufinden. Doch die Plattform, auf der er stand, kippte. Der Capt'n rutschte unaufhaltsam auf ihren Rand zu. Sola schrie. Dann wurde alles schwarz.

Sie war im Bauch der Starstorm und das Schiff hatte die Luke geschlossen. Es war dunkel, eine Sekunde später wurde alles hell. Ein Lichtstrahl schoss in horizontaler Richtung durch die Starstorm und berührte jeden Winkel. Als er Sola erreichte, fühlte sie eine Vibration in ihrem Körper. Das Licht wurde grün, dann verschwand es. Sola schnappte nach Luft. Was war geschehen? Sie zwang sich, sich von der Leiter zu lösen, als ein heftiges Rumpeln das Schiff erfasste.

»Nein«, wisperte sie, denn das Geräusch war ihr bestens vertraut. Die Motoren der Starstorm setzten sich in Bewegung. Früher hatte das für sie Abenteuer bedeutet. An diesem Tag bedeutete es Angst, die allmählich in Panik umschlug.

Sola suchte sich im Dunkeln einen Weg nach draußen. Sie durchquerte den Bauch des Schiffes mit seinen vertrauten Gängen halb stolpernd, halb rennend. Als sie das Deck erreichte, wusste sie, dass sie zu spät war. Die Starstorm hatte den Rand der feuerroten Wolken erreicht. Als sie sich über die Reling beugte, konnte sie ihren Vater in dem Chaos der Zerstörung nicht mehr ausmachen. Hatte er sich retten können? Oder war er in die Tiefe gestürzt?

Stundenlang hatte Sola über der Reling gehangen und apathisch in die Tiefe geschaut, die irgendwann keine Tiefe mehr war, sondern ein samtschwarzes Nichts, in das Sterne gespickt waren, die nacheinander erloschen oder explodierten. Die Welle der Zerstörung folgte der Starstorm eine Ewigkeit, doch irgendwann hatte das sture Schiff sie abgehängt.

Inzwischen fühlte es sich an, als wäre sie Wochen oder vielleicht sogar Monate unterwegs. Sie hatte feststellen müssen, dass sich ihr Vater sehr gut auf ihre Reise vorbereitet hatte. Die Vorratskammern waren zum Bersten gefüllt. Aber Sola litt unter chronischer Appetitlosigkeit. Sie war der letzte Mensch im Universum. Früher oder später würde sie sterben wie ihr Vater, ihre Freunde, ihre Lehrer, ihre Nachbarn, Bekannte oder Unbekannte. Wozu sollte sie sich noch die Mühe machen, etwas zu essen? Sie hatte abgenommen. Ihre Hüftknochen ragten weit hervor und das altrosafarbene Prinzessinnenkleid schlackerte lose darum herum. Die angeschnittenen Schulterträger rutschten ständig über ihre dürren Schultern. Sola war dabei, zu verschwinden.

Sie wischte sich die Tränenspuren weg und richtete sich auf. Ihr Vater hatte ihr aufgetragen, mutig zu sein. Also sammelte sie sich und kauerte sich wieder an die Reling, von wo aus sie ein paar Stunden das sich allmählich verändernde Universum beobachtete. Die Plumae-Galaxie lag inzwischen weit hinter ihr. Sie versuchte, die Sternenkarte, die sie in der Schule studiert hatte, im Gedächtnis zu rekonstruieren. Doch immer wieder vertrieben die schrecklichen Erinnerungen an den Abschied von ihrem Vater alles andere, bis sie jegliche Orientierung verloren hatte.

Die Starstorm passierte eine Sternformation, die aussah wie ein Hirsch. Aber auch an dieses besondere Sternbild erinnerte sie sich nicht. Sie war verloren – irgendwo im Weltall.

Ein paar Stunden später war Sola eingenickt. Sie erwachte, weil sie das leise Rauschen von Wasser hörte. Und weil sie schon so lange nichts mehr gehört hatte, kam es ihr wie ein Donnergrollen vor. Ihre Ohren dröhnten. Die Starstorm war in einen Wassergraben geraten, der sich in dieser Ecke des Universums wie ein See ausbreitete. Sola beugte sich über die Reling und betrachtete ihr Spiegelbild eine Weile. Das lange, weißblonde Haar fiel in sanften Wellen vor, als ob sich seine Spitzen nach der Berührung der Wasseroberfläche sehnten. In ihrem schmalen Gesicht wirkten ihre dunkelbraunen, schwarz bewimperten Augen irgendwie riesig. Ihre gerade Nase wurde von ein paar verlorenen Sommersprossen geziert, die sie von ihrem Vater geerbt hatte. Sie erinnerte sich an seine Worte, als wären sie eben erst über seine Lippen gekommen: »Du siehst aus wie deine Mutter!« Solas Mutter war gestorben, als sie zehn Jahre alt gewesen war. Sie war eine wunderschöne Frau gewesen mit makellosen Zügen und eleganten, kurzen Haaren. Wenn Sola in den Spiegel sah, hätte sie nur zu gerne ihre Mutter darin entdeckt. Stattdessen blickte ihr ein zotteliges, abgemagertes Mädchen entgegen.

Binnen Sekunden traf Sola eine Entscheidung. Sie wandte sich von der Wasseroberfläche ab und marschierte über das Hauptdeck zu der Kabine ihres Vaters. Es war das einzige Zimmer, das man direkt von Deck aus erreichen konnte. Alle anderen befanden sich im Unterdeck, auch Solas Zimmer. Unter zwei Bullaugen stand ein massiver Schreibtisch, auf dem verschiedene Sternenkarten ausgebreitet waren. Wenn Sola den Raum betrat, hatte sie das Gefühl, ihr Vater würde ihr jede Sekunde folgen. Es war, als hätte er mitten in seiner Arbeit das Zimmer verlassen, nur um kurz darauf zurückzukehren. Doch er würde nicht zurückkehren.

Sola kämpfte gegen die aufsteigenden Tränen an. Dann durchkämmte sie die Schubladen des Schreibtisches, bis sie fand, was sie suchte. Mit dem glänzenden Gegenstand kehrte sie an Deck zurück und ließ sich erneut an der Reling nieder. Eine Zeitlang betrachtete sie gedankenverloren ihr Spiegelbild. Irgendwann nahm sie eine Strähne ihres langen Haares in die Hand, ließ sie durch die Finger gleiten und zückte die silberne Schere, die sie wie einen Schatz umklammert hielt. Strähne um Strähne trennte sie sich von ihrem langen Haar, bis nichts mehr übrigblieb als kurze Fransen, die gerade so ihren Kopf bedeckten. Sie strich sich durch die neue Frisur, die ihr seltsam fremd und leicht vorkam. Es kostete sie ein wenig Überwindung, sich erneut über die Reling zu beugen, und ihr Spiegelbild zu betrachten. Als sie sich sah, stoppte ihr Herzschlag für einen Augenblick. Ihr Vater hatte Recht gehabt. Sie sah aus wie ihre Mutter. Durch die kurzen Haare kamen ihre markanten Gesichtszüge viel besser zur Geltung. Plötzlich hatte sie Wangenknochen, die ihr Gesicht edel machten. Sie zog die Nase kraus, wie ihre Mutter es oft getan hatte. Es war, als wäre sie von den Toten auferstanden.

Sola griff automatisch an ihren Hals, wo sie die filigrane Silberkette trug, die einst ihrer Mutter gehört hatte. Sie mündete in einem von zarten Linien umfassten Brillanten, sodass der Anhänger einer Rosenblüte ähnelte. Darüber hatte sie sich ein schlichtes Lederband geknotet, dessen Enden in ihren Ausschnitt fielen. Ihr Vater hatte es ihr vor ein paar Wochen geschenkt.

Als Sola aufstehen wollte, stolperte sie über ihr Kleid. Sie strauchelte und stützte sich unglücklich ab, sodass sich die Spitze der Schere in ihren Handballen bohrte. »Au«, jammerte sie und beobachtete, wie dicke Blutstropfen über ihre Haut rannen. Kurzerhand packte sie die Schere und schnitt den Rock des Kleides bis zu ihren Knien ab. So konnte sie wenigstens nicht mehr stolpern. Die Stoffreste warf sie einfach über Bord, wo sie in dem seltsamen Weltraumsee untergingen.

***

Die nächsten Stunden vergingen zäh. Vielleicht waren es aber auch nur Minuten. Oder Jahre. Sola hatte jegliches Zeitgefühl verloren. Sie lag mitten an Deck, hatte Arme und Beine weit von sich gestreckt und beobachtete die Schatten, die das Universum auf die Segel der Starstorm malte. Dazwischen blitzten Sterne, die noch nicht zerstört worden waren.

Was genau dort draußen geschah, verstand Sola nicht. Die Prophezeiung hatte das Ende zwar ganz genau vorhergesagt, doch die Minister der verschiedenen Galaxien hatten sich darauf geeinigt, den Bürgern so wenige Informationen wie nur irgend möglich zu geben, um eine Massenpanik zu vermeiden. Es hieß, ein elektromagnetischer Sturm bewege sich spiralförmig durch das Universum und lösche alles aus, was ihm in die Quere kam. Es machte aber auch keinen Unterschied, denn tot blieb tot.

Ein Geräusch riss Sola aus ihren Gedanken. Verwirrt sah sie sich um. Hatte sie es sich nur eingebildet? Sie lauschte. Ein zweites Mal ertönte ein Rumpeln. Es kam aus der Kajüte des Capt'ns. War es ihrem Vater gelungen, zurückzukehren? Sola hastete über die Dielen. Sie öffnete die Tür zu dem Zimmer so schwungvoll, dass sie gegen die Wand krachte. Sie sah sich um. Der Raum war menschenleer. Der Schreibtisch stand so da, wie sie ihn verlassen hatte. Decke und Kissen lagen ordentlich auf dem Bett. Und der Schrank... Sola blinzelte. Die Schranktür stand einen Spaltbreit offen. Was ging hier vor? Hatte sie Halluzinationen, weil die Einsamkeit des Universums sie zermürbte? Oder... Etwas rumpelte erneut und stieß von innen gegen die Tür, die zuckte. Sola machte einen Satz zurück. Sie starrte das Holz an, als könnte sie es mit ihren Blicken durchdringen, um zu erfahren, was dahintersteckte.

»Ist da jemand?«, fragte sie. Ihre Stimme war kratzig und hörte sich fremd an, weil sie sie eine gefühlte Ewigkeit nicht mehr gebraucht hatte.

Ein Räuspern drang aus dem Schrank, dann öffnete er sich und heraus trat eine etwas lädierte, milchig helle Androiden-Dame.

»Luki!«, rief Sola aufgeregt und fiel dem blinden Passagier um den Hals. Luki richtete verlegen ihr Häubchen, das ständig auf dem metallenen Haar rutschte. Sie war die Assistentin ihres Vaters und Solas Babysitter, als sie noch jünger war. Vor einigen Monaten hatte Luki eine Reise mit dem Capt'n angetreten, von der sie nicht mehr zurückgekehrt war. Ihr Vater erzählte Sola, dass er Luki in einem Gefecht verloren hatte. Doch da stand sie: bildschön und sie funktionierte.

Luki strich den schwarzen Rock ihrer Schürze glatt, der von weißen Rüschen geschmückt wurde. »Miss Sola«, sagte sie mit ihrer mechanischen Stimme. Und wenn ihre Gesichtszüge nicht eingefroren wären, hätte Sola darauf gewettet, dass Luki lächelte. »Du siehst anders aus!«

Automatisch griff Sola sich in die langen Haare, die sie nicht mehr hatte, und berührte den kurzen Flaum auf ihrem Kopf. »Äh…«, machte sie vage.

»Du bist dürr«, sagte Luki und betrachtete Sola von Kopf bis Fuß. »Du hast keinen Busen mehr!« Luki hatte die wunderbare Eigenschaft, Menschen in Verlegenheit zu bringen. Sie gehörte der Serie von Feel-Bots an, die darauf programmiert war, menschliches Verhalten zu erlernen und sich in den Alltag von Familien zu integrieren. Weil Luki der ersten Generation angehörte, litt sie unter den typischen Schwächen wie Taktlosigkeit.

»Ja, ich wollte schon immer mal wissen, wie es sich anfühlt, wie ein Junge auszusehen«, entgegnete Sola und spürte das erste Mal nach einer sehr langen Zeit den Anflug eines Lächelns. Schwerfällig rutschte es über ihre Lippen.

Endlich war sie nicht mehr allein!

Als Sola fünf Jahre alt war, erstand ihre Mutter Luki auf einem Markt in der Nachbar-Galaxis Urbat. Luki galt damals schon als antik, sodass sie nur ein paar Unzen gekostet hatte. Nachdem ihre Mutter Luki voller Liebe poliert und programmiert hatte, lehrte die Androiden-Dame Sola das Lesen, spielte mit ihr oder lernte mit ihr. Sie kochte für sie, brachte sie zur Schule, wenn ihre Eltern arbeiteten, oder hörte ihr zu, wenn Sola Sorgen hatte. Da Lukis Serie für den Gebrauch auf verschiedenen Planeten vorgesehen war, sprach sie über hundertfünfundachtzig Sprachen. Deshalb durfte sie den Capt'n oft auf seinen Reisen begleiten und unterstützte ihn als Übersetzerin. Wenn sie Sola abends ins Bett brachte, erzählte sie ihr von den Abenteuern, die sie gemeinsam mit dem Capt'n erlebt hatte. Sie hatte ein fotografisches Gedächtnis und berichtete in allen Einzelheiten davon, wie der Capt'n mit einer Horde Raglans um zehn Kisten Nupa-Gold feilschte. Nupa-Gold war wahnsinnig selten. Es war von einem ungewöhnlichen Grün-Ton, der je nach Lichteinfall violett schimmerte. Es wuchs nur unter der Hand der Raglans. Solas Vater bekam den Auftrag vom Städtischen Minister, die Sümpfe der Raglans zu besuchen, um etwas davon aufzutreiben. Der Städtische Minister war allem verfallen, was besonders extravagant oder kostbar war. Er saß auf einem Berg aus Reichtümern der verschiedensten Galaxien. Der Auftrag war gefährlich, aber brachte dem Capt'n so viel Geld ein, dass er Solas Bücher des kommenden Schuljahres auf einen Streich bezahlen konnte. Also segelte er in Lukis Begleitung die gefährlichen Sümpfe in dem Metrol-System an, zu dem ein winziger grün-nebliger Planet mit dem Namen Moris gehörte. Dort lebten die Raglans, ein Volk, das der Mischung aus Bär und Mensch am nächsten kam. Luki sprach fließend Raglisch. Ihre Aufgabe war es, zwischen dem Capt'n und dem haarigen und übelriechenden Anführer zu vermitteln. Das Problem war, dass Luki sich vorbehielt, manche Dinge eher frei zu übersetzen. So kam es, dass sie und der Capt'n von einer Bande wild gewordener Raglans zurück zur Starstorm gejagt wurden, beide mit je einer Kiste voller Nupa.

Ein anderes Mal gerieten sie in Schwierigkeiten, weil ein Abgeordneter der Ilans Luki beleidigte. Luki, die das nicht auf sich sitzen lassen wollte, kippte dem Politiker ein Glas Wasser über den Kopf. Daraufhin verbrachten sie und der Capt'n eine Nacht im Gefängnis von Elizar. Eines Tages sah Solas Vater ein, dass Luki nicht die beste Begleiterin für solche Missionen war, und machte sie endgültig zu Solas Kindermädchen. Umso erstaunter war Sola, als er ihr an einem Abend Jahre später mitteilte, dass Luki ihn auf den Stadtplaneten Voort begleiten würde, wo er Waren verladen sollte. Auf dem Rückweg geriet die Starstorm in den Hinterhalt von Weltraumpiraten, in dem Luki verschwand.

»Du glaubst nicht, wie froh ich bin, dich zu sehen«, sagte Sola und herzte Luki. Die Androidin tätschelte ein wenig unbeholfen ihren Rücken, bis Sola von ihr abließ.

»Ich freue mich auch, dich zu sehen, Miss Sola«, antwortete Luki und neigte den Kopf. Dabei quietschte ihr Getriebe.

»Wie kommst du hier her?«, fragte Sola, deren Zunge sich allmählich wieder daran gewöhnte, Worte zu formen.

»Ich… weiß es nicht«, gab Luki zu und klang verwirrt. Sie legte ihren Kopf schief, doch das emotionslose Roboter-Gesicht mit runden Augen, Knöpfen auf den Schläfen und lippenlosem Mund veränderte sich nicht.

»Wie kann es sein, dass du das nicht weißt?«, wollte Sola wissen. »Was ist das Letzte, an das du dich erinnerst?«

»Der Capt'n hat mich mitgenommen, weil ich für ihn auf Voort übersetzen sollte«, sagte Luki. »Augenblick mal… Wo ist der Capt'n?« Sie sah sich um, als würde sie erwarten, dass Solas Vater aus einem Versteck platzte und laut »Überraschung!« rief. Als ob er das je wieder tun würde, denn an Solas sechstem Geburtstag sprang er aus einer riesigen Kiste und jagte ihr damit eine Heidenangst ein, woraufhin sie sich weigerte, auch nur ein weiteres Geschenk auszupacken. Die Erinnerung schmerzte Sola mehr als die Verletzung durch die Schere an ihrem Handballen.

»Luki«, sagte Sola leise und senkte den Blick. »Erinnerst du dich an die Prophezeiung, über die wir mal gesprochen haben?«

»Dass das Universum stirbt?«, entgegnete Luki wie aus der Pistole geschossen.

»Es ist soweit.« Sola holte tief Luft. »Der Capt'n hat mich auf die Starstorm geschickt, um mich zu retten. Er selbst…« Sie brachte es nicht übers Herz, die Worte laut auszusprechen.

»Wo ist er?«, drängte Luki.

»Mein Vater ist tot«, sagte Sola und musste würgen, weil die Bedeutung der Worte so bitter schmeckte.

Luki wirkte, als ob sie darüber nachdenken würde. Dann sagte sie: »Ich weiß, dass ein Mensch Trauer empfinden würde. Wie fühlt es sich an?«

»Als würde dir der Boden unter den Füßen weggerissen werden«, murmelte Sola.

»Schwerelos?«, fragte Luki.

»Nein, fürchterlich!«, stöhnte Sola.

»Ich denke, ich weiß, was du meinst«, sagte Luki befriedigt und senkte ihre Stimme: »Schade um den Capt'n. Er war ein großartiger Mensch!«

Sola nickte kaum merklich. »Er war der Beste!«

»Wenn man sich die Anzahl der Menschen im gesamten Universum vor Augen hält, ist die Wahrscheinlichkeit gering, dass er der Beste war«, meinte Luki sachlich. »Andererseits… wenn er, was ich für äußerst unrealistisch halte, nach allen anderen starb, so war er vielleicht eine Weile der Beste.« Sie überlegte. »Wenn du der letzte Mensch im Universum bist, bist du jetzt die Beste!«

Sola starrte Luki mit gehobenen Augenbrauen an. Dann entschied sie, dass es besser war, keinen Streit anzufangen. »Wieso kannst du dich an nichts erinnern?«, wollte sie stattdessen wissen.

»Ich weiß es nicht«, meinte Luki. »Ich begleitete den Capt'n an Bord, bezog mein Zimmer und…« Sie gab ein Geräusch von sich, das einem ungeduldigen Stöhnen gleichkam. »Alles ist schwarz.«

»Alles ist schwarz«, wiederholte Sola. Eine steile Falte bildete sich zwischen ihren Augenbrauen. »Hat Dad dich ausgeschaltet?« Diese Erkenntnis traf sie wie eiskaltes Wasser. Eine andere Erklärung gab es nicht. Er musste es getan haben. Aber warum?

»Ich denke, das ist möglich«, sagte Luki zögernd, überrascht, dass nicht sie selbst darauf gekommen war.

»Hat er etwa von langer Hand geplant, mich auf der Starstorm in Sicherheit zu bringen? Mit dir an meiner Seite?«, mutmaßte Sola. »Aber wieso hat er mich nicht begleitet?« Wieso hatte er den Tod vorgezogen? Und aus welchem Grund sollte sie es ihrem Vater nicht gleichtun? Für sie gab es dort draußen nichts mehr. Wäre es nicht einfacher, zu sterben?

***

Sola verbrachte mit der Androidin ein wenig Zeit draußen auf dem Deck. Diese legte den Kopf in den Nacken und freute sich über jede Planeten-Formation und jedes Sternbild, die sie kannte. Sie konnte Sola sogar auf einer der Karten zeigen, wo sie sich befanden. Doch genau das war ebenso seltsam wie die Tatsache, dass Luki überhaupt an Bord war. Wenn die Roboter-Dame Recht hatte (und das hatte sie in fast allen Fällen), so hielten sie Kurs auf den Rand des Universums. Was hatte ihr Vater nur mit ihnen vor?

Ansonsten war Luki keine große Hilfe. Sie war genauso ratlos wie Sola, warum der Capt'n sie abgeschaltet und an Bord zurückgelassen hatte.

»Vielleicht wollte er, dass du im richtigen Moment erwachst«, meinte Sola. »Vielleicht hat er deinen Schlafzyklus so programmiert, dass du ein paar Monate im Stand-by-Modus verbringst.«

Weil die Roboter-Dame wenig mit Spekulationen anfangen konnte, schwieg sie. In dem Dunkel des Weltalls strahlte ihr halb durchsichtiger Körper hell. Sola musste sich nach einer Weile abwenden und ihre Augen in der satten Schwärze kühlen. Vielleicht, so dachte sie, war Luki hier, damit sie sich nicht so einsam fühlte. Doch wenn das der Grund war, so hatte sich der Capt'n gewaltig geirrt. Sola liebte Luki. Aber wenn man glaubte, der einzige noch lebende Mensch im Universum zu sein, konnte auch die Anwesenheit einer zynischen Androidin kaum trösten.

***

Sola musste eingedöst sein, denn sie erwachte, weil das Schiff von einem heftigen Windstoß erfasst wurde.

»Was ist los?«, fragte sie und brauchte einen Moment, bis sie sich erinnerte, wo und warum sie war.

Luki stand aufrecht und hielt sich mit beiden Händen am Großmast fest. Sie wandte sich zu Sola um und sagte: »Wir sollten reingehen!«

»Warum?«, fragte Sola zögerlich. »Was ist das?« Sie balancierte zur Reling, obwohl es ihr die Starstorm nicht leichtmachte. Das Schiff bäumte sich auf wie ein scheuendes Pferd. Mit beiden Händen hielt Sola sich an dem hölzernen Handlauf fest und blickte blinzelnd in die Ferne. In ein paar tausend Kilometern Entfernung befand sich ein rotes Gebilde, das sich spiralförmig ausbreitete.

»Der elektromagnetische Sturm!«, rief Luki.

»Wir sind wahnsinnig weit davon entfernt!«, entgegnete Sola, die ihren Augen kaum trauen konnte.

»Dann sei froh, dass wir nicht näher dran sind. Mir reichen diese Auswirkungen. Ich fürchte, ich bin seekrank!«

Sola ignorierte die Roboter-Dame und beobachtete jene tödliche Macht, die das Leben im Universum auslöschte. Wie mochte es wohl gerade im Auge des Sturms aussehen? Ringsum erloschen Sterne. In einer Sekunde waren sie da, in der nächsten verschwunden. Als würde jemand irgendwo den Lichtschalter umlegen. Voll Bitterkeit rief sie sich ins Gedächtnis, dass niemand die Sterne je wieder zum Leuchten bringen würde. Schalter hin oder her. Ihr Licht war verloschen.

Die Ausläufer des Sturms rüttelten über Stunden an der Starstorm, rissen an ihren Segeln und schlugen gegen den Bug. Das Schiff kämpfte tapfer dagegen an, bis es eine kleine Unendlichkeit später ruhiger wurde. Sola konnte das feuerrote Auge des Sturms nicht mehr erkennen, als sie an Deck trat und ihren Blick mit der Hand abschirmte.

»Die Starstorm hat uns aus seiner Reichweite gebracht«, schloss sie erleichtert.

»Früher oder später werden wir dem Sturm erneut die Stirn bieten müssen«, bemerkte Luki wenig hoffnungsvoll. »Er breitet sich wie eine Spirale aus und hat etliche Schwingen. Eines Tages wird er uns treffen!«

Nur, wenn ich mich nicht vorher umbringe, dachte Sola bitter und überlegte, auf die Reling zu klettern. Wie konnte ihr Vater von ihr erwarten, dass sie ganz alleine auf ihren Tod wartete, während dort draußen das Verderben tobte, das sie eines Tages in die Finger kriegen würde? Warum sollte sie nicht friedlich sterben, indem sie sich die Pulsadern aufschnitt oder einfach über Bord sprang und in die bedrückende Leere des Universums fiel?

Dein Vater wollte, dass du bis zum Ende durchhältst, erinnerte sie eine gnadenlose Stimme in ihrem Innern. Bis zum Ende. Wann sollte das sein? Sola wurde wütend. War es nicht ihr Leben und ihre Entscheidung? Wieso hatte ihr Vater über seinen Tod hinaus eine solche Macht über sie?

Sola drehte sich, sodass sie Luki den Rücken kehrte. Die Roboter-Dame saß inzwischen auf dem Schreibtischstuhl des Capt'ns, den sie an Deck getragen hatte. Sie strickte friedlich ein Paar Männersocken. Sola fragte sich, wer sie tragen sollte. Sie blickte auf die Schere in ihrer Hand, mit der sie sich zuvor das Haar geschnitten hatte. Früher hatte es im Bauch des Schiffes einen ganzen Raum voller Waffen gegeben. Sola hatte ihn leer vorgefunden. Hatte ihr Vater ihn in weiser Voraussicht räumen lassen? Hatte er geahnt, was sie vorhaben könnte?

Die stumpfe Schere, die Sola nun so fest umklammerte, dass ihre Knöchel weiß wurden, würde ihren Zweck genauso erfüllen. Sie betrachtete die blauen Adern unter ihrer fast durchsichtig-weißen Haut. Wie tötete man sich selbst? In welche Richtung musste man schneiden?

Als Sola in die 9. Klasse kam, erfuhr sie von einer Mitschülerin, die sich die Pulsadern aufgeschnitten hatte. Das Mädchen war gestorben. Leider hatte niemand erzählt, wie genau sie es gemacht hatte. Schnitt man mit dem Verlauf der Pulsader? Oder quer? Sola entschied sich, beides auszuprobieren. Immerhin hatte sie zwei Arme. Und wenn das nicht funktionieren sollte, könnte sie immer noch einfach über die Reling springen. Wobei dieser Tod vermutlich wesentlich langwieriger werden würde, denn ertrinken würde sie im Weltraum nicht.

Sie setzte die Klinge an und drückte. Nichts geschah. Sie war stumpf. Frustriert heulte Sola auf.

»Hast du das gehört?«, fragte Luki.

»Das war ich«, brummte Sola und warf die Schere über Bord.

»Ich meinte nicht das Geräusch eines bockigen Teenagers«, bemerkte Luki. »Ich meinte diesen seltsamen Singsang!«

Sola wandte sich um. »Ich weiß nicht, wovon du…« Sie verstummte. Sie hörte tatsächlich etwas. Ein unheimliches Singen, das ihr durch und durch ging. Es ließ jede Faser ihres Körpers vibrieren. »Was ist das?«, fragte sie misstrauisch.

»Das«, sagte Luki feierlich, »ist das Schönste, was du in deinem ganzen Leben hören wirst!«

Sola dachte, dass Luki sich irrte. Das Schönste, was sie in ihrem Leben je gehört hatte, waren die Stimmen und das Lachen ihrer Eltern. Doch dann schwoll der Gesang an und ein berauschendes Gefühl riss sie mit sich.

Luki nickte. »Das dachte ich mir«, sagte sie. »Niemand, der einen Mondwal gesehen hat, wird ihn je vergessen!«

Dass Sola das Geräusch nicht sofort zuordnen konnte, war ihr ein Rätsel. Mondwale waren ihre Lieblingstiere, seit ihre Eltern und Luki ihr Geschichten vorgelesen hatten. Die Märchen von den Weltraumriesen hatte sie sich jeden Abend gewünscht. Mondwale waren sehr selten. Je nachdem, in welchem Teil des Universums man sich befand, hielten die Menschen sie für Sagengestalten. Doch Sola hatte immer gewusst, dass es sie gab. Und der lebendige Beweis dafür sang ihr just in diesem Augenblick ein schaurig schönes Lied, das alle bösen Gedanken fortspülte und in ihr überwältigende Gefühle weckte.

Alles in Sola drängte sie, sich über die Reling zu lehnen und den Mondwal in seiner rohen Schönheit anzusehen. Aber noch blieb er in dem satten Schwarz des Universums verborgen.

»Erst hörst du sie und wenn das Lied jede Faser deines Körpers durchdrungen hat, siehst du sie«, sagte Luki, die nun ihre Stricksachen sinken ließ und an Solas Seite trat.

Es dauerte eine Weile, bis Sola ihn sah. Das Lied schlug in ihrem Körper gigantische Wellen. Als sie glaubte, dass kein einziger schlechter Gedanke, keine einzige traurige Erinnerung übrig waren, materialisierte sich der Mondwal vor ihren Augen. Er war mit der Starstorm auf gleicher Höhe. Er maß mehrere Meter und war unheimlich dick. Die grau-blaue Färbung ließ ihn vor dem Hintergrund des Weltalls wie eine optische Täuschung wirken. Seine Haut glich den Kratern von Monden. Wulstige Lippen fassten sein klaffendes Maul ein, das sich öffnete und schloss. Der Bauch war weiß und gestreift. Tiefe Furchen prägten ihn und gingen in die gigantische Schwanzflosse über, wohingegen die Seitenflossen sehr winzig wirkten. Die Augen des Mondwales befanden sich seitlich am flachen Kopf. In ihnen spiegelte sich die Schönheit des Universums. Sola fasste sich an die Brust, als sie sie erblickte.

»Unfassbar«, hauchte sie fasziniert. Sie beobachtete, wie sich der Mondwal langsam fortbewegte. Die Art und Weise ließ sie stutzen. Es wirkte, als würde es ihm schwerfallen. »Ist er krank?«, fragte sie.

Luki beobachtete aufmerksam die Bewegungen des Geschöpfes. »Er ist nicht krank«, sagte sie bestimmt.

»Ist er nicht?«, fragte Sola. »Woher weißt du das?«

»Er ist verletzt. Etwas steckt in seiner Flosse!« Sie wies nach oben.

Sola blinzelte und versuchte, etwas zu erkennen. Der Mondwal zuckte hilflos mit der seitlichen Flosse, während er eine neuerliche, tief bewegende Melodie anstimmte. Ein Stück Metall hatte sich in die Flosse des Weltraum-Giganten gebohrt und wurde von einem Kranz dunkelroten Blutes umrahmt.

»Wir müssen ihm helfen«, murmelte Sola und sah sich um, als würde eine rettende Idee an Deck herumliegen wie die Kisten und Taue der Segel.

»Und wie sollten wir das anstellen?«, fragte Luki wenig hilfsbereit.

»Ich muss da irgendwie hoch!«, meinte Sola und legte den Kopf in den Nacken. Der Mondwal schwebte ein paar Meter hoch neben der Starstorm und passte sich gemächlich ihrem Kurs an.

»Das verbiete ich dir!«, sagte Luki bestimmt.

»Ich habe mich wohl verhört!«, rief Sola und wandte sich von dem Mondwal ab. »Du bist nicht meine Mutter!« Sie wies mit dem Zeigefinger auf Lukis metallene Brust.

»Das bin ich sehr wohl«, entgegnete Luki streng und stemmte die Hände in die Hüften. »Naja, zumindest etwas in die Richtung!«

Sola prustete los und schüttelte sich. »Du vergisst, wer von uns beiden Mensch und wer Maschine ist!«

»Spielt das denn eine Rolle?«, meinte Luki. »Wir sind eine Familie!«

»Und deswegen solltest du mir helfen!«

»Und deswegen solltest du auf mich hören!«

Sola vergeudete wertvolle Zeit. Sie wusste, dass Luki es nur gut meinte. Sie war darauf programmiert worden, sich um Sola zu kümmern, sie zu beschützen. Luki trug den Stempel ihrer Mutter, die Sola stets gehindert hatte, wie ein kleines Kletteräffchen die Regale im Wohnzimmer zu erklimmen, weil sie Angst hatte, dass sich ihr Mädchen verletzen könnte.

»Luki«, sagte Sola, »ich bin erwachsen. Ich respektiere, dass du mir nicht helfen möchtest. Aber du kannst mich nicht daran hindern, es selbst zu tun!« Sie warf der Roboter-Dame einen bedeutungsschweren Blick zu. Dann sah sie sich auf dem Hauptdeck, das von Vorder- und Achterdeck eingeschlossen wurde, um. Was sie brauchte, war ein Seil. Am Fuße des Großmastes lagen wie Schlangen eingerollte Taue. Sola schnappte sich das Ende eines Stricks und band es sich mit einem festen Knoten um die Taille.

»Was machst du da?«, fragte Luki mit mechanischer Stimme.

»Ich tue das Richtige!«, entgegnete Sola. Ohne auf Lukis Einwände zu achten, befestigte sie das andere Ende des Stricks um die Reling des Achterdecks. Sie zog und zerrte daran, um zu überprüfen, ob die Knoten stramm genug waren. Dann lief sie auf das Steuerrad zu. Daneben befand sich ein riesiger roter Knopf. Solas Hand schwebte einen Augenblick darüber, während das Blut in ihren Ohren rauschte. Dann schlug sie mit all ihrer Kraft auf den Knopf.

Luki schrie empört auf. In dem Moment, in dem Sola den Knopf gedrückt hatte, schwand die Schwerkraft auf der Starstorm. Solas Füße lösten sich beinahe magisch vom Boden. Sie flog in die Höhe. Luki schimpfte wie ein Rohrspatz und versuchte, das Segel des Hauptmastes in die Finger zu bekommen. Neben ihrem rechten Ohr erhob sich ein dickes Tau wie eine tänzelnde Kobra. Auch die Kisten, die an Deck standen, hoben sich gemächlich. Es war, als wäre die Starstorm plötzlich in einer Schneekugel gefangen.

»Das war keine gute Idee, Miss Sola«, nörgelte Luki und band sich einen Strick um die Fesseln.

Sola hörte sie kaum. Sie ruderte hilflos mit Armen und Beinen und versuchte, ihre Richtung zu bestimmen.

»MISS SOLA!«, schrie Luki und wackelte aufgeregt mit dem Oberkörper, während Sola langsam abdriftete.

»Bloß keine Panik«, murmelte sie, als sich das Seil dem Ende neigte und sie abrupt stehen blieb. Nun schwebte sie wie ein Ballon über dem Schiff. Über ihr war das Nichts des Weltraums. Unter ihr war das Nichts des Weltraums. Solas Magen rumorte heftig und fühlte sich an, als würde ihn etwas umstülpen. Sie schnappte ein paar Mal nach Luft. Stumm dankte sie ihrem Vater, dass er ihr beigebracht hatte, wie man anständige Knoten machte, und dass sie nicht im Universum verloren gegangen war.

Der Mondwal unter ihr stieß einen hohen Ton aus, der Sola erinnerte, warum sie am Ende eines Seils im Weltall baumelte. Sie packte den Strick und zog sich daran ein paar Meter nach unten, bis sie mit dem Wal auf Augenhöhe war.

»Hab keine Angst«, sagte Sola leise. »Ich möchte dir helfen!« Sie streckte eine Hand nach dem Wal aus und berührte seine unebene, von Kratern gezeichnete Haut. Sie fühlte sich seltsam kühl, aber trocken und rau an. Ein unbändiges Glücksgefühl nahm von ihr Besitz und ließ Solas Fingerkuppen kribbeln.

Sie tastete sich entlang des Walkörpers zur verletzten Flosse. Vorsichtig ließ sie sich darauf nieder. Der Mondwal seufzte kaum hörbar. Dann beugte sich Sola über die Verletzung. Ein scharfes Stück Weltraumschrott lähmte die Flosse. Das Blut war an manchen Stellen schon dunkelbraun, fast schwarz und trocken.

»Du Armer, das muss schrecklich weh tun!«, flüsterte Sola und streichelte das sagenhafte Wesen. Sie wusste, dass sie diesen Moment niemals vergessen wollen würde, solange sie lebte. Und nur um sich daran zu erinnern, würde sie für ihr Leben kämpfen.

»Miss Sola, alles in Ordnung?«, wehte Lukis Stimme an ihr Ohr. Sie drehte sich langsam um sich selbst, während ein paar Kisten wie ein Mobile um sie herumschwebten.

Sola beugte sich vor, sodass die Androidin sie sehen konnte, und reckte den Daumen nach oben. »Es steckt sehr tief in seiner Flosse!«, rief sie. »Aber ich denke, ich schaffe das!« Sie rückte in Position und legte eine Hand auf den Wal. »Um dir zu helfen, muss ich dir weh tun!« Der Mondwal stieß einen kurzen Pfiff aus, den Sola als Zustimmung deutete. Sie nickte, um sich selbst Mut zu machen. Dann ging sie in die Hocke und packte mit beiden Händen das Stück Metall.

»Eins… zwei… drei!« Sola stemmte sich mit den Beinen hoch und zog. Der Mondwal stieß einen gequälten Schrei aus, doch der Fremdkörper lockerte und löste sich, bis er mit Sola in das schwarze Nichts trudelte.

»Aaaaaaah«, machte Sola, weil sie sich um die eigene Achse drehte und Sterne, Mondwal, Starstorm, Sterne, Mondwal, Starstorm im Wechsel an ihr vorbeiflogen. Sie wartete den richtigen Augenblick ab, dann ließ sie das Stück Weltraumschrott los. Es schoss über sie hinweg in Richtung Dunkelheit. Sola bekam das Seil zu fassen und zog sich zurück zur Flosse des Mondwals. Frisches Blut benetzte sie, aber es sah nicht danach aus, als könnte sein Verlust dem Wal gefährlich werden. Tatsächlich wackelte er ein wenig mit ihr und stieß einen Schrei aus, der nach bahnbrechender Freude klang. Sola schwebte zu dem Auge des Wals und lächelte ihn an. Dann breitete sie die Arme aus und schlang sie um seinen Körper, soweit es ihr möglich war. »Gute Reise, großer Freund«, sagte sie und hauchte ihm einen Kuss auf die salzige Krater-Haut.

Sola packte das Seil mit beiden Händen und kletterte daran hinab zurück zur Starstorm. Sie streckte die Hand nach dem roten Knopf aus, um die Schwerkraft wieder einzuschalten. Es fehlte ein halber Zentimeter. Frustriert paddelte Sola in der Luft, bis sie den Knopf streifte.

»Oh-oh«, machte sie und plumpste unsanft auf das Achterdeck.

Luki fiel von der Spitze des Großmastes und schrie wie am Spieß, bis sie mit einem Rumpeln aufprallte. Kisten gingen wie monströser Hagel neben ihr nieder und verfehlten sie nur knapp. Weil das Tau ihre Beine verhedderte, stolperte sie beim Aufstehen und kippte auf die Knie. Wütend grummelte sie vor sich hin, aber Sola nahm keine Notiz von ihr. Sie hüpfte die Stufen hinab zu Luki und legte sich mit ausgestreckten Gliedern hin. »Ich fasse nicht, dass ich das getan habe«, seufzte sie.

»Ich auch nicht«, grollte Luki. »Dir hätte etwas passieren können – und mir auch!«

»Was hätte mir passieren können?«, fragte Sola. »Die Menschen sind alle tot. Ich bin die Letzte meiner Art. Was hätte Schlimmeres passieren können?« Sie meinte ihre Worte nicht halb so dramatisch, wie sie vielleicht klangen. Der Mondwal hatte sie mit Hoffnung erfüllt. Es fühlte sich an, als hätte er Pflaster auf all ihre Wunden geklebt, die nun den bodenlosen Schmerz dämpften.

Luki schien ernsthaft zu überlegen. »Genau genommen hätte *mir* etwas passieren können«, sagte sie schließlich.

Sola stockte. »Wie meinst du das?«

»Ich hätte dich verlieren können«, meinte Luki. »Dann wäre *ich* ganz alleine im Weltall gewesen!«

Es fühlte sich an, als ob ein kleines Stückchen von Solas Herzen brach. Sie stand auf und nahm Luki fest in die Arme. Wenn sie es geschafft hätte, sich zu töten, oder wenn sie in absehbarer Zeit sterben würde, dann wäre Luki die letzte Intelligenz im Weltall. Während Sola die Fähigkeit geschenkt worden war, zu sterben, wäre Luki dazu verdammt, bis in alle Ewigkeit und in vollem Bewusstsein ihre Bahnen durch das Universum zu ziehen. Diese grauenhafte Vorstellung ließ Sola innerlich erzittern.

»Ich lasse dich nicht alleine, Luki«, versprach sie.

»Eines Tages wirst du das tun müssen«, widersprach die Roboter-Dame und ihre mechanische Stimme klang traurig. »Bitte schalte mich aus, bevor es soweit ist!«

»Das werde ich!«, sagte Sola und drehte sich zu dem majestätischen Mondwal, der einen weiten Bogen drehte, um in einem funkelnden Feld aus verbliebenen Sternen zu verschwinden.

***

Die Zeit an Bord der Starstorm veränderte sich. Nach Lukis Auftauchen und der Begegnung mit dem Mondwal war in Sola eine neue Kraft erwacht, die ihr Zuversicht schenkte. Gemeinsam mit Luki plünderte sie den Vorrat an vakuumverpackter Kost, die standardmäßig auf der Starstorm lagerte.

»Worauf hast du Lust?«, fragte Luki. »Truthahn? Forelle?«

»Cordon bleu!«

Sola verbrachte Stunden über den Sternkarten ihres Vaters und verfolgte auf ihnen ihre Route durch das Universum. Noch immer wusste sie nicht, wohin ihre Reise sie führte. Doch inzwischen war sie sich sicher, dass sie irgendwann ein Ende haben würde. Und zwar genau das, das ihr Vater für sie vorgesehen hatte. Der Capt'n war der erfahrenste Seebär im gesamten Weltraum. Er hatte gewusst, was er tat. Warum sonst war Luki wiederaufgetaucht? Er hatte Sola nicht auf einen Segeltörn ins Verderben geschickt. Eines Tages würde Sola erfahren, warum sie an Bord der Starstorm war.

Die Zwischenzeit verbrachte sie damit, gemeinsam mit Luki das Schiff zu durchkämmen. Sie spielten Verstecken im Unterdeck oder schlüpften in die Rollen wilder Weltraumpiraten und suchten nach verborgenen Schätzen im Bauch der Starstorm. Der größte Schatz, den Sola bergen konnte, war ein Foto ihrer Eltern, das sie vor zehn Jahren zeigte. Sie hielten sich lachend im Arm, in ihrer Mitte die siebenjährige Sola, die mit einer breiten Zahnlücke und lustigen Zöpfen in die Kamera grinste.

»Daran erinnere ich mich«, sagte Luki.

Sola verdrehte die Augen. »Du hast siebenundzwanzig Exabyte auf deiner Festplatte. Natürlich erinnerst du dich an alles!«

Luki tat, als hätte sie Sola nicht gehört. »Ich habe das Foto gemacht. Es war kurz, nachdem dein Vater von einem Auftrag zurückgekehrt war. Er hat dir Sourie mitgebracht!« Sie tippte auf das plüschige Einhorn, das Klein-Sola begeistert umklammerte. Hatte der tosende Tod des elektromagnetischen Sturms auch Sourie, das Einhorn, zermalmt? Sola verwarf den trüben Gedanken aus Angst vor Traurigkeit, ehe sie ihn zu Ende gedacht hatte.

»Weißt du, was ich mich schon die ganze Zeit frage?«, sagte Luki plötzlich und durchbrach die Stille.

»Nein, aber du wirst es mir sicher gleich sagen«, entgegnete Sola mit halbem Lächeln.

»Warum trägst du ausgerechnet dieses Kleid?« Missbilligend schüttelte Luki den Kopf. Früher hatte sie Sola hübsche und ordentliche Kleidung ausgesucht. Sobald diese in die Pubertät kam, verlor die Androidin allerdings das Sagen darüber. Trotzdem versuchte sie es immer wieder.

Sola zuckte die Achseln. »Dad hat gesagt, es ist egal, was ich trage, wenn das Universum untergeht«, meinte sie. »Ich hatte an diesem Nachmittag keinen Unterricht. Ich war zu Hause und habe gelesen. Das Buch handelte von einer Prinzessin. Ich hatte Lust, ihr Kleid zu tragen. Also habe ich es mir ausgedruckt. Verstehst du, was ich meine?«

»Nein«, sagte Luki prompt.

»Wenn dich mein Erscheinungsbild derart stört, kann ich mich gerne ganz ausziehen«, meinte Sola mit einem unschuldigen Grinsen.

»Nein, nein!«, rief Luki und hob abwehrend die Hände. »Schon gut! Das Kleid ist wunderbar!«
»Das dachte ich mir«, kicherte Sola.
»Was die Stiefel angeht…«
»Wirst du sicher ohnmächtig, wenn ich sie ausziehe!«
Luki machte einen mechanischen Seufzer und beließ es dabei.

***

Die Starstorm veränderte ihre Flugbahn kaum merklich. Doch Sola, die seit einer gefühlten Ewigkeit an Bord und außerdem die Tochter des Capt'ns war, spürte es sofort. Sie sprang auf und hastete über das Deck zur Reling. Sie beugte sich weit vor und suchte die schillernde Schwärze nach etwas ab, das den Richtungswechsel hätte erklären können. Die Starstorm näherte sich unweigerlich dem Ende des Universums, das Lichtjahre von ihrer Heimat entfernt zu liegen schien. Es sah aus wie der ausgefranste Saum eines abgetragenen Kleidungsstücks. Lose Fäden des Universums ragten in ein gleichmäßiges, violettes Nichts, dessen Grenze gleißend hell strahlte. Dahinter lauerte das Unbekannte, das Unglaubliche, das Unvorstellbare. Das, was sie sah, konnte Sola kaum mit ihrem Verstand fassen. Das ihr vertraute, unendlich weite Universum endete so banal wie eine Geschichte auf der letzten Seite eines Buches. Sie wusste nicht, was sie erwarten würde, wenn sie noch ein einziges Mal blätterte. Unbarmherzig steuerte die Starstorm darauf zu. Solas Fingernägel gruben sich in das Geländer und hinterließen halbmondförmige Abdrücke. So sollte es also enden? Sie würde aus dem Universum fallen und vom Nichts verschluckt werden? Hatte sie diese unfassbar schreckliche Reise auf sich nehmen müssen, nur um an ihrem Ziel zu sterben? Ihr Herz schlug hartnäckig gegen ihre Brust, als ob es sich weigern wollte, dies zu akzeptieren, während die Angst ihren Hals zuschnürte. Weil ihr Vater das größte, einem Menschen mögliche Opfer gebracht hatte, lebte Sola noch. Sie schuldete es ihm, am Leben zu bleiben. Sie holte tief Luft, dann verließ sie das Vorderdeck und rannte quer über das Hauptdeck die Stufen empor zum Steuerrad, das ihr wie ein Monster mit Tentakeln vorkam.

»Was tust du da, Miss Sola?«, rief Luki, die aus der Kajüte ihres Vaters kam und langsam über die Planken zockelte.

»Wir werden sterben!«, entgegnete Sola und wusste plötzlich, dass sie das unter keinen Umständen wollte. Sie zögerte, ehe sie ihre Hände auf das Steuerrad legte. Es fühlte sich fremd an. Und vielleicht dachte die Starstorm ähnlich, denn sie reagierte nicht auf Solas verzweifelten Versuch, sich, Luki und das Schiff vor dem tödlichen Weg über den Rand des Universums hinaus zu retten. Die Starstorm segelte einfach unermüdlich weiter darauf zu.

»Du bockiges Mädchen!«, rief Sola und boxte das Steuerrad mit der geballten Faust. Die Starstorm achtete nicht auf sie.

»Wieso werden wir sterben?«, wollte Luki wissen und baute sich vor dem Steuerrad auf.

Sola seufzte und blickte über den majestätischen Schiffskörper geradeaus ins Nichts. Dort vor dem Unheil verkündenden Violett materialisierte sich etwas, auf das die Starstorm direkt zusteuerte. Sola reckte den Hals. »Was ist das?«

»Ich weiß es nicht«, sagte Luki erstaunt.

Sola hastete bis zum Bug des Schiffes, um sich weit darüber hinaus zu lehnen, während ihr die Roboter-Dame wie ein Schatten folgte. Vor dem Ende des Universums erhob sich etwas, das aussah wie ein aus einem Kontinent gebrochenes Stück Land, das jemand dort vergessen hatte. Die Oberfläche war von grünen Feldern, grauen Gebirgen und blauen Seen bedeckt, während die untere Seite aus blanker Erde bestand, aus der sich Wurzeln und Steinformationen brachen. Sie baumelten einfach von dieser sonderbaren Insel in das Weltall, als würde die Insel die Arme nach dem Nichts ausstrecken. Der höchste Berg des Stückchen Landes verschwand in einer dicken Wolkendecke, die sich nach unten hin auflöste und nach oben mit dem Universum verschmolz. Sola traute ihren Augen kaum, als die Starstorm ihren Kurs leicht anpasste und ein Wasserfall vor ihnen auftauchte, der in den Weltraum fiel. Ein Geräusch drang an Solas Ohren, das ihr Herz hüpfen ließ. Es war das Rauschen der Wassermassen, das immer lauter anschwoll, bis Sola ihren eigenen Atem nicht mehr hören konnte. Inzwischen gab es keinen Zweifel mehr daran, dass die Insel das Ziel der Starstorm war.

»Was ist das für ein Planet?«, fragte Sola, die Ewigkeiten damit verbracht hatte, über unzähligen Sternenkarten zu brüten. An diese Insel am Rande des Universums konnte sie sich nicht erinnern.

Lukis Augen rollten in ihren Höhlen. Sie scannte die Insel und durchforschte ihr künstliches Gehirn nach einer Antwort, die es nicht gab. Sie sah Sola lange an. Dann sagte sie: »Ich habe noch nie von ihm gehört!«

»Wie ist das möglich?«, fragte Sola. Luki kannte das Universum wie ihre Westentasche. Sie hatte alle Karten auf ihrer Festplatte gespeichert, dafür hatte der Capt'n persönlich gesorgt. Wenn ihr dieser Planet unbekannt war, so konnte er auf keiner der Karten vermerkt sein. Wie hatte ihr Vater dann von der Insel wissen können? Was ging hier vor?

Als sich die Starstorm gefährlich senkte, mussten Sola und Luki sich an der Reling festklammern. Inzwischen waren sie direkt über dem Wasserfall und das Tosen war überwältigend. Es durchdrang jede Faser von Solas Körper und ließ sie erzittern. Steile Felsen ragten aus dem Wasser und ließen es auf beeindruckende Weise aufschäumen und spritzen. Sie waren jetzt so tief, dass der Bauch der Starstorm nass wurde und einige Tropfen in Solas Gesicht landeten, wo sie wie Tränen hinabrannen. Das Meer, das die Insel umgab, mündete in einem paradiesischen Strand, dem die Starstorm nun folgte. Sie überquerte ein lichtes Wäldchen, dessen Bäume äußerst knorrig wuchsen und von flachen Blätterdächern bedeckt wurden. Dann wandte sich das Weltraumsegelschiff wieder in Richtung Meer. Es flog den riesigen Berg an, den Sola schon vom Universum gesehen hatte und dessen Gipfel in den Wolken steckte.

»Oh mein Gott, Luki!«, schrie Sola panisch. »Wir werden mit dem Berg kollidieren!«

»Rede keinen Unsinn!«, rief Luki. »Und selbst wenn, die Starstorm besteht aus Kathium. Erkläre mir doch mal, wie du dieses Material zerstören willst?« Die Androidin hatte Recht. Die Starstorm war aus einem unzerstörbaren Stoff gebaut worden.

Sie näherten sich dem Berg. Sola musste den Kopf recken, um an ihm emporsehen zu können.

»Das ist beeindruckend«, kommentierte Luki. »Tja, wenn die Starstorm darauf zusteuert, muss allenfalls der Berg Angst haben, nicht wir!«

Doch dazu kam es nicht. Das Schiff steuerte an ihm vorbei. Darauf folgte eine wilde Klippenlandschaft, die mannshohen Wellen mit schneeweißer Gischt standhielt. Sola roch das Salz in der Luft und sog es tief in ihre Lungen. Im Weltraum existierten keine Gerüche. Da war einfach nichts. Aber hier, auf dieser Insel, war alles. Tausende Eindrücke, die Sola überrollten.

Die Starstorm trug sie noch ein paar lange Minuten weiter, bis sie über einer geschützten Bucht in den Sinkflug ging. Hier war das Meer glasklar. Ein paar silbern gestreifte Fische flitzten durch das Wasser und weckten Lukis Aufmerksamkeit. Die Starstorm wurde langsamer, ihr Motor geriet ins Stottern. Fünf Meter über der Wasseroberfläche erstarb er und das Schiff blieb wie eingefroren in der Luft hängen, als wollte es nun Sola die Verantwortung übergeben. Sola krallte sich an der Reling fest. Sie drückte so fest zu, als würde sie die Starstorm mit den eigenen Händen bewegen wollen. Als nichts geschah, sank sie am Geländer herab und lehnte sich dagegen, als wäre die Starstorm die letzte verbliebene Erinnerung aus einem ihr fremd gewordenen Leben, das im Strudel der Vergessenheit versank. Die Angst vor dem Unbekannten kroch an ihren Zehen hoch über die Beine und bemächtigte sich ihres Körpers. Sie versuchte, sich zu beruhigen, und sagte sich, dass ihr Vater sie an diesen Ort geschickt hatte. Der Gedanke an den wilden Weltraum-Seebären gab ihr Mut. Sola wagte einen erneuten Blick auf das absonderliche Land, das sich unter ihr ausbreitete. Sie schluckte hart. Alles, was sie sah, war ihr fremd. Sie stammte von einem kleinen Stadt-Planeten mitten im Halo-System. Karit kannte keine Berge, Flüsse oder Wiesen. Karit bestand durch und durch aus Metall und Stahl, ein von Menschenhand geschaffener Planet, dessen Wolkenkratzer das Universum kitzelten. Bitterkeit bemächtigte sich Sola. Sie wünschte sich, dass die kleine, heruntergekommene Wohnung im 285. Stock noch existierte.

»Und jetzt?«, fragte Luki und ihre Worte dröhnten in der Stille, die der erstorbene Motor der Starstorm zurückgelassen hatte.

»Ich werde sicher nicht hier herumsitzen und warten, bis mich irgendein Ungeheuer frisst. Ich habe genug Geschichten von meinem Vater über solche Planeten gehört. Wer weiß, was in dem Dickicht lauert.« Sola sprang auf und stapfte über das Deck. Sie riss die Tür, die zum Steuerraum führte, schwungvoll auf. Der Blick in den Raum erfüllte Sola mit einer unendlichen Leere. Die Lichter, die stets sonderbare Muster an die Decke gemalt hatten, waren erloschen. Das regelmäßige Piepen der Maschinen war verklungen.

»Was hast du vor?«, fragte Luki und folgte ihr wie ein Schatten. Statt einer Antwort klemmte Sola ihre Unterlippe zwischen die Zähne und beugte sich über das Mainboard. Wie der Motor war es heruntergefahren. Der Bildschirm lag tot vor ihr. »Wie ging das noch gleich?« Sola beugte sich über den Computer und versuchte, ihn zu starten. Er war das Herzstück dieses besonderen Schiffes, das durch die Eingabe eines Codes zum Leben erwachte. Ihr Vater hatte stets darauf geachtet, dass niemand außer ihm den Weltraumsegler bedienen konnte. Jedes Mal, wenn er den Code eingegeben hatte, hatte er vorgegeben, weitsichtig zu sein. Er hatte sich tief über das Display gebeugt und jedem, der hinter ihm stand, mit seinen massigen Schultern den Blick auf das Zahlenfeld verwehrt.

Wenn Sola nur wüsste, welche Kombination aus Zahlen und Buchstaben die Starstorm wieder wachrüttelte. Dann könnte sie den Weltraum erobern (oder das, was davon übrig war) und weiterhin den Luxus des Weltraumseglers genießen: fließendes Wasser und Strom. Sie mochte sich nicht vorstellen, was geschehen würde, wenn sie den wilden Dschungel auf der Suche nach einem Bach würde durchstreifen müssen.

Mit den Fingerkuppen strich Sola über das tote Mainboard. Unter ihrer Berührung zuckte es auf. Der kleine Bildschirm flimmerte. Ein paar Buchstaben tauchten wie aus dem Nichts auf, die zusammen das Wort *Password* ergaben. Sola beugte sich vor und zerkaute die Innenseite ihrer Wange. Ein Wirbelwind aus Wörtern und Zahlen schoss durch ihre Gedanken. Was davon würde ihr einen Teil ihres alten Lebens zurückgeben? War ihr Vater der Typ Leicht-zu-merkendes-und-noch-leichter-zu-knackendes-Passwort-mit-privatem-Bezug oder Unmöglich-entschlüsselbares-Passwort-aus-einer-Kombination-aus-Buchstaben-Zahlen-und-Sonderzeichen? Eine nervige Stimme in ihrem Kopf sagte ihr, dass ihr Vater nicht leichtfertig mit dem Schicksal der Starstorm umgegangen wäre. Trotzdem musste sie es versuchen.

Das erste potentielle Passwort, das sie eingab, kombinierte den Vornamen ihrer Mutter mit ihrem Geburtsjahr. Das Mainboard schluckte das Passwort und eine wahnwitzige Sekunde lang dachte Sola, sie hätte es geschafft. Doch dann erschienen die Worte *Wrong Password.* Flammend rot standen sie auf dem Bildschirm, als wären sie zornig. Sie probierte zwei weitere Möglichkeiten mit persönlichem Bezug. Als zum dritten Mal *Wrong Password* aufleuchtete, verlor sie einen kurzen Augenblick lang die Geduld. Mit der flachen Hand schlug sie auf das Mainboard.

»Was tust du da?«, wollte Luki wissen.

»Ich verprügle das Mainboard«, antwortete Sola.

»Verstehe«, meinte Luki. »Ich denke nicht, dass es etwas bringt, wenn du Gewalt anwendest. Das Schiff wird so schnell nicht wieder starten.«

»Ach nein?«

»Nein, du dummer Mensch«, stöhnte die Androidin. »Dein Vater wird sich etwas dabei gedacht haben, dass er dich ausgerechnet hierhergeschickt hat. An seiner Stelle hätte ich nicht zugelassen, dass mein aufmüpfiges Töchterchen meine Pläne durchkreuzt.«

Sola schüttelte kraftlos den Kopf. »Wir werden sterben!«

»Niemand wird sterben!« entgegnete Luki entrüstet.

»*Ich* werde sterben«, seufzte Sola und vergrub das Gesicht in den Händen.

»Wovon redest du da eigentlich?«, wollte die Androidin ungeduldig wissen.

»Der Motor, Luki«, sagte Sola. »Er ist aus.«

»Und?« Luki verschränkte die Arme vor der Brust.

»Ohne den Motor ist die Starstorm ein totes Schiff! Kein Wasser, kein Licht, keine Wärme!«

»Die Heizung wirst du hier wohl kaum brauchen«, bemerkte Luki und warf einen Blick durch das Fenster zur flirrenden Sonne.

»Ich brauche Wasser zum Überleben«, fauchte Sola. »Ich bin ein Mensch und keine Maschine!«

»Wasser wird es hier sicher geben!« Lukis Blick blieb an dem saftig grünen Blätterdach hängen. »Irgendwie muss das Unkraut da drüben ja wachsen!«

»Lass das!«, fauchte Sola.

»Was?« Unschuldig legte Luki den Kopf schief.

»Du versuchst, mich mit deinen bekloppten Psychotricks dazu zu bringen, da rauszugehen!«

»Käme mir nie in den Sinn!«

»Gut. Ich werde die Starstorm nämlich nicht verlassen!«

»Na, dann verbringen wir jetzt viel, viel Zeit miteinander. Ich verlasse die Starstorm nämlich auch nicht!«, meinte Luki. »Wasser und Sand sind Gift für mein Getriebe und meine Schaltkreise.«

»Wozu hat Dad dich mit auf diese Reise geschickt?«, stöhnte Sola. »Wenn ich dich noch nicht mal gebrauchen kann!« Was hatte er sich dabei gedacht? Ein Roboter, dem wichtiges Kartenmaterial fehlte, der nichts über diese seltsame Insel wusste, dessen Getriebe durchzubrennen drohte, wenn es mit Wasser in Berührung kam. Welchen Nutzen hatte Luki für sie, wenn sie sie nicht einmal vorschicken und die Insel auskundschaften lassen konnte?

»Schön. Gehen wir davon aus, ich überlebe bei dem Versuch, in der Wildnis da drüben Wasser zu finden…« Sie wies aus dem

Fenster und funkelte den Dschungel wütend an, als hätte er sie persönlich beleidigt. »Was dann? Ohne Elektrizität kann ich meine Essens-Rationen nicht kochen. Und was, wenn die sich dem Ende neigen? Soll ich dann auch noch ein Tier erlegen?«

»Am besten mit Pfeil und Bogen«, sagte Luki.

»Das ist doch alles nur ein schlechter Scherz«, stellte Sola fest. »Ich muss eingeschlafen sein, als ich dieses Buch gelesen habe. Meine Fantasie spielt mir einen wirklich miserablen Streich!«

»Oder«, sagte Luki, in dem sie das O unnötig in die Länge zog, »wir sind dem Untergang des Universums um ein Haar entkommen und sitzen jetzt auf einem unbekannten Planeten fest!«

Sola rollte mit den Augen. »Meine Idee gefällt mir besser!« Erneut beugte sie sich über das Mainboard und gab einen Code ein, der ihr just durch den Sinn geschossen war.

Wrong Password.

Sola schnaubte aufgebracht.

»Ich lasse dich lieber alleine«, seufzte Luki. »Ich sitze draußen und lasse die Schönheit dieser Insel auf mich wirken, falls du mich brauchst!«

»Viel Spaß dabei«, knurrte Sola. Sie raufte sich das kurze Haar. Inzwischen hatte sie sich an die Frisur gewöhnt und wunderte sich nicht mehr jedes Mal, wenn sie sich in die Mähne greifen wollte, wohin diese verschwunden war. Ihr Kopf fühlte sich frei und leicht an. Fehlten nur noch die intelligenten Ideen. Doch je verzweifelter sie auf einen zündenden Einfall wartete, umso nebelverhangener wurden ihre Gedanken. Was konnte sie tun, um dieses vermaledeite Raumschiff vom Fleck zu bewegen?

Die Zeit auf der Insel verging anders als in der samtschwarzen Dunkelheit des Universums. Sie war an Tag und Nacht gebunden. Schon bald wanderte die Sonne an dem Fenster des Steuerraums vorbei und neigte sich dem Horizont. Sie schickte goldorange Strahlen über das Wasser, das in Flammen zu stehen schien. Goldenes Licht machte eine zarte Staubschicht auf den Bildschirmen und Tasten sichtbar. Der Himmel färbte sich violett, dann dunkelblau, dann nachtschwarz. Sola blinzelte. Ihre Lider wurden immer schwerer, bis sie schließlich ganz zufielen. Ihre Träume zehrten an ihr und raubten ihre Nerven. Dunkle Gestalten schälten sich aus den Schatten der Insel und überwältigten die Starstorm, bis sie in der Finsternis versank.

***

Am Morgen wachte Sola mit heftigen Nackenschmerzen auf. Sie lag mit dem Gesicht auf dem Mainboard, das rot blinkte. Stöhnend richtete sie sich auf. Ihr Blick blieb an den Worten hängen, die über den Bildschirm liefen.

Wrong Password.

Wrong Password.

Wrong Password.

Sola erstarrte. Die Berührung ihrer Wange mit dem Touchscreen musste die Eingabe ausgelöst haben. Passworteingabe gesperrt. Für siebenundvierzig Tage. Die Zahl kam ihr unverhältnismäßig groß vor. Siebenundvierzig Tage? So lange musste sie es auf dieser Insel aushalten, um es erneut versuchen zu können?

»NEIN!«, rief Sola panisch und trat mit der Stiefelspitze gegen den Computer.

»Randalierst du schon wieder?«

Sola zuckte zusammen. »Luki«, schimpfte sie, »du hast mich fast zu Tode erschreckt!«

»Ihr Menschen seid solche Jammerlappen!«

»Wir Menschen haben Herzen, die stehen bleiben, wenn man sie zu sehr erschrickt«, fauchte Sola.

»Und, wie kommst du voran?«, fragte Luki.

»Gar nicht«, gab Sola zähneknirschend zu. »Die Eingabe ist blockiert.«

»Ich dachte mir, dass du es nicht hinkriegst«, meinte Luki.

»Besten Dank für dein Vertrauen«, fauchte Sola. »Was soll ich denn jetzt nur tun?«

»Diesen neuerlichen Zustand akzeptieren«, sagte Luki. »Ich glaube nicht, dass du hier noch viel ausrichten kannst. Es sei denn, du möchtest siebenundvierzig Tage in diesem Raum verbringen. Aber davon möchte ich dir abraten. Auf dich wartet eine ganz neue Welt, die erobert werden will. Du musst nur den ersten Schritt wagen!«

»Ich bin nicht mutig«, stöhnte Sola.

»Du wirst lernen, es zu sein.« Luki zerrte sie unbarmherzig auf die Beine. »Und jetzt komm!«

»Und wohin soll ich kommen?« Sola zog eine Schnute.

»Schau dir wenigstens an, was dich erwartet. Das schuldest du deinem Vater!«

»Er schuldet mir jede Menge Erklärungen - und die kriege ich auch nicht. Das nennt man Leben.«

Luki machte ein mechanisches Geräusch, das einem Zungeschnalzen nicht unähnlich war. »Ich wünschte, man könnte Menschen so programmieren, dass sie das meckrige Teenager-Alter überspringen könnten!«

»Das wird bald nicht mehr nötig sein«, entgegnete Sola. »Ich werde hier jämmerlich verdursten. Das war's dann endgültig mit der Menschheit.«

»Kein Wunder, dass ihr vom Aussterben bedroht seid.« Luki schüttelte genervt den Kopf. »Kommst du jetzt oder muss ich dir Beine machen?«

Unwillig verließ Sola den Steuerraum. Luki führte sie zwei Treppen hinab in den Bauch des Schiffes. Die Eingangshalle war repräsentativ gestaltet. Unter der Decke schwebte ein Kronleuchter, der trübes Licht auf ein paar vergilbte Fotografien warf, die in überdimensionaler Größe an den Wänden hingen. Ein paar Plastikpflanzen, die eine Staubschicht angesetzt hatten, standen vergessen in den Ecken. Ein schwerer, flauschiger Teppich führte zu der Luke, über der man einen protzigen Türrahmen mit aufwendigen Schnitzereien aufgebaut hatte. Dazwischen fand sich ein großer Schalter, der die Luke öffnete und die Strickleiter ausfuhr, sobald man ihn betätigte. Luki blieb davor stehen und sah Sola vielsagend an, während sie den Schalter drückte. Der Boden der Starstorm erzitterte, als die Leiter summend ausfuhr.

»Wenn du glaubst, ich gehe da runter, sind deine Schaltkabel verknotet. Was, wenn ich gefressen werde?«

Lukis herablassender Blick wanderte von Solas Schopf bis zu den Sohlen. »An dir ist nichts dran, was sich zu fressen lohnt!«

»Du hast ja leicht reden, denn du kannst die Starstorm überhaupt nicht verlassen«, brummte Sola. »Was ist, wenn die Fische da unten giftig sind? Oder wenn sie mir die Zehen abkauen?«

»Deine Füße stecken seit Wochen in diesen ekligen Stiefeln. Vertrau mir, da will keiner dran knabbern!«

»Als wir dem Mondwal begegnet sind, wolltest du mich davon abhalten, etwas Wagemutiges zu tun. Und jetzt drängst du mich dazu?«

»Dein Vater hat uns nicht auf diese Reise geschickt, um Mondwale zu retten. Er wollte, dass wir diese Insel erreichen!«

»Ich bezweifle, dass er wusste, was er tat. Es musste schnell gehen. Vielleicht hat er die falschen Koordinaten eingegeben. Diese Insel kann unmöglich sein Ernst gewesen sein!«

»Findest du nicht, dass es ein großer Zufall wäre, wenn wir durch falsche Koordinaten am Rande des Universums auf einem Planeten landen, den es nicht geben sollte?«

»Wieso durfte ich nicht sterben?«, jammerte Sola.

»Weil du es wert bist, gerettet zu werden. Es liegt jetzt an dir, es deinem Vater zu beweisen!«, gab Luki zurück.

Sola streckte ihren Kopf aus der Öffnung. Obwohl ihr das Blut in den Kopf lief und sich darin ein unangenehmer Druck ausbreitete, kniff sie die Augen zusammen, um das, was sie von hier aus von der Insel sehen konnte, zu beobachten. Der Strand wirkte friedlich. Ein paar Vögel tollten über riesenhafte Palmen und drehten Pirouetten in der Luft. Sie zwitscherten ausgelassen, während die Wellen leise gegen den Strand schlugen. In der Ferne konnte Sola den wolkenverhangenen Gipfel des riesigen Berges sehen. Die Landschaft wirkte wie ein Gemälde: friedvoll, aber mystisch. Tatsächlich war Sola sich sicher, dass ihr Vater sie an keinen Ort geschickt hätte, der einen qualvollen Tod für sie bedeutet hätte. Angst hatte sie trotzdem.

»Lass mich nicht allein, Luki«, bat sie leise und schämte sich gleichzeitig für ihre Worte.

»Ich werde die ganze Zeit hier stehen bleiben«, versprach Luki und tätschelte Solas Schulter. »Schlimmer als ein Zahnarztbesuch wird das bestimmt nicht!«

»Ich würde lieber zum Zahnarzt gehen als nach da unten«, grummelte Sola. Sie holte tief Luft und schob alle Gedanken, die sie fesselten, von sich. Sie wollte nicht länger über das nachdenken, was geschehen könnte. Sola wagte sich vor, griff nach einer Sprosse und kletterte langsam nach unten. Das Wasser lag ruhig und kristallklar unter ihr. Sie konnte jedes Sandkörnchen sehen, das von den leichten Wellen hin und her geschubst wurde. Ein violetter Vogel schoss vorwitzig und haarscharf an Sola vorbei. Er stimmte ein ausgelassenes Lied an und verschwand im blauen Himmel, an dem drei blasse Monde hingen. Sola kam nicht umhin, sie fasziniert anzustarren. Den Himmel von Karit schmückte ein einziger, weit entfernter Mond mit finsteren Kratern. Diese drei waren hell, voll und rund und weckten die Sehnsucht, sie anfassen zu wollen. Der Erste war der Größte. Schräg über ihm strahlte der Kleinste. Darunter präsentierte sich der Letzte. Zwischen ihnen funkelten sogar im Tageslicht Sterne. Der Himmel über dieser Insel war reich und voller Leben, während jener über Karit zuletzt vom Tod gezeichnet worden war, bis alle Sterne erloschen waren. Eine gleißende Sonne spendete der Insel in einem sonderbaren Winkel Licht und Schatten. Es war, als hinge sie schief am Himmel. So etwas hatte Sola noch nie gesehen.

Die Leiter endete knapp über der Wasseroberfläche. Sola hielt inne, ehe sie nasse Füße bekam. Sie beugte sich vor und beobachtete die silbernen Fischchen, die sich aufgeregt um den Schatten der Leiter auf dem Meeresboden versammelten. Das Wasser war nicht tief, vielleicht hüfthoch für Sola, wenn sie hineingesprungen wäre. Ein Fisch, der plötzlich mit Schwung aus dem Wasser schoss, in einem Bogen um Sola herumflog und dann wieder spritzend im Meer landete, hielt sie davon ab, die Leiter zu verlassen. Was, wenn sie doch an ihren Zehen knabbern würden?

»Was siehst du?«, rief Luki von oben.

Sola legte den Kopf in den Nacken und blinzelte. Luki strahlte hell vor dem schwarzen Schlund, der in den Bauch des Schiffes führte. »Fische!«, antwortete sie. Am Strand raschelten die fächerartigen Blätter der Palmen und bewegten sich anmutig im leichten Wind. Das dichte Unterholz, das den Strand wie eine Mauer umfasste, knackte. Sola kniff die Augen zusammen und versuchte, Tiere oder andere Lebewesen zu entdecken.

Zu ihrer Linken erhob sich am Strand ein seltsames Gebilde. Sola suchte in ihrer Erinnerung etwas Vergleichbares, doch sie fand nichts, das dem ähnlichgesehen hätte. Hoffentlich war es nicht gefährlich. Rechts von Sola vollzog die Bucht einen Bogen und ging in die steilen Klippen über, die sie bereits von der Starstorm aus beobachtet hatte. Wagemutig streckte sie die Hand nach der klaren Wasseroberfläche aus. Das Wasser war warm, doch sie zog die Finger erschrocken zurück, denn sofort schossen die frechen Fische auf sie zu.

»Luki!«, rief Sola und schirmte die Augen mit der Hand ab.

»Ich bin da!«, entgegnete Luki.

»Zieh die Leiter hoch!«, rief Sola panisch.

»Willst du nicht an Land?«

»Nein!«

»Aber…«

»Zieh die Leiter hoch!«, kreischte Sola. Die Leiter erzitterte und bewegte sich langsam und träge mit dem gleichmäßigen Summen nach oben. Die Fische wurden immer kleiner, bis sie nur noch graue Punkte unter Wasser waren, das die Strahlen der Sonne spiegelte. Sobald sie oben angekommen war, sprang Sola auf den flauschigen Teppich. Nach dem Bad in der Sonne mussten sich ihre Augen erst wieder an die Dunkelheit gewöhnen.

»Was ist dort unten?«, fragte Luki neugierig.

»Nichts«, sagte Sola.

»Was soll das heißen? Nichts?«, wollte Luki wissen steckte die Nase aus der Luke. »Da unten wartet ein vollkommen unerforschter Planet auf dich und du siehst… *nichts*?«

»Die Insel erscheint mir kaum außergewöhnlich. Es gibt Wasser, Sand und Palmen. Ich weiß nicht, warum mein Vater mich ausgerechnet hierhergeschickt hat. Ich kenne das alles von Fotos, aber ich kann nichts damit anfangen. Wo sind die Straßen? Häuser? Wo kriege ich Essen her? Was ist mit Trinkwasser?«

»Wasser kommt normalerweise nicht aus Hähnen!«

»Ich weiß. Aber in meiner Welt schon. Das hier ist nicht meine Welt! Wie soll ich dort draußen überleben?«

»Du wirst es lernen. Das ist der Vorteil am Menschsein. Man ist in der Lage, sich neue Fähigkeiten anzueignen!«

»Und wenn ich das nicht will?«, entgegnete Sola.

»Dann ist dein Vater umsonst gestorben. Dann hätte er selbst hierherkommen können. Stattdessen hat er dich auf diese Reise geschickt. Er wollte, dass du es schaffst.«

»Ist das jetzt mein ständiger Antrieb? Mein Vater ist gestorben, um mich zu retten. Also muss ich alles tun, was er vermeintlich gewollt hat?« Niemand hatte sie je gefragt, was sie wollte. Wenn es nach ihr gegangen wäre, hätte sie sich im 285. Stock an ihren Dad gekuschelt und wäre an seiner Seite gestorben, wie es vorgesehen war. Wieso hatte er ihr diesen Wunsch nicht erfüllen können?

***

»Das riecht, als wäre es gestorben. *Zweimal*!« Sola rümpfte die Nase, als sie das grau-grüne Etwas betrachtete, das eigentlich Pasta e Pesto hätte werden sollen. »Auf der Verpackung steht Pesto rosso. Das ist nicht rosso. Das ist Kotzegrün!«

»Wenn dein Vater noch leben würde, würde ich spätestens jetzt eine Gehaltserhöhung verlangen«, sagte Luki und warf das, was sie für Sola zubereitet hatte, einfach aus dem Fenster der Küche. Sola hörte ein fernes Platschen. »Vielleicht sterben die Fische daran und du kannst gefahrlos an Land!«

»Wenn ich nicht vorher an den Gasen gestorben bin«, sagte Sola und hielt sich die Nase zu. »Mir ist der Appetit vergangen!«

»Nichts da!«, rief Luki. »Du brauchst deine Kräfte. Du musst etwas essen!« Sie hielt das in ihr Handgelenk integrierte Feuerzeug an einen mit Wasser gefüllten Topf und brachte es zum Kochen. Dann riss sie einen zweiten Beutel mit vakuumverpacktem Essen auf und schüttete das Wasser bis zur vorgegebenen Linie hinein. »Siehst du, du brauchst keinen Strom, um Wasser zu kochen. Du brauchst mich!« Sie schloss den Beutel und schüttelte ihn, um den formlosen Inhalt darin zu einer einheitlichen Masse zu verschmelzen. Als sie fertig war, stellte sie ihn vor Sola. »Guten Appetit!«

Sola zückte die Gabel, aber als sie den seltsamen Geruch wahrnahm, der von der Überlebensration ausging, wurde ihr ganz anders. »Aus mir wird kein guter Seebär.«

»Aus dir wird überhaupt kein Bär. Du bist zu klein und schmächtig!« Luki musterte sie. »Aber vielleicht wird es noch, wenn du brav aufisst.«

Sola schob sich lustlos eine Gabel in den Mund und verzog das Gesicht. »Schmeckt wie Katzenfutter. Waren noch Schokoriegel in der Ration?« Sie beugte sich vor und fischte nach der Verpackung. Der Vorratsraum war voll von diesen Futterrationen, die ihr Vater im Notfall an die Crew verteilt hatte. Das vakuumverpackte Essen hielt ewig, schmeckte aber auch entsprechend. Sola sehnte sich nach Pazza – ihrer Leibspeise, die ihr Vater eigens kreiert hatte. Pazza war eine Mischung aus Pizza und Pasta und war nur etwas für Menschen, die gerne auf kulinarischen Abwegen wandelten. Doch so weit konnte Sola nicht auf Abwege geraten, dass sie sich je mit diesen Futterrationen angefreundet hätte.

»Den Nachtisch gibt es erst, wenn du aufgegessen hast!«, rief Luki streng und nahm ihr die Packung aus den Händen.

Sola murmelte etwas vor sich hin und löffelte lustlos in ihrem matschigen Essen.

»Ich habe mir die Vorräte angesehen. Es sind noch zweihundertsechsunddreißig Frühstücksrationen und dreihundertvierundvierzig warme Speisen im Frachtraum. Damit könntest du sehr lange an Bord der Starstorm überleben. So lange, bis wir wissen, wie es weitergeht... Das einzige Problem sehe ich im Wasserverbrauch«, bemerkte Luki, nachdem Sola ihre Gabel niedergelegt hatte. »Ohne Strom funktioniert der Wasserfilter nicht.«

»Was schlägst du vor?«, fragte Sola. »Soll ich den Filter per Hand bedienen?«

»Per Hand?«, wiederholte Luki. »Soll das etwa witzig sein?«

»Wenn du mit der Hand Feuer machst, könnte ich den Filter manuell antreiben«, meinte Sola.

Luki schwieg kurz und dachte über ihre Worte nach. Dann sagte sie: »Es läuft viel mehr darauf hinaus, dass du manuell Wasser beschaffen musst!«

»Oh«, machte Sola. Doch mit vollem Bauch war ihr diese Vorstellung nur halb so unheimlich. Sie gähnte herzhaft und schob ihren Teller an den Rand des Tisches. »Damit möchte ich mich jetzt nicht beschäftigen!«

»Und womit möchtest du dich beschäftigen, Miss Sola?«, fragte Luki spitz.

»Mit gar nichts«, antwortete Sola und stand auf. »Ich will einfach nichts machen.«

»Du bist ein Mensch. Es ist für dich unmöglich, nichts zu machen. Dein Herz schlägt, deine Augen sehen, deine Muskeln zucken. Du machst immer etwas!«

»Okay, dann mache ich eben das!« Sola winkte halbherzig und verließ die Küche. Der Geruch ihres Essens war in den Flur geströmt. Er verließ sie erst, als sie die Tür zum Hauptdeck aufstieß und in die frische Nachtluft trat. Sola suchte sich ein gemütliches Plätzchen an Deck und ließ sich darauf nieder. Sie bettete den Kopf auf die Arme und beobachtete, wie am Himmel nach und nach tausende Sterne auftauchten. Am Rande des Universums schien der elektromagnetische Strom seinen verheerenden Feldzug noch nicht vollzogen zu haben. Die drei Monde waren inzwischen so gigantisch, dass Sola Angst hatte, sie würden auf die Insel fallen. Sie hörte, wie Luki betont laut nach oben kam und das Zimmer ihres Vaters betrat. Als sie eine Kerze entzündete, fiel ein flackernder Kranz durch das Fenster auf die Dielen. Sie war froh, dass Luki aufgegeben hatte, sie zu beschäftigen. Sie brauchte Zeit, ihre Gedanken zu ordnen. Sie wollte ihrem Vater nicht undankbar sein für ihre Rettung. Aber in manchen Momenten fiel es ihr dennoch schwer. Und genau das nagte an ihr. Sie war seiner einfach nicht würdig gewesen. Er hatte eine mutige, tapfere und dankbare Tochter verdient, die voller Tatendrang die Insel erkundete, zu der ihr Vater sie geführt hatte. Stattdessen fürchtete sie sich vor ihrem eigenen Schatten und weigerte sich, sich der neuen Situation anzupassen.

Unaufhaltsame Tränen strömten über ihre Wangen und sickerten in ihr kurzes Haar, das in alle Richtungen abstand. Sola weinte fast die halbe Nacht. Irgendwann überwältigte die Müdigkeit sie und trug sie hinfort in einen unruhigen Schlaf mit Träumen vom Weltuntergang und fliegenden Menschen, die wie Ballons ins Universum aufstiegen.

***

Helle Strahlen der aufgehenden Sonne kitzelten Solas Nase früh am Morgen. Sie kniff die Augen zusammen und stöhnte, weil ihr Rücken schmerzte. Sie hatte die ganze Nacht eingerollt in Embryo-Stellung an Deck verbracht. Nun zahlte sie den Preis dafür. Die Vögel zwitscherten und Sola wunderte sich, dass sie nicht schon eher wach geworden war bei dem Lärm, den sie veranstalteten. Sie streckte sich, ihre Knochen knackten. Dann rappelte sie sich schwerfällig auf. Als sie ihren Blick über die Reling zur Insel schweifen ließ, stockte ihr der Atem. In der Luft um die Starstorm hingen hunderte durchsichtige Quallen, deren lange Tentakel sich sanft in der Morgenbrise bewegten. Sobald das Licht sie traf, nahmen sie einen tiefen Violett-Ton an. Eine Qualle schwebte so tief, dass die Enden ihrer Tentakel Solas weißblonden Schopf streiften. Sola quietschte und entwand sich der Berührung, indem sie über Deck hüpfte wie über heiße Kohlen. Sie floh in die Kabine des Capt'ns.

Luki schaute auf. »Geht es dir gut?«, fragte sie überrascht.

»Hast du sie noch nicht gesehen?«, entgegnete Sola und bedeutete ihr, nach draußen zu schauen.

Luki folgte ihrem Blick und nickte. »Faszinierend. Das sind Mantis-Quallen. Sie leben dicht über der Meeresoberfläche und ernähren sich von den Strahlen der aufgehenden Sonne. Im Grunde sind sie ungefährlich!«

»Im Grunde?«, wiederholte Sola und schüttelte sich.

»Naja, wenn ihre Saugnäpfe deine Haut berühren, solltest du schnellstmöglich Jjiga-Eier auftreiben. Das Eiweiß stoppt das Gift relativ zuverlässig. Das einzige Problem ist, dass es Jjigas nur im Zwölften System gibt…«

»Sehr schön«, schloss Sola. »Dann verbringe ich den Tag eben hier drinnen!« Sie ließ sich in einen alten Ohrensessel fallen und verschränkte die Arme vor der Brust.

»Mach es dir nicht zu bequem, sobald die Sonne voll am Himmel steht, verziehen sich die Quallen«, sagte Luki und widmete sich erneut ihrer Lektüre.

Tatsächlich dauerte es nicht allzu lange, bis Bewegung in das Quallen-Feld kam. Sie sanken träge gen Wasser, wo sie eintauchten und ihre langen Tentakel treiben ließen. Sola wartete, bis auch die Letzte verschwunden war, und verließ die Kabine.

»Heute werde ich mutiger sein«, versprach sie sich selbst. Sie hatte ohnehin keine Wahl. Die Wasservorräte auf der Starstorm neigten sich allmählich dem Ende. Sie musste etwas unternehmen, ob sie wollte oder nicht.

Sola straffte die Schultern. Luki blätterte gerade in einem monströsen und vor allem uralten Buch mit porösem Ledereinband und goldenen Lettern. Sola wusste, dass es eines der Logbücher ihres Vaters war. Er hatte immer Wert auf antiken Charme gelegt und seine Daten grundsätzlich nicht in neumodischen Cybooks erfasst. Sola wollte die Roboter-Dame nicht stören, also schnappte sie sich die lederne Feldflasche ihres Vaters und suchte alleine den Eingangssaal der Starstorm auf.

Diesmal machte sie das Summen der Leiter nicht halb so nervös. Über Nacht war ihr Mut gewachsen. Sie würde ihrem Vater alle Ehre machen. Den Wind, der sie erfasste, atmete sie tief ein. Die Luft roch würzig, das Wasser salzig. Sola war voller Zuversicht, als die kleinen Fische unter der klaren Oberfläche auftauchten. Sie würden sie nicht zum Frühstück verspeisen. Eine Sekunde zögerte sie. Dann sprang sie. Heute Morgen war das Wasser ein wenig kälter als gestern Nachmittag. Dennoch hatte es eine angenehme Temperatur, als es um sie herumspritzte. Um die kleinen Fische musste sie sich nicht mehr sorgen. Erschrocken flitzten sie in alle Himmelsrichtungen.

Solas Kleid sog sich voll Wasser und waberte wie Seegras um sie herum. Sie raffte den Stoff und watete auf den Strand zu, während die leichte Strömung gegen ihre Beine schlug. Sie wandte sich um. Die Starstorm schwebte ruhig über der Szenerie und verlieh ihr durch die winkende Roboter-Dame an Deck einen skurrilen Anblick. Sola nickte Luki grinsend zu, ehe sie ihren Weg an Land fortsetzte. Der Boden stieg leicht an, sodass ihre Schritte schwerer wurden. Ihre Stiefel wogen Tonnen. Sie waren randvoll mit Wasser. Als sie den Strand erreichte, ließ sie sich auf den warmen Sand plumpsen, streifte sie mit Mühe von ihren Füßen und kippte sie aus. Dann gab sie Luki ein Zeichen, dass alles in Ordnung war. Sie sah sich um. Vor ihr lag der Dschungel. Neben ihr beschrieb der Strand eine Kurve. Auf der anderen Seite erhob sich in einigen Metern Entfernung etwas, das wie eine abstrakte Skulptur aussah. Halbrunde Streben ragten unheilvoll in die Luft. Sie waren weiß wie Schnee und an den Enden so hell, als würden sie sich einfach auflösen. Sie kämpfte sich zurück in das nasse, unbequeme Leder und lief darauf zu, bis das Gebilde hoch über ihr aufragte und sie den Kopf in den Nacken legen musste. Was war das? Zeugte dieses *Ding* etwa von anderen Menschen, die auf der Insel gelebt hatten? Die Streben beschrieben einen Bogen, der sich nach oben hin öffnete. Irgendwie kam Sola das, was sie sah, bekannt vor. Aber ein undurchdringlicher Nebel hüllte ihre Gedanken ein und sorgte dafür, dass sie sie nicht fassen konnte. Sie streckte die Hand aus und berührte vorsichtig die Oberfläche. Sie fühlte sich kühl an, obwohl sie den heißen Strahlen der Sonne ausgeliefert war. Und gleichwohl das Material statisch war, schien sich etwas darunter zu bewegen. Es sah aus, als zögen Wolken darunter hinweg. Dort, wo ihre Finger auflagen, schimmerten sie golden. Sie streichelte die Skulptur überall dort, wo sie drankam, und verwandelte sie in ein goldenes Kunstwerk. Nein, das konnte kein Mensch im ganzen All geschaffen haben. Dessen war sie sich sicher. Als sie die Hände sinken ließ, verschwand das Gold in dem Pulsieren der Wolken.

Sola lief rückwärts auf die Mauer aus Grün zu und schüttelte den Kopf. *Seltsam.* Sie näherte sich der dichten Linie aus Palmen und Büschen, die sie vom Wald trennte. Einen letzten Blick warf sie über die Schulter zurück auf das Gebilde, auf die Starstorm, bevor sie in die Kühle des Dschungels eintauchte.

Den Boden federten Laub, Kräuter und kleinere Hölzer. Büsche und Blumen brachen aus dem Teppich und suchten das Tageslicht. Über ihnen erhoben sich riesige Palmen. Ihre Fächer waren weit weniger dicht, wie es von der Starstorm aus den Anschein gehabt hatte. Der Dschungel war hell, wenn auch an manchen Stellen ein wenig schattig. Die Luft war kühler als in der Bucht und erfüllt von exotischen Düften. Die Blätter raschelten und ihre Geräusche wurden zu einer fremdartigen Melodie, die Sola Angst einjagte. Ihre Augen rollten wild in den Höhlen. Sie wollte alles sehen, bevor sie von einer unbekannten Gefahr überrascht wurde. Sie hob die Feldflasche wie ein Schwert mit beiden Händen. Nur für den Fall…

Sola musste nicht lange laufen, bis sie das klangvolle Plätschern eines Baches hörte. Wie eine silbrig glitzernde Schlange wand er sich durch den Dschungel. Der Boden um den Bach herum war morastig. Schmatzend verschlang er Solas Stiefel. Hellblaue Blümchen kämpften sich durch den Schlamm und brachten den Boden zum Leuchten. Wasser würde fortan also kein Problem mehr darstellen. Der Bachlauf führte mehr als genug davon.

Als Sola sich ans Ufer kniete, färbte sich der ausgefranste Saum ihres Kleides dunkel durch schwarz-schmutziges Wasser. Die sprudelnde Oberfläche zerteilte ihr Spiegelbild in tausend kleine

Stückchen. Sola kniff die Augen zusammen und suchte nach Fischen und Flusskrebsen. Erst als sie sicher war, dass darin nichts lebte, formte sie die Hände zu einer Hohlkehle und schöpfte Wasser. Es schmeckte frisch und klar und rann kühlend ihre Kehle hinab. Schließlich füllte Sola die Feldflasche bis zum Rand und erhob sich aus dem Schlamm.

Auf ihrem Rückweg malte die Sonne in einem sonderbaren Winkel goldene Flecken auf den Waldboden. Als Sola den Strand erreichte, ließ sie die Feldflasche in den Sand plumpsen und zog ihre Stiefel aus. Barfuß schlenderte sie über den heißen Sand und kühlte ihre Füße in den Wellen des Meeres. Solas Vater hatte ihr einmal von dem Kitzeln der Sandkörner zwischen den Zehen vorgeschwärmt. Missionen auf naturbelassenen Planeten hatte er geliebt. Wenn er wieder zu Hause war, nahm er Sola in den Arm und erzählte ihr von dem Rascheln der Blätter, wenn Wind sie durchfuhr, von dem feurigen Schmerz, wenn man in Nesseln fasste, oder eben von dem feinen Sand, der die Fußsohlen kitzelte.

Dieser Moment gehört nur dir, dachte Sola und sah zum Himmel, von wo aus der Capt'n sie hoffentlich beobachtete. Dann streckte sie die Hände nach dem Sand aus und malte Bilder und Buchstaben hinein. Wie sehr sich die trockenen von den nassen Körnern unterschieden! Einmal waren sie leicht wie Luft und wurden mit ihr hinfort getragen. Ein anderes Mal waren sie schwer und fielen wie Steine zu Boden. Sola hätte den ganzen Tag damit verbringen können, wie ein Kind im Sand zu spielen. Warum auch nicht? Außer Luki und ihr gab es hier ohnehin niemanden, der sich über das halberwachsene Mädchen im Prinzessinnen-Kleid, das im Sand spielte, hätte lustig machen können. Sola fühlte sich frei und ausgelassen. Sie hüpfte über den Strand, warf mit Händen voll Sand um sich und planschte in den winzigen Wellen. Die Sonne stieg immer höher und brannte auf ihren Kopf. Irgendwann ließ sie sich erschöpft fallen und streckte die Glieder von sich. Es dauerte nicht lange, da fielen ihre Augen zu.

Ihr Vater tauchte zwischen den Büschen auf. Sola starrte ihn an, als wäre er eine Halluzination. Doch als er dröhnend lachte, wusste sie, dass nur er es sein konnte. Sie sprang auf und flog in seine Arme.

»Daddy!«, rief sie und vergrub das Gesicht in dem ihr vertrauten Jackett, das nach Pfeifentabak und Pfefferminze roch. Der Capt'n schlang die bärigen Arme um seine zarte Tochter und hob sie hoch. Sola kicherte und pures Glück floss durch ihre Adern. Er hatte auf sie gewartet!

Hand in Hand schlenderten sie den Strand entlang. Sola konnte nicht aufhören, ihren Vater anzusehen. Die schrecklichen Erinnerungen an ihren Abschied verblassten mit jeder Sekunde, in der er sie anlächelte. Sie hatte ihn wieder!

Doch dann geschah etwas, das Sola erkennen ließ, dass sie träumte. Ihr Vater bückte sich. »Hast du das gesehen?«, fragte er. Er wühlte im Sand und grub etwas aus, das in der Sonne glänzte. »Das ist ein Jjiga-Ei!«, rief er und hielt es gegen die Sonne. Sola drehte sich der Magen um, denn ihr Gedächtnis spulte Lukis Worte ab: »Das einzige Problem ist, dass es Jjigas nur im Zwölften System gibt…«

»Daddy«, flüsterte sie.

Der Capt'n strahlte. Er nahm ihre zarte Hand in seine Bärenpranke und legte das Ei hinein. Sola zitterte, als sie die Finger darum schloss.

Ein Knacken ließ sie zusammenzucken. Sie blinzelte und ihr Vater war verschwunden. Verwirrt sah Sola sich um. Sie lag noch an der Stelle, an der sie sich niedergelassen hatte. Die Sonne war ein Stück gewandert, ihre Haut brannte. Als sie sich aufrichtete, rieselte Sand von ihren Schultern. In der rechten Hand hielt sie etwas, das noch nicht da gewesen war, als sie eingeschlafen war. Solas Herz pochte wild, als sie die Finger öffnete. Sie traute ihren Augen kaum, als sie das Jjiga-Ei erkannte, das ihr Vater ihr gegeben hatte. Seine silberfarbene Schale funkelte im Licht.

»Daddy?«, fragte Sola mit gebrochener Stimme. Mit beiden Armen drückte Sola die Feldflasche an die Brust, als wäre sie ein Teddybär. Niemand antwortete. Stattdessen knackte das Unterholz, das den Strand einfasste. Diesmal war es unmittelbar hinter

Sola. Die herzförmigen Blätter eines Strauches schüttelten sich. Etwas schlich im Dunkel daran vorbei. Sola schrie auf und stürmte blindlings auf das Meer zu. Wasser spritzte um sie herum und nahm ihr die Sicht, bis sie sich kopfüber hineinwarf und zu dem Ende der Leiter kraulte, das Ei fest in der Hand. An die Fische verschwendete sie keinen Gedanken mehr.

»LUKI!«, schrie Sola, als sie die untersten Sprossen erreichte. Sie wollte nicht warten, bis die Roboter-Dame die Eingangshalle erreichte. Also kletterte sie die Leiter mühselig nach oben. Mit jedem Zug schwenkte das untere Ende mehr, bis Sola schwindelig davon wurde und sie sich kaum noch halten konnte. In dem Moment erschien Lukis Kopf in der Luke. Sie gab Sola ein Zeichen und rollte die Leiter ein. Als jene Sprossen, an die Sola sich klammerte, in die sichere Schwärze der Eingangshalle eintauchte, ließ sie los und fiel wie ein nasser Sack auf den Teppich. Das feuchte Haar klebte an ihrer Kopfhaut, Tropfen rannen über ihren Nacken. Sie schüttelte sich und versuchte, zu Atem zu kommen.

»Himmelherrgottnochmal«, sagte Luki, »was ist mit dir passiert?«

»Da war etwas im Gebüsch«, keuchte Sola. »Es wollte mich fressen!«

Luki schwieg und Sola war sich sicher, dass sie die Augenbrauen gehoben hätte, wenn ihr Gesicht nicht eingefroren wäre. »Aha«, machte die Androiden-Dame. »Gut, dass an dir nichts dran ist, was schmeckt. Was ist mit deinen Schuhen geschehen?«

»Oh nein!«, stöhnte Sola und wackelte mit den nackten Zehen. Ihre Stiefel lagen noch immer am Strand. Dort, wo sie sie ausgezogen hatte. Sie schlug sich mit der flachen Hand gegen die Stirn. Lukis Aufmerksamkeit erregte allerdings ihre andere Hand.

»Was hast du da?«, fragte sie. Sola reichte ihr stumm das Ei. Während sie es auf Augenhöhe hielt und scannte, wrang Sola ihr Kleid aus. »Das ist unmöglich! Wo hast du es her?«

Sola zuckte kraftlos die Achseln. »Ich kann es dir nicht erklären. Ich habe geträumt. Mein Vater gab es mir. Und als ich aufwachte, hielt ich es in der Hand!«

»Klingt mir wie Zauberei«, stellte Luki spitz fest und gab Sola das Ei zurück.

»Vielleicht«, antwortete sie und betrachtete es.

»Es gibt keine Zauberei«, meinte Luki sachlich. »Es muss eine andere Erklärung geben!«

»Hast du nichts am Strand gesehen?«, fragte Sola hilflos.

»Ich war in die Aufzeichnungen deines Vaters vom 4. Hiems im Jahr der Blüte 519 NZ beschäftigt. Es war einfach eine Tragödie, als…«

Sola, die die Geschichte um den Tod des Co-Kapitäns schon etliche Male gehört hatte, schnitt Luki das Wort ab: »Ich gehe nach oben und beobachte die Bucht. Vielleicht fällt mir etwas Ungewöhnliches auf!«

»Oh, du solltest nicht mehr nach draußen gehen, Miss Sola!«, sagte Luki.

»Warum?«

»Du siehst aus wie eine Tomate. Ich bin sicher, dass du dich in ein paar Stunden häuten wirst, deine Haut ist total verbrannt!«

»Menschen können sich nicht häuten«, wandte Sola ein.

»Ich weiß. Das war eine Hyperbel, du dummes Kind. Das ist ein rhetorisches Stilmittel, eine Übertreibung, um Sachverhalte überspitzt und dennoch korrekt darzustellen. Damit meinte ich…«

Müde winkte Sola ab. »Ist mir egal. Ich gehe und häute mich!« Sie ließ Luki stehen und trottete mit gesenktem Kopf und eingezogenen Schultern zurück an Deck. An der Reling suchte sie sich das bequemste Stückchen Holz und rollte sich dort zusammen, um durch die Ritzen in den Planken den Strand zu beobachten. Sie sah ihre Stiefel, die nahe der Grenze zwischen nassem und trockenem Sand lagen. Sie seufzte tief, denn ihr fehlte der Mut, um zurückzukehren und sie zu retten.

Der Nachmittag wurde unendlich lang und Solas Magen beschwerte sich lauthals. Gleichzeitig war ihr schlecht. Sie fühlte sich unwohl. Sie hatte Heimweh. Und sie trauerte um ihren Vater und um die ihr bekannte Welt. So oft hatte sie schlecht über Karit und seine Bewohner gesprochen, hatte davon geträumt, an der Seite ihres Vaters das Universum zu erobern. Das waren die kindlichen Hirngespinste eines Mädchens gewesen, das niemals die eigene Galaxie verlassen hatte. Sola hatte Angst vor ihrem eigenen Schatten. Wie sollte sie nur alleine auf dieser Insel überleben? Ihr Vater hätte jemand anderes mit der Starstorm retten sollen!

Der Abend brachte einen kalten Wind mit sich, der Sola in den Bauch des Schiffes scheuchte. Sie zog sich in ihr Zimmer zurück, das im Unterdeck lag. Sobald Sola laufen konnte, hatte der Capt'n ihr ein eigenes Zimmer auf der Starstorm eingerichtet. Unter dem runden Bullauge stand Solas kuscheliges Bett, auf dem sich Kissen türmten und mehrere Decken in zarten Rosé-Tönen lagen. Die Wand, die sich an das Fußende des Bettes anschloss, hing voller Bilder, die der Capt'n auf verschiedenen Planeten erstanden hatte. Sie zeigten gemalte Sagengestalten oder Landschaften, die es tatsächlich gab, aber so unglaublich aussahen, dass sie auch das Produkt der Fantasie eines begnadeten Künstlers hätten sein können. An der Wand gegenüber lehnte ein klappriges, altes Bücherregal. Seit sie an Bord der Starstorm war, kam ihr das Regal ein wenig voller vor, als sie es in Erinnerung gehabt hatte. Sola blieb davor stehen und las über die Buchrücken, die äußerst akkurat nebeneinander standen. Die Bücher der oberen Böden waren alle gleich hoch, die Buchrücken waren alle gleich breit. Nur die Gestaltung der Umschläge unterschied sich voneinander. Sola besaß zahlreiche Cybooks, obwohl ihr die antiquarischen Bücher mit echten Kartoneinbänden und papiernen Seiten viel besser gefielen. Hin und wieder hatte ihr Vater ihr ein echtes Buch von seinen Reisen mitgebracht. Die Cybooks dagegen sahen alle gleich aus: Das vordere Display zeigte ein Cover mit bewegten Bildern, auf dem Figuren die bedeutendsten Szenen der Geschichte nachstellten. Im Innern gab es lediglich zwei Seiten, die aus hauchdünnen Monitoren bestanden. Die Worte huschten darüber reihenweise hinweg, sobald man es ansah, und entführten in verlockende Welten, die Menschen auf Besen eroberten oder in denen sich Bohnenranken bis zum Himmel räkelten. Noch vor einigen

Wochen hatte Sola es geliebt, sich in fremde Abenteuer zu flüchten, während ihr eigenes darin bestanden hatte, die Schule zu bestehen.

Die Schule. Wenn sie damals gewusst hätte, wohin sie ihr Weg führen würde, hätte sie den Unterricht geschmissen und wäre Pfadfinderin geworden. Etwas, das ihr heute von Nutzen sein könnte, hatte sie in Englisch, Mathe oder Geschichte jedenfalls nicht gelernt. Vielleicht wäre Biologie hilfreicher gewesen, wenn sie nicht die meiste Zeit im Unterricht geschlafen hätte.

Sola wog das Jjiga-Ei gedankenverloren in der Hand. Seitdem war so viel geschehen. Seufzend bettete sie es in eine mit Samt ausstaffierte, gläserne Schatulle, in der ein paar vergessene Schmuckstücke lagen. Dann sank sie auf die weiche Matratze des Bettes und schaute aus dem Fenster. Von hier aus konnte sie nur das Meer sehen, das am Horizont in den Himmel überging. Die riesigen Monde wurden heller, je weiter der Tag fortschritt.

Sola schlief ein paar Stunden, bis sie von einem Krachen und einem darauf folgenden Giggeln geweckt wurde. Sie richtete sich kerzengerade im Bett auf und spitzte die Ohren. Es war, als trippelten hundert Füße über das Deck der Starstorm. Was konnte das sein? Ein neuerliches Rumpeln legte Solas Puls lahm. Hektisch sprang sie aus dem Bett und presste das Ohr gegen die Tür. Vor ihrem Zimmer bewegte sich etwas. Sie schielte durch das Schlüsselloch, aber auf der anderen Seite war es dunkel.

»Luki?«, flüsterte sie hilflos und viel zu leise, um wirklich gehört zu werden. Ein Kichern drang durch die Tür. Solas Fingernägel gruben sich in das Holz. Sie lehnte die Stirn dagegen. Was sollte sie jetzt tun? Sie könnte die Tür öffnen, einen Spaltbreit. Aber was, wenn das, was dort draußen Krach machte, gefährlich war?

Sola schloss die Augen und dachte an ihren Vater. Sie wünschte sich, wenigstens ein kleines bisschen Mut von ihm geerbt zu haben. Mit zitternden Fingern umfasste sie die Klinke. Sie drückte sie nach unten. Sobald sich die Tür öffnete, schwoll der Lärm an. Etwas surrte durch die Luft und prallte neben ihr gegen die Wand. Ein Splitterregen ergoss sich über Sola. Sie warf schützend die Hände über den Kopf und blinzelte. In der Dunkelheit des Unterdecks bewegten sich kleine Gestalten. Sie tobten zwischen den Fässern und tanzten ausgelassen über die Dielen. Silbernes Mondlicht fiel durch die Fenster und malte lange Schatten auf den Boden, die die Wesen gespenstisch groß aussehen ließen. Tatsächlich reichten sie kaum bis zu Solas Knien. Ihre Haltung war aufrecht wie die eines Menschen. Ihre winzigen Körper waren mit langem, seidigen Fell bedeckt. Nur Hände und Füße schauten nackt und rosig daraus hervor. Ihre riesigen schwarzen Augen spiegelten das Funkeln der Sterne wider. Sie hatten kleine Schweinchennasen voller Falten, die sie beim Atmen leise grunzen ließen. Es klang, als würden sie ein sehr absonderliches Lied singen. Ihre Ohren, mit kurzem Fell bedeckt, schlackerten lustig um ihren Kopf. Sie waren irgendwie… *niedlich.* Solas Furcht schwand. Sie musste lachen, als zwei der Wesen übermütig auf und ab hopsten, als wollten sie den jeweils anderen übertreffen. Ihr Fell flog dabei wild um sie herum. Von oben ertönte ein dumpfes Krachen. Während Sola zusammenzuckte, tollten die Wesen einfach weiter herum. Doch das, was da zu Bruch gegangen war, musste groß gewesen sein. Sola tastete sich durch den Flur zu der Treppe, die nach oben führte. Plötzlich stolperte eines der Wesen und stieß gegen ihre Beine. Kopfschüttelnd rappelte es sich auf und sah sie an. Eine Sekunde lang waren seine Augen schreckgeweitet. Dann begann es zu schreien. Sofort herrschte Aufruhr unter den Wesen. Sie wuselten wild durcheinander und stoben wie vom Teufel gejagt auf die Treppe zu. Sie schubsten einander und schimpften laut. Sie rempelten gegen Solas Beine und brachten sie aus dem Gleichgewicht. Erst als die Meute nach oben verschwunden war, wagte sie, sich wieder zu bewegen. Ein wenig zittrig folgte Sola ihnen.

Auf dem Hauptdeck schossen hunderte der kleinen Wesen in blinder Panik durcheinander. Ihre Schreie durchschnitten die Stille der Nacht, als ob sie die gesamte Insel aufwecken wollten. Sie knallten gegen Hindernisse und warfen sich blindlings über die Reling ins Wasser.

»Was ist hier los?« Lukis scharfe Stimme übertönte den Krach der Winzlinge.

»Das ist nicht meine Schuld«, gab Sola hilflos zurück. »Sie waren auf einmal da und…« Eine Kreatur rannte schreiend auf sie zu. Sie wurde von der Wand gestoppt, die das Treppenhaus einfasste, und taumelte benommen weiter. Dann kippte sie einfach über die Reling. »Was sind das für Teile?«, fragte Sola und beugte sich über die Reling. Sie suchte in dem schwarzen Wasser nach dem kleinen Kerl. Zwei weitere Wesen tauchten unter und zogen ihn an die Wasseroberfläche, wo er prustend nach Luft schnappte.

»Das sind Emmlinge!«, sagte Luki spitz.

»Emmlinge?«, wiederholte Sola, die noch nie von ihnen gehört hatte. »Sind sie im Universum weit verbreitet?«

»Oh«, meinte Luki, »sie leben auf jedem Planeten, auf dem es Pina-Heine gibt. Sie lieben die Nüsse, die ganz versteckt in der Baumkrone wachsen und sie sind flink genug, den Bäumen zu entkommen.« Mit schief gelegtem Kopf beobachtete sie die hektischen Emmlinge. »Wenn auch nicht besonders intelligent…« Sola kannte die außergewöhnlichen Bäume, von denen die Androidin sprach. An ihrer Schule ging das Gerücht um, dass ihrem Mathematik-Lehrer der Hintern von einem solchen Baum versohlt worden war. Sola hatte aber noch nie einen von ihnen gesehen, denn auf Karit gab es kein Grün.

Nachdem sich alle Emmlinge von Bord geflüchtet hatten und an Land ruderten, legte sich die vertraute Stille der nächtlichen Insel über die Starstorm. Sola beobachtete, wie die Wesen an Land wateten, im Sand tobten und nach und nach im Wald verschwanden. Schließlich wandte sie sich dem Chaos zu, das die kleinen Monster angerichtet hatten. Die Taue des Großmastes waren verknotet, Fässer umgekippt und deren Inhalt ausgeschüttet.

Sola seufzte. »Und wer soll das jetzt aufräumen?«

»Ich jedenfalls nicht«, sagte Luki.

Sola sondierte das gesamte Schiff. Sie öffnete die Tür zu jedem einzelnen Raum und sah sich die Unordnung, die die Emmlinge angerichtet hatten, an. Sie musste feststellen, dass sie das Wasserfass in der Küche geleert und Sola um ihre letzten Wasservorräte beraubt hatten. Die Kreaturen hatten Fässer ausgeräumt und die Bilder in der Eingangshalle verkehrt herum aufgehängt. Mit einem Besen fegte Sola auf dem Vorderdeck getrocknete Samen zusammen, als sie ein leises Grunzen wahrnahm. Sie hielt inne und lauschte. Da war es wieder. Blinzelnd versuchte sie, die letzten Spuren der Nachtschwärze zu durchdringen. In einem der Taue des Großmastes hatte sich ein winziger Emmling verheddert. Er zog und zerrte an dem Seil und klang herzzerreißend dabei. Sola legte den Besen vorsichtig auf den Boden. Dann ging sie langsam und mit erhobenen Händen auf ihn zu.

»Alles in Ordnung«, sagte sie ruhig und hockte sich neben ihn. »Ich helfe dir!« Der Winzling zuckte zusammen. Tränen schwammen in seinen riesigen Augen und nässten das kurze Fell, das sein Gesicht bedeckte.

»Rrrrr, rrrrr«, machte er hilflos.

Sola zögerte. Sie streckte die Hand aus und berührte seinen Kopf. Er fühlte sich unglaublich weich an. Der Emmling zuckte zusammen und beäugte Sola misstrauisch. Sie nahm das Tau in beide Hände und löste den Knoten, in dem er feststeckte. »Du warst wohl ein wenig wagemutig, oder?«, fragte sie. »Wolltest dich wie ein Held an dem Tau nach oben schwingen?«

»Rrrrr, rrrrr«, gab der Emmling zur Antwort und hielt sich die Hände vor das Gesicht.

»Ich wünschte, ich wäre so mutig wie du«, sagte Sola und schenkte dem Kleinen die Freiheit.

Er sah sie mit verhangenem Blick an. »Rrrrrr!«

»Gern geschehen«, lächelte Sola.

Der Emmling untersuchte das Bein, das im Tau festgesteckt hatte, und stellte es prüfend auf den Boden. Es wackelte unsicher. Er verlagerte sein Gewicht und machte zwei hüpfende Schritte in die Richtung, in der seine Artgenossen verschwunden waren. Das Bein knickte ein und der Emmling stolperte unbeholfen. Er grunzte niedergeschlagen.

»Er ist verletzt«, bemerkte Luki, die in der Tür der Kabine des Capt'ns erschienen war.

»Können wir ihm helfen?«, fragte Sola.

»Wieso sollten wir das tun?«, entgegnete Luki. »Er gehört einer Gattung wilder Affen an. Sieh nur, was sie an Deck angerichtet haben!«

»Er braucht unsere Hilfe!«, bemerkte Sola.

»Wir können ihn über Bord schmeißen!«, schlug die Androidin vor.

»Luki!«, rief Sola empört. »Das werden wir bestimmt nicht tun. Und sollte ich dich bei dem Versuch dabei erwischen, schubse ich dich über Bord!«

»Er ist ohnehin dem Tode geweiht. Wir würden ihm nur einen Gefallen tun«, meinte Luki sachlich.

»So schwer verletzt ist er nicht!« Sola sah das kleine Wesen prüfend an. Der Emmling legte den Kopf schief und erwiderte ihren Blick. Er fiepte leise wie ein Welpe. Spätestens jetzt schmolz Solas Herz. »Er ist sicher nur umgeknickt. Morgen geht es ihm besser.«

»Seine Familie ist ohne ihn weitergezogen«, sagte Luki.

»Er könnte sie einholen. Wir helfen ihm dabei!«, rief Sola enthusiastisch.

»Wie willst du das machen, wenn du dich nicht in den Dschungel traust?«, sagte Luki hochmütig.

»Du bist echt gemein«, sagte Sola.

»Die Emmlinge leben in riesigen Familien. Doch wenn sich einer von ihnen von der Gruppe entfernt, wird er verstoßen. Sie würden ihn nicht mehr aufnehmen, selbst wenn wir ihn persönlich bei ihnen abliefern.« Der Emmling machte einen jämmerlichen Laut und wischte sich mit den rosigen Händen über die wässrigen Augen. Luki betrachtete ihn abschätzig. »Er ist allein!«

»So ein Unsinn!«, rief Sola entrüstet. »Können wir ihn nicht behalten?«

»Ich will kein Haustier!« Luki trat auf der Stelle und legte die Hände auf ihren Bauch. »Sieh dir sein dichtes Fell an! Haare im…«

»Schaltkreis«, beendete Sola den Satz und verdrehte die Augen.

»Es könnte einen Kurzschluss geben!«

»Das könnte auch passieren, wenn ich dich über Bord schubse!«

»Das würdest du nicht tun!«

Sola zuckte die Achseln. »Wieso nicht, wenn du mir auf den Keks gehst?« Luki murrte vor sich hin, aber Sola ignorierte sie. Sie wandte sich an den kleinen Emmling: »Du bist nicht allein! Du gehörst jetzt zu mir!« Sie reichte ihm ihre Hand und er sah sie ein wenig verloren an. Sola lächelte ihm aufmunternd zu. Dann hinkte er zu ihr und legte seine winzigen Hände in ihre große. »Wie heißt du?«

»Rrrrr«, machte der Emmling, nickte heftig mit dem Kopf, sodass die zarten Strähnen seines silber-weißen Fells tanzten.

»Wie bitte?«

»Rrrrrrrrr!«, rief der Emmling aufgeregt.

»Das klingt wie Walter«, stellte Sola grinsend fest. »Ich nenne dich Walter. Einverstanden?«

Der Emmling machte einen Jauchzer, aber Luki mischte sich ein: »Der Name ist schrecklich!«

»Bist du eifersüchtig?«, fragte Sola genervt.

»Ich? Ich und eifersüchtig?«, empörte Luki sich. Sie schüttelte mechanisch den Kopf. »Auf einen komischen Affen? Unverschämtheit«, grummelte sie. »Ich bin doch nicht eifersüchtig auf einen zotteligen Affen mit einem erbsengroßen Gehirn.« Sie wandte sich um und verschwand erhobenen Hauptes in der Kabine des Capt'ns.

»Ich nehme an, sie hilft mir nicht beim Aufräumen«, brummte Sola. Sie hob ihren Besen auf und zog ihn hinter sich her.

»Rrrrr?«, machte Walter.

Vor der Tür ins Innere des Schiffes blieb Sola stehen. Sie sah mit gehobenen Brauen über die Schulter. »Ich räume das Chaos auf, das ihr angerichtet habt. Was denkst du denn?«

Verloren legte der Emmling den Kopf schief.

»Na komm schon«, sagte Sola. »Du musst nicht alleine hierbleiben. Du kannst mir helfen.«

Sie würde Stunden damit beschäftigt sein, das Durcheinander, das die Kleinen angerichtet hatten, zu beseitigen. Sie warf ein paar alte E-Paper in eine dafür vorgesehene Kiste und kehrte die Scherben der zerbrochenen Displays auf, die den Boden wie ein Mosaik bedeckten. Walter humpelte um sie herum und las den Rest per Hand auf.

»Danke«, sagte Sola und schob die Kiste an die Wand. Ihre Hand gefror inmitten der Bewegung, die sie hatte ausführen wollen. Das flackernde Kerzenlicht wurde von einer staubigen Flasche reflektiert, die zwischen den Fässern stand. »Was ist das?«, fragte sie mehr sich selbst als den Emmling. Sie hob die Flasche hoch und hielt sie prüfend ins Licht. Der Inhalt bestand aus einer goldenen Flüssigkeit. »Was ist das? Meinst du, ich kann das trinken?«, überlegte sie und zog den Korken aus der Flasche. Sie gab ein schmatzendes Geräusch von sich. Sie schnupperte an der Öffnung und verzog das Gesicht. »Das riecht ja furchtbar!«

»Rrrrrrr«, stimmte der Emmling zu und rümpfte die Schweinchennase.

»Davon stehen hier noch viel mehr Flaschen«, stellte Sola mit einem Blick über die Fässer fest. »Mein Vater hätte das nicht an Bord gehabt, wenn es gefährlich wäre, oder?« Sie setzte die Flasche an die Lippen. Dass die Emmlinge ihren letzten Vorrat an Wasser verschwendet hatten, machte sie mutig. Oder verzweifelt? Sie nahm einen Schluck von der goldfarbenen Flüssigkeit. Sie rann ihr heiß die Kehle hinab. Sola hustete und schlug sich mit der Faust auf die Brust. »Mein Gott, was ist das?«, keuchte sie. In Windeseile breitete sich in ihrem ganzen Körper ein warmes Gefühl aus. Sogar ihre Zehenspitzen kribbelten angenehm.

»Rrrrr?« Walter musterte sie aus runden Augen.

»Das wird bestimmt nicht mein Lieblingsgetränk werden, aber…« Sie nahm einen erneuten Schluck, dann reichte sie dem Emmling die Flasche. Misstrauisch schnupperte er daran, bevor er sie ansetzte und trank. Keine Sekunde später prustete er los und besprühte Sola mit einem Regen aus Spucke und goldener Flüssigkeit.

»Igitt«, kicherte Sola, nahm ihm die Flasche aus der Hand und nahm noch einen Schluck. »Das ist wohl nichts für kleine Emmlinge!« Sie streckte den Zeigefinger aus und versuchte, die Nase des Kleinen zu treffen. Stattdessen pikste sie ihm ins Auge und erntete ein empörtes Grunzen. »'Tschuldigung«, murmelte Sola.

»Rrrr«, antwortete Walter versöhnlich.

Solas Gedanken tanzten wild umher, als sie sich aufrichtete, um mit dem Aufräumen fortzufahren. Sie taumelte. Das Unterdeck wurde unscharf und bewegte sich plötzlich, als ankerten sie nicht in hoher Luft, sondern auf unruhiger See. Sola stützte sich an der Wand ab und schüttelte den Kopf, um dieses Gefühl loszuwerden. Sie blinzelte, als sie etwas zwischen den Fässern und Kisten entdeckte, das ihre Aufmerksamkeit erregte. In einer Ecke lehnten mehrere Latten. Sola wusste jedoch, dass sie aus Kathium bestanden, dem unzerstörbaren Material, aus dem die Starstorm gebaut worden war. Plötzlich fand Sola die Idee irre komisch, sich mit einer der Latten zu bewaffnen und Pirat zu spielen. Sie warf Walter eine kleinere zu und hob ihr Kathium herausfordernd hoch, als wäre es ein Schwert. Giggelnd schlug der Emmling dagegen und hüpfte in Deckung, als Sola parierte. Sie stieß gegen ein Fass, das rumpelnd umfiel und über die Planken rollte. Walter lachte albern und schlug mit seiner Latte auf den Boden.

»Was treibt ihr da unten?« Lukis empörte Stimme wehte durch das Treppenhaus zu ihnen.

Sola formte mit den Lippen ein großes, rundes O, dann bedeutete sie Walter, keinen Mucks von sich zu geben. Auf Zehenspitzen schlichen sie auf die Treppe zu.

»Miss Sola?«

»ANGRIFF!«, schrie Sola und trampelte mit Walter im Schlepptau die Treppen hoch, während sie ihr vermeintliches Schwert schwenkte.

»Was?« Luki wich erschrocken zurück, als Sola und der Emmling sie erreichten und um sie herumsprangen. »Was soll das?«

»Du wagst es, unser Schiff zu kapern?« Sola hielt ihr die Spitze der Kathium-Latte unter das Kinn.

»Äh, wie bitte?«

»Admiral Walter, was schlagt Ihr vor?«

»Rrrr rrrrrr rrrr!«

»Sehe ich genauso«, verkündete Sola und gab der Androidin einen Schubs.

»Miss Sola, dein Verhalten ist unerhört«, sagte Luki und stolperte rückwärts.

»Sprach der Eindringling«, verspottete Sola sie und drängte sie immer weiter, bis sie mit dem Rücken gegen den Großmast stieß. »Übernehmen, Admiral Walter!« Der Emmling hob sein Schwert und grinste Luki frech an, während er es in ihren Bauch drückte.

»Unverschämtheit«, grummelte die Roboter-Dame. Sie versuchte, die Latte wegzuschlagen. Aber Walter gab ihr einen Klaps. »Aufhören! Du verkratzt noch mein Gehäuse!«, rief Luki panisch und sah an sich herab.

Währenddessen schnappte Sola sich ein Tau und lief damit um Luki und den Großmast herum. Ausgelassen summte sie ein altes Seemannslied ihres Vaters.

»Was soll denn das?«, schimpfte Luki und rüttelte an dem Tau, das sie fesselte.

»Du bist meine Gefangene!«, rief Sola und verknotete den Strick fachmännisch.

»Du hast den Verstand verloren!«, entgegnete Luki schockiert. »Mach mich los!«

Sola lächelte und streichelte versonnen ihr Schwert. »Nö«, strahlte sie und hüpfte um Luki, begleitet von dem gackernden Emmling. Nach ein paar Runden verließen Sola die Kräfte. Sie plumpste hin und streckte erschöpft alle Viere von sich.

»Wieso dreht sich alles?«, murrte sie und schloss die Augen. Doch davon wurde es nicht besser. Der Boden fühlte sich an, als schlüge er Wellen.

»Hast du von dem Rum deines Vaters gekostet?«, wollte Luki wissen.

Sola wurde schlecht. Sie rappelte sich auf und schwankte auf die Reling zu. Sie beugte sich darüber hinweg und erbrach sich.

»Igitt«, kommentierte Luki und schüttelte den Kopf. »Du hast tatsächlich davon getrunken!«

»Lass mich in Ruhe«, nuschelte Sola. Sie rutschte an der Reling hinunter und rollte sich wie ein Baby auf dem Boden zusammen. Walter ließ sein Schwert fallen und kroch auf sie zu. Dann kuschelte er sich an sie und gähnte.

»Und was ist mit mir?«, fragte Luki. »Miss Sola?« Aber ein bleierner Schlaf hatte sich Sola bemächtigt und ihr Bewusstsein ausgelöscht. »Miss Sola!«

***

»Miss Sola!« Lukis empörte Rufe rissen Sola aus einem unruhigen Schlaf. Ihr Schädel dröhnte, als hätte jemand mit einem Hammer darauf eingeschlagen.

»Was ist denn los?«, nuschelte Sola und blinzelte.

»Beweg dich nicht, bis sie weg sind!«, befahl Luki.

Sola sah in den Himmel, der aussah, als hätte jemand über Nacht einen Fadenvorhang an ihm aufgehängt. Die Tentakel dutzender Quallen bewegten sich anmutig im Wind. »Wow«, machte Sola. Sie neigte den Kopf, um über Deck spähen zu können. »Wo bist du, Luki?«, fragte sie, als sie die Androidin nirgends sehen konnte.

»Soll das ein Scherz sein?«, fauchte Luki. »Ich bin nämlich nicht für Scherze aufgelegt!«

Dunkle Erinnerungen an die letzte Nacht kehrten in Solas Kopf zurück. Die Emmlinge. Der Rum. Das Spiel. *Oh.* Sie hatten Luki an den Großmast gefesselt. Wie hatte das so ausarten können?

»Ich befreie dich, sobald die Quallen fort sind«, versprach Sola. »Tut mir echt leid!« Sie stöhnte, weil ihr Kopf sie mit einem heftigen Schmerz bestrafte.

»Hoffentlich tut es weh«, knurrte Luki. »Dass dir das bloß eine Lehre ist!« Walter gähnte herzhaft und schlang die Arme um Solas Bauch. Sie zog den kuscheligen Winzling an sich und wünschte sich, den Rum niemals entdeckt zu haben.

Nach einiger Zeit kam Bewegung in die Quallen. Langsam sanken sie zurück zur Wasseroberfläche und Sola konnte sich endlich aufrichten. Keine gute Idee. Alles drehte sich. Auf allen Vieren kroch sie auf Luki zu und löste ihre Fesseln.

»Tut mir echt leid, Luki«, murmelte sie. »Das ist ein wenig... außer Kontrolle geraten!«

Die Androidin machte ein Geräusch, das einem Schnauben am ähnlichsten war. Dann entwand sie sich aus den Stricken, richtete sich so würdevoll wie möglich auf und wackelte über das Deck. Minutenlang verschwand sie im Unterdeck, ehe sie mit dem Arm voll Flaschen zurückkehrte.

»Was hast du vor?«, wollte Sola wissen und beobachtete, wie Luki sich über die Reling beugte und die erste Flasche öffnete.

»Ich habe nicht vor, eine weitere Nacht gefesselt am Großmast zu verbringen«, verkündete sie und kippte den goldenen Inhalt aus.

Solas Protest war nur halbherzig. Sie wollte ohnehin nie wieder etwas davon trinken. Allein bei dem Gedanken wurde ihr schlecht.

»Gott, habe ich Durst«, stöhnte Sola. Ihre Zunge klebte an ihrem trockenen Gaumen. Sie sehnte sich nach einem Schlückchen Wasser.

»Das kann ich mir vorstellen«, sagte Luki.

Als Sola aufstehen und sich etwas zu trinken holen wollte, erinnerte sie sich daran, dass die Emmlinge das Wasser verschüttet hatten. »Wir haben kein Wasser mehr«, sagte Sola dumpf.

»Tja, dann verdurstest du wohl entweder, oder du gehst zu dem Bach. Und wenn du schon dabei bist, kannst du auch gleich deine Stiefel zurückholen, die du am Strand vergessen hast, als du panisch vor nichts geflüchtet bist!«

»Mein Kopf explodiert gleich. Wie soll ich denn so durch den Dschungel laufen?«

»Der Affe passt schon auf dich auf!«

***

Sola schob sich mit halb geschlossenen Augen durch die Starstorm. Walter hüpfte ausgelassen hinter ihr her und beschnupperte alles, was ihm unter die Nase kam. Seinem Fuß ging es wieder gut. Er grunzte glücklich und huschte durch Solas Beine. Sie stolperte und fing sich gerade noch rechtzeitig an der Tür zur Eingangshalle ab. Eine angenehme Dunkelheit umfing sie und das Pochen hinter ihren Lidern ließ für einen Moment nach.

»Wieso hat Dad denn so ein Teufelszeug an Bord? Wollte er seine Crew lahmlegen?« Sola öffnete die Luke und beobachtete die Strickleiter, die sich summend nach unten verabschiedete. Sola hockte sich auf den Boden, damit Walter auf ihre Schultern klettern konnte. Der Emmling war so leicht, dass sie sein Gewicht kaum spürte. Sie richtete sich auf, wankte ein paar Schritte, ehe sie das Gleichgewicht wiederfand. Mit zittrigen Händen griff sie nach der Leiter und zog sich auf die erste Sprosse. Als die Leiter zu schaukeln begann, rumpelte es gefährlich in ihrem Magen. Sola schnaufte und wünschte sich in einen dunklen Raum, in dem ein weiches Bett stand, während Walter aufgeregt fiepte. Sobald sie über der Wasseroberfläche schwebten, klopfte er übermütig auf Solas Kopf.

»Hör auf damit, wenn du nicht willst, dass ich mich nochmal übergebe«, brachte sie zwischen zusammengekniffenen Zähnen hervor.

»Rrrrrrrr«, machte Walter mitleidig und sprang von ihrer Schulter ins Meer. Sola sah sich verschwommenen Blickes um. Ihre Zunge klebte unangenehm an ihrem Gaumen. Sie fühlte sich rau und wie ein Fremdkörper an. Obwohl Wasser sie umzingelte, soweit das Auge reichte, sehnte sie sich danach. Und zwar nach keinem paradiesischen Ozean, in dem sich der Himmel spiegelte, und nach keinem frischen, klaren Bach, der sich durch den Dschungel wälzte. Sola sehnte sich nach dem Wasser, das aus dem Hahn schoss, wenn sie es wollte. Sie sehnte sich nach einem letzten Hauch von Normalität. Stattdessen sprang sie von der Leiter und tauchte ins morgendlich kühle Meer, um einen beschwerlichen Weg zurückzulegen, der sie am Ende zu einem Krug voll

Süßwasser führte. Wenigstens klärte die frische Kühle ihren schweren Kopf ein wenig.

Sobald sie die feine Linie zwischen nassem und trockenem Sand überschritten hatte, sank sie zu Boden. »Ich kann mir keine bessere Möglichkeit vorstellen, um schneller wach zu werden«, brummte Sola und klapperte mit den Zähnen.

»Rrrrrr«, machte Walter zustimmend. Das Fell klebte an seinem Körper. Er sah aus, als wäre er zu heiß gewaschen worden und eingelaufen. Er schüttelte sich. Zuerst nur den Kopf, dann auch Schultern und Rumpf, die Hüften und die Beine. Tropfen spritzten in alle Richtungen und landeten eiskalt auf Solas nackten Armen. Sie quietschte auf und taumelte zurück. Die seidigen Haare flogen um den Körper des Emmlings. Als er fertig war, sah er aus wie geföhnt.

Sola lachte über sein aufgeplustertes Fell. Walter strich es würdevoll glatt und zwinkerte ihr zu. Dann tänzelte er ausgelassen über den Strand. Sola folgte ihm langsam. Auf halber Höhe zwischen Dschungel und Meer hielt sie inne. Ihre schweren Stiefel waren ein dunkler Punkt auf dem weißen Sand, der sofort ihre Aufmerksamkeit erweckte. Die Stiefel, und darauf hätte sie ihre rechte Hand verwettet, standen an einem anderen Ort. Hatte sie sie nicht nahe der Grenze zu dem feuchten Sand vergessen? Sie befanden sich viel weiter hinten. Außerdem standen sie aufrecht und ordentlich nebeneinander. Sola zögerte und spähte angestrengt durch die ersten Blätter des Waldes. Bedeutete das etwa, dass noch jemand auf der Insel lebte? Ihr innerer Hasenfuß schrie und schickte sie zurück zur Starstorm. Doch ihr Durst trieb Sola voran. Sie brauchte dringend etwas zu trinken oder sie würde austrocknen. Ein paar Meter vor ihren Stiefeln blieb Sola stehen. Eine Gänsehaut kroch über ihren gesamten Rücken. Jemand hatte die Schnürsenkel zu Schleifen gebunden. Sie sah sich um. Der Strand lag unberührt und unschuldig vor ihr. Entweder hatte der Wind die Spuren des Schleifenbinders davongetragen oder der Täter hatte Flügel. Sicherheitshalber legte Sola den Kopf in den Nacken und suchte den Himmel nach etwas ab, das dort nicht hingehörte. Außer ein paar Wölkchen, die sich vorwitzig vor die drei fast unsichtbaren Monde schoben, konnte sie nichts Ungewöhnliches erkennen. Sola beugte sich über die Stiefel und spähte in die Schäfte. Vielleicht hatten es sich über Nacht giftige Käfer darin gemütlich gemacht. Sie schüttelte die Stiefel. Nichts.

Plötzlich hatte sie eine Idee. »Weißt du, wie man eine Schleife bindet?«, fragte sie Walter.

Der Emmling legte den Kopf schief und hob die Achseln.

»Einer von deinen Freunden?«

Walter grunzte und wandte sich ab. Die tiefhängenden Blätter der Büsche schienen viel interessanter zu sein als Solas seltsame Fragen. Sie gab auf. Nachdem sie es für ungefährlich befunden hatte, die Stiefel anzuziehen, schlüpfte sie hinein. Wenigstens musste sie nicht barfuß durch den Dschungel laufen.

Ein schrilles Pfeifen hieß Sola und Walter in dem Blattwerk willkommen. Sola schreckte zusammen und suchte nach dem Missetäter. Doch die großen Palmwedel versteckten ihn. Zwischen Tau benetztem Laub fand sie einen großen Stein mit abgebrochener Spitze. Sola hob ihn auf und wog ihn prüfend in der Hand. Er gab ihr zumindest ein leises Gefühl der Sicherheit, auch wenn sie damit vermutlich nichts gegen das ausrichten konnte, was hier kreuchte und fleuchte.

Walter jauchzte laut auf und lenkte Sola von den trüben Gedanken ab. Ein Schmetterling flatterte um seine niedliche Schweinchennase. Wie ein Jojo sprang er auf und ab, bis der Falter zwischen tiefhängenden Ästen verschwand. Begeistert gestikulierte Walter in Richtung Wald. »Rrrrr rrrr rrrrr rrrrr rrrrr rr«, machte er und zuckte ungeduldig mit den Beinen.

Nach wenigen Metern eroberte der Dschungel Solas Herz mit seiner rauen Schönheit zurück. Karmesinrote Blütenkelche zauberten intensive Farbkleckse in ein Meer aus Grün, das Sola mit großen Schritten bezwang. Die Gegend um den rauschenden Bach war merklich kühler und viel angenehmer für Solas Kopfschmerzen. Die aufsteigende Sonne kam kaum gegen das dichte Blattwerk an. Solas Kleid tropfte noch immer und klebte nass und kalt an ihrer Haut, die mit einer dicken Gänsehaut überzogen war. Auf dem morastigen Boden ging sie in die Hocke und hielt ihr Gesicht gierig in das sprudelnde Wasser. Sie trank große Schlucke, als wollte sie den ganzen Bach leeren. Je mehr sie trank, umso besser fühlte sie sich. Es war, als hätte das Wasser eine heilende Wirkung. Anschließend füllte sie ihren Krug bis zum Rand, während Walter im Dreck spielte. Innerhalb kürzester Zeit färbte sich das silber-weiße Fell des Emmlings fast schwarz.

Auf dem Rückweg waren sie wesentlich langsamer. Die Temperatur stieg und Sola hatte große Mühe, den vollen Krug über Stock und Stein zu balancieren. Auf einer Lichtung stellte sie ihn keuchend ab. Walter schoss um sie herum und schnupperte an Blumen und Büschen. In der Mitte der Lichtung ragte ein unförmiger Felsen auf, auf den einladend die Sonne schien. Sie sank auf den Felsen und vergrub das Gesicht in den Händen. Walter war viel zu beschäftigt, um zu merken, dass Sola eine Pause machte. Er verschwand zwischen den hohen Pflanzen und war nur noch dadurch sichtbar, dass dann und wann große Blätter auffällig wackelten. Sola war allein.

Sie lehnte sich zurück und starrte in den weiten Himmel. Eine Andeutung von weißen Wolken verlor sich in dem zarten Blau. Zwei Vögel zwitscherten laut und drehten eine Runde über das lichte Blätterdach. Sonnenstrahlen kitzelten Sola, während der aufgeheizte Felsen ihren Rücken wärmte.

Ganz in der Nähe bewegte sich das Gebüsch. Blätter brachen und Walter tauchte auf. Er winkte wild mit den Armen und seine riesigen Augen glänzten furchterfüllt. In einem Affenzahn schoss er auf sie zu, als wäre der Teufel höchst selbst mit der Peitsche hinter ihm her. Ein paar Meter vor ihr legte er eine Vollbremsung hin. Er kam ins Straucheln und wirbelte vertrocknete Blätter auf, die wie Funken auf Sola niedergingen.

»Rrrrrrr rrrrrrr!«, machte er erregt und wies auf den schiefergrauen Felsen, auf dem Sola sich niedergelassen hatte.

»Was hast du?«, fragte sie verwirrt und richtete sich auf. Der Steinblock unter ihr erwachte zum Leben. Walter hüpfte ein paar

Schritte zurück, denn plötzlich wuchs dem Felsen ein kleiner Kopf mit langer, schmaler Schnauze, an der zähe Sabbertropfen hingen. Sola schrie auf und sprang blindlings in die Büsche. Etwas knackte und sie hoffte, dass es nicht ihr Fuß gewesen war. Der Felsen erhob sich - er hatte Beine! Dicke, zylinderförmige Stampfer, die er langsam vor sich herschob. Seine halbrunden, spitzen Krallen bohrten sich in das Laub und spießten es auf.

»Oh mein Gott!«, quiekte Sola und wich dem gemütlichen Gefährten aus, der gleichgültig auf sie zu trottete. Das Wesen war riesig, eben so groß und massiv wie ein Felsblock und es sah nicht aus, als würde es kleinen zarten Personen wie Sola ausweichen, sondern sie einfach dem Erdboden gleichmachen. Sie rollte in den Schoß eines Busches, bis die tiefhängenden Zweige sie verbargen. Walter schlüpfte in einen hohlen Stamm und beobachtete mit glänzenden Augen, wie das Tier an ihnen vorbeizockelte. Als es stampfend um eine Biegung verschwunden war, lehnte Sola sich zurück und schüttelte den Kopf. »Ich wusste, ich sterbe hier!« Der Emmling kletterte aus seinem Versteck und huschte unter das Blätterdach, das Sola verbarg. Er setzte sich auf ihre Brust und kämmte mit den zarten Händen durch sein seidiges Fell.

»Rrrrrrrr«, machte er. »Rrr rr…« Er spitzte die Ohren legte die Stirn in Falten.

»Du hörst es auch?« In der entgegengesetzten Richtung, in der das Stein-Wesen verschwunden war, knackte es laut. Wenn Sola es nicht besser gewusst hätte, hätte sie das Geräusch für menschliche Schritte im Wald gehalten. Doch das konnte nicht sein. Sicherheitshalber kroch Sola noch tiefer ins Gestrüpp und zog Walter mit sich. Die Blätter am Boden flüsterten leise. Zuerst sah sie einen Schatten. Dem Schatten folgte die zierliche Kontur… eines *Menschen*.

Eines Mädchens.

Sola erstarrte vor Schreck. Die Erkenntnis, nicht der letzte Mensch im Universum zu sein, sickerte in ihr Bewusstsein. Alles drehte sich. Aber sie war sich sicher, dass es nichts mit den Nachwirkungen des Rums zu tun hatte. Eine kleine Ewigkeit lang hatte sie geglaubt, mit ihr würde ihre Rasse endgültig zugrunde gehen. Das Mädchen, das auf die Lichtung trat und sich prüfend umsah, belehrte sie eines Besseren. Zuerst fielen Sola ihre Augen auf. Sie waren kristallklar und so blau wie das Wasser eines unberührten Bergsees. Das Gesicht des Mädchens war asymmetrisch. Ihr Kiefer war unterschiedlich stark ausgeprägt, sodass ihr Kinn kräftig wirkte. Ihre zarte, pfirsichfarbene Haut biss sich fürchterlich mit dem langen Haar, das feuerrot strahlte. Das Mädchen hatte schmale Schultern und war kaum so groß wie Sola. In ihrer schmutzigen Leinenkutte, die sie mittig gegürtet hatte, wirkte sie ziemlich verloren. Dazu trug sie derbe Stiefel, die viel zu groß für ihren kleinen Körper waren. Trotzdem schritt das Mädchen zielsicher durch den Wald. Sie war Solas Versteck jetzt ganz nah. Nur noch eine Armlänge trennte sie voneinander.

Sola hielt den Atem an und überlegte fieberhaft, ob sie sich zu erkennen geben sollte. Wie würde das Mädchen reagieren? Und wie war sie auf diesen seltsamen Planeten gekommen, der nirgendwo verzeichnet war?

Ehe Sola sich entscheiden konnte, entdeckte das Mädchen sie. Blitzschnell zog sie einen angespitzten Stock aus ihrem Gürtel und richtete ihn auf Solas Herz.

Das Mädchen bückte sich, bis sie Sola sehen konnte. »Was tust du da?« fragte sie kalt.

»Ich… ich…«, stammelte Sola, der kurzfristig entfallen war, wie man einen ganzen Satz bildete. Das Mädchen schien nicht sonderlich überrascht, einem anderen Menschen zu begegnen.

»Kannst du nicht reden?«, fuhr das Mädchen sie an.

»Ich verstecke mich«, piepste Sola.

»Das sehe ich!« Das Mädchen strich sich eine rote Strähne in den Nacken. »Vor wem?«

»Da war ein Tier…« Sola deutete in die Richtung, in der das Felsen-Wesen verschwunden war. Das Mädchen folgte ihrem Blick skeptisch. Sie zögerte und ließ die Waffe sinken.

»Komm da raus!«, befahl sie und drehte den angespitzten Stock lässig in ihrer Hand. Sola kroch aus dem Gebüsch, Walter folgte ihr grunzend. Er pflückte sich ein paar Blätter aus dem Fell, aber Sola machte sich die Mühe gar nicht erst. Schmutzig und zerzaust blieb sie mit hängenden Schultern vor dem Mädchen stehen und starrte sie an, als wäre sie ein Geist.

»Was glotzt du denn so?«, knurrte das Mädchen und zückte erneut ihre Waffe.

»Was machst du hier?«, brachte Sola mit rauer Stimme hervor.

»Geht dich nichts an«, antwortete das Mädchen. Ihre Augen waren wie Spiegel, in der Sola ihr verlorenes Selbst sehen konnte. Ihr Blick wanderte über ihre ungewöhnlich weißen Wangen, als wäre sie noch nicht lange hier oder als versteckte sie sich vor der Sonne. Sogar Sola hatte inzwischen einen Hauch von Farbe bekommen.

»Ich wusste nicht, dass ich nicht allein bin«, murmelte Sola fassungslos.

Das Mädchen hob die Brauen. »Wenn du damit meinst, ich könnte mit dir abhängen, hast du dich geschnitten.« Erst als das Mädchen das Gewicht verlagerte und die Arme herausfordernd vor der Brust verschränkte, bemerkte Sola den prall gefüllten Rucksack auf ihrem Rücken. Es war ein Wunder, dass sich das Mädchen gerade halten konnte. »Wer bist du überhaupt?«, fragte sie, nicht sonderlich um einen freundlichen Ton bemüht.

»Mein Name ist Sola«, antwortete Sola und fügte zögerlich hinzu: »Und wie heißt du?«

Das Mädchen musterte sie ungeniert. Dann fauchte sie: »Das geht dich auch nichts an!« Wütend kniff sie die Augen zusammen. »Wenn du auch nur einer Sterbensseele erzählst, dass du mir begegnet bist, dann stecke ich den anderen, dass du hier bist!«

»Die anderen?«, keuchte Sola fassungslos. Hatten sich etwa noch mehr Menschen retten können? »Wir sind nicht die letzten Menschen im Universum?«

Das Mädchen neigte den Kopf. »Spinnst du? Hast du etwa nicht von Fortis Rescue 55 gehört?«

»Ist das eine Fernsehserie?«, wollte Sola wissen. »Ich lese eigentlich lieber!«

Damit entlockte sie dem Mädchen zumindest die Andeutung eines Lächelns. »Trifft sich gut. Hier gibt es keinen Fernseh-Anschluss!« Dann wurde sie ernst. »Gehörst du etwa nicht dazu?«

»Wozu?«

»Na, zur Fortis Rescue 55, du Genie!«

»Ich denke nicht!«

Das Mädchen zog einen Kreis um Sola und musterte sie. »Dann solltest du mit deinem Schiff verschwinden, ehe die anderen Wind davon bekommen. Wenn Maris von deinem Schiff erfährt, wird er es wollen. Ein Weltraumsegler bedeutet Macht. Und davon kann er gar nicht genug haben... Aber wenn du mich nicht verrätst, verrate ich dich auch nicht. Alles klar?«

Sola schwieg. Dann sagte sie: »Wer ist Maris?«

»Glaub mir, den willst du nicht kennen lernen.« Das Mädchen verschränkte die Arme vor der Brust. »Hast du verstanden, was ich gesagt habe?«

»Ja«, murmelte Sola, »es gibt ohnehin niemanden, dem ich davon erzählen könnte!«

Das Mädchen zuckte die Achseln. »Wer weiß, vielleicht ändert sich das noch. Aber egal, wohin du gehst. Ich werde dich finden und töten, wenn du...«

»Wenn ich irgendwem von dir erzähle, schon gut!«

»Bist ja doch nicht so dumm«, stellte das Mädchen fest und trat ein paar Schritte zurück.

»Was wirst du jetzt tun?«

»Weitergehen!«

»Wir sind uns doch gerade erst begegnet!«

»Sorry, ich bin nicht der Kaffeekränzchen-Typ.« Das Mädchen hob halbherzig die Hand. »Wehe, du folgst mir!«

»Wieso sollte ich dir folgen?«, entgegnete Sola. Der Dschungel wurde dichter und dunkler, je weiter man lief. Aus welchem Grund sollte sich irgendjemand weiter hineinwagen, als er musste? Sie war schließlich nicht lebensmüde.

»Schön!«, knurrte das Mädchen und schulterte ihren Stock, der haarscharf an Solas Kopf vorbeisauste. Schließlich setzte sie die

Wanderung durch das Unterholz fort. Sola konnte nicht anders, als ihr nachzurufen: »Sehen wir uns mal wieder?«

Doch das Mädchen blieb ihr eine Antwort schuldig und verschmolz mit den Bäumen um sie herum. Sie ließ Sola mit einem brummenden Kopf und rasendem Herzen zurück.

Sie war nicht allein. Es gab andere Menschen.

***

Sola stand an Bord der Starstorm und blinzelte. Nein, sie blinzelte nicht, vielmehr kniff sie ihr rechtes Auge zusammen und versuchte etwas zu sehen, das dort nicht war. Mit dem Tod des Universums hatte auch ihr geliebtes Eye-Phone seinen Geist aufgegeben, das sie als Kontaktlinse im rechten Auge trug. Aus Gewohnheit und weil sie es nicht spürte, trug sie es heute noch. Die ganze Aufregung über den Verlust ihrer Welt hatte sie vergessen lassen, dass es noch da war. Jetzt versuchte sie verzweifelt, es zu starten.

»Du siehst reichlich blöd aus, wie du da stehst«, kommentierte Luki, die sich nicht sonderlich überrascht über den Umstand gezeigt hatte, dass es auf diesem Planeten weitere Menschen gab. »Ich wusste ja, dass uns dein Vater nicht umsonst hergeschickt hat!«, hatte sie Sola geantwortet, als diese ihr aufgeregt von ihrem Treffen mit dem Mädchen erzählt hatte.

»Es gab diese App, mit der man sich Leute im Umkreis anzeigen lassen konnte«, sagte Sola und blinzelte so fest, dass sie nur noch verschwommen sah.

»Das hat doch keinen Sinn«, meinte Luki. »Oder glaubst du wirklich, die Sender dieser sonderbaren Apfel-Firma hätten den elektromagnetischen Sturm überlebt?«

»Denen traue ich alles zu«, antwortete Sola. »Die Eye-Phones waren sogar wasserdicht, haben auf nahezu jedem Planeten Empfang gehabt und waren weltraumtauglich!«

»Und, funktioniert es?«, fragte Luki überheblich.

»Nein«, sagte Sola unwirsch und schloss die Augen. Luki hatte Recht. Es hatte keinen Sinn. Das Eye-Phone würde ihr keine Hilfe mehr sein. »Na schön. Weißt du etwas über die Fortis Rescue 55?«

Sie wusste nicht, was sie erwartet hatte. Dass Luki sie mit leerem Blick ansah und sagte: »Nichts!«, hatte sie jedenfalls nicht kommen sehen. »Wie meinst du das?«, fragte sie deshalb erstaunt.

»Ich habe noch nie davon gehört«, meinte Luki. »Wie kommst du darauf?«

»Naja, dieses Mädchen hat es erwähnt...«

»Klingt mir nach dem Namen eines Raumschiffes.«

»Und du hast nie etwas darüber in den Aufzeichnungen meines Vaters gelesen?«, wollte Sola wissen.

»Nicht dass ich wüsste. Und das bedeutet: niemals. Ich habe ein fotografisches Gedächtnis. Ich würde mich daran erinnern!«, beteuerte Luki.

»Ich weiß, ich weiß«, murmelte Sola enttäuscht. Wie sollte sie hier auf dieser Insel herausfinden, was hinter dem ominösen Begriff *Fortis Rescue 55* steckte, wenn es hier nichts gab außer Meer, Palmen und Strand? Und was für Menschen hatte es noch hierher verschlagen? Wieso hatte ihr Vater sie nicht begleitet? Wenn er sie absichtlich hierher geschickt hatte, so musste er doch gewusst haben, dass auch andere Menschen hier Zuflucht gesucht hatten?

»Und sie hat dir gedroht, den anderen zu erzählen, dass du hier bist?«, unterbrach Luki Solas Gedanken. »Das klingt danach, als wären die anderen Fremden nicht gerade friedlich gesinnt.«

»Du glaubst, es sind irgendwelche Wilde, die ums Feuer tanzen und Menschenfleisch essen?« Sola erschauderte bei der Vorstellung.

»Ich denke, du liest zu viel Blödsinn«, meinte Luki. »Ich verstehe nicht, wieso dein Vater dir die Lektüre dieser seltsamen Fantasie-Geschichten überhaupt erlaubt hat.«

»Vermutlich wollte er mich auf das hier vorbereiten«, sagte Sola trocken und wies mit ausladender Geste über das Deck auf die Insel.

»Wie dem auch sei, es wäre wohl besser, den anderen vorerst aus dem Weg zu gehen.«

»Ich hatte nicht vor, nach ihnen zu suchen«, sagte Sola, in deren Gedanken noch immer gefährliche Barbaren herumgeisterten.

***

Gegen Abend erstrahlte der dämmernde Himmel in einem wundersamen Kobaltblau und tauchte Solas Zimmer in ein unwirtliches Licht. Sie lag auf dem Bett und ging die Begegnung mit dem Mädchen noch einmal durch. Sie hatte gesagt, dass die anderen ihr Schiff haben wollen würden. Aber was sollten sie mit einem Weltraumsegler anstellen, der nicht mehr in den Weltraum segeln wollte?

Draußen stiegen die Monde langsam auf und spiegelten sich tausendfach in der Wasseroberfläche. An der Zimmerdecke erschienen leuchtende Schatten, die über die Wände tanzten und Solas Bücherregal erhellten. Sie erstarrte. Das Licht fiel auf ein Buch, das Sola in ihrem ganzen Leben noch nicht begegnet war. Der Titel bildete in verschlungenen Lettern die Worte *Sternentanz und Mondgeflüster*. Ungelenk lehnte Sola sich vor und zog das Buch aus dem Regal. Es war ein echtes Buch – und kein Cybook. Der in Leder gebundene Umschlag zeigte zahlreiche glitzernde Sterne, die den Titel verzierten. Noch ehe Sola das Buch aufschlug, wusste sie, dass ihr Vater es hier hingestellt hatte. Zwei Worte auf der Innenseite des Deckels bestätigten ihre Eingebung: *Für Sola*. Als sie die Handschrift ihres Vaters wiedererkannte, begann sie zu zittern. Mit dem Nagel des Zeigefingers malte sie die Worte nach. Wieso hatte er ihr das Buch nicht persönlich überreicht, sondern einfach in ihr Regal gestellt? Was, wenn es ihr niemals aufgefallen wäre? Na gut, dieser Gedanke war beinahe lächerlich. Der Capt'n wusste, wie sehr sie Bücher liebte. Früher oder später hätte sie sich mit ihrem Regal beschäftigt.

Sola überflog das Inhaltsverzeichnis. Es war eine Sammlung von Märchen, die auf verschiedenen Planeten spielten. Weltraumprinzessinnen wurden von schrecklichen Aliens mit glitschigen Tentakeln und acht Augen entführt und mutige Astronauten in schillernden Uniformen retteten sie. Aufgeweckte Abenteurer segelten mit ihren Schiffen über den Rand des Universums hinaus. Forscher bereisten ferne Planeten, um Monster zu erforschen. Ja, ihr ein solches Buch zu schenken, hätte ihren Vater erfreut.

Während Sola das Buch Seite für Seite durchblätterte, hüpfte Walter aufgeregt auf ihrer Matratze, sodass sein seidiges Fell in alle Richtungen flog. Die Federn quietschten und der Emmling eiferte ihnen nach. Doch Sola nahm ihn kaum wahr, so vertieft war sie in dieses letzte Geschenk ihres Vaters.

»Ich weiß nicht, warum ich hier bin, Walter«, seufzte sie. »Ich hätte sterben sollen, wie alle anderen auf Karit. Und doch bin ich hier. Mein Herz schlägt, meine Lungen füllen sich mit Atem. Es geht mir gut. Aber das sollte es nicht!« Walter lächelte und strich über Solas kurzes Haar, eine Geste, die den Riss in ihrem Herzen zumindest ein kleines bisschen heilte. »Vermisst du deine Familie?«

»Rrrrrrr«, machte der Emmling traurig und schaute aus dem Fenster. Irgendwo in dem Dickicht der Insel tollten die anderen seiner Art umher – ohne ihn.

»Ich vermisse meine Familie auch«, sagte Sola mit schwerer Stimme. Das Gesicht ihres Vaters tauchte vor ihren Augen als Erinnerung auf. Je mehr Zeit verging, umso blasser wurde es. Sie versuchte, es zu greifen, aber es entglitt ihr wie Rauch. Sola schluckte und kehrte in ihr Zimmer auf der Starstorm zurück. Walter schaute sie erwartungsvoll an und sie sagte: »Wir sind jetzt eine Familie – du, Luki und ich!«

»Rrrrr rrrr rrrrr!«, rief Walter und ahmte mit dem Oberkörper jene Bewegung nach, die Luki machte, wenn sie sich aufregte.

»Ja, ich weiß. Aber tief im Innern ihres Herzens ist Luki wirklich in Ordnung. Sie tut nur gerne so, als wäre sie es nicht«, meinte Sola und tätschelte Walters Kopf.

»Rrrr«, machte der Emmling und schnupperte an ihrer Nase.

»Schade, dass du nicht reden kannst«, meinte Sola wehmütig. »Du könntest mir alles über die Insel erzählen, über die anderen und vielleicht weißt du sogar, was dort draußen los ist…« Sie sah aus dem Bullauge und suchte das Universum hinter dem Himmel nach einem Zeichen von Leben ab. Doch über das blasse Blau konnte sie nicht hinausblicken. »Meine Heimat wurde zerstört«, erzählte sie leise dem Emmling. »Alles ist weg!« Tränen traten in Solas Augen, während Walter ein Stückchen näher zu ihr rückte und sich an sie kuschelte. Sola spürte die Wärme, die von dem kleinen Wesen ausging. »Mein Vater ist tot. Er starb, um mich zu retten. Nur das ist übrig.« Sola hob das Buch halb in die Höhe. Der Deckel klappte auf, die Seiten raschelten und plötzlich flatterte wie eine Feder im Wind ein Zettel durch die Luft. Er landete vor Solas Füßen. »Was ist das?«, fragte sie und tauschte einen erstaunten Blick mit Walter. Sie bückte sich und hob den Zettel auf. »Der muss zwischen den Seiten des Buches versteckt gewesen sein!« Vorsichtig entfaltete sie ihn.

In der oberen Ecke stand ein Datum, das in Sola die Galle aufsteigen ließ. Es war der 45. Occasus im Jahr des Untergangs, 525 NZ.

»Das ist der Tag, an dem ich von Karit floh«, stellte Sola mit trockenem Mund fest und starrte auf das Stück Papier. Das linierte Blatt war fast leer. In der vierten Zeile stand eine Notiz, die unzweifelhaft ihr Vater eingetragen hatte. Sie erkannte seine krakelige Schrift, das flache S und das schmale O, das man mit einer Null verwechseln konnte. »Sola, alles, was du brauchst, steckt in Luki. Passt auf euch auf!«, las sie. Die Worte prickelten auf ihrer Zunge, als wäre ihre Bedeutung unmittelbar greifbar. Sie streckte die Hand danach aus und... Nichts geschah. »Was soll das heißen? Was steckt in Luki?«

»Rrrr« machte Walter ratlos und zuckte die Achseln.

Sola bedeutete ihm, ihr zu folgen. Sie lief nach oben zu Luki, die auf dem Vorderdeck saß und strickte. Ein sanfter Wind schob das Wollknäuel vor sich her, aber die Androidin schien sich daran nicht zu stören. Sola hockte sich neben sie und hielt ihr die Notiz unter die Nase.

»Was ist das?«, fragte Luki und fokussierte ihren Blick auf die Buchstaben, die sich über den Zettel schwangen.

»Das ist eine Nachricht von meinem Vater«, sagte Sola erhitzt, während Walter grunzte und Luki die wenigen Worte überflog.

»Und was genau will er dir damit sagen?«, wollte sie wissen.

Enttäuscht schloss Sola die Faust um den Zettel. »Ich dachte, du könntest es mir sagen.«

»Oh, ich kann dir einiges sagen, was in mir steckt. Ich verfüge über eine außergewöhnliche Intelligenz, ich habe ein fotogra…«

»Schon gut«, seufzte Sola. »Ich denke nicht, dass er *das* meinte.«

»Ach, was sonst? Dass ich ein nützlicher Dosenöffner und ein tolles Feuerzeug bin?«

»Naja«, gab Sola zögerlich zu, »ich weiß es nicht!«

»Er hätte dir alles mitteilen können, aber entscheidet sich bei seiner letzten Botschaft an dich dafür, dass ich ein brauchbarer Haushaltshelfer bin?« Luki schnaubte. »Das muss ein Code sein!«

»Ein Code?« Ungläubig hob Sola die Brauen. »Wie in einem Action-Film? Die Buchstaben stehen für Zahlen und die stehen wiederum für Buchstaben und führen dich an einen geheimen Ort?«

»An dem geheimen Ort sind wir ja bereits«, bemerkte Luki, »aber im Grunde genommen meinte ich das, ja!«

»Vielleicht will er mir damit auch einfach sagen, ich sollte dich aufschrauben«, sagte Sola spitz.

»Aufschrauben? Miss Sola!« Abwehrend hob Luki die Hände in Brusthöhe und taumelte ein paar Schritte zurück. »Ich war erst einige Monate außer Betrieb. Nochmal kann ich darauf gut und gerne verzichten!«

»Ich weiß nicht, was mein Vater mir damit sagen wollte«, resignierte Sola. »Er hätte auch eine Notiz über das Wetter hinterlassen können und ich wäre nicht schlauer daraus geworden!«

***

Sola, alles, was du brauchst, steckt in Luki. Passt auf euch auf!

Die Worte ihres Vaters verfolgten Sola wie ein Schatten. Sie sagte sie sich laut auf, betonte mal den einen Teil des Satzes, mal den anderen. Sie versuchte, eine versteckte Botschaft herauszufiltern, aber je mehr sie sich anstrengte, umso verwirrter wurde sie.

Sie stöhnte auf und raufte sich das kurze Haar. Sola hatte das Gefühl, dass sie weniger wusste, je länger sie auf diesem Planeten war. Wie hatte ihr Vater ihn kennen können, wenn er auf keiner Karte eingezeichnet war, wenn er unsichtbar im Universum war?

Der Gedanke kam ihr jäh und überraschend und sie fragte sich, warum sie nicht vorher darauf gekommen war: Gab es eine Verbindung zwischen ihrem Vater und jenen, die auf der Insel lebten? Der Capt'n hatte jeden Winkel des Universums bereist. Was, wenn er den Inselplaneten bei einer seiner Unternehmungen entdeckt und zu den Einheimischen Kontakt hatte? Sola fiel nur eine einzige Möglichkeit ein, herauszufinden, ob sie mit ihrem Verdacht richtig lag: Sie musste das sonderbare Mädchen wiederfinden, das unter keinen Umständen hatte entdeckt werden wollen. Und dazu musste sie in den Dschungel, vielleicht tiefer als sie je hatte gehen wollen. Allein bei der Vorstellung gruselte es sie.

Eine Weile schaute sie in den sternenreichen Himmel. War er dunkler geworden? Es kam ihr vor, als wären ein paar der Sterne erloschen. Wenn sie die Augen fest zukniff und wieder öffnete, glaubte sie, entfernt am Horizont einen roten Schimmer zu sehen. War ihr der elektromagnetische Sturm auf den Fersen? Blitze der Erinnerung zuckten durch ihr Bewusstsein. Sie kamen ihr vor wie der finsterste Albtraum, den sie je gehabt hatte.

Eine Sternschnuppe sauste mit einem ausladenden Schweif über den nächtlichen Himmel. Als Sola sie bemerkte, wünschte sie sich nichts sehnlicher, als alles ungeschehen zu machen. Sie wollte den Zeiger zurückdrehen, ihrem Vater jene Fragen stellen, die sie quälten, und ihr Leben ganz normal weiterführen. Doch so vollkommen die Sternschnuppe auch war, Sola wusste, dass sie solche Wünsche nicht erfüllen könnte. Es war an der Zeit, die Dinge selbst in die Hand zu nehmen. Auf Wünsche und Sternschnuppen konnte man sich eben nicht verlassen.

Sola stand auf. Sie hatte einen Plan. Während die drei Monde dem Horizont entgegen kletterten, lief sie über die Planken in den Bauch des Schiffes. Sie würde das Mädchen finden, auch wenn sie dafür den ganzen Dschungel auf den Kopf stellen musste. In dem Frachtraum der Starstorm wandelte sie auf Zehenspitzen an Regalen vorbei, bis sie in der hintersten Ecke im obersten Fach einen monströsen Hammer mit flachen Seiten fand. Sie hob ihn prüfend hoch und obwohl er ihre Arme nach unten riss, schleppte sie ihn mit sich. Sie brauchte eine Waffe, die sie gegen die Gefahren der Wildnis einsetzen konnte.

Ihr Aufbruch verzögerte sich, weil Sola die Mantis-Quallen vergessen hatte, die kurz vor Sonnenaufgang wie Ballons an den Himmel stiegen und sich von den ersten Sonnenstrahlen wärmen ließen. Sola wartete ungeduldig, bis sie wieder im Wasser verschwunden waren. Dann machte sie sich mit dem Hammer bewaffnet auf den Weg zur Strickleiter. Luki wackelte aufgeregt hinter ihr her. »Bist du dir sicher, dass der Hammer eine gute Idee ist? Ehe du damit ein Tier erlegst, bringst du dich noch selbst um!«

»Ich habe nicht vor, irgendwelche Tiere damit zu erlegen«, sagte Sola genervt und bedeutete Walter, ihr zu folgen. »Ich will Antworten. Und dieses Mädchen ist vielleicht die Einzige, die sie mir geben kann!«

»Sagtest du nicht, dass sie nicht besonders umgänglich war?«

Sola zuckte die Achseln und schwenkte statt einer Antwort den Hammer.

»Du willst ihr eins überbraten?«, rief Luki empört.

»Natürlich nicht«, zischte Sola. »Aber irgendwie muss ich sie ja zum Reden kriegen. Das letzte Mal wirkte sie nicht, als ob sie das gerne täte!«

»Ich halte das für keine gute Idee«, meinte die Androidin.

»Möchtest du das übernehmen?«, fragte Sola und packte den Hammer fester, weil er ihr durch die verschwitzten Hände glitt.

»Wasser in meinen Schaltkreisen! Sand im Getriebe!«, rief Luki und ihre mechanische Stimme überschlug sich fast dabei.

»Schon gut«, brummte Sola. »Das habe ich nicht ernst gemeint. Bleib einfach an Bord und beobachte den Strand. Wenn du etwas

Ungewöhnliches siehst, rufst du laut. Und wenn ich zurückkehre, ziehst du die Leiter hoch, in Ordnung?«

»Schaltkreise... Getriebe...«, murmelte Luki und drückte auf den Schalter. Das Summen ertönte. Sola sprang auf eine der Sprossen, dicht gefolgt von Walter. Während die Androidin kleiner wurde, wurden die silbern gestreiften Fische im Wasser größer.

Der Morgen war erstaunlich warm und kündigte einen drückenden Tag an. Sola war erleichtert, als sie die Meeresoberfläche erreichte. Und obwohl das Meer nicht wesentlich kälter war als die Luft, brachte ein sanfter Wind wenigstens eine kleine Erfrischung.

Sobald Sola und Walter den Strand erreicht hatten, winkten sie der Roboter-Dame, die inzwischen auf dem Vorderdeck stand und sie beobachtete, zum Abschied zu. Dann kehrten sie dem Meer den Rücken und betraten gemeinsam den dichten Dschungel.

Walter schoss wie ein Flummi über Stock und Stein. Er gackerte und klatschte ausgelassen in die Hände, als würde er sich keine Gedanken über unheimliche Kreaturen machen. Sola packte den Hammer fester. Ein Schweißfilm bedeckte ihre Stirn.

Die Wedel einer Palme bäumten sich, als ein riesiger Paradiesvogel durch das Dach brach und nach einem spiralförmigen Flug um den Stamm am Boden landete. Walter riss die Augen weit auf und duckte sich, als er haarscharf an ihm vorbeiflog. Von Sola nahm er keine Notiz. Stattdessen machte er sich über beerenartige Früchte her, die mindestens so bunt leuchteten wie seine Federn. Sola hielt den Atem an, um ihn nicht zu verscheuchen. Sie glaubte zu wissen, um welche seltene Art es sich bei diesem Tier handelte: Es war ein Liro. Sie erkannte ihn an den bunten Farben und Federn. Ihr Herz tat einen schmerzlichen Ruck. Sie sah ihren Vater vor sich, dessen Hut eine dieser Federn geschmückt hatte. Er hatte ihr von diesen sonderbaren Tieren erzählt, die einen langen, dünnen Hals und einen pechschwarzen Schnabel hatten. Sein Schweif schimmerte in den Farben des Regenbogens.

Der Liro gab ein aufgeregtes Kreischen von sich und ließ die Beeren fallen. Sein Hals schoss vor und er steckte seinen kleinen Kopf in ein Loch im Boden. Sola stellte sich auf die Zehenspitzen, um sehen zu können, was er tat. Sein Schweif wackelte und färbte sich von Blau zu Rot. Dann riss er den Kopf schwungvoll aus der Erde und plumpste um. Triumphierend reckte er den Schnabel. Ein dicker, schwarzer Wurm baumelte links und rechts daraus heraus. Sola verzog angeekelt den Mund, als der Vogel ihn gierig in einem Stück verschlang und laut schluckte. Sie konnte sehen, wie der Knubbel, der einmal ein Wurm gewesen war, den schlanken Hals des Liros hinabrutschte. Walter gluckste amüsiert und erinnerte den Vogel daran, dass er nicht alleine war. Der Liro legte den Kopf schief, als würde er sich fragen, wie lange sie ihn schon beobachteten. Dann schnellte er vor und klapperte mit seinem Schnabel. Walter schrie auf, nahm die Beine in die Hand und verschwand zwischen den Blättern, als hätte ihn eine Tarantel gestochen. Der Liro gab einen empörten Schrei von sich, breitete die riesigen Flügel aus und kollidierte mit tiefhängenden Ästen, während er sich tollpatschig in die Luft schwang.

Sola schaute ihm nach, bis er aus dem Blätterdach der Palmen brach und als kleiner Punkt mit dem Himmel verschmolz. Plötzlich wurde ihr bewusst, dass sie ganz allein war.

»Walter?«, rief sie und sah sich suchend um. Von dem Emmling war weit und breit keine Spur. Als sie jene Richtung einschlagen wollte, in die der Emmling verschwunden war, entdeckte sie die Beeren, die der Liro gefressen hatte. Neugierig ging sie auf sie zu. Die Beeren waren klein und leuchteten hellrot. Jede Einzelne von ihnen trug eine strubbelige Frisur aus widerspenstigem Grün. Sola schälte die Frucht heraus und schnupperte daran. Sie verströmte einen intensiven Duft, der ihr das Wasser im Mund zusammenlaufen ließ. Sie hob die Beere zu den Lippen und…

»W-wenn du dich nicht umbringen willst, würde ich an d-deiner Stelle die Finger von denen lassen!« Ein groß gewachsener Junge mit schwarzem, zerzaustem Haar löste sich aus dem Unterholz. Vor Schreck ließ Sola Früchte und Hammer fallen. Eine Sekunde lang war der Wald totenstill. Dann landete der Hammer auf Solas großem Zeh. Sie heulte auf und vollzog einen albernen Tanz auf einem Bein. Sie stieß gegen einen niedrigen Ast und kippte der Länge nach um.

»Ähm, g-geht es dir gut?«, fragte der Junge unsicher.

Sola starrte den Fremden mit offenem Mund an. Gehörte er zu den anderen, die das Mädchen erwähnt hatte? Mit beiden Händen umklammerte sie ihren verletzten Fuß. Sie spürte, dass er rasch in ihrem Stiefel anschwoll und fürchtete, dass sie diesen nicht wieder würde ausziehen können.

Mit schief gelegtem Kopf kam der Junge auf sie zu. Er trug ein luftiges Hemd, das vermutlich einmal weiß gewesen war. Es hatte zahlreiche Flecken, als ob er sich wie der Liro durch Erdlöcher gebuddelt hätte. Er wirkte ruhig und zurückhaltend, aber wachsam und konzentriert. Zwei muskelbepackte Typen tauchten links und rechts neben ihm auf und flankierten ihn. Als Sola sie entdeckte, zuckte sie zurück. Ihre feindseligen Blicke machten deutlich, dass mit ihnen nicht gut Kirschen essen war.

»K-k-k-k-kannst du nicht normal reden?«, äffte einer der beiden den schwarzhaarigen Jungen höhnisch lachend nach.

Der Junge lief puterrot an und senkte schüchtern den Blick. »W-wenn du die Wirkung von Holunthus kennst und Selbstmord begehen willst, habe ich n-nichts gesagt!«, sagte er, ohne Sola anzusehen. Er hob die Hände zum Zeichen, dass er sie nicht aufhalten würde. Sola holte Luft, aber ihre Zunge weigerte sich, auch nur ein einziges Wort zu formen. Eine gefühlte Ewigkeit hatte sie geglaubt, mutterseelenallein zu sein. So unerwartet gleich drei anderen Menschen zu begegnen, war ein Schock.

»Sie versteht mich n-nicht«, bemerkte der Junge mehr zu sich selbst als zu seinen Begleitern. »Spricht einer v-von euch Valisch?« Die Typen schüttelten die Köpfe. »Stella kommt von Voort. V-vielleicht kann sie übersetzen…« Er näherte sich Sola, als wäre sie ein scheues Tier. Sie bemerkte, dass er keine Schuhe trug und barfuß durch den Wald lief. Er wies mit dem Daumen auf seine

Brust und lenkte Solas Aufmerksamkeit von den ausgefransten Rändern seiner Jeans ab. »Leander!« Seinen Namen sprach er klar und klangvoll.

Sola wich seinem bohrenden Blick aus. In ihrem Kopf rasten tausende Gedanken. Sie war unfähig, sie zu sortieren. Dunkel erinnerte sie sich, warum sie den Wald betreten hatte – um das Mädchen zu finden, um Antworten zu finden. Doch in diesem Moment, in dem sie zu dem Jungen aufschaute, vergaß sie alle Fragen.

»Leander«, versuchte er es mit leiser Stimme erneut und nickte bekräftigend. Er streckte die rechte Hand aus und hielt sie Sola hin. Die feinen Linien der Innenflächen waren schwarz gefärbt, unter seinen Fingernägeln klebte Erde. Vielleicht hatte er wirklich im Boden gebuddelt. Vielleicht war er ungefährlich.

»Sola«, stellte sie sich zögerlich vor und griff nach der ausgestreckten Hand. Der Junge zog sie zurück auf die Beine. Sola verlagerte das Gewicht vorsichtig auf den Fuß, den der Hammer getroffen hatte. Es tat weh, aber nicht unendlich. Wahrscheinlich hatte sie sich nicht ernsthaft verletzt.

»Sola«, wiederholte Leander und lächelte zaghaft. »Ein ungewöhnlicher N-name!«

»Sola bedeutet in der Sprache der Agalen *aufgehende Sonne*«, sagte Sola wehmütig. »Mein Vater gab mir den Namen.«

»Du sprichst ja doch m-meine Sprache«, freute Leander sich. »Dein Vater muss ein g-gelehrter Mann gewesen sein, wenn er die Sprache der Agalen kannte!« Die Art und Weise, wie er von Solas Vater in der Vergangenheitsform sprach, sagte Sola, dass er von dem, was im Universum geschehen war, wusste. Hatte er sich mit seinen grobschlächtigen Begleitern auf diese sonderbare Insel gerettet? Wie lange war er schon hier?

Leander musterte sie neugierig von Kopf bis Fuß. »Hübsches K-kleid«, meinte er. »Trägt man das in deiner Heimat so?«

Sola lief bis zum Haaransatz feuerrot an. Sie schob unauffällig die Hände über ihren Rock, um die silbernen Stickereien zu verdecken, die ihr plötzlich albern vorkamen.

»Tut mir leid«, sagte Leander unsicher. »Ich hatte nicht vor, dich in V-verlegenheit zu bringen. Ich… meinte d-das ernst. Das Kleid gefällt mir.«

Wenn möglich, wurde Sola noch röter. Wieso, wieso nur hatte sie sich nicht durchgesetzt und dieses vermaledeite Kleid gegen ein seriöseres Kleidungsstück getauscht?

»Ähm, ja…«, machte Leander ein wenig verloren und zog eine Schnute, als würde er überlegen, was er sagen sollte. Das Schweigen wurde von Sekunde zu Sekunde unangenehmer. Sola durchforstete ihr Gehirn nach einer Frage, die den Moment überbrücken konnte, nach etwas, das Leander von ihrem Kleid ablenken würde.

»Äh«, stammelte sie. »Was ist das hier für ein Ort?«

Leander runzelte die Stirn. »Du weißt nicht, wo du bist?«, entgegnete er verwirrt. »Das ist T-thethys!«, sagte er, als würde das alles erklären.

»Thethys?« Sola hatte diesen Namen noch nie gehört.

»Wie k-kannst du hier sein, wenn du Thethys nicht kennst?«, fragte Leander. »Von welchem P-planeten kommst du?«

»Ich komme von Karit«, sagte Sola vorsichtig.

»Von K-karit?«, sagte Leander erstaunt.

»Ich dachte, ein Junge würde von Karit kommen«, mischte sich einer von Leanders Begleitern ein. Er musterte sie wie ein Tier.

»Es kommen sicher ein paar Jungs von Karit«, sagte Sola mutiger, als sie sich fühlte.

»Da ist etwas faul«, grunzte der andere Begleiter. Als er bedrohlich mit den Knöcheln knackte, lähmte eine überwältigende Angst Solas Glieder.

Leander schwieg. Er schien über etwas nachzudenken, während er sie aus zusammengekniffenen Augen musterte.

»Wir bringen sie zu Maris«, knurrte der Erste. »Sollen sich die anderen um sie kümmern!«

»Lass sie in Ruhe«, sagte Leander scharf. Als sich der Ausdruck der beiden Grobiane gefährlich änderte, schob er etwas milder hinterher: »Was soll M-maris schon mit ihr anfangen?«

»Magst du sie etwa?«, dröhnte der eine.

»Das ist ja herzallerliebst «, knurrte der andere und ließ seinen gigantischen Bizeps zucken. »Aber…«

»Ich w-wusste nicht, dass du W-Wörter wie herzallerliebst kennst«, sagte Leander. Leise, aber deutlich.

Es war, als hätte jemand im Dschungel den Ton abgestellt. Seine Begleiter musterten ihn. Einer böser als der andere. Sola fühlte sich hilflos und verloren. Der eine packte Leander, der andere boxte ihm in die Magengrube. Er knickte ein und stieß einen schmerzerfüllten Laut aus. Sola fing ihn auf, ehe er zu Boden fiel. »Alles ok?«, fragte sie und stützte ihn.

»Mhm«, machte Leander und hielt sich mit beiden Händen den Bauch.

»Was sollte das?«, fragte Sola erzürnt und feuerte wütende Blicke auf Leanders Begleiter ab.

»Halt die Klappe«, entgegnete einer von ihnen und packte Sola. »Du kommst mit uns!« Er war grob. Seine Hände schlossen sich unbarmherzig um Solas Arme und rissen sie von Leander fort.

»Lass mich los«, wehrte Sola sich. »Ich bleibe hier!«

»Das will ich sehen«, lachte ihr Peiniger rau. Er hielt sie so fest, dass Solas Hände zu schmerzen begannen. Tränen schossen in ihre Augen und sie quietschte.

»Seid nicht so g-grob zu ihr!«, rief Leander aufgebracht. Er rappelte sich auf und versuchte, Sola aus der Gewalt seines Begleiters zu befreien. Dieser schubste Leander einfach aus dem Weg.

»Wir wissen nicht, wer sie ist und was sie hier macht«, sagte der Grobian.

»Maris wird das schon aus ihr herausholen«, sagte der andere. Sola wusste, dass sie sich vor Maris fürchtete, obwohl sie ihn nicht kannte. Die Art und Weise, wie sie von ihm sprachen, verhieß nichts Gutes.

»Kommst du, Stotterzunge?« Die Gorillas liefen los und schoben Sola vor sich her. Leander schloss zu ihnen auf. Rote Flecken krochen über seine Wangen. Sola suchte verzweifelt seinen Blick, doch er wich ihr aus. Er duckte sich unter einen tiefhängenden

Ast und übernahm die Führung. Sola merkte schnell, dass sie nicht an jenen Strandabschnitt zurückkehrten, an dem die Starstorm ankerte. Sie erinnerte sich an die Worte des Mädchens, dass Maris ihr Schiff haben wollen würde, sobald er wusste, dass es auf der Insel war. Sie konnte froh sein, dass Leander sie tiefer in den Dschungel führte. Mit ein wenig Glück hatten sie die Starstorm nicht gesehen.

Grillen zirpten laut und ein paar verborgene Vögel stimmten eine seltsame Melodie an, die von dem Rascheln und Knacken ihrer Schritte im Unterholz gestört wurde.

Sola versuchte, ihre Bewegungen auf die Gorillas abzustimmen, um ihnen keinen Grund zu geben, sie an den Haaren hinter sich her zu zerren. Doch ihr Zeh tat weh und ihr fiel es schwer, das Tempo zu halten. Die ungleichmäßigen Schritte über Stock und Stein machten ihre Beine bald müde und ihre Füße bleischwer.

Leander hingegen bewegte sich leichtfüßig durch den Dschungel. Seine Fußsohlen mussten gänzlich aus Hornhaut bestehen. Andernfalls konnte Sola sich nicht erklären, warum er über den unebenen Boden lief, ohne alle paar Meter vor Schmerz zusammenzuzucken. Barfuß hätte sie sich jedenfalls nicht über den Strand hinausbewegt.

»Hat der Liro die B-beeren gegessen?«, fragte Leander auf einmal und wandte sich Sola zu. »Eben, als du ihn b-beobachtet hast! Hat er sie gegessen?« Sola erinnerte sich, dass der Vogel die Beeren fallen gelassen hatte, als er den dicken Wurm gewittert hatte. Sie schüttelte schwach den Kopf. Leanders Gesicht begann aus unerfindlichen Gründen zu leuchten. Sola fragte sich, was ihm diese Information bedeutete.

Der Rest des Weges durch den Dschungel verlief schweigsam. Irgendwann erhob sich das Rauschen der Wellen über das lichter werdende Blätterdach. Der Strand konnte nicht allzu weit entfernt sein.

Schon bald verschwanden die dichten Büsche. Der Boden wurde sandiger. Zwei Palmen schienen das Tor vom Dschungel zum Strand zu markieren. Als sie sie passiert hatten, lag das Meer vor ihnen. Hartnäckig versuchte der Sand, Solas Füße zu verschlucken. Immer wieder versank sie tief im Boden. Dann strauchelte sie, bis der Schweiß ihr in Strömen den Rücken hinabrann.

Vor ihnen lag eine dichte Nebelwand. Wie eine Decke wälzte sie sich über den Boden und türmte sich meterhoch auf. Leander hielt direkt darauf zu.

»Du willst doch nicht etwa da rein?«, fragte Sola. Leander blieb stehen, bis sie ihn eingeholt hatten. »*Ich* gehe da nicht rein! Da sehe ich ja nicht einmal mehr meine eigene Hand!«

»Halt die Klappe«, raunzte einer der Gorillas.

»Dir wird n-nichts geschehen«, entgegnete Leander. »Hab k-keine Angst!« Sobald er sich der Nebelwand näherte und sie ihn umfing, schien er selbst irgendwie zu verblassen, als wäre er ein Hologramm aus einer anderen Galaxie. Hinter Sola wurde das Meer von dem farblosen Nichts verschluckt. Leider ließ der Nebel ihre beiden Wachen nicht weniger unheimlich und brutal erscheinen. Sie drängten Sola weiter, bis Leander erneut stehen blieb. Als sie zu ihm aufschlossen, wusste Sola auch warum. Vor ihnen endete der Boden einfach in einem steilen Abgrund, der fast bis zum Rand mit einer trüben Nebelmasse gefüllt war.

Sola beugte sich wagemutig vor. »Wie tief ist das?«

»Sagen wir so«, begann Leander, »w-wenn du einen Stein hineinwirfst, hörst du nicht, wann er unten ankommt!«

»Toll«, piepste Sola und trat schleunigst zurück. »Und jetzt?«

»Wir springen über d-den Abgrund!« Bevor Sola protestieren konnte, hatte Leander Anlauf genommen und war gesprungen. Sie kreischte und wandte den Blick ab. Sie wollte nicht sehen, wie sein Körper vom Nebel verschluckt wurde.

»Sola?« Leander stand aufrecht auf einem Stein. Er schwebte in der Luft und drehte sich langsam um seine eigene Achse. Er hatte die Hände in die Hüften gestemmt und sah sie mit gehobener Braue an, als wäre es das Normalste der Welt, auf einen fliegenden Stein zu hüpfen.

»Sieh nicht n-nach unten!«, riet Leander und streckte seine Hand nach Sola aus. Die Gorillas ließen sie los. Verärgert rieb

Sola sich die schmerzenden Oberarme. Sie wagte einen Blick über die Schulter. Ehe sie auch nur an Flucht denken konnte, versperrten die Gorillas ihr den Weg. Aber die Aussicht nach vorn war auch nicht besser. Zwischen ihr und dem fliegenden Felsen lag zu viel graues Nichts, als dass sie den Sprung gewagt hätte.

»Das kann ich nicht!«, rief Sola entschieden.

»Wenn du nicht springst, werden wir dich werfen«, meinte einer der Gorillas und um seine Worte zu bekräftigen, traten sie drohend näher.

»Schon gut«, fauchte Sola, aber sie klang mehr wie ein Kätzchen als eine wütende Löwin. Ihr blieb nichts anderes übrig, als tief Luft zu holen, die Augen zu schließen und zu springen. Wenige Sekunden war sie schwerelos. Dann spürte sie feste, warme Arme, die sie umfingen. Sie schaute hoch und stellte fest, dass Leanders Augen einen ungewöhnlichen Grauton besaßen. Die schwarzen Wimpern bildeten einen dichten Kranz, sodass sein Blick sehr intensiv wirkte.

»Ich hab dich«, sagte Leander dicht an ihrem Ohr und die Worte kamen ohne Stottern über seine Lippen. »Keine Sorge, der Abstand zu den nächsten Felsen ist nicht so groß!«

Sola horchte auf. »Die nächsten?«, wiederholte sie entsetzt.

Leander ließ sie los. Er grinste sie schief an. »Was dachtest du denn?« Und mit diesen Worten sprang er einen Stein weiter. Der Felsen zuckte unter seinem Gewicht, als würde er in die Knie gehen. »Die Fliegenden Felsen sind einzigartig im ganzen Universum«, erzählte er begeistert. »An keinem Ort in Zeit und Raum ist ein solches Phänomen verzeichnet!«

»Wenn sie unerforscht sind, woher weißt du dann, dass sie nicht irgendwann in den Abgrund stürzen? Zum Beispiel, wenn wir darauf herumhüpfen?«, wollte Sola nervös wissen.

»Oh, unerforscht sind sie nicht«, meinte Leander. »*Ich* habe sie untersucht!«

»Na, das beruhigt mich jetzt ungemein«, brummelte Sola. Sie hielt sich die Nase zu, als ob sie in ein Gewässer eintauchen würde. Dann nahm sie Anlauf und setzte über die Spalte auf den nächsten Stein. Je mehr Abgründe sie überwand, umso mutiger fühlte sie sich. Doch am Ende schwor sie sich, das nie, nie wieder zu tun.

Der Nebel verschwand so schnell, wie er gekommen war. Als sie aus der grauen Wand traten, stand die Sonne tief und bemalte die Landschaft mit goldenem Licht. Der Strand, der sich nun vor Sola ausbreitete, formte hohe Dünen, die wie wilde Berge über das Meer ragten. Ihre Gipfel bedeckten lange, dünne Gräser, die der Wind platt gedrückt hatte. Zahllose Fußspuren prägten den gelblichen Sand.

Sola hörte Stimmen. Viele Stimmen. Als Leander direkt darauf zuging, überkam sie eine dunkle Vorahnung. Wenn die Menschen dort ein bisschen mehr wie die beiden Gorillas waren und ein bisschen weniger wie Leander, was würden sie mit einer Fremden anstellen? Aber vielleicht würde sie hier ein paar Antworten finden.

Auf einmal hatten es die grobschlächtigen Kerle an ihrer Seite eilig. Sie schubsten sie eine Düne hoch. Sola verlor den Halt und ging in die Knie.

»Nun mach schon!«, knurrte einer der Typen. Hastig stand sie auf und kämpfte sich den Berg aus Sand empor. Oben schnappte sie überrascht nach Luft. Diese und einige weitere Dünen bildeten eine schützende Mauer um ein großes Lager. Winzige Zelte, deren Form Sola ein wenig an die Pyramiden der urururalten Ägypter erinnerte, wuchsen wie Unkraut aus dem Boden. Sie bestanden aus einem dünnen Material, auf dem sich jeder Windhauch abzeichnete. Sie glänzten in der Sonne und wirkten fast wie eine obskure Erscheinung. Wenn Sola blinzelte schienen sie einfach zu verschwinden und mit ihnen die Menschen, die davor im Sand saßen oder schwatzend durch die Gassen schlenderten.

»Was ist das hier?«, fragte Sola fasziniert. Leander war bereits außer Hörweite und die Gorillas offensichtlich nicht in Plauderlaune. So marschierte sie ahnungslos zwischen den beiden her und versuchte, so viel aufzunehmen wie nur möglich. Mit jedem Schritt wuchsen die Zelte in die Höhe, bis sie lange Schatten auf den Boden warfen. Die Stimmen wurden lauter. Leander wartete neben dem ersten Zelt auf sie. Vor dessen Eingang fläzte sich ein Mädchen auf einer knallpinken Luftmatratze. Neugierig starrte sie Sola an. Diese versuchte angestrengt, sie zu ignorieren.

»Wieso sind hier so viele Menschen? Was macht ihr hier?«, fragte sie gedämpft.

Leander nagte an seiner Unterlippe. Seine Augen ruhten nachdenklich auf Sola. »Das w-wirst du zu g-gegebener Zeit erfahren!«

»Zu gegebener Zeit?«, wiederholte Sola. »Wann soll das sein? Was geschieht mit mir?«

»Das liegt nicht in meiner Hand«, sagte Leander mit einem Blick auf die Gorillas. »Komm m-mit!« Seine Haltung veränderte sich kaum merklich. Während er seine Hände ungeduldig knetete, bedeutete er Sola, ihm zu folgen.

Die Zelte waren so angeordnet, dass sie einen schmalen Gang bildeten, der zum Zentrum des Lagers führte. In ihren Eingängen lungerten Jugendliche, die sich unterhielten oder Karten spielten. Viele, die die Gefangene bemerkten, standen auf und folgten ihnen zur Mitte des Platzes. Hier mündeten alle Zelte, sodass sie von oben aus betrachtet die Form eines Sterns ergaben. Ein Feuer nagte an einem Holzscheit, hinter dem etwas aufgebaut worden war, das einem monströsen Thron glich. Bei seinem Anblick und den immer enger werdenden Kreisen, die die Fremden um Sola zogen, beschleunigte sich ihr Atem.

»Stotterzunge!«, rief eine kalte, schneidende Stimme. »Du kommst spät!« Leander schrumpfte in sich zusammen. Mit feuerroten Ohren stellte er sich demjenigen, der gesprochen hatte.

Ein junger Mann trat um das Feuer. Er war groß und gertenschlank. Alles an seiner Haltung drückte Überlegenheit aus. Seine Augen ähnelten denen eines Wolfes: gefährlich und unberechenbar. Sie nahmen Sola ins Visier, als wäre sie leichte Beute. »Wer ist das?«, wollte er wissen und allmählich verstummten die Versammelten im Lager, die einen engen, unüberwindbaren Kreis um Sola zogen. Plötzlich lag eine knisternde Spannung in der Luft.

»D-d-das ist S-s-s….«, stotterte Leander.

Sola musterte ihn schräg von der Seite und wartete, dass die Worte über seine Lippen kamen. Als auch der dritte Anlauf in einem kaum verständlichen Gestammel endete, trat sie unauffällig an seine Seite. Obwohl ihr Herz ihre Brust zersprengen wollte, musste sie ihm zu Hilfe kommen. Sie holte tief Luft und sagte: »Sola!«

Leander nickte. »Ich h-h-habe sie im W-wald g-gefunden«, brachte er mühsam heraus.

»Sie gehört nicht zu den Auserwählten«, sagte Maris, als wäre Sola überhaupt nicht da. »Wer ist sie?«

Leander zuckte hilflos die Achseln. Maris gab seinen Leuten unauffällig ein Zeichen, damit sie sie einkesselten. Sola schluckte angesichts der unüberwindbaren Mauer aus Menschen. Leander verschwand zwischen ihnen. Plötzlich fühlte sie sich sehr einsam.

Etwas in Maris' Blick blitzte auf. Er schlenderte auf Sola zu und baute sich unmittelbar vor ihr auf, sodass sie den Kopf in den Nacken legen musste, um ihn anzuschauen. Er war attraktiv – auf eine unheilvolle Weise. Sein Deckhaar war lang und fiel glatt in seinen Nacken, während er die Schläfen raspelkurz geschoren hatte.

»Mein Name ist Maris«, sagte er leise, doch in der plötzlichen Stille dröhnten seine Worte wie ein Donnerschlag. Dieser Mann wusste seine Zuhörer zu bändigen. Niemand wagte, laut zu atmen. Seine ungewöhnlich starke Präsenz warf einen Schatten auf all jene, die sich um ihn versammelten.

»Freut mich«, piepste Sola ängstlich.

Maris lachte künstlich und bleckte dabei die Zähne wie ein Raubtier. »Also, Sola, wie ich sehe, hast du dir extra für unsere Zusammenkunft etwas Hübsches angezogen!« Ein raues Lachen ging durch die Menge, das erst verklang, als Maris gebieterisch die Hand hob. »Nett von dir!«

Sola zuckte zusammen. Voller Scham senkte sie den Kopf und kämpfte gegen Tränen an. Sie zerknüllte den glänzenden Stoff des Kleides in ihrer Rechten, bis ihre Knöchel hervortraten.

Maris beobachtete sie amüsiert. Dann räusperte er sich geräuschvoll. »Sag uns, Mädchen mit dem merkwürdigen Kleidchen, *wer bist du*?«

Abrupt öffnete Sola die Hand und der Rock des Kleides raschelte um ihre Beine. Sie hatte überlebt. War es denn nicht egal, in welchem Kleid? Ihre trotzige Wut schaffte es nicht zum Ausbruch. Stattdessen atmete sie tief durch und sagte, Maris' Blick ausweichend: »Einfach Sola!« Ihren inneren Hasenfuß konnte sie kaum überwinden.

»So, Einfach Sola«, sagte Maris und seine Worte verwandelten sich in das Knurren eines Wolfes. »Woher kommst du?«

»Ähm«, machte Sola und sortierte ihre Gedanken. »Ich komme von Karit!« Ein aufgeregtes Tuscheln, das Sola sich nicht erklären konnte, ging durch die Zuschauer.

»Karit?«

»Eine Frau?«

»Ich habe gehört, auf Karit wäre ein Mann ausgewählt worden!«

»Sie ist viel zu jung!«

»Ruhe!« Maris musste nicht schreien. Sein Wort schien auf Thethys Gesetz zu sein. Sofort breitete sich eine erwartungsvolle Stille aus, die nur von dem Rauschen der Wellen hinter den Dünen und dem Knistern der Flammen gestört wurde. »Du bist nicht vorgesehen, Einfach Sola. Wo ist Matt?« Maris' Augen verengten sich zu Schlitzen.

»Wer ist Matt?«, piepste Sola. Sie suchte in der Menge nach einem freundlichen Gesicht. Doch der Tanz des Feuers ließ sie alle gleich aussehen und wandelte sie in unheimliche Masken, in deren leeren Höhlen die Gier nach Blut stand.

»Matt ist der Auserwählte, der an deiner statt hier vor mir stehen sollte«, sagte Maris kalt.

An ihrer statt? Wovon redete er? Sola versuchte verzweifelt zu begreifen, was hier vor sich ging. Sie rieb sich die Schläfen und schüttelte den Kopf. »Es tut mir leid. Das muss alles ein Missverständnis sein«, sagte sie hilflos. »Ich bin nur hier, weil mein Vater mich gerettet hat…«

»Dein Vater hat dich gerettet?«, wiederholte Maris. »Wie?«

»Sein Schiff brachte mich her…«

»Was für ein Schiff?«

»Die Starstorm!«

Ein Raunen ging durch die Menge, als sie den Namen des Weltraumseglers nannte. Sola kannte das schon aus ihrer Vergangenheit. Jeder kannte das ungewöhnliche Schiff. Es war aus dem Stoff, aus dem Träume bestehen.

»Soviel ich weiß, sollte Matt mit der Starstorm hierhergebracht werden«, sagte Maris und sein Blick war wölfisch. »Er war der Letzte von uns und sollte von dem Weltraumsegler hier abgesetzt werden. Wie kommt es, dass du hier bist und ich nichts mehr von Matt gehört habe?«

»Ich weiß nicht, wer Matt ist!«, sagte Sola verwirrt. Diesen Namen hatte sie noch nie zuvor gehört.

»Matt ist der letzte Auserwählte, der diesen Ort erreichen sollte!«, rief Maris dröhnend. Sola zuckte zusammen. »Hast du ihn getötet?« Seine Worte waren so scharf wie Messerstiche.

»Getötet?«, fiepte Sola, die sich nicht erklären konnte, weshalb das Gespräch eine derartige Wendung genommen hatte. »Ich würde doch niemanden töten!«

»Lügnerin!«, herrschte Maris sie an.

Tränen schossen in Solas Augen, gegen die sie nichts tun konnte. Die Absurdität der Situation war stärker als sie. Mit einer zitternden Hand wischte sie sie weg.

Wie Krallen bohrten sich Maris' Finger in ihre Schulter und rissen sie herum. Sola taumelte, dann kippte sie mit den Knien voran in den Sand. Maris baute sich über ihr auf, als setzte er zum letzten Schlag an. »Wo ist Matt?«, wiederholte er.

Am liebsten hätte Sola laut losgeweint und mit den Händen auf den Boden getrommelt.

»Antworte mir!«, dröhnte Maris über den Platz hinweg und verpasste ihr einen Tritt.

»Au«, jammerte Sola und wich vor ihm zurück. Nun konnte sie ihre Tränen nicht mehr zurückhalten. »Ich kenne Matt nicht!«

»Natürlich nicht!«, rief Maris. »Du bist schließlich nicht ausgewählt worden, die Menschheit zu retten«, knurrte er wie ein Pitbull. Wutentbrannt stieß er einen Schrei aus. Dann trat er in den Sand, dessen feuchte Körner wild um ihn herumstoben.

»Wenn du sie quälst, wirst du gar nichts erfahren«, sagte eine weibliche, aber erstaunlich rauchige Stimme. Die Menge teilte sich. Eine junge Frau, die so gar nicht zu ihrer eigenen Stimme passte, trat in den Kreis am Feuer. Sie war kaum größer als Sola. Ihre Erscheinung war auffallend: nicht schön, aber auch nicht hässlich. Ihr gescheiteltes, dunkelbraunes Haar fiel lang und glatt bis zum Ansatz ihrer Brüste und rahmte das ovale Gesicht. Das spitze Kinn und die hervorstehenden Wangenknochen wurden durch die hohe Stirn betont. Die mandelförmigen, fast schwarzen Augen standen weit auseinander. Sie hatte weibliche Kurven, war aber an den richtigen Stellen drahtig und gut trainiert. Ihre Haltung versprach, dass sie es mit Maris aufnehmen würde.

»Luna? Ich dachte, du wärst abgehauen!«, rief Maris. »Gott, es war so schön ohne deine nervige Visage! Was willst du hier schon wieder?«

»Ich hatte Sehnsucht«, konterte Luna und verschränkte die Arme vor der Brust. »Hör auf, dem armen Mädchen Angst zu machen!«

»Du hast hier keine Befehle zu erteilen!«, rief Maris und schoss vor.

»Ach, aber du?«, entgegnete Luna streitlustig. Sie wich nicht vor Maris zurück, sondern hob herausfordernd die geradlinigen Brauen. »Wer hat dich zum Anführer ernannt?«

Maris stolzierte rückwärts auf den Thron zu, ohne Luna aus den Augen zu lassen. Dann ließ er sich darauf nieder und reckte provokant das Kinn.

»Ein Thron macht dich noch lange nicht zum König«, sagte Luna überheblich. Sie wandte sich an Sola. »Alles in Ordnung?«

Sola war zu erschrocken über die unerwartete Hilfe, um eine kluge Antwort zu geben. Ihre Zunge stolperte über zusammenhanglose Wörter und sie errötete.

»Glaubst du wirklich, dieses Mädchen könnte Matt getötet haben?«, fragte Luna an Maris gewandt. »Sie ist noch ein Kind!«

Ein Kind? Was glaubte sie, wer sie war? Sie war doch selbst kaum älter als Sola! Wenn sie gewusst hätte, was sie auf dieser Insel, auf Thethys, erwarten würde, hätte sie die Starstorm sicher nicht verlassen. Was Luki jetzt wohl denken mochte? Sorgte sie sich um sie? Was, wenn Sola nie wieder zurückkehren würde? Wenn diese Barbaren sie nicht mehr gehen ließen? Würde Luki ihre Angst vor Wasser in den Schaltkreisen und Sand im Getriebe überwinden und Sola suchen?

»Wenn du so bewandert in Zeugenbefragungen bist, bitte«, knurrte Maris und krallte sich an die Lehnen seines Throns, sodass sich seine Fingerknöchel weiß färbten.

»Sola!« Luna klang freundlich. »Kennst du einen jungen Mann mit dem Namen Matt?«

Sola, die alle Blicke auf sich ruhen spürte, schüttelte den Kopf.

»Groß, dunkle, gelockte Haare, Wangenknochen wie ein junger Gott, ein Typ zum Niederknien«, half Luna ihr auf die Sprünge.

Gerade wollte Sola erneut den Kopf schütteln, als sich dunkel eine Erinnerung in ihr Gedächtnis schob. Luna spürte, dass sie zögerte, und sah sie neugierig an. »Da war ein Junge«, murmelte Sola. »Am Ende des Piers…« Ihr stockte der Atem. Was hatte ihr Vater getan?

***

Capt'n Alexander Malcom »Monkfish« Fallinstar war ein liebevoller und liebenswürdiger Mann. Er war gütig und großzügig und konnte keiner Fliege etwas zu leide tun. Anderen Lebensformen begegnete er stets freundlich und respektvoll. Doch auf einmal tauchten vor Solas Augen Momente auf, in denen der Capt'n sich veränderte. Es waren Momente, in denen er für seine Tochter kämpfte. Als sie in die Schule kam, besuchte sie dieselbe Klasse wie Ethan Sordid. Er hänselte Sola, wann immer sich die Gelegenheit bot. Eines Tages fand der Capt'n seine Tochter weinend in ihrem Zimmer vor. Ethan hatte ihr Kaugummi ins Haar geklebt. Nachdem der Capt'n das Gröbste entfernt hatte, stattete er der Familie Sordid einen Besuch ab. Ethan war anschließend nie mehr derselbe. Der Capt'n hatte ihn in ein braves Lämmchen verwandelt.

Als Sola vierzehn Jahre alt war, verliebte sie sich unsterblich in Ian Amorist. Ian hatte das schönste Lächeln der ganzen Schule. Und obwohl er zwei Jahre älter war als Sola, begann er, mit ihr auszugehen. Immer wieder fragte Ian nach Solas Vater. Er war fasziniert von dem Capt'n und seinem Schiff. Eines Tages lud Sola ihn ein, mit ihr die Starstorm zu besuchen. Anschließend tat Ian so, als würde er Sola nicht mehr kennen. Mit einem Freund hatte er gewettet, dass er es an Bord des berühmten Weltraumselglers schaffen würde. Solas Vater lud ihn erneut ein. Diesmal durfte Ian das Schiff sogar selber steuern. Allerdings ließ der Capt'n ihn auf Loos, einem Nachbarplaneten zurück. Ian brauchte zwei Wochen, bis er es wieder nach Hause schaffte.

Solas Vater tat alles für sein kleines Mädchen. Er war sogar für sie gestorben. Aber würde er auch jemanden für sie sterben lassen? Jemanden… töten?

»Sola?« Lunas rauchige Stimme riss sie aus ihren Gedanken. »Was ist auf Karit geschehen?«

Sola, die nicht wirklich wusste, was geschehen war, wollte ihren Vater nicht durch Vermutungen beschuldigen. Sie überlegte und wählte ihre Worte mit Bedacht. »Mein Vater ist Capt'n Alexander Malcom Fallinstar, auch bekannt als Capt'n Monkfish.«

Ein Raunen ging durch die Menge. Luna machte andächtig: »Wow!«

Offenbar war ihr Vater den Menschen auf Thethys bekannt. »Als es begann, holte er mich. Um uns herum ging die Welt unter, aber mein Vater führte mich zur Starstorm. Ich sah, wie Hochhäuser einstürzten und Menschen in die Tiefe fielen. Ich hätte nicht gedacht, dass ich das überleben könnte. Doch mein Vater sorgte dafür. Er programmierte die Starstorm und…« Sola versuchte, ihre zitternden Lippen zu bändigen. »… fiel.«

Schweigen legte sich über die namenlose Menge, das dem Grauen, das Sola erlebt hatte, gerecht wurde. Maris brach es, indem er sich schwungvoll vom Thron erhob und theatralisch in die Hände klatschte. »Was für eine abenteuerliche Geschichte«, säuselte er und nagelte Sola mit Blicken fest. »Aber was war am Ende des Piers?«

»Da war ein Junge«, sagte Sola mit trockener Kehle. Sie wandte sich zu Luna. »Er könnte zu deiner Beschreibung passen.«

»Wieso hat er das Schiff nicht betreten?«, wollte Luna verwirrt wissen.

»Wieso hätte er das tun sollen?«, entgegnete Sola. »Er war ein Verbrecher!« Wieso hätte die Starstorm ihn retten sollen, wenn ihr eigener Vater zu Tode gekommen war?

»Wie kommst du darauf, dass er ein Verbrecher war?«, fragte Luna erstaunt.

»Er fiel mir auf, weil er gefesselt zwischen den Fässern lag«, meinte Sola. »Mein Vater sagte mir, er sei beim Stehlen erwischt worden!«

»Er war kein Dieb«, durchschnitt Maris eisig die Luft. »Er war der letzte Auserwählte, der um seine Zukunft gebracht wurde!« Er sah Sola an, als hätte sie den Jungen persönlich gefesselt und geknebelt. »Ergreift sie!«

Aufruhr erfasste die Menge. »Du kannst sie nicht gefangen nehmen!«, rief Luna empört. »Sie gehört zu den letzten Menschen! Wie wir! Du kannst die neue Welt nicht mit Gewalt begründen!«

»Komm heute Nacht in mein Zelt und ich zeige dir, wie ich die neue Welt begründe«, zischte Maris.

Lunas Mundwinkel zuckten. Dann spuckte sie auf den Boden zu seinen Füßen. »In deiner Welt will ich nicht leben!« Sie warf Sola einen mitleidigen Blick zu. Dann machte sie auf dem Absatz kehrt und verschwand zwischen den Schaulustigen.

Lass mich nicht allein, dachte Sola. Sie kam sich schrecklich verlassen vor, wie sie vor Maris stand. Das Gefühl war so viel stärker als das, das sie durch die einsamen Tage auf der Starstorm gequält hatte.

Maris schlug mit den geballten Fäusten auf die Lehnen seines Throns. »Hört ihr schlecht?«, knurrte er. »Ergreift sie!«

Hinter Sola teilte sich die Menge. Als sich warme Hände um ihre Unterarme legten, zuckte sie zusammen. Doch die Berührung war beinahe zärtlich.

Leander.

»Ich werde d-dir nicht weh tun«, versprach er. Sie sah zu ihm auf. Der Schein des Feuers flackerte in seinen Augen. Sie konnte nicht anders. Sie musste jedem einzelnen seiner Worte glauben, weil sie andernfalls verloren gewesen wäre. Er war wie die Hand, die sie vor dem Ertrinken rettete.

»Stotterzunge«, sagte Maris mit falschem Lächeln. »Bringst du den Müll fort, den du angeschleppt hast?« Leander stierte stur zu Boden, was Maris ein eisiges Lachen entlockte. »Schaff sie fort!«, befahl Maris. »Und sperr sie in einem RDT ein!« Ein unheilvolles Raunen ging durch die Menge.

Leander nickte Sola knapp zu. Dann bedeutete er ihr, ihm zu folgen. Fremde Augen starrten Sola an und klebten an ihr, als wollten sie sie ausziehen. Die Wärme des Feuers verlor sich in der kühlen Brise, die der Abend mit sich brachte, und vermischte sich mit den Wogen des Hasses, die die Menge über Sola auszuschütten schien. Ihre Stimmen verebbten wie die Wellen des Meeres am Strand, nachdem sie um eine Düne gelaufen waren.

Leander schwieg, während er Sola durch das Labyrinth aus Zelten führte. Vor einem besonders kleinen Zelt blieb er stehen. Neben der Tür hing ein Touchpad, das zum Leben erwachte, als Leander es berührte. Das Touchpad zeigte einen Buchstaben- und Zahlenblock. Die Ziffern darauf leuchteten giftgrün und färbten Leanders Profil auf unheimliche Weise. Sola beobachtete mit bangem Gefühl, was Leander tat. Er tippte ein paar Zahlen und Buchstaben ein, dann presste er seinen Daumen auf das Display. Ein Häkchen erschien darauf und die Tür des Zeltes öffnete sich.

»Es ist n-nicht die Präsidentensuite«, sagte Leander entschuldigend und bedeutete Sola, einzutreten. Sie zögerte einen Augenblick, ehe sie sich ihrem Schicksal ergab. Sie streckte ihren Kopf durch die Öffnung des Zeltes und stutzte. Das, was sie sah, war unmöglich. Das Innere des Zeltes war viel größer, als es seine äußere Erscheinung vermuten ließ.

»Es ist ein R-RDT«, erklärte Leander, der Solas Blick aufmerksam beobachtet hatte. »S-sie wurden extra für unsere Mission angefertigt.«

Sola hob die Brauen. »RDT?«

»RDT bedeutet Relative-Dimension-T-tent«, antwortete Leander und ließ Sola den Vortritt. Den sandigen Boden bedeckte ein flauschiger Teppich mit einem fantasievollen Muster. An den Wänden standen mehrere verlassene Pritschen. Leander steuerte auf einen hohen Schrank zu, in dem sich eingerollte Schlafsäcke befanden. Er nahm den obersten und reichte ihn Sola.

»Ich bin alleine hier?«, fragte sie mit einem Blick auf die anderen Pritschen.

»W-wir haben außer dir keine Gefangenen«, sagte Leander.

In der Mitte des Zeltes erhob sich ein Pfahl, an den eine schmiedeeiserne Kette gebunden war. Sie mündete in einer Fußfessel, die Sola mit Grauen in der Magengrube entdeckte. »Nein!«, rief sie und wich zurück.

»Es t-tut mir leid«, beteuerte Leander. »Aber das ist das Beste. Es wird nur halb so schlimm, wenn du jetzt gehorchst. Früher oder später wird Maris das Interesse an dir verlieren.«

»Wieso hat er jetzt Interesse an mir? Wieso sperrt er mich ein?«

»Weil er seine M-macht demonstrieren will. Es geht nicht um dich. Es geht darum, dass ihm die anderen gehorchen.«

»Er ist verrückt«, wisperte Sola.

»Wem sagst d-du das«, stimmte Leander düster zu. »Er merkt nicht, d-dass er damit genau das Gegenteil bewirkt. Die Leute wenden sich von ihm ab.«

»Wirklich?«

»D-du hast Luna doch g-gesehen. Ich glaube nicht, d-dass sie zurückkehrt…«

»Und was ist mit mir?« Die Hilflosigkeit war übermächtig. Sola kämpfte erneut mit den Tränen.

»Ich rede mit M-maris«, sagte Leander mutiger, als er wirkte.

»Er ist kein Typ, mit dem man reden kann. Lass mich einfach gehen!«, bat sie verzweifelt. »Wer weiß, was er mit mir anstellt!«

»Wenn ich das tue, b-bringt er uns beide um«, entgegnete Leander. »Vertrau mir!«

»Wie könnte ich dir vertrauen?«, rief Sola aufgebracht. »Du hast mich entführt!«

Leander sah aus, als hätte sie ihn geschlagen. Er zog die Schultern ein und wich zurück. »D-die anderen beiden haben d-dich auch g-gesehen«, sagte Leander finster. »Ich k-konnte dich nicht zurücklassen. Ich w-werde Maris davon überzeugen, dass du nutzlos b-bist. Und w-wenn das nicht k-klappt, lasse ich mir etwas anderes einfallen. Setz dich hin!« Sola, die zu erschöpft war, um Widerstand zu leisten, sank auf die Pritsche. Leander ging vor ihr in die Hocke. Er wich ihrem Blick aus, während er an der Schnürung ihrer Stiefel nestelte. Dann zog er ihr vorsichtig die Stiefel aus, was ihr beunruhigend intim vorkam. Als er ihre nackten Beine berührte, errötete Sola. Aber ihre Angst verkroch sich in den hintersten Winkel ihres Bewusstseins. Plötzlich war Leanders Nähe überwältigend.

»T-tut dein Zeh weh?«, fragte er.

»Schon in Ordnung«, murmelte Sola. Das Pochen hatte sie längst vergessen.

Leander nickte und ließ die Fessel klicken. Solas Herz wurde schwer. Er stand auf und sah auf sie herab. »Alles wird gut!« Mit diesen Worten verließ er das Zelt. Sola starrte auf die Öffnung, durch die er ins Freie verschwunden war. Es verstrichen nur wenige Sekunden, da warf sie sich auf die Pritsche und vergrub ihr Gesicht in den Armen. Ihr ganzes Elend brach wie eine Flutwelle über sie und nahm ihr den Boden unter den Füßen. Wäre sie doch auf Karit gestorben! Sie gehörte nicht hierher! Sie sollte nicht wie ein Hund angekettet sein! In welche Lage hatte ihr Vater sie da nur manövriert? Und was hätte er gesagt, wenn er sie jetzt gesehen hätte? Der alte Seebär war selbst in die ein oder andere brenzlige Situation geraten. Zwei Wochen seines Lebens hatte er als Gefangener der Rotaren verbracht, einem Bergvolk auf Andalu, weil er ihnen nicht erklären konnte, dass er ihre Pelze nicht stehlen, sondern kaufen wollte. Nachdem das Missverständnis aufgeklärt wurde, schenkte ihm der Häuptling als Entschädigung den Pelz eines Lebruns, der noch immer am Fußende von Solas Bett auf der Starstorm lag. Die Gedanken an ihren Vater trösteten Sola. Nach einer Ewigkeit verwandelten sich ihre Schluchzer in ein trockenes Husten. Weil sie kaum noch Luft durch die Nase bekam, atmete sie flach. Ihre Augen waren geschwollen, sodass sie in dem Halbdunkel nichts als Schatten erkennen konnte. Sie zog den Schlafsack über die Schultern und versuchte, zu vergessen, wo sie war. Doch bei jeder Bewegung klirrte ihre Fußfessel und erinnerte sie ungnädig an die Realität.

»Nicht erschrecken!«, sagte eine Stimme – und natürlich zuckte Sola zusammen. Leander war zurückgekehrt. »T-tut mir leid!« Er hielt eine Tonschale, aus der ein würziger Geruch drang.

»Lass mich in Ruhe«, sagte Sola verschnupft und wollte sich in die hinterste Ecke der Pritsche verkriechen. Leander nahm ungefragt neben ihr Platz. Vorsichtig hob er ihren verletzten Fuß in den Schoß. »Lass los!«

»Ich will d-dir helfen«, entgegnete Leander. »Das wird die Schwellung lindern!« Er bestrich den Zeh mit der Paste. Sofort spürte Sola ein kühles Kribbeln, das sich in ihrem ganzen Fuß ausbreitete. Als Leander fertig war, stand er auf. Er wollte das Zelt gerade verlassen, da sagte Sola leise: »Danke!«

***

Die Nacht war lang und unbequem. Sola wälzte sich auf der Pritsche hin und her. Sie konnte nicht einschlafen. Das Zeltlager war voller Leben. Menschen liefen umher und unterhielten sich leise. Sola stellte sich vor, wie sie um ihr Zelt herumschlichen, gierig, einen Blick auf sie zu erhaschen. Aber niemand trat ein. Manchmal schnappte sie Gesprächsfetzen auf, in denen es um Karit oder Matt ging. Sola dachte an den gefesselten Jungen am Pier. War er gestorben, damit sie überleben konnte? Wieso? Die Starstorm war riesig. Hunderte Männer waren mit ihr durch das Universum gereist. Wieso hatte der Weltraumsegler nicht Platz für sie, ihren Vater, den gefesselten Jungen und viele andere gehabt? So viele Menschen hätten gerettet werden können. Jetzt war es zu spät. Das Ende des Universums hatte sie alle verschlungen.

Ein Heulen beendete Solas melancholischen Gedanken. Es hörte sich an, als würde das Tier, von dem die Geräusche stammten, direkt neben ihrem Zelt lauern. Das Heulen war hoch, lang und ging durch Mark und Bein. Etwas Ähnliches hatte sie noch nie gehört. Aber Sola war sich sicher, dass das Wesen riesig sein musste, um einen solchen Ton zu erzeugen. Eine dünne Zeltwand würde es jedenfalls nicht aufhalten, wenn es Fleischfresser war und leichte Beute suchte. Ein weiteres Tier stimmte in die bedrohliche Melodie ein. Dann noch eins.

Die Nacht wurde endlos. Sola wartete darauf, dass die Wesen sie angriffen und mit Haut und Knochen fraßen. Nichts geschah. Erst in den frühen Morgenstunden, als goldenes Licht in das Zelt fiel, verebbte das Heulen und Sola fiel in einen unruhigen Schlaf.

Das Rascheln der Zeltplane weckte sie. Sie blinzelte und fragte sich einen kurzen Augenblick, wo sie war, bis ihre Fußfessel klirrte und sie sich unweigerlich an ihre missliche Lage erinnerte.

»Wie g-geht es dir?« Leander sah nicht danach aus, als hätte er eine schlaflose Nacht hinter sich. Seine Wangen glühten rosig von der Morgenluft, das schwarze Haar stand in alle Richtungen ab und seine grauen Augen strahlten.

»Geht so«, grunzte Sola. Sie sah vermutlich zum Fürchten aus: dunkle Schatten unter rot geschwollenen Augen.

»Hattest d-du eine allergische Reaktion oder sowas?«, fragte Leander und runzelte die Stirn.

Oh je, so schlimm also. Sola schob verdrießlich die Unterlippe vor. »Ja, ich bin allergisch auf Rüpel, die mich gefangen nehmen, obwohl ich nichts verbrochen habe!«

Leanders Mundwinkel zuckten nach unten und im gleichen Moment bereute sie ihre Worte. Er war wirklich nett zu ihr gewesen. Sie blickte zu Boden. Er war wieder barfuß und seine Zehen waren schwarz umrandet. Besaß er kein einziges Paar Schuhe? Irgendwie war Sola der Anblick unangenehm. Sie wandte sich ab.

»Hast du in der Nacht dieses Geräusch gehört?«, wollte sie zögerlich wissen. Ein bisschen fürchtete sie, dass dieser Planet sie verrückt machte und sie Dinge hörte, die andere nicht hörten.

»Ich habe in dieser Nacht viel g-gehört«, meinte Leander vage. »Was meinst du?«

»Das Heulen«, flüsterte Sola. »Es klang, als stünde dieses Tier direkt neben meinem Zelt!«

»Ach, das scheint nur so«, beruhigte Leander sie. »Du hast einen Nachtschatten gehört. Sie leben nördlich von hier und das Gebirge verstärkt ihren Gesang.«

»Gesang?«, wiederholte Sola. »Es klang eher, als hätte jemand mit den Fingernägeln über eine Tafel gekratzt!«

»So kommunizieren Nachtschatten miteinander«, erklärte Leander. »Aber mach dir keine G-gedanken. Sie sind zu weit weg, um uns gefährlich zu werden!«

»Bist du dir sicher?«, piepste Sola. Das Heulen war ihr zu frisch im Gedächtnis. Sie fühlte sich wie ein kleines Kind, das sich vor seinen dunkelsten Albträumen fürchtete.

Leander setzte sich neben sie auf die Pritsche und lächelte verständnisvoll. »T-thethys kann sehr unheimlich sein, oder? Vor allem, wenn man ganz allein ist!«

Betreten fixierte Sola ihre Hände. Allein. Das Wort hallte wie ein garstiges Echo in ihren Ohren. Sie schluckte hart.

»Es wird nicht immer so sein«, sagte Leander verständnisvoll.

»Ach nein?«, entgegnete Sola. »Ich habe niemanden hier. Und deine Leute behandeln mich wie eine Aussätzige.«

»D-das sind nicht m-meine Leute!«, empörte Leander sich.

»Ach nein?«, argwöhnte Sola. »Und was machst du dann hier?«

Leander sah sie lange an, sagte aber nichts. Er schob die Unterlippe vor, als dächte er über Solas Worte nach. Dann beugte er sich vor und packte Solas Fuß. Sie quietschte auf. Es klickte. Ihre Fessel löste sich. »Was zum…«, murmelte Sola verwirrt.

»Du kannst g-gehen. Oder möchtest du nicht?«

»Gehen? Doch, natürlich«, sagte Sola lahm. »Wie?«

»Mit deinen B-beinen, falls du noch weißt, wie…«

Sola rieb sich die gerötete Haut. »Ich meinte, wieso?«

Leander druckste herum, ehe er sagte: »Maris hat eingesehen, dass er dich nicht gebrauchen kann!«

»Das kann ich mir nicht vorstellen.«

»Ich habe mich f-für dich eingesetzt.«

»Wieso solltest du das tun?«

»Weil es Unrecht ist, dich gefangen zu halten. Du hast nichts g-getan, oder?«

Sola starrte ihn verständnislos an.

»Du hast ihn n-nicht getötet?« Es klang wie eine Frage.

»Natürlich nicht!«, fauchte Sola.

»G-gut.«

»Gut.«

Leander kratzte sich unbeholfen am Kopf. »W-wohin willst du jetzt gehen? Es g-gibt ein paar Leute, die dir helfen könnten…«

»Ich komme alleine klar«, sagte Sola schnell.

»Na dann«, sagte Leander und beobachtete sie, während sie sich die Stiefel anzog. Er öffnete die Tür, sodass Sola an ihm vorbei in den frischen Morgen treten konnte. Das Lager lag noch im Halbschlaf. Die Gassen zwischen den Zelten waren wie ausgestorben. Leander nickte in eine Richtung. »Ich bringe d-dich zum Rand des Lagers!« Schweigend lief er voraus. Während er unruhig nach links und rechts schaute, heftete Sola die Augen stur an seine Fersen und hoffte, dass sie Maris nicht noch einmal begegnen würde.

Leander blieb erst stehen, als die Rückseite der letzten Zelte von einer Düne verdeckt wurde. »W-wenn du dich am Strand orientierst und dort entlang läufst, r-richtest du dich südlich. So sparst du dir die Springerei über die Fliegenden Felsen.«

»Wo ist Süden?«, wollte Sola ein wenig hilflos wissen.

Leander lächelte freundlich und wies auf zwei Dünen, die sich wie ein Tor erhoben. »D-da, wo wir uns begegnet sind. Solange das Meer zu deiner Rechten ist, kannst du dich nicht verlaufen!«

»Würde ich nicht drauf wetten«, grummelte Sola.

»Wie b-bitte?«, horchte Leander auf.

»Danke, dass du mich hergebracht hast«, sagte Sola, ehe sie ihre Worte zurückhalten konnte. »Oder vielleicht auch nicht…«

»Früher oder später wären wir uns s-sicher begegnet. T-thethys ist nicht besonders groß«, meinte Leander altklug.

»Na dann.« Unbehaglich wippte Sola auf den Ballen. Wenn Thethys wirklich so klein war, würde sie Maris irgendwann auch wiedersehen. »Bis dann!« Sie entfernte sich ein paar Schritte.

»Und ich soll wirklich nicht m-mitkommen?«, rief Leander ihr fast flehentlich hinterher.

»Nein!«, gab Sola ein wenig unfreundlicher zurück als beabsichtigt. Sie stolperte ein paar Schritte durch den Sand, bevor sie immer schneller wurde. Sie wollte von hier verschwinden und so viel Abstand zwischen sich und das Lager bringen wie nur irgend möglich.

Das Meer schlug aufgebracht gegen den Strand. Es war, als würde es nicht verstehen können, warum Sola sich fürchtete, als würde es sie überreden wollen, mutig zu sein. Oder war das nur das schlechte Gewissen, das mit der Stimme ihres Vaters flüsterte: »Feigling! Feigling!«?

Sola warf einen Blick über die Schulter. Leander und das Lager waren zwischen den Dünen verschwunden. Es war, als wäre Sola wieder der letzte Mensch im Universum. Doch sie wusste, dass das nicht stimmte. Dass da andere waren. Viele sogar. Trotzdem kam ihr die Begegnung mit ihnen wie ein Traum vor, ein Albtraum, der verblasste, je mehr sie sich von ihnen entfernte.

Je weiter Sola lief, umso körniger wurde der Sand. Er knirschte regelrecht unter ihren Füßen, als der Strand eine leichte Biegung nahm und ein frischer Wind den Morgen begrüßte. Tiefblau breitete sich die Meeresoberfläche vor Sola aus. Sie glitzerte an jenen Stellen, an denen die Sonne sie berührte. Oberhalb des Wassers schwebten zwei kugelige Fische mit schillernden Schuppen und langem Barthaar in der Luft, das fast die Oberfläche berührte.

Sola verlangsamte ihr Tempo und blieb schließlich stehen, um die Fische zu beobachten. Einer von ihnen blinzelte träge und gähnte herzhaft. Ein Zucken ging durch seinen Körper und von einer Sekunde auf die andere färbte sich sein Schuppenkleid in ein knalliges Rot. Nur die Schwanzflosse leuchtete gelb. Dann schloss er die Augen und schien sich von der Anstrengung dieser Verwandlung zu erholen.

So bedrohlich Thethys auch war mit seinen undurchdringlichen Wäldern und dem Heulen in der Nacht, so märchenhaft kam es Sola in diesem Moment vor.

Ja, Märchenplanet passt gut, dachte Sola. Märchen waren nicht nur bunt und wundersam. Märchen waren schaurig. Sie gingen unter die Haut. Wie Thethys.

Sola löste den Blick von den dicken Fischen und dem gut gelaunten Vogel und schlenderte weiter. Die Sonne wärmte sie, je höher sie an den Himmel kletterte. Als sie allmählich die Umgebung um sich herum wiedererkannte, tauchte die Starstorm als dunkler Punkt am Himmel auf. Ihr Herz machte einen Sprung.

»LUKI! WALTER!«, schrie sie, als sie noch weit außer Hörweite war. Sie watete in das kristallklare und angenehm warme Wasser, das bei jedem Schritt, den sie tat, höher spritzte. Das Salz auf der Haut kribbelte, die Sonnenstrahlen kitzelten sie, während sie von der Starstorm angezogen wurde wie von einem Magnet.

»LUKI! WALTER« Sie pflügte durch das Wasser und verjagte die silbern gestreiften Fische, die erschrocken auf das offene Meer zuschossen. Das vertraute Summen der Strickleiter ließ Sola langsamer werden. Luki stand an der Luke und leuchtete hell wie ein Stern.

»Miss Sola, da bist du ja!«, sagte sie vorwurfsvoll.

Sola wartete nicht, bis die Leiter unten war. Sie sprang und hielt sich an den untersten Sprossen fest. Dann fuhr Luki die Leiter zusammen mit Sola ein.

Tropfend und mit bebenden Schultern betrat Sola die Starstorm. Sie sah Luki eine Sekunde lang an, ehe sie sich in die Arme der protestierenden Roboter-Dame warf, die etwas von »Wasser«

und »Schaltkreisen« keifte. Irgendwann gab sie auf und tätschelte Sola unbeholfen den Rücken.

»Was ist geschehen, Miss Sola?«, fragte Luki, als Solas Schluchzen langsam verebbte. »Der kleine Affe kam einfach ohne dich zurück. Ich habe mir Sorgen gemacht!«

»Wo ist er?«, brachte Sola hervor. »Geht es ihm gut?«

Luki nahm ihre Hand und führte sie zu ihrem Zimmer. Walter lag auf dem Kopfkissen und schnarchte. Er schreckte hoch, als er Sola und Luki hörte. Mit schlackernden Ohren sprang er aus dem Bett und taumelte auf Sola zu. Er reichte ihr etwas, das er mit beiden Händen umklammert hielt. Es war eine Blume aus Papier, die er sehr liebevoll gefaltet hatte.

Sola war eine Sekunde lang sprachlos, ehe sie ihre Stimme wiederfand. Leise sagte sie: »Danke, Walter!« Er schlang seine Arme um ihre Beine.

»Ich gehe und mache dir heiße Schokolade«, sagte Luki und war schon halb draußen, als Sola sie aufhielt: »Luki, hier gibt es keine heiße Schokolade!«

Lukis künstliche Augäpfel rollten in den Höhlen. »Oh«, machte sie. »Na schön… möchtest du mir von den anderen erzählen?«

Sola rollte sich auf ihrem Bett ein wie eine Katze, nahm den Emmling wie ein Plüschtier in den Arm und zog die Decke bis zum Kinn. »Sie leben in einem Zeltlager auf der anderen Seite unserer Bucht.« Sie zögerte und erzählte Luki von ihren Erlebnissen, seit sie fortgegangen war.

Die Worte kamen zunächst tröpfchenweise. Dann sprudelten sie nur so aus ihr hervor, als wären alle Dämme gebrochen. Sola berichtete, wie Leander sie gefunden und in das Lager gebracht hatte. Sie beschrieb den unheimlichen und grausamen Maris, die mutige Luna und die namenlosen Gesichter, die das Feuer in Fratzen verwandelt hatte. Als sie sich an das Heulen in der Nacht erinnerte, bekam sie eine Gänsehaut und geriet ins Stocken. Aber Luki war geduldig und wartete ab, bis Sola sich gefangen hatte. Mit jedem weiteren Wort wurde ihre Zunge träger, die Lider schwerer. Es war, als hätte all ihre Energie sie verlassen.

Bleischwer fielen ihre Hände auf die Matratze. Sie blinzelte. Sah Luki. Sah sie nicht. Sah nichts mehr.

***

Buch Zwei

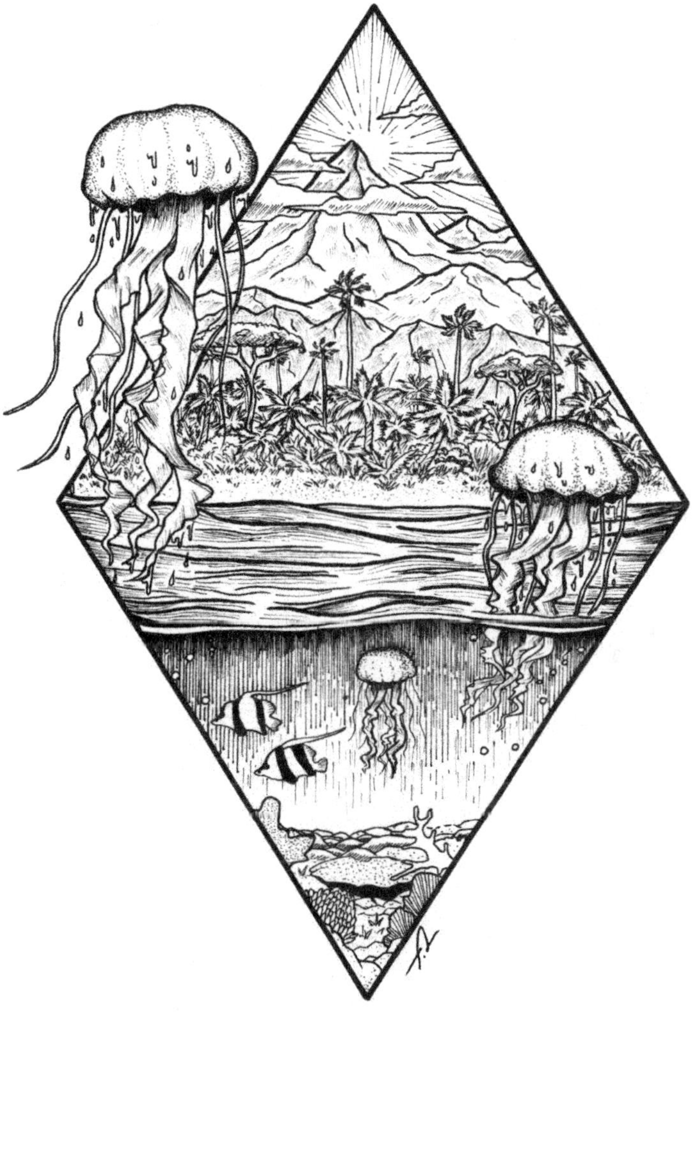

Die Sonne stand hoch am Himmel und trieb Sola Schweißtropfen auf die Stirn. Sie saß am Strand, den Dschungel im Rücken und den Blick auf das paradiesische Meer gerichtet. Es war ein ruhiger Tag. Die Wellen küssten das Ufer und hinterließen Spuren aus schäumender Gischt.

Walter lag ein paar Meter entfernt auf dem Rücken. Er hatte alle Viere von sich gestreckt und schnarchte inbrünstig. Neben ihm türmte sich ein Berg aus bunten Muscheln auf, die er kurz zuvor voller Begeisterung gesammelt hatte.

Sola wackelte mit ihren Zehen. Der Sand war heiß und brannte unter ihren Füßen. Aber der Moment war zu friedlich, um ihn durch die Flucht in den Schatten zu zerstören. Nach den vergangenen Ereignissen sehnte Sola sich danach, einfach die Seele baumeln zu lassen. Sie genoss diesen Tag, das türkisblaue Wasser und den leisen Wind, der die Palmwedel knistern ließ, wenn Maris gerade mal nicht wie ein dunkler Albtraum durch ihre Gedanken spukte.

Seufzend schloss Sola die Augen und legte sich zurück. Der heiße Tag machte sie schläfrig. Sie gähnte herzhaft und streckte sich aus. Vielleicht würde sie das Nickerchen heute Abend bereuen, wenn ihre Haut sich feuerrot gefärbt hätte wie die Federn jener Vögel, die bedächtig über die Wasseroberfläche schwebten. Doch bevor sie sich darüber Gedanken machen konnte, war sie eingeschlafen.

»Du bist ja verrückt!« Ein ausgelassenes Quietschen, gefolgt von einem herben Lachen, weckte Sola. Verwirrt blinzelte sie. Kamen die Stimmen aus ihrem Traum? Oder aus der Wirklichkeit? Sie sah sich um. Der Strand war leer. Walter stöhnte unzufrieden und schlug die riesigen Augen auf. Die Wellen spiegelten sich in ihnen, dann die Silhouetten von fünf Personen, die hinter einer Biegung hervorkamen, und durchs Wasser schlenderten.

Sola duckte sich. Den Mann mit den rasierten Schläfen, dem langen Deckhaar und dem gefährlich kantigen Gesicht würde sie auch in hundert Jahren noch wiedererkennen. Maris. Er schritt mit nacktem Oberkörper und einem in der Sonne blitzenden

Speer am Strand entlang. Zwei Mädchen hatten sich kichernd an seine Fersen geheftet.

Den Dreien folgte in kurzem Abstand ein Junge, der selbstvergessen mit einem Lederball kickte. Jedes Mal, wenn der Ball in die Wellen kullerte, spritzte Wasser auf und er schüttelte anmutig sein dunkelblondes, wuscheliges Haar. Das Schlusslicht bildete ein Mädchen, das den Blick auf das offene Meer gerichtet hatte. Sie hatte die Arme gekreuzt und wirkte abwesend.

Die kleine Gruppe kam immer näher. Verzweifelt suchte Sola nach einem Weg, um ungesehen zu verschwinden. Doch der Strand war flach und bot keine Möglichkeit, sich zu verstecken. Sola fürchtete, dass sie sie bei der kleinsten Bewegung entdecken würden. Also betete sie, dass sie umkehren oder im Dschungel verschwinden würden. Warum hatte sie sich so weit von der Starstorm entfernt?

Je lauter das Lachen der Mädchen wurde, umso größer wurde Solas Angst. Was würde Maris mit ihr anstellen, wenn er sie mutterseelenallein am Strand fand?

»Du bist so ein Idiot!«, rief eines der Mädchen und warf kopfschüttelnd die langen hellblonden Haare in den Nacken. Sie wirkte wild und unabhängig wie ein Vogel, der sich in den Himmel schwang. Selbstbewusst knuffte sie Maris' Schulter. Verlangen loderte in seinen Augen. Sola hätte schwören können, dass er das Mädchen in den schwarzen Leggings und dem durchlöcherten Top, das an pikanten Stellen den BH durchblitzen ließ, begehrte. Neben ihr waren alle anderen unsichtbar. Auch Sola fiel es schwer, sich von ihr abzuwenden.

»Hüte deine Zunge«, maßregelte Maris sie mit einem unterdrückten Grinsen. Er zog das Mädchen an sich, legte einen Arm um sie, bevor sie sich ihm entwand. Sie schüttelte den Kopf, als wäre das, was zwischen ihr und Maris geschah, ein Spiel.

Maris schürzte die Lippen, aber er akzeptierte die Abfuhr. Die Blondine wandte sich zu dem anderen Mädchen, dessen schwarze Haare buschig die Linie ihres Schlüsselbeins betonten und sich dunkel von ihrer Haut abhoben. Sie trug voller Selbstbewusstsein

ein kurzes Top, das nur knapp ihren Bauchnabel bedeckte, und dazu eine enge Lederhose, die Sola in dieser Hitze wie blanke Folter vorkam. Über der Schulter hingen ihre schweren Stiefel, die sie an den Schnürsenkeln zusammengebunden hatte. Während sie sich der Blondine zuwandte, stemmte sie die Linke in die Hüfte und nickte. Dann grinste sie.

Maris, der die stumme Unterhaltung der beiden beobachtet hatte, bückte sich, griff ins Wasser und spritzte die kreischenden Mädchen nass. Sie hüpften wie Flummis auf und ab und versuchten, dem Wasser zu entkommen.

Als er sich aufrichtete, veränderte sich seine konzentrierte Miene. Eine Mischung aus Abscheu und Zorn trat in sein Gesicht. Solas Herz blieb stehen. Er hatte sie gesehen! Wütend presste er die Kiefer aufeinander. Mit der Waffe in der Hand marschierte er auf Sola zu. Der Junge mit dem Ball gefror in seiner Bewegung, sah von Sola zu Maris. Er ließ von seinem Spiel ab und schloss zu Maris auf. Die Blondine schob sich neben Maris, als sie sie erreichten. Sie verschränkte die Arme und baute sich vor Sola auf.

Der Junge nahm seinen Platz an der anderen Seite ihres Anführers ein. Er trug abgeschnittene Jeans und ein leichtes Leinenhemd, dessen Ärmel er hochgekrempelt hatte, und das seine natürliche Bräune betonte.

»Hallo«, piepste Sola, während Walter in ihren Schatten kroch und sich schutzsuchend an ihren verschwitzten Rücken kuschelte.

»Ist sie das?«, fragte der Junge an Maris' Seite. Der Blick, den er ihr aus umschatteten Augen zuwarf, war unheimlich.

»Jep«, antwortete Maris und ließ bedrohlich seine Knöchel knacken.

»Was trägt sie da?« Die Blondine rümpfte die Nase und musterte Sola von oben bis unten. Sola wünschte sich, der Sand würde sich in Treibsand verwandeln und sie mit sich in die Tiefe reißen. Sie hatte nicht die Kraft aufzustehen. Ihre Beine zitterten und sie fürchtete, sofort umzufallen, wenn sie versuchen würde, sie zu benutzen.

»Rika, komm her!«, befahl Maris kalt.

»Schon gut, Maris«, entgegnete das letzte Mädchen aus der Gruppe. Sie hielt sich abseits und senkte die Lider, bemüht, niemanden anzusehen.

Wenn Sola fasziniert von der Blondine und der Brünetten gewesen war, so machte sie der Anblick dieses Mädchens einfach sprachlos. Sie war bildschön. Mit Abstand das schönste Mädchen im ganzen Universum. Ihre Schönheit überstrahlte alle, sodass Sola sich geblendet abwenden musste.

Maris verengte die Augen zu Schlitzen. »Komm her!«, wiederholte er und seine Stimme wurde gefährlich dunkel. Der andere Junge gab dem Mädchen einen ungeduldigen Schubs. Sie trat vor. Sola wusste sofort, dass sie verängstigt war, es aber zu überspielen versuchte. Als Maris sie grob am Handgelenk packte und an sich zog, quiekte sie erschrocken. Etwas fiel in den Sand. Es war ein Armband mit Lederschnur aus Muscheln. Automatisch schoss Sola vor und hob es auf. Schweigend hielt sie es ihr hin. Das Mädchen nahm es unsicher entgegen. Dann huschte ein zaghaftes Lächeln über ihr Gesicht, das ansteckend wirkte.

»Wie süß«, meinte Maris überheblich. »Weißt du, wer sie ist, Rika?«

»Wir sind uns noch nie begegnet«, antwortete Rika und runzelte die Stirn. Sie strich sich eine Strähne ihres kastanienbraunen Haares zurück, dessen Spitzen in großen Wellen mündeten und den Bund ihrer Hose berührten. Es rahmte ihr herzförmiges Gesicht ein, das sich durch volle, ebenmäßige Lippen und geschwungene Augenbrauen auszeichnete. In ihren haselnussbraunen Augen lag eine grenzenlose Gutmütigkeit, die Sola verwunderte. Was hatte ein Mädchen wie Rika in Maris' Gruppe verloren?

»Ich mache euch gerne miteinander bekannt«, sagte Maris gedehnt. »Das, liebe Rika, ist Einfach Sola!« Er fuchtelte theatralisch mit den Armen zwischen Sola und Rika hin und her. Der andere Junge lachte. »Einfach Sola, das ist Rika, deren Freund du auf dem Gewissen hast!« Rikas verwirrtes Gesicht entgleiste einen Augenblick. Ihre Augen weiteten sich, ihre Lippen öffneten sich überrascht. »Ja, da schaust du, was?«, knurrte Maris. »Sie hat Matt kaltblütig umgebracht!«

Sola schnappte nach Luft. »Ich habe niemanden getötet!«

»Ach, und wieso lebst du und bist hier? Und Matt ist dort draußen und ist tot?«, rief die Blondine erbost und schoss vor wie eine Giftnatter, zum Angriff bereit.

Rika hob langsam die Hand. »Schon gut, Sky«, murmelte sie, ohne den Blick von Sola zu lösen.

»Schon gut? Wie kannst du das sagen?«, fauchte Sky.

Rika klammerte die Hand fest um das Muschelarmband. »Alles geschieht aus einem bestimmten Grund. Dass Matt gestorben ist…« Sie schluckte schwer und eine einsame Träne suchte sich den Weg über die zarte Haut ihrer Wange. »… war vorherbestimmt. Die Götter haben ihn zu sich gerufen!«

»Die Götter«, rief Maris abfällig und spuckte auf den Boden. »Du glaubst doch nicht immer noch an den albernen Simsalabim! Verrate mir, wo deine Götter waren, als deine Familie, deine Freunde, deine Bekannten, deine Nachbarn und alle Lebewesen mitsamt deinem Heimatplaneten untergegangen sind!«

Rika straffte die Schultern. »Sie waren hier und haben mich vor dem Untergang bewahrt!«

Maris verdrehte die Augen. »Deine Götter sind Hirngespinste!«, rief er, packte Rika an den Schultern und schüttelte sie grob. Walter fiepte und Sola kroch unauffällig zurück.

»Lass sie los«, sagte die Brünette und ging dazwischen.

Keuchend ließ Maris von Rika ab. »Du wagst es!«

»Stella hat es nur gut gemeint«, sagte Sky und warf ihrer Freundin einen warnenden Blick zu. Stella, die den Mund geöffnet hatte, um etwas zu sagen, schwieg. Sky nickte kaum merklich. »Lass Rika ihre Hirngespinste. Das ist das Einzige, was sie noch hat!«

»Es ist erbärmlich«, knurrte Maris.

Sky zuckte die Achseln. »Rika ist erbärmlich! Wer glaubt schon an Götter?«

»Wir werden sehen, wer Recht hatte, wenn wir auf der anderen Seite sind.«

Sola empfand Mitleid für das Mädchen. Aber gleichzeitig war sie erleichtert, dass Maris' Zorn sich nicht ganz allein gegen sie richtete.

Maris' Kiefer mahlten. Seine Augen waren dunkel vor Wut, als er sich von Rika abwandte. Er kam einen Schritt auf Sola zu. Sie schrumpfte in sich zusammen, während Sky, Stella und der Junge einen Halbkreis um sie zogen wie hungrige Hyänen.

»Was machen wir mit dir, Einfach Sola?«, fragte Maris gedehnt und ging in die Hocke. Er sah sie an, als würde er sie töten wollen. In Zeitlupe streckte er seine Hand aus und hob ihr Kinn an. Seine Berührung ließ Sola zusammenzucken. »Diesmal ist Stotterzunge nicht hier, um dir deinen in Tüll verpackten Hintern zu retten«, säuselte Maris.

»Wir könnten sie an einen Baum binden«, schlug der Junge vor.

Maris wandte sich zu seinem Begleiter um. »Das ist eine grandiose Idee, Ash«, sagte er mit leiser Stimme.

»Nackt«, fügte Sky hinzu. »Alles ist besser als dieser Fummel!« Maris und Ash lachten schallend.

Eine Gänsehaut breitete sich auf Solas Armen aus. »Ich habe nichts getan!«, sagte sie hilflos.

»Nichts getan?«, wiederholte Maris mit gespielter Empörung. »Sag das nochmal und sieh Rika dabei in die Augen!« Er fuchtelte mit der abgebrochenen Spitze vor Solas Nase herum.

Sie wich ihm angsterfüllt aus und wimmerte. »Ich habe ihren Freund nicht getötet!« Der heiße Sand verbrannte allmählich ihre Fußsohlen und Handinnenflächen. Sie traute sich nicht, sich zu bewegen. Also ertrug sie den stechenden Schmerzen.

»Lüge!«, rief Maris, holte aus und schlug Sola ins Gesicht. Geschockt keuchte sie auf, ehe ihre Finger die flammend rote Wange betasteten.

»Maris…« Rikas Stimme hätte sich beinahe im Rauschen der Wellen verloren. »Das solltest du nicht tun!«

»Wenn du nicht mit ihr tauschen willst, rate ich dir, ruhig zu sein!«, knurrte Maris. Rika erstarrte. Sola hätte schwören können, dass sie mit ihren Gefühlen kämpfte.

»Sky!«, rief Maris. »Zieh sie aus!«

»Was?« Solas Herz begann zu rasen. Sie wollte weglaufen und sich verstecken, doch sie schien festgewachsen. Sie war nicht fähig, sich zu bewegen. Mit einem gemeinen Grinsen packte Sky sie an den Schultern. »Bitte, lass mich in Ruhe!«, flehte Sola. Über ihr standen Maris, Stella und Ash mit gierigen Blicken, während Sky ungeduldig am Reißverschluss von Solas Kleid riss. Beim dritten Versuch gab er nach und entblößte Solas Rücken. Sie begann zu weinen.

Plötzlich schoss Walter vor. Er grub seine kleinen spitzen Zähnchen in Skys Hand. Schmerzerfüllt schrie sie auf. Sie sprang zurück, stieß gegen Maris' Brust und hielt ihre blutende Hand in die Höhe.

»Was war das?«, rief Sky panisch, während sich rote Tropfen einen Weg entlang ihres Unterarmes suchten und ein Muster aus schaurig-schönen Rauten auf ihre Haut malten. Walter zögerte nicht. Er nahm die kurzen Beinchen in die Hand und floh in einem Affenzahn in Richtung Dschungel. Sein seidiges Fell flog hinter ihm her und verwandelte ihn zu einem verschwommenen Punkt, der sich allmählich auflöste. Jetzt war Sola allein.

Maris packte Skys Hand. »Bissspuren«, knurrte er.

»WAS WAR DAS?«, schrie Sky und sprenkelte den Sand mit Blutstropfen.

»Das war ein Emmling«, antwortete Sola mit trockenem Mund.

»Ist es giftig?«, fragte Sky aufgebracht. Als Sola nicht sofort reagierte, wiederholte sie ihre Frage: »*Ist es giftig*?«

»Nein, ich... ich denke nicht«, murmelte Sola.

»Ich hoffe es für dich«, zischte Maris und seine Augen sprühten Funken. »Wenn Sky etwas zustößt, bringe ich dich um!« Er wandte sich seinen Begleitern zu. »Wir nehmen sie mit!« »Noch einmal entkommst du mir nicht«, zischte Maris kaltblütig.

»Du hast mich freigelassen«, erinnerte ihn Sola. Ihr Herz schlug so schnell, als wollte es sich überschlagen.

»Freigelassen?«, donnerte Maris und verringerte den Abstand zwischen ihnen, bis er beinahe ihre Nasenspitze berührte. »Du bist abgehauen! Und jetzt sag mir noch einmal, dass du nichts zu verbergen hast!«

Abgehauen? Solas Angst verklebte ihre Gedanken wie Kaugummi. Sie duckte sich und ein Beben erschütterte ihren Körper. Mit dämonischem Ausdruck gab Sky Ash ein Zeichen. Er zögerte nicht und stürzte sich auf Sola.

Plötzlich hatte sie Sand im Mund. Sie lag am Boden und hustete. Sternchen tanzten vor ihren Lidern. Ihr Kopf schmerzte. Ash drückte sie mit seinem ganzen Gewicht nach unten und drehte ihre Arme auf den Rücken. Dann stand er auf und warf sie leichthändig über seine Schulter. Sola quiekte und trat wild mit den Beinen um sich. Jemand packte sie, sodass sie sich nicht mehr bewegen konnte.

»Lass sie runter!« Eine tiefe Stimme, die Sola nicht kannte, dröhnte über sie hinweg. Weil sie kopfüber hing, glaubte sie zuerst, sie hätte Halluzinationen. Doch die anderen hielten inne und starrten in die Richtung, aus der die Stimme gekommen war. Sola blinzelte. Zwischen den Bäumen tauchte ein groß gewachsener Mann auf, der lässig auf sie zu schlenderte. Mit seinen knappen Shorts, dem freien Oberkörper und der tief braun gebrannten Haut sah er aus wie jemand, der sich gerne draußen aufhielt. Ein hellbrauner Flaum bedeckte seine wohl geformten Brustmuskeln, während sein Haar länger war als das von Sola. Es fiel ihm in sanften Wellen auf die Schultern. Sein Bart verlieh dem eckigen Gesicht eine markante Note. Die buschigen Augenbrauen machten seinen Blick wild und undefinierbar.

Maris stöhnte kaum überhörbar auf. Dann setzte er ein falsches Grinsen auf. »Hem«, sagte er. »Lange nicht gesehen!«

»Ich habe alles dafür getan, um einen großen Abstand zwischen dein Lager und mich zu bringen!«, meinte Hem selbstbewusst. Erst jetzt merkte Sola, dass er einen langen Stock in der Hand hielt, dessen Rinde an manchen Stellen abblätterte. Er stützte sich darauf ab, als wäre es eine Krücke.

»War vermutlich auch besser so«, brummte Maris.

»Für uns beide«, stimmte Hem ihm zu. »Also?«

»Also was?« Maris wirkte, als würde es unter seiner Oberfläche brodeln wie in einem Vulkan.

»Dem Mädchen dort läuft das Blut in den Kopf. Seht nur, sie ist schon ganz rot!« Hem beugte sich vor, um Sola ins Gesicht zu sehen.

»Das war sie vorher schon«, entgegnete Maris desinteressiert. »Hat zu viel Zeit in der Sonne verbracht!«

»Lass sie runter, Ash!«, befahl Hem gelangweilt.

»Du hast hier nichts zu sagen«, knurrte Maris.

»Ich sage, was ich will«, entgegnete Hem. »Wir sind hier nicht in deinem Lager! Und wenn deine Vögelchen auch hier auf dich hören, dann…« Lächelnd holte er mit seinem Stock aus und schlug ihn gezielt in Ashs Kniekehlen. Ash stöhnte auf und sackte zu Boden. Dabei rutschte Sola ungelenk von seinen Schultern und plumpste in den Sand. Ehe sie wusste, was geschah, half Hem ihr auf die Beine und schob sich schützend vor sie. Maris, Sky, Stella und Ash verschwanden hinter seinen breiten Schultern. Sola stand so dicht hinter ihm, dass sie die hellen Sandkörner sehen konnte, die auf Hems Haut klebten. Die Spitzen seiner Haare waren feucht. Er roch salzig.

»Das war ein Fehler«, knurrte Maris zähneknirschend.

Hem drehte herausfordernd den Stock in seinen Händen. »Wir sind Menschen. Wir machen Fehler. Und auf dieser Insel geschehen besonders viele Fehler!« Er legte den Kopf schief. »Zum Beispiel dein Umgang mit anderen Menschen. *Das* ist ein Fehler, Maris. Und der wird dich irgendwann Kopf und Kragen kosten!«

»Du alter Weltverbesserer«, sagte Maris wütend. »Sie hat Matt auf dem Gewissen! Sie hat die Gruppenkonstellation zerstört! Sie hat kein Recht, hier zu sein!«

»Und das gibt dir das Recht, sie so zu behandeln?«, fragte Hem. Er schnaubte. »Dort draußen sind Menschen gestorben. Mit welcher Berechtigung durftest du überleben? Es war Glück, Maris! Und wieso sollte Sola weniger wert sein als Matt? Oder du?«

»Weil sie nicht zu den Auserwählten gehört«, schoss Maris zurück und Sky nickte bekräftigend.

Hem musterte sie abfällig und murmelte laut: »Und ich frage mich, wer euch auserwählt hat…«

»Was hast du gesagt?«, brauste Maris auf.

»Du hast mich schon verstanden, *kleiner Bruder*!« Hems Worte hatten eine Wirkung wie die aufgeladene Stille nach einem Donnerschlag. Er erntete einen eiskalten Blick von Maris. Eine Sekunde lang duellierten sie sich stumm aus verengten Augen. Dann zuckte Maris kaum merklich. Er nickte grimmig und musterte Hem hasserfüllt, ehe er sich abwandte. Er marschierte in die Richtung, aus der er gekommen war.

»Maris?«, rief Sky und sah Sola dabei gierig an.

»Halt den Mund und komm!«, fauchte Maris und gab seinen Leuten ein Zeichen. Sky presste die Lippen aufeinander und folgte ihrem Anführer, während Stella die Augen verdrehte und Hem knapp zunickte. Schließlich schloss sie zu ihrer Freundin auf und hakte sich bei ihr unter.

»Rika!«, rief Hem. Zaghaft wandte Rika sich ihm zu. »Begleite mich!« Hem streckte die Hand nach ihr aus und nickte ihr aufmunternd zu. Rikas Augen huschten zwischen Hems Geste und Maris hin und her. Sie zuckte leicht mit dem Kopf. Dann wandte sie sich von Hem ab und folgte Maris, auf dessen Miene sich ein triumphaler Ausdruck breitmachte. Sola beobachtete Rikas hängende Schultern und sie war sich sicher, dass es das Schwerste gewesen war, das sie je getan hatte.

Hem seufzte tief und drehte sich schließlich zu Sola. Sie stand so dicht bei ihm, dass seine Brusthaare sie an der Nase kitzelten. Sofort trat sie zurück. »Danke«, sagte sie unsicher.

»Kein Problem«, entgegnete Hem. Er reichte ihr die Hand. »Hem!«

»Hab ich mitbekommen«, meinte Sola und schüttelte sie. »Ich bin Sola!«

»Ja, ich weiß«, entgegnete Hem und setzte ein übertriebenes Grinsen auf, das seine Augen nicht erreichte. Er sah über Sola hinweg Rika hinterher. Der Wind wischte ihre Fußspuren im Sand fort, als wäre sie nie da gewesen. Gedankenverloren spielte

Hem an dem ledernen Band, das er um den Hals trug und das in einem Anhänger mündete, der einem Zahn ähnelte.

»Und er ist wirklich dein Bruder?«, fragte Sola stirnrunzelnd und wippte auf ihren Ballen auf und ab.

»Kaum zu glauben, oder?«, sagte Hem und riss sich von Rikas kleiner werdenden Silhouette los. »Aber verrat es keinem!« Unvermittelt setzte er sich in Bewegung und lief auf die hohen Palmen zu. »Komm!« Sola machte keine Anstalten, sich zu bewegen. Sie schielte sehnsüchtig in die Richtung, in der hinter den Bäumen jene Bucht lag, in der die Starstorm ankerte. Hem blieb stehen. »Er wird zurückkommen«, sagte er. »Es ist besser, wenn du mich fürs Erste begleitest!«

Sola dachte schweren Herzens an Luki, die sich sicher fragen würde, was geschehen war, wenn sie nicht rechtzeitig zurückkehrte. Sie dachte an Walter, der im Wald verschwunden war und sich bestimmt fürchtete. »Ich weiß nicht…«

»Lass es mich anders ausdrücken«, sagte Hem. »Maris will Blut sehen. Deins! Er wird wiederkommen, um dich zu suchen. Mit mehr Leuten. Du hast keine Wahl. Komm mit mir!«

Sola näherte sich Hem unentschlossen. »Wohin?«

»Ich bringe dich in Lunas Camp!«

»Luna«, flüsterte Sola. Der Name kam ihr seltsam bekannt vor. »Wer ist das?« Und auf einmal tauchte das Bild eines Mädchens in ihren Gedanken auf, dessen seidig dunkles Haar ihre weit auseinander stehenden Augen betonte. Luna. Das Mädchen, das sich gegen Maris gestellt hatte.

»Sie ist Maris' schlimmster Albtraum!«

***

Grillen zirpten und große Paradiesvögel trällerten ein ausgelassenes Lied, während Sola Hem durch den Dschungel folgte. Obwohl die Sonne sich an manchen Stellen in dicken Strahlen durch das Blätterdach brach, war es zwischen den Bäumen angenehm kühl. Hem war schweigsam und verlor sich in seinen Gedanken.

Sola ließ ihn nicht aus den Augen. In ihrem früheren Leben hätte sie einem Fremden niemals vertraut.

Bei jedem Rascheln, das aus Bodennähe kam, fragte sie sich, wohin Walter gelaufen war. Aber der Emmling blieb verschwunden. Sah sie das kleine Kerlchen je wieder? Sie schluckte schwer.

»Wir sind bald da!«, rief Hem und löschte Walter aus Solas Kopf. Plötzlich kribbelten ihre Fingerspitzen und jeder Schritt fühlte sich schwer an, wenn sie an das dachte, was sie erwartete. Hem schob einen Vorhang aus feinen Blättern beiseite, die bis zum Boden reichten, und trat hindurch. Ehe Sola ihn erreicht hatte, ließ er los und die Blätter schnappten raschelnd zurück.

»Was für ein Gentleman«, brummte sie und folgte ihrem dubiosen Retter.

»Hast du etwas gesagt?«, fragte Hem und blieb stehen. Hinter ihm breitete sich ein fantastischer Dschungel aus. Schmetterlinge, die größer waren als Solas Hände, flatterten friedlich von einem Blütenkelch zum nächsten. Der Weg, dem sie bisher gefolgt waren, mündete in einer Felsplattform, die über einem kleinen See aufragte. Ein Wasserfall brach plätschernd aus dem Dickicht auf der gegenüberliegenden Seite. Ein grünlich schimmernder Nebelschleier benetzte die sattschwarze Oberfläche des Gewässers. Ein Liro mit langen, ultramarinblauen Federn drehte eine Pirouette über dem See, ehe er sich mit eleganten Flügelschlägen in den Himmel schwang. Wenn es ein Paradies gab, so war Sola gerade dort angekommen. Sie ging an Hem vorbei und sah den Abgrund hinab.

»Verlockend, hineinzuspringen, oder?«, fragte Hem.

»Eigentlich nicht«, sagte Sola, die sich nicht vorstellen mochte, welche Gefahren unter der Wasseroberfläche lauern mochten. Schön sah es trotzdem aus. Ein süßer Duft lag in der Luft, der ihr allmählich in die Nase stieg und sie fast betrunken machte. Sie zog die Nase kraus.

»Das sind Rykis«, sagte Hem, der Solas Gesichtsausdruck bemerkt hatte. Er wies zur Baumkrone eines mit winzigen Blättern bewachsenen Baumes, an dessen äußersten Ästen orangefarbene

Früchte mit pelziger Haut hingen. Hem streckte sich und zog kräftig an einem der unteren Äste. Im letzten Moment konnte Sola sich ducken, da prasselten Rykis wie Kanonenkugeln auf den Boden. Eine besonders große Frucht platzte mit einem Schmatzen auf. Hem bückte sich. Seine breiten, braun gebrannten Schultern zuckten, als er eine Ryki aufhob und daran schnupperte. »Hmmm«, machte er und brach sie auf. Neugierig trat Sola näher. In das weiche Fruchtfleisch waren in der Mitte kleine, herzförmige Kerne gebettet, die so groß waren wie ein Daumennagel. Das Innere verströmte einen intensiven Geruch, der Sola das Wasser im Mund zusammenlaufen ließ.

»Sind die essbar?«, fragte sie und blickte erwartungsvoll in Hems teichgrüne Augen. Statt einer Antwort viertelte er die Frucht und reichte Sola ein Stück.

»Danach willst du nie wieder etwas anderes kosten«, versprach er ihr und biss selbst hinein.

Sola zögerte einen Moment. Doch der Duft war zu verlockend. Sie drängte die Furcht vor dem Fremden in den hintersten Winkel ihres Bewusstseins. Wie eine Wolke breitete sich ein unbekannter, aber herrlich frischer Geschmack auf ihrer Zunge aus. So gut die Früchte rochen, so gut schmeckten sie. Das faserige Fruchtfleisch löste sich in ihrem Mund auf und hinterließ eine leichte, säuerliche Note.

»Und?«, fragte Hem und musterte sie aufmerksam.

Sola strahlte ihn an. »Das ist großartig!«

Als sie ein weiteres Stück verschlingen wollte, hielt Hem sie auf. »In großen Mengen macht das Fruchtfleisch high.« Entsetzt ließ Sola die Frucht fallen, als Hem grinste: »Du kannst gerne weiter essen. Ich habe nichts gegen einen entspannten Trip. Aber ich wollte dich vorwarnen!«

Die Reste der Frucht, die Sola noch zwischen den Backen hatte, spuckte sie Hem vor die Füße. Von Rauschmitteln hatte sie seit dem Rum genug. Wütend marschierte sie an ihm vorbei und kletterte die schmalen Stiegen hinunter in das Herz des Dschungels. Das Wasser breitete sich still vor ihr aus. Es wirkte wie das

Produkt einer Hexenküche. Dieser seltsame Nebel schreckte Sola ab. Hinter ihr sprang Hem die letzten Stufen hinab und landete mit einem dumpfen Geräusch auf dem weichen Boden.

»Du darfst das Wasser nicht berühren«, sagte er. »Oder besser: den Nebel. Er brennt dir die Haut von den Knochen!« Sola wich automatisch ein paar Schritte zurück, sodass sie halb im Pflanzendickicht stand. Hem lachte. »Keine Sorge, der Nebel holt dich nicht, du Hasenfuß!« Er lief an ihr vorbei, um wieder die Führung zu übernehmen. »Lunas Camp liegt nördlich von hier. Wir sind bald da!«

Schweigend versuchte Sola, mit ihm Schritt zu halten. Während er leichtfüßig über Wurzeln hüpfte, stolperte sie alle paar Schritte, bis sie der Länge nach umfiel. Hem wandte sich ihr mit gehobenen Brauen zu. »Bewegt ihr euch auf deinem Heimatplaneten nicht auf zwei Beinen fort?«, fragte er ungeduldig.

»Und seid ihr auf deinem Heimatplaneten nicht höflich?«, entgegnete Sola, während ihr zu allem Überfluss auch noch ein Ast in den Rücken pikste. Hem grinste breit und sah viel zu gut dabei aus. Dann packte er Sola und zog sie schwungvoll auf die Beine.

»Kein Wunder, dass mein Bruder dich fesseln und knebeln will«, meinte Hem. »Du kannst ja echt nervig sein!«

Sola sah ihn an und versuchte, in den feinen Zügen das markante Gesicht von Maris zu erkennen. Aber Hems Ausstrahlung war übermächtig und löschte alles, was er mit Maris gemein hatte. »Ihr habt kein besonders gutes Verhältnis, oder?«, fragte Sola.

»Wer?«

»Maris und du!«

»Maris hat zu keinem Menschen auf der Welt ein gutes Verhältnis«, meinte Hem.

»Sky schien er zu mögen«, bemerkte Sola und dachte an die blonde Schönheit.

»Ach.« Hem machte eine wegwerfende Handbewegung. »Maris mag sie nicht. Er will sie besitzen. Menschen bedeuten ihm nichts!« Ein bitterer Zug legte sich um seine Mundwinkel. Sola vermutete, dass mehr hinter den wenigen Worten steckte. Doch sie wollte Hem nicht weiter bedrängen. Also nickte sie wissend und sagte: »So habe ich ihn erlebt!« Sie zupfte ein paar Blätter aus dem mitgenommenen Rock ihres Prinzessinnenkleides. »Danke, dass du mir geholfen hast. Das hättest du nicht tun müssen.«

»Natürlich hätte ich das! Außer mir war niemand da!«

Sola mochte sich nicht vorstellen, was Maris mit ihr angestellt hätte, wenn sie alleine am Strand gewesen wäre. Sie schlang fröstelnd die Arme um den Oberkörper.

»Siehst du«, meinte Hem. Ein tiefhängender Ast blockierte den Weg. Hem schwang sich locker darüber, während Sola sich kaum bücken musste, so klein wie sie war. Der Trampelpfad löste sich allmählich in einer zart bewachsenen Wiese auf, während die Abstände der Bäume größer wurden. Die Temperatur stieg an und eine leichte Brise kitzelte Solas Nasenspitze. Die Stämme der Bäume wurden breiter und knorriger. Sola legte den Kopf in den Nacken und schirmte die Augen mit den Händen ab, um ihre Baumkronen zu betrachten. Sie waren so majestätisch wie Riesen, die sich gemütlich die Sonne auf den Kopf scheinen ließen.

Hem führte sie über einen flachen Hang auf eine runde Lichtung, an deren Rändern sich ein Baumriese an den anderen schmiegte. Zusammen bildeten sie eine unüberwindbare Mauer.

»Willkommen im Camp!«, rief Hem stolz und breitete die Arme aus, als wäre er höchstpersönlich für das Wunder verantwortlich, das sich vor seinen Augen ausbreitete. Sola sah jedoch nur Grün.

»Ähm«, machte sie und fragte sich, ob Hem wie Maris sein Spiel mit ihr trieb. Er strich sich das lange Haar in den Nacken und sah Sola überlegen an. Dann deutete er unauffällig mit dem Daumen Richtung Blätterdach und Sola folgte seinem Hinweis. Ihr Mund klappte auf und sie gab einen überraschten Laut von sich.

Hoch über ihnen erhob sich ein Camp aus Baumhäusern. Wie schwarze Inseln vor dem Sonnenlicht ragten sie in den Himmel und warfen lange Schatten auf die Lichtung. Die Baumhäuser waren zwischen mehrere Kronen gebaut worden. Schmale Stege oder dicke Seile verbanden sie miteinander. Ein paar Hängematten baumelten in luftiger Höhe über einer Plattform, auf der ein paar Leute saßen. Der Wind wehte ihre Worte durch den Dschungel und ließen sie mit den Geräuschen der Natur verschmelzen.

»Hereinspaziert!«, rief Hem.

Sola hob eine Braue. »Und wie? Fliegen kann ich noch nicht!« Und Klettern kam ihr wie ein waghalsiges Unterfangen vor. Die untersten Äste waren so hoch, dass nicht einmal Hem danach greifen konnte. Mit einem erhabenen Grinsen brachte er sie zu dem nächsten Baum, zu dessen Fuß Gras und Moos platt getreten waren. Hem ging in die Hocke und hob den Boden hoch wie einen Teppich. In der hellbraunen Erde verbarg sich ein Schalter, den er mit der Fußspitze drückte. Anschließend verbarg er ihn wieder mit Gras und Moos, während etwas im Stamm klickte. Eine Tür erschien wie von Zauberhand. Hem packte den Griff und zog sie auf, während sie sich quietschend wehrte. Mit theatralischem Händegefuchtel bedeutete er Sola, den Baum zu betreten.

»Interessant«, sagte Sola zögerlich. Sie blieb auf der Schwelle stehen und betrachtete den Rahmen. »Was ist das?«, fragte sie und berührte das Material. Es war glatt und kühl.

»Das«, sagte Hem feierlich, »ist Eisen!«

»Eisen?«, wiederholte Sola, als hätte sie nicht recht verstanden.

Hem schob sie hinein und ließ die Tür zuschnappen. Plötzlich standen sie im Dunkeln. Sola wusste nicht mehr, wo oben oder wo unten war. Sie schwebte in einer undurchdringlichen Schwärze, die erst das Gefühl von Hems Hand in ihrer vertrieb. »Ich führe dich«, dröhnte sein tiefer Bass an ihr Ohr. »Achtung, Wendeltreppe!« Er ging langsam und führte sie behutsam durch die Finsternis.

»Was ist das hier?«, wollte Sola wissen.

»Das Camp liegt mitten im Eisenwald«, sagte Hem. »Es war Leanders Idee, Zuflucht in den Bäumen zu suchen. Hier oben sind wir vor Angreifern sicher.«

Leander?, dachte Sola. Meinte er etwa *den* Leander? Naja, die Wahrscheinlichkeit war sehr gering, dass es auf dieser Insel mehrere Jungen gab, die diesen Namen trugen. Aber was hatte Leander mit Hem zu tun?

»Es ist schwierig auf Thethys, einen geeigneten Ort zum Leben zu finden«, erzählte Hem. »Die ganze Insel wird von Nisln bevölkert.« Als Sola schwieg, fragte er: »Weißt du, was Nisl sind?«

»Keine Ahnung«, entgegnete sie. »Aber wenn ihr ihretwegen in den Bäumen lebt, will ich ihnen nicht begegnen!«

»Im Grunde genommen sind sie harmlos«, beruhigte Hem sie. »Sie hegen nur eine besondere Leidenschaft für Holz.«

»Aha?«

»Sie knabbern alles an, was Wurzeln hat. Im Süden haben sie kürzlich einen ganzen Wald gefällt.«

»Ist es dann nicht ein wenig riskant, ausgerechnet in einem Baum zu leben?«, fragte Sola misstrauisch.

»Das ist es ja gerade. Leander fand den Eisenwald ein paar Tage nach seiner Ankunft. Du glaubst, du stehst in einem echten Wald. Aber alle Bäume, die du hier siehst, bestehen von der Wurzel bis zum letzten Zweig aus Eisen.« Hem klopfte zum Beweis gegen die Innenseite des Stammes. »Eisen! Die Nisl würden sich daran die Zähne ausbeißen!« Sola spürte, dass Hem stehen blieb. Eine Sekunde später kniff sie die Augen zusammen, weil er eine Tür aufstieß und blendendes Tageslicht den Stamm flutete. Hem zog sie hinter sich her auf eine Plattform, die gut fünf Meter über dem Erdboden schwebte. Sola mied es, sich dem niedrigen Geländer zu nähern, das kaum höher reichte als bis zu ihren Knien. Hem steuerte zielstrebig auf eine fünfstufige Treppe zu, die zur nächsten Ebene führte. Sola zögerte. Von dort drangen Stimmen zu ihnen. Das letzte Mal, als sie den Auserwählten begegnet war, hatten sie sie zur Gefangenen gemacht.

Ehe sie sich Gedanken machen konnte, legte Hem seinen Arm um sie und schob sie weiter. »Sei nicht so schüchtern!«

»Hem!« Als sie die obersten Stufen erreichten, erhob sich ein zartes Mädchen vom Boden und tänzelte mit wehenden Haaren auf sie zu. Sie drückte Hem fester an sich als nötig. Sola kam sich vor, als beobachtete sie sie in einem sehr intimen Moment. Sie wandte sich ab.

»Schön dich zu sehen, Laya«, sagte Hem und strich eine vorwitzige Strähne ihres hellbraunen, gestuften Haares hinter ihr Ohr. Laya kicherte klingend. Sola musterte sie von Kopf bis Fuß. Sie war einen Kopf größer als sie, aber durch die feinen Linien ihres Gesichts wirkte sie unwahrscheinlich zart und zerbrechlich. Sie hatte eine Stupsnase, die für Solas Geschmack ein wenig zu stupsig war. Mit einem breiten Grinsen entblößte sie ihre Zähne. Einem ihrer Schneidezähne fehlte eine Ecke. Laya verlagerte ihr Gewicht auf das rechte Bein und winkelte das linke entspannt an. Sie schob die Hände in die Hosentaschen ihrer hellen Leinenshorts, die ihre gebräunten Beine zeigten. Die gepunktete Bluse mit dem Bubi-Kragen passte zwar nicht so ganz zu Thethys, aber irgendwie passte sie zu dem Mädchen. Und in Sachen Kleiderwahl war Sola schließlich die Letzte, die den Mund weit aufmachen durfte.

»Darf ich dir Sola vorstellen?« Hem trat beiseite, sodass Laya nun direkt vor Sola stand. Ihre Augen, die von geschwungenen Brauen ergänzt wurden, weiteten sich.

»Ist das das Mädchen, das Matt getötet hat?«, fragte sie neugierig.

Sola umfasste schützend ihren Oberkörper und schielte zu Layas rechtem Ohr. Dann nuschelte sie: »Ich habe ihn nicht getötet!«

Laya zuckte die Achseln. »Vor mir brauchst du dich nicht rechtfertigen. Du oder Matt. Ein Mensch wie der andere. Hauptsache, unsere Rasse überlebt!«

»Äh…«, machte Sola.

»Sie ist nicht auf den Mund gefallen«, erklärte Hem und zwinkerte ihr zu.

»Sie anscheinend schon«, meinte Laya und sah Sola herausfordernd an. »Hast du verlernt, wie man spricht? Oder hat es dir einfach die Sprache verschlagen?«

»Äh…«

»Vielleicht wäre es doch besser gewesen, wenn Matt es hergeschafft hätte!«

»Laya!«, maßregelte Hem sie und bedachte sie mit einem strengen Blick. »Sie meint es nicht so«, wandte er sich an Sola. »Sie hat einen sehr verschrobenen Sinn für Humor… oder besser gar keinen!«

Laya streckte Hem die Zunge heraus. Dann reichte sie Sola die Hand, die sie zögerlich entgegennahm. »Ich bin Laya. Und eigentlich ganz nett!«

»Freut mich«, sagte Sola distanziert. »Ich bin Sola. Und eigentlich kann ich sprechen!«

Laya lachte. »Also doch ganz witzig«, stellte sie schmunzelnd fest. Sie wies über ihre Schulter. »Kommt, die anderen wollen dich sicher auch kennen lernen!«

Hilfesuchend schaute Sola zu Hem. Der hatte sich bereits ein paar Schritte entfernt. Er hob entschuldigend die Hände. »Wir sehen uns später, Sola«, sagte er. »Ich bin ein wenig menschenmüde!« Ohne Solas Antwort abzuwarten, kletterte er eine Strickleiter über dem Eingang empor und verschwand in den saftig grünen Blättern über ihnen. Sie sah ihm nach und wünschte sich, dass er sie nicht alleine gelassen hätte. Unsicher schaute sie Laya an.

»Menschenmüde!« Laya verdrehte die Augen. »Hem ist echt heiß. Aber ein Eigenbrötler!«

»Ja«, sagte Sola unverbindlich und wusste nicht, ob sie ersterem oder letzterem zustimmte.

Die anderen Auserwählten saßen am Ende der Plattform in einem Halbkreis. Sie sahen auf, als Laya und Sola sich näherten. Sola rieb ihre verschwitzten Hände an dem glänzenden Stoff ihres Prinzessinnenkleides ab. Das halbe Dutzend Augenpaare, das sich nun an sie heftete, ließ ihr Herz laut pochen.

»Leute«, sagte Laya feierlich. »Darf ich vorstellen: Das ist Sola, Maris' Dorn im Auge!«

Ein Mädchen pfiff, zwei klatschten. Der Rest brach in Gemurmel aus.

»Hi«, sagte Sola unsicher und hob die Hand.

Ein Mädchen erhob sich. Sola erkannte sie. Es war Luna, das Mädchen, das sich Maris entgegengestellt hatte, um ihr zu helfen.

Der forsche Blick, den Luna ihr nun aus den weit auseinander stehenden Augen zuwarf, erinnerte Sola an eine Eule. Ihre aufrechte Haltung ließ keinen Zweifel: Sie war die Anführerin. »Mein Name ist Luna«, stellte sie sich vor und schüttelte ihr kurz und fest die Hand. »Vielleicht erinnerst du dich an mich.« Sola nickte stumm. »Willkommen in meinem Camp!«

Luna hatte ein markantes Aussehen, das Sola so schnell nicht vergessen würde. Graphische Tätowierungen bedeckten ihre Arme und lugten aus ihrem tiefen Ausschnitt. Mehrere silberne Ohrstecker zierten ihr rechtes Ohrläppchen, hinter das sie ihr glattes Haar strich. Luna war eine Person, die das dringende Bedürfnis weckte, sich nach ihr umzudrehen.

»Eindrucksvoll«, sagte Sola und deutete auf das Baumhausdorf, das sich in den Ästen um sie herum erhob. »Ich bin Sola!«

»Ich weiß!« Den Bruchteil einer Sekunde blieb Lunas Blick an Solas Rock hängen. Ihre Mundwinkel zuckten. Oder hatte Sola sich das nur eingebildet? »Ich freue mich sehr, dass wir uns kennen lernen! Seit Tagen gibt es kein anderes Thema mehr als dich.«

»Schön, dass ich zu eurer Unterhaltung beitragen kann«, murmelte Sola und seufzte innerlich.

»Setz dich«, sagte Luna und wies auf die knuddeligen Kissen, die um eine niedrige Holzkiste verteilt waren. Eine Karte war darauf ausgebreitet mit den Umrissen eines Ortes, den Sola nicht kannte. Die anderen beobachteten sie, als sie sich zwischen Laya und Luna niederließ. Luna stellte ihr die fremden Gesichter vor, aber sie verschwammen in einem Strudel aus Eindrücken, der Namen und besondere Merkmale fortspülte.

»Also«, sagte Luna in einem forschen Ton, als würde sie in eine Verhandlung starten, »wie hast du es gemacht?«

Sola runzelte verwirrt die Stirn. »Wie habe ich was gemacht?«, wollte sie wissen. Ihr war mulmig zumute, weil alle anderen schwiegen und ihrem Gespräch gebannt lauschten.

»Erzähl uns, wie du hergekommen bist!« Lunas Augen funkelten. Gespannt lehnte sie sich vor.

Sola zögerte. »Das habe ich doch schon. An dem Tag in Maris' Lager!«

Luna wurde ungeduldig. Sie wackelte mit den Beinen. »Hast du wirklich alles erzählt?«, fragte sie.

Der gefesselte Matt tauchte unweigerlich in Solas Gedanken auf und mit ihm die Frage, was ihr Vater damit zu tun hatte. Darüber wollte sie nicht sprechen. »Mein Vater war der Kapitän der Starstorm.«

»Ich weiß«, sagte Luna mit kugelrunden Augen, dass ihre Ähnlichkeit mit einer Eule überdeutlich wurde. »Dein Vater ist Capt'n Monkfish!«

»So nannten ihn seine Männer«, bestätigte Sola.

»Unsere Väter begegneten sich vor vielen Jahren auf Idrid«, erzählte Luna. »Mein Vater war Maurer und war am Bau der Balcony Bridge beteiligt.« Sola erinnerte sich an ein paar Geschichten, die ihr Vater von dem Bau der Brücke berichtet hatte. Es war das größte Bauvorhaben der Menschheitsgeschichte. Die Brücke sollte halb Idrid umfassen und dann in einer runden Form den nahe gelegenen Planeten Elmond erreichen, um ihr Handelsabkommen zu bekräftigen.

»Eines Morgens machte mein Dad sich auf den Weg zur Arbeit«, riss Luna Sola aus ihren Gedanken. »Er war schon längst auf jenem Abschnitt, der durchs All führte, als ein Erdbeben auf Elmond die Brücke erschütterte. Mein Dad stürzte einfach in die Schwerelosigkeit!« Ein Raunen ging durch die Gruppe. Sola rieb sich fröstelnd über die Arme. »Capt'n Monkfish hätte Idrid an diesem Tag eigentlich verlassen sollen. Doch anstatt seinem Auftrag nachzugehen, steuerte er die Starstorm auf neuen Kurs, um meinen Dad zu retten.« Sie sah Sola unverwandt an. »Der Capt'n war der Held meiner Kindheit! Es tut mir leid, dass er jetzt tot ist!«

Sola schluckte schwer und würgte ein mattes »Danke!« hervor.

»Was ist geschehen?«, wollte Luna nun behutsamer wissen.

Sola rieb sich über die Lider und sortierte ihre Erinnerungen. Sie sprach langsam, weil sie der Geschichte allmählich müde wurde. »Es war das letzte Mal, dass ich ihn sah«, endete sie.

»Dein Vater war ein mutiger Mann«, meinte Luna. Laya zwirbelte eine Strähne ihres langen Haares auf einen Finger und schob die Unterlippe vor, während Luna sie still beobachtete. Schließlich sagte sie leise: »Er muss in seiner Tochter etwas gesehen haben, das es wert war, gerettet zu werden.« Ihre dunklen Augen begegneten Sola mit einer Mischung aus Milde und Neugierde.

»Jeder Vater würde seine Tochter retten, wenn er könnte«, warf jemand ein.

»Unter jenen Kapitänen, die ihre Schiffe zur Verfügung gestellt haben, gab es viele Väter«, hielt Luna weise dagegen. »Monkfish ist der Einzige, der sich seinen Anweisungen widersetzt hat. Ich habe alles über ihn gelesen. Er war ein Mann mit Idealen. Er hatte einen Grund!«

Sola knetete ihre Hände im Schoß. Sie fühlte sich unbehaglich. Sie spürte, dass Luna voller Leidenschaft an ihren Vater, an *sie* glaubte. Doch sie war nur Sola. Jenes Mädchen, das auf einem Planeten gestrandet war, auf dem es nicht sein sollte.

»Ich habe immer davon geträumt, dem Capt'n eines Tages die Hand zu schütteln«, sagte Luna wehmütig. Sola wusste nicht, was sie dazu sagen sollte. Sie übte sich an einem Lächeln, das nur schief über ihr Gesicht rutschen wollte.

Luna rieb sich gedankenverloren über die Stirn. »Wie unhöflich von mir«, sagte sie. »Du hast sicher Durst!«

»Was? Oh, nein. Schon gut«, beeilte Sola sich zu sagen.

Trotzdem gab Luna einem Jungen in der Runde ein knappes Zeichen. Erschrocken riss er die Augen auf. Mit seinem roten Haar wirkte er, als würde er in Flammen stehen. »Willst du unserem Gast nicht ein Glas Wasser holen?«, fragte Luna rüde. Der Junge sprang auf, verhedderte sich in seinem Kissen und stolperte. Das Knie schlug er sich an dem rauen Holzbrett auf und hinterließ darauf eine rote Spur. Luna hob ungläubig eine Braue und sagte zu Sola: »Wir sind nicht alle unfähig, weißt du. Artis ist keiner von *uns.*« Das letzte Wort betonte sie in einer Weise, die Sola verlegen machte. »Er ist ein *Underfoot*!«

Sola erstarrte. Sie kannte den Begriff. So hatte man auf vielen Planeten jene Menschen genannt, die an der Armutsgrenze lebten. Es war ein Schimpfwort für jene, die der Sonne so weit entfernt waren, dass sie am Boden leben mussten. Riesige Hochhäuser wuchsen in Solas Erinnerung, die einen bitteren Beigeschmack hinterließen. Der 285. Stock war nicht weit von den Underfoots entfernt. Sola musste sich dank ihres Vaters nicht zu jener verachteten Gruppe zählen, weil er sich einen Namen gemacht hatte. *Obwohl sie mit ihnen zur Schule gegangen war.*

Die anderen sagten nichts. Plötzlich schienen sie ein enormes Interesse an den eigenen Füßen entwickelt zu haben. Sola war sich nicht sicher, ob sie Luna mochte. Sie war eine Anführerin, keine Frage. Und vermutlich war sie im Vergleich zu Maris ein zahmes Kätzchen.

Als Artis zurückkehrte, reichte er Sola einen Becher. Seine Hand zitterte so stark, dass er die Hälfte des Wassers über ihrem Rock verschüttete. Luna rollte mit den Augen und schob den Jungen aus dem Weg. »Geh lieber wieder basteln«, knurrte sie, »ehe wir alle wegen dir baden gehen!«

Artis' Wangen wurden so rot wie seine Haare. Er schlug die Augen nieder und verschwand schnellen Schrittes in dem Baumstamm, über den Sola die Plattform erreicht hatte.

»Das war nicht sehr nett«, kommentierte Laya scharf.

Luna schnitt eine Grimasse. Sie bedeutete Sola zu trinken. Und sie trank, weil es ihr wie ein Befehl vorkam.

»Du wirst die Nacht bei uns verbringen«, sagte Luna. Ihr gewinnendes Grinsen konnte nicht darüber hinwegtäuschen, dass auch dies keine Bitte war.

»Was Luna damit sagen wollte«, erklärte Laya lächelnd, »sei unser Gast!« Sie stand auf. »Ich zeige dir alles!« Ohne Lunas Zustimmung abzuwarten, griff sie nach Solas Hand und zog sie mit sich.

Als sie außerhalb von Lunas Hörweite waren, flüsterte Sola: »Ist sie immer so?«

Laya kicherte glockenhell. »Du meinst so starrsinnig und auf den sozialen Status bedacht?«

»Naja«, meinte Sola, »eigentlich meinte ich unhöflich, aber das trifft es auch ganz gut!«

»Luna ist…« Laya schnalzte mit der Zunge, auf der Suche nach einem passenden Wort für Luna. »Sie ist…« Sie seufzte und gab auf. »Du wirst sie mögen. Sie hat ein gutes Herz. Auch wenn sie es selbst nicht wahrhaben will.«

»Hm«, machte Sola unverbindlich.

»Wenn du auf Thethys überleben willst, brauchst du ein dickes Fell«, sagte Laya.

»Wie meinst du das?«, fragte Sola.

Laya blieb abrupt stehen, wandte sich ihr zu und sagte: »Sola, auf Thethys lebt die Elite. Diejenigen Menschen, die jung, stark, gesund, intelligent und besonders genug sind, um überleben zu dürfen. Du wirst dich nicht nur diesem Planeten stellen müssen, wenn du überleben willst, sondern auch den Menschen hier!« Sie zupfte an Solas Rocksaum und seufzte theatralisch. »Aber dieses Kleid ist einfach eine Einladung, dich fertig zu machen. Was hast du dir nur dabei gedacht?«

»Ich f-finde, es steht ihr!«

Sola drehte sich um und es war, als hielte die Zeit an. Die Sonne brach sich beinahe brachial durch das Blätterdach, als wollte sie Sola die Bedeutung dieses Moments bewusst machen.

Leander stand am Ende der Plattform und lehnte gegen einen Stamm. Die Sonne, die alte Verräterin, badete ihn in ihrem Licht. Sola verschlug es die Sprache. Als sie merkte, dass sie ihn anstarrte, wandte sie sich verwirrt ab. Sie blinzelte und fragte sich, was das Kribbeln in ihrem Bauch bedeuten mochte.

»Leander«, sagte Laya und stellte anmutig zur Schau, wie man einen Jungen begrüßte. Sie tänzelte auf ihn zu und stellte sich auf Zehenspitzen. Dann hauchte sie ihm je links und rechts ein Küsschen auf die Wange.

Leander ließ sie gewähren, ohne Sola aus den Augen zu lassen. Sobald sie sich von ihm gelöst hatte, sagte sie: »Sola, darf ich dir

Leander vorstellen?« Sie zwinkerte wie wild, sobald sie sich von ihm weg zu Sola gedreht hatte.

Sola versuchte, sie zu ignorieren. »Wir kennen uns«, sagte sie knapp.

»Ach wirklich?« Laya schien enttäuscht.

»Was machst du hier? Ich dachte, du wärst einer von Maris' Handlangern?«, fragte Sola betont kühl und ignorierte das Kribbeln in ihrer Magengrube, das sich einstellte, sobald sie Leander anschaute. Sie entschied sich, den Blick an sein rechtes Ohr zu heften. Das löste nur halb so viel Kribbeln in ihr aus.

»H-handlanger?«, wiederholte Leander und seine Mundwinkel zuckten empört.

»Ts«, machte Laya. »Leander und ein Handlanger von Maris. Ihr kennt euch wohl nicht sonderlich gut!«

»Geht es d-dir gut, Sola?«, fragte Leander.

»Bestens«, antwortete sie, machte jedoch keine Anstalten, sich Leander oder Laya zu nähern.

»Ich zeige ihr das Camp«, sagte Laya, drehte sich im Kreis und wies mit einer ausladenden Geste um sich. »Begleitest du uns?«

Solas Herz schlug wild gegen ihren Kehlkopf, während sie auf Leanders Antwort wartete. Er zögerte und holte tief Luft. »Ich... m-muss noch etwas erledigen«, sagte er gedehnt und lächelte entschuldigend. »Du w-weißt ja, wie es ist!«

»Nein«, sagte Laya unzufrieden. »Ich weiß nicht, wie es ist!«

»Die Arbeit ruft!«

»Arbeit? Leander!« Laya baute sich vor ihm auf und stemmte die Hände in die Hüften. »Drück mal die Pause-Taste! Das ganze Universum ist gestorben, bis auf uns. Du kannst später arbeiten.«

»Es gibt k-keine Pause-Taste«, entgegnete Leander. Er schob sich an Laya vorbei und kletterte eine schmalsprossige Leiter empor, die im Blätterdach verschwand.

»Er ist ein Streber«, bemerkte Laya an Sola gewandt. »Was spricht denn gegen ein wenig Freiheit?«

»Womöglich die Schatten der Vergangenheit«, sagte Sola lauter als beabsichtigt und erntete einen herablassenden Blick von Laya.

»Was zählt, ist das Hier und Jetzt!«, sagte diese und nickte, um ihre Worte zu bekräftigen.

Ungläubig hob Sola die Brauen. »Das Hier und Jetzt beruht auf dem, was bereits geschehen ist«, bemerkte sie.

Laya warf ungeduldig das hellbraune Haar in den Nacken. »Wir können die Zukunft nach unseren Maßstäben gestalten. Die Vergangenheit ist vergangen. Wir haben neu angefangen. Aber… lass uns nicht darüber diskutieren. Das macht mich nur müde und das Leben ist zu kurz zum Schlafen!« Sie schritt selbstbewusst an Sola vorbei auf jene Leiter zu, über die Leander verschwunden war. »Kommst du jetzt mit, oder was?« Laya wurde immer kleiner, während sie Sprosse um Sprosse erklomm. Zögernd folgte Sola ihr über die klapprige Leiter. Knapp zwei Meter kletterten sie nach oben, ehe sie eine weitere Plattform erreichten. Diese mündete in einer schmalen Hängebrücke. Stricke zu beiden Seiten dienten als Geländer. Doch sie konnten nicht über die Tatsache hinwegtäuschen, dass es links und rechts sehr tief nach unten ging. Laya lief leichtfüßig über die Brücke, als hätte sie ein unumstößliches Urvertrauen ins Leben.

Als sie die andere Seite erreicht hatte, fiel ihr auf, dass Sola sich nicht gerührt hatte. »Hast du etwa Höhenangst?«

»Nicht unbedingt«, meinte Sola, aber der Blick in die Tiefe war es durchaus wert, das noch einmal zu überdenken. »Ich weiß nur nicht, ob ich dieser Brücke trauen kann!«

»Leander hat sie gebaut«, sagte Laya leichthin, als würde das alle Ängste wegradieren. »Stell dich nicht so an! Was ist schon das Leben ohne ein bisschen Risiko?«

Sola schickte gleich drei Stoßgebete gen Himmel. Dann betrat sie die Hängebrücke. Sie schaukelte, aber nicht so stark wie die Starstorm an unruhigen Tagen. Also holte sie tief Luft und setzte einen Fuß vor den anderen, während sie sich an die dicken Stricke klammerte.

»Mir ist spätestens jetzt klar, warum *sie* dich nicht auserwählt haben«, sagte Laya, als Sola sie sicher erreichte. »Du bist die personifizierte Panik!«

»Bin ich nicht«, sagte Sola lahm. Layas Worte verletzten sie nur ein klitzekleines bisschen, denn die Freude, diesen Drahtseilakt gemeistert zu haben, überwog.

Laya atmete kaum überhörbar aus. »Warte nur, bis du siehst, wo du heute Nacht schlafen wirst!« So, wie sie es sagte, wusste Sola, dass sie es gar nicht wissen wollte.

Die Hängebrücke führte zu einem großen Baumhaus, das von einer Veranda mit Geländer umfasst wurde. Laya öffnete die Tür und ließ Sola einen Blick hineinwerfen. »Das ist der Gemeinschaftsraum«, sagte sie. »Aber eigentlich nutzen wir ihn nur, wenn das Wetter umschlägt.« Das Haus war um den massigen Stamm des Eisenbaumes gebaut, der ihn in der Mitte durchbrach und im Dach verschwand.

»Wow«, machte Sola beeindruckt und trat ohne Layas Einladung ein. Die Luft im Innern war kühl und roch angenehm holzig. Unter den Fenstern lagen zusammengefaltete Kissen und Decken mit unterschiedlichen Farben und Mustern. Ein breiter Ast hatte eines der Fenster geöffnet und ragte mit seinem reichen Blattwerk hinein, als würde er seinen neuen Nachbarn einen höflichen Besuch abstatten wollen.

Das Herzstück des Raumes bildete der gewaltige Stamm, dessen Rinde an manchen Stellen aufplatzte, an anderen moosbedeckt war. Jemand hatte zahlreiche Fotos an den Stamm gepinnt, die die Bewohner in ihren alten Leben mit ihren Familien und Freunden zeigten. Menschen, die jetzt tot waren. Wie Solas Vater. Sie wandte sich ab und erkannte ein stolzes Lächeln auf Layas Lippen.

»Es ist großartig, nicht wahr?«, fragte sie leise.

»Wie habt ihr all das bauen können?«, wollte Sola wissen.

»Wir sind nicht ohne Grund auserwählt worden, Sola«, sagte Laya. Als sich Solas Gesichtsausdruck veränderte, fügte sie hinzu: »Ich meine das überhaupt nicht wertend. Es ist vielmehr so, dass *sie* uns nach einem ganz bestimmten Muster ausgesucht haben. Es waren unsere Fähigkeiten, die uns das Ticket nach Thethys verschafften.«

»Laya«, sagte Sola und kam sich fast dumm vor, weiterzusprechen, »wer sind *sie*?«

Laya hob die Brauen. »Dafür, dass du hier bist, weißt du ganz schön wenig«, bemerkte sie spitz. »*Sie* haben die Fortis Rescue 55 rekrutiert. *Sie* gehörten einer besonderen Liga an, die sich der Rettung der Menschheit vor dem elektromagnetischen Sturm gewidmet hatte. Was *sie* nicht unbedingt *gut* macht, wie man vielleicht annehmen könnte…«

»Wie meinst du das?«

»Es ging um Geld und Macht.«

»Was hat es ihnen gebracht? *Sie* sind alle tot!«

Laya zuckte die Achseln.

»Warum bist du hier?«

»Wegen etwas, das ich gut kann.«

»Und was kannst du gut?«

»Vieles.« Laya reckte das Kinn. »Wie du schon sagtest: Sie sind alle tot. Was *sie* wollten, zählt nicht mehr. Ich bin ein neuer Mensch. Ich bin nicht mehr die Laya von früher!« Ein Schatten huschte über ihr Gesicht.

Sola sortierte ihre Gedanken. Aber sie spürte, dass Laya nicht länger darüber reden wollte. Sie suchte nach einem unverfänglichen Thema und sagte: »Das Camp ist großartig!«

»Wenn du es genau wissen willst«, sagte Laya, »Leander hat das alles entworfen. Er hängt nie mit uns rum. Stattdessen streichelt er Tiere, brütet er über seinen Ideen und erfindet Zeugs.«

»Und Maris ist einverstanden, dass er hier lebt und nicht in seinem Lager?«, fragte Sola, der Leanders Fähigkeiten zu wertvoll vorkamen, als dass Maris auf sie hätte verzichten können.

Laya lachte, als wäre das ein Insiderwitz. »Natürlich nicht!«, rief sie. »Maris hat Leander von Anfang an mehr Freiheiten zugestanden als anderen. Er wollte Leander bei Laune halten, damit er Dinge für ihn baute und die Insel erforschte. Also durfte er kommen und gehen, wann immer er wollte. Auf seinen Streifzügen stieß er auf diese Lichtung. Weil sie so geschützt war, baute er hier ein Baumhaus, in das er sich zurückziehen konnte, wenn

Maris wieder einmal zu weit gegangen war. Als Luna und Maris immer häufiger aneinander gerieten, zeigte Leander ihr sein Versteck. In den letzten Monaten haben die beiden heimlich Leute rekrutiert und das Camp nach und nach aufgebaut. Irgendwann kehrten sie nicht mehr zu Maris zurück.«

»Wieso bist du hier?«

»Ich bin kein Fan von Maris. Er hat unsere Gruppe zerstört. *Sie* haben einen Fehler gemacht, als *sie* ihn auserwählt haben. Kurz nachdem Maris dich gefangen genommen hat, kam ich hierher.« Layas raue und vorlaute Schale bröckelte ein wenig. Ihre Stimme wurde weich. »Er hätte das nicht tun dürfen. Wir sind die letzten Menschen, Sola. Was sind wir, wenn wir einander nicht mit Respekt begegnen?«

Gegen ihren Willen war Sola beeindruckt von Laya. Sie befand, dass dieser Satz sich am besten zwischen den Deckeln eines Buches machte, wo er unzählige Leser erreichen konnte. Doch die Wahrheit kroch wie kalter Schweiß in ihren Nacken. Viele Menschen gab es nicht mehr. Und wie viele davon Leseratten waren… Vielleicht war Sola die Letzte einer fantasievollen Spezies, die dem Leben ein bisschen mehr Farbe eingehaucht hatte.

Sie rieb sich über die Augen und versuchte, Layas Worte zu verdauen. »Wie lange seid ihr schon auf Thethys?«

Laya zuckte knapp die Achseln. »Jeder kam zu einem anderen Zeitpunkt. Die meisten besuchten kurz vor dem Aufbruch ein letztes Mal ihre Familien, die im ganzen Universum verstreut lebten. Andere kamen von unserer Ausbildungsstätte. Die Reisen dauerten unterschiedlich lange. Maris war der Erste, weil *sie* ihn für den geborenen Anführer hielten, pah! Danach kamen Sky, Luna und Ash. Dann Hem, Leander und wir anderen. Manchmal kam jeden Tag jemand an. Manchmal tagelang niemand.«

»Und… wie viele leben hier auf Thethys?«

»Fortis Rescue 55, Sola. Was glaubst du, wofür die fünfundfünfzig steht?«

»Warum nur fünfundfünfzig? Warum nicht fünfhundert? Oder fünftausend. Es hätten so viele mehr gerettet werden können!«

»Die Rohstoffe auf Thethys sind knapp. Für fünfundfünfzig Personen reichen sie gerade mal ein paar Jahre. Es geht um die Menschheit. Sie *muss* überdauern!«

***

Die Sonne stand außergewöhnlich tief und malte lange Schatten in Lunas Camp. Ihre letzten Strahlen färbten alles um Sola herum golden und verliehen der Lichtung eine majestätische Aura. Ein paar Vögel besangen diesen langen und ungewöhnlichen Tag und stimmten Sola glücklich.

Das Camp erstreckte sich über mehrere Baumriesen, die die Konstruktionen aus Holz in luftiger Höhe trugen. Je mehr Sola sah, umso mehr fragte sie sich, warum alle von Lunas Camp sprachen, wo doch Leander all diese Arbeit geleistet hatte.

Neben dem Baumhaus, das als Gemeinschaftsraum genutzt wurde, gab es noch ein paar andere. Eines davon lag ein wenig abseits und wurde von tiefhängenden Ästen und großen Blättern verborgen. Ein schmaler Steg bot den einzigen Zugang.

»Dort lebt Leander«, sagte Laya. »Zutritt für Unbefugte allerstrengstens verboten!« Sola hätte nur zu gerne einen Blick in Leanders Reich geworfen. Doch Layas Warnung und der Steg waren zwei gute Gründe, es nicht zu tun. Stattdessen kehrte sie dem Baumhaus den Rücken und folgte Laya eine Wendeltreppe empor, die um einen Baum führte.

»Und hier schlafen wir!« Sie machte eine ausladende Geste.

Sola stutzte. Um sie herum war nur Grün. »Äh«, machte sie.

»Hat es dir wieder die Sprache verschlagen?«, neckte Laya sie und klang, als ob sie sich genau diese Reaktion erhofft hätte. »Sieh genau hin!«

Sola runzelte die Stirn und kniff die Augen zusammen. Sie trat einen Schritt vor. Zwischen den großen Blättern hingen auf unterschiedlichen Höhen Hängematten, die von der Plattform aus über Strickleitern zu erreichen waren. Zwei von ihnen waren besetzt. Ein leises Schnarchen drang an Solas Ohren.

»Das ist Hem«, sagte Laya. Sie verdrehte die Augen. »Nachts klingt es, als wollte er den ganzen Dschungel abholzen. Er hält uns alle wach.« Sie lief über die Plattform und blieb auf Höhe einer Strickleiter stehen, die mittig lag. »Hier schlafe ich!« Sie wies nach oben. »Und heute Nacht wirst du neben mir schlafen.«

»Wie bitte?«, rief Sola, der es vor der Vorstellung graute, in luftiger Höhe zu schlafen.

»Du hast noch Glück«, meinte Laya, die Sola offenbar missverstanden hatte. »Du bist noch weit von Hem entfernt!« Flink und sicheren Schrittes huschte sie die Strickleiter empor und ließ sich genüsslich stöhnend in ihre Hängematte fallen, als würde sie sich auf einer Wolke niederlassen. Sola machte ein Geräusch, als müsste sie sich übergeben. Dann kletterte sie hoch zu der ihr zugewiesenen Schlafstätte. Aus der Nähe erschienen die Hängematten sehr viel größer, als es von unten ausgesehen hatte. Sie bestanden aus festem Leinenstoff, der an dicken Ästen befestigt war. In einer Hängematte hatten drei bis vier Personen Platz. Der Stoff reichte so hoch, dass Sola nicht in Versuchung geführt wurde, in die Tiefe zu schauen. Über den Hängematten hingen Planen, die wie Flickenteppiche aussahen. Sie schützten vor Regen. Im Innern lagen Kissen und Decken, die zum Kuscheln einluden.

Layas Stimme drang gedämpft zu ihr. »Herrlich, oder?«

»Ja«, gab Sola zu und streckte sich auf den Kissen aus. Es war, als würde sie träumen, als hätte ihre Fantasie diesen wundersamen Ort erschaffen. Es war, als wäre sie in einem ihrer Bücher gelandet. Sie grub das Gesicht in eines der Kissen und atmete den Duft von frischer Luft und Laub ein. Sie schloss die Augen und döste eine Weile vor sich hin. Außerhalb ihrer Höhle lief ab und zu jemand über die Plattform. Sie hörte, wenn die Dielen leise knarrten. Über ihr flüsterten die Blätter. Eine Grille, die sich in die Krone der Bäume verirrt hatte, zirpte ausgelassen. Sola lauschte ihr eine Weile und ließ ihre Gedanken treiben. Draußen nahm der Himmel ein dunkles Kobaltblau an.

»Laya?« Sola wusste nicht, wie viel Zeit vergangen war. Plötzlich war sie hellwach und hatte tausend Fragen.

»Hm«, machte Laya, die offenbar eingeschlafen war.

»Wie konntet ihr all das hinter Maris' Rücken erschaffen?«

»Willst du, dass ich Albträume bekomme? Wieso müssen wir jetzt über Maris reden?«

»Ich möchte nicht über Maris reden!« Sola strich über den rauen Stoff der Hängematte. »Dieses Camp wurde mit so viel Liebe errichtet. Es sieht aus, als würde jahrelange Arbeit dahinterstecken.«

»Ja, Leander hat seine ganze Energie in dieses Projekt gesteckt.« Laya klang ein wenig wacher.

»Wo habt ihr das ganze Holz her? Habt ihr einen Wald gerodet?«

Laya lachte. »Ich fürchte, dass dich die Antwort enttäuschen wird!«

»Warum?«

»Das Holz war schon da. Ein paar der Raumschiffe brachten nicht nur Auserwählte nach Thethys, sondern auch Material. Wir haben es einfach zusammengezimmert!«

»Und mit *wir* meint Laya sicher nicht sich selbst«, mischte sich eine andere Stimme ein, die von der Plattform aus kam. Sola richtete sich in ihrer Hängematte auf und lugte über ihren Rand hinweg.

»Hem, hast du ausgeschlafen?«, fragte Laya.

Hem ignorierte sie und winkte Sola zu. »Laya weiß noch nicht einmal, wie man einen Nagel in ein Stück Holz bekommt… oder was ein Nagel überhaupt ist!«

»Haha«, machte Laya beleidigt.

»Sie ist ins gemachte Nest eingezogen, während wir anderen uns das hier hart erarbeitet haben«, sagte Hem, aber ein Schmunzeln konnte er nicht unterdrücken. »Hast du Hunger, Sola?« Er hielt ein paar Früchte in den Händen, die Sola im Dämmerlicht nicht erkannte. Ihr Magen, der laut knurrte, entschied jedoch, keine hohen Ansprüche zu stellen. Hem kletterte zu ihrer Hängematte und reichte sie ihr. Die Dunkelheit erlaubte es Sola, den Blick unbeobachtet über Hems definierte Brust- und Bauchmuskeln schweifen zu lassen. Eine teuflische Stimme in ihrem Innern fragte sich, wie er sich anfühlte, wenn sie ihn berührte.

Hem interpretierte ihr Zögern falsch. »Es sind keine Rykis!«

»Danke.« Sola schenkte ihm ein ehrliches Lächeln.

»Na dann, lass es dir schmecken. Und schlaf gut!« Hem zwinkerte ihr zu und ließ sie allein. Als er schwungvoll auf die Plattform sprang, hörte Sola Laya fragen: »Und was ist mit mir?«

»Geh und hol dir selbst etwas zu essen«, knurrte Hem. »Ich bin nicht dein Laufbursche!«

***

Die Nacht im Dschungel wurde von einer eigentümlichen Melodie begleitet, die die wilden Tiere anstimmten. Das Rascheln der Pflanzen und das Summen des Windes begleitete sie als atemberaubender Kanon. Sola lag lange wach, obwohl sie die Augen geschlossen hatte, und hörte einfach zu. Ihr Herz schlug im Takt mit den fremden Geräuschen. Auf einmal wurde ihr bewusst, dass sie sich zum ersten Mal auf Thethys ein kleines bisschen weniger verloren fühlte. Irgendwo über ihr schnarchte jemand laut. War das Hem? Sola kuschelte sich in die Decke und versank förmlich in den Kissen. Ein kleiner, leuchtender Nachtfalter ließ sich auf dem Rand ihrer Hängematte nieder. Er warf einen schwachen Lichtschein auf Sola, der sie an der Nase kitzelte. Sie kannte den Nachtfalter aus Büchern und Erzählungen ihres Vaters. Er war klein, seine Flügel hauchzart und ein wenig durchscheinend. Sie leuchteten in einem kräftigen Ultramarinblau, das mit magentafarbenen Punkten gespickt war. Der Capt'n hatte ihr geschworen, dass ein Nachtfalter Glück bringen würde. Es waren seltene und besonders scheue Insekten. Deswegen verharrte Sola reglos, um ihn nicht zu erschrecken. Der Falter war wie ein Zeichen ihres Vaters. Als ob er aus den unendlichen Weiten des Universums zu ihr sprach und leise flüsterte: »Sei tapfer!«

Schließlich wurde Sola von den Eindrücken dieses Tages überwältigt. Sie fiel in einen tiefen, traumreichen Schlaf, der sie alles noch einmal erleben ließ. Das unheimliche Gesicht von Maris verwandelte sich in eine dämonische Fratze, die Sola gackernd folgte, als sie eine niemals endende Leiter zum Baumhaus emporklettern wollte. Hem und Laya schwangen sich mit Lianen durch die Lüfte und Leander stand am Ende von Solas Leiter und baute sie immer weiter aus. Die Schläge seines Hammers verschmolzen mit einem *Klack Klack Klack*, das Sola schließlich weckte. Verwirrt sah sie sich um. Ein Berg aus Kissen begrub sie unter sich. Sie lag noch immer in der Hängematte. Das Nachtblau des Himmels hatte sich inzwischen aufgelöst. Der Tag dämmerte und wurde von dem gleichmäßigen *Klack* unterbrochen. Sola schälte sich aus ihrer Decke und verließ ihre Hängematte. Die anderen schliefen noch, während sie durch die Bäume kletterte, auf der Suche nach dem Ursprung des Geräusches.

Auf jener Plattform, auf der Sola gestern zusammen mit Luna gesessen hatte, lagen jetzt verschiedene metallene Gegenstände verstreut. Zwischen den Kissen hockte der Rotschopf, den Luna als *Underfoot* bezeichnet hatte. Artis.

Er zuckte zusammen, als Sola die Plattform betrat und das Holz knarrend protestierte. Mit flackernden blaugrünen Augen schaute er zu ihr auf. Er erinnerte Sola an einen schusseligen Professor, der in seinen Gedanken gefangen war. Er trug ein schlabbriges Hemd mit großen Karos. Über die Schultern hatte er sich einen fleckigen Kapuzenpullover gelegt. Die Jeans, die er trug, hatte zahlreiche Löcher. Solas Blick fiel auf eine flache Uhr, die sich um seinen Arm schmiegte. Sie war stehen geblieben.

»Du bist Artis, richtig?«, fragte Sola freundlich.

Artis nickte und sein dichter Lockenkranz wackelte. »M-hm!« Den Hammer, den er in der Rechten gehalten hatte, legte er zögernd zu Boden. »Was machst du hier?«, wollte er misstrauisch wissen.

»Ich habe dich gehört«, antwortete Sola.

»Ich wollte dich nicht wecken«, sagte Artis und zog den Kopf ein.

»Schon gut«, entgegnete Sola. »Was machst du?«

Stirnrunzelnd sah Artis sie an. »Mh, ich denke nicht, dass dich das interessiert«, meinte er schließlich.

»Oh, das würde ich gerne selbst entscheiden«, sagte Sola und kam näher. Artis' ovales Gesicht lief rot an und biss sich fürchterlich mit den Bartstoppeln, die Kinn und Kiefer bedeckten.

»Ich baue eine Funkmaschine«, sagte er leise.

»Eine Funkmaschine?«, wiederholte Sola erstaunt. Sie beugte sich vor und konnte einen glänzenden Kupferdraht in Artis' Händen erkennen, dessen Ende er mit einem Hammer bearbeitet hatte. »Wozu brauchst du eine Funkmaschine?«

Artis sah sie an, als würde sie sich über ihn lustig machen. Er zog die Brauen zusammen. »Na, um mit denen da draußen Kontakt aufzunehmen!«

»Sie sind alle tot, Artis«, sagte Sola behutsam. »Dort draußen ist niemand mehr. Wir sind allein!«

Artis schüttelte verärgert den Kopf. »Das Universum ist riesig. Die Wahrscheinlichkeit, dass alle Menschen gestorben sind, ist schwindend gering. Irgendwo dort draußen muss es Leben geben!«

Sola schwieg und dachte über seine Worte nach. Sie hatte die verheerenden Auswirkungen des Sturms selbst erlebt. Es gab keine Hoffnung.

Die Schritte von zwei Personen rissen sie aus ihren düsteren Gedanken und sorgten dafür, dass sie Artis eine Antwort schuldig blieb. Es war Leander und im Schlepptau hatte er…

»Stella«, brachte Sola kaum hörbar hervor. Maris' Freundin. Das Mädchen, das ihr gestern am Strand begegnet war.

Stella hob die rechte Braue und schürzte die Lippen. Ihr buschiges schwarzes Haar fiel betont wild um ihr raubkatzenähnliches Gesicht.

»Was macht sie hier?«, fragte Artis und musterte Stella feindselig.

»Krieg dich wieder ein«, stöhnte die schöne Brünette und betrachtete gelangweilt ihre blutroten Fingernägel. »Ich verspreche, ich werde dich nicht beißen.«

»Sie ist in Ordnung«, sagte Leander und klang, als hätte er diesen Satz schon tausendmal gesprochen.

»Mh, sie gehört zu Maris«, erinnerte Artis ihn.

Stella schnaubte.

In diesem Moment tauchte Luna auf. Artis schrumpfte in sich zusammen, als er sie bemerkte, und Stella verschränkte die Arme vor der Brust. Sie sah Luna angriffslustig an. »Ich wusste nicht, dass wir noch mehr Besuch erwarten«, sagte Luna und baute sich vor Stella auf.

»Wir haben uns lange nicht gesehen«, meinte Leander. Sein scharfer Ton erstaunte Sola. Er passte so gar nicht zu seiner unsicheren Art.

»Stella hat sich für Maris entschieden«, sagte Luna. »Sie wollte sein Lager nicht für uns verlassen.«

»Weil ihr hier draußen früher oder später draufgehen werdet«, zischte Stella. »Ich habe keine Lust, als Tierfutter zu enden!«

»Stattdessen verkaufst du deine Seele an den Teufel«, entgegnete Luna wütend.

»Wenn du mich zwingen willst, Maris zu verlassen, schön«, knurrte Stella und ihre Augen stoben Funken. »Aber dann bist du nicht besser als er!«

»N-niemand zwingt dich, eine Entscheidung zu treffen«, warf Leander beschwichtigend ein. Er drehte sich zu Stella und legte seine Hand auf ihre Schulter. »Vielleicht ist es besser, wenn du jetzt gehst«, sagte er mit Bedauern. Stella nickte. Zum Abschied funkelte sie Luna giftig an. Dann sprang sie auf die nächste Plattform und verschwand in dem Baum, dessen Stamm die Treppe zum Lager verbarg.

»Was, wenn sie uns an Maris verrät?«, fragte Luna.

»Das wird sie n-nicht«, versprach Leander. Ein unerwarteter Stich traf Sola mitten ins Herz.

»Ich vertraue niemandem, der gemeinsame Sache mit Maris macht«, zischte Luna. »Und du bist ein Narr, wenn du es tust!« Ihre Nasenlöcher bebten vor unterdrücktem Zorn. Sie wandte sich an Artis und fauchte: »Räum deinen unnützen Kram hier weg. Niemand wird dich hören, weil es niemanden mehr dort draußen gibt!«

Artis zuckte zusammen, als hätte sie ihn geschlagen. Fahrig sammelte er seine Geräte ein und verschwand mit gesenktem Blick und eingezogenem Kopf.

»War das unbedingt nötig?«, fragte Sola, ehe sie die Worte zurückhalten konnte. Luna erdolchte sie mit einem eisigen Blick. Dann wandte sie sich um und ließ Sola und Leander stehen.

»Das wird sie d-dir übelnehmen«, meinte Leander.

»Ach, soll sie doch«, sagte Sola und sank zu Boden. Ihr plötzlicher Mut hatte ihr alle Kraft abverlangt. Sie fühlte sich ausgelaugt und hätte sich am liebsten wieder in ihre Hängematte verkrochen.

»Wie geht es dir?« Leanders Stimme kam von schräg über ihr. Sola zuckte zusammen. Sie hatte nicht gemerkt, dass er ihr so nahegekommen war.

»Bestens«, meinte Sola zähneknirschend. »Was hat Stella damit gemeint? Dass wir hier draußen als Tierfutter enden werden?«

»S-sie übertreibt«, sagte Leander und machte eine wegwerfende Handbewegung. Unschlüssig schob er die Unterlippe vor und zog die Nase kraus. »Ich wette, dass Laya dir gestern nicht das ganze C-camp gezeigt hat« Seine Miene war erwartungsvoll.

»Keine Ahnung«, sagte Sola distanziert, weil sie nicht wusste, worauf er hinauswollte.

Leander trat von einem Bein auf das andere und grub die nackten Zehen in das Holz. »Komm mit mir«, bat er und ein Hauch von Röte umspielte seine Wangen.

Solas Herz machte einen elendigen Hüpfer, so ein Verräter! Sie versuchte, sich nicht über die Aussicht zu freuen, mit Leander alleine zu sein. Stattdessen stand sie betont langsam auf. »Wohin?«

»Ich möchte dir etwas zeigen!« Leander reichte Sola jene Hand, die zuvor auf Stellas Schulter gelegen hatte. Die feinen Linien zeichneten seine Handinnenfläche wie eine Landkarte. Sola widerstand der Versuchung, danach zu greifen. Verlegen zog Leander die Hand zurück und kratzte sich unbeholfen am Hinterkopf.

»Na gut«, seufzte Sola und schob die Gedanken an Stella beiseite. Zeit mit Leander zu verbringen, war zu verlockend.

Schweigend brachte er sie über Strickleitern und Stege immer höher ins dichte Blätterdach der Bäume. Ein paar Mal rumpelte Solas Magen laut, als sie versehentlich einen Blick in die Tiefe warf. »Was mache ich nur hier?«, murmelte sie.

»Hast d-du etwas gesagt?«, fragte Leander, der ein paar Meter über ihr an einer Leiter baumelte. Er legte den Kopf schief. »Geht es dir gut? Du bist ja ganz g-grün im Gesicht!«

»Mit jedem weiteren Schritt nach oben geht es mir ein wenig schlechter«, stöhnte Sola.

Leander lachte. »Es wird sich lohnen, *vertrau mir*!« Es war die Art und Weise, wie er die letzten Worte betonte. Sola packte die Sprossen fester und schob sich entschlossen nach oben. Die Blätter wurden immer dichter. Sie kitzelten ihren Nacken. Zweige pikten sie in den Po.

»Du hast es gleich geschafft«, versprach Leander. Er hatte das Ende der Strickleiter erreicht. Der breite Ast trug einen hölzernen Boden, auf dem nicht viel mehr Platz hatte als eine einsame Bank. Leander beugte sich vor, packte Sola und zog sie an seine Seite. Intuitiv vergrub Sola das Gesicht an seiner Schulter und klammerte sich an ihm fest.

»Es ist so hoch«, wimmerte sie.

Leander tätschelte sie schüchtern. »Du hast d-das toll gemacht!«

»Und jetzt?«, fragte Sola und löste sich verlegen von ihm.

Leander strahlte sie an, als würde er einen Schatz mit ihr teilen. Er stand auf und setzte sich auf die Bank. Dabei ragte sein Kopf aus dem dichten Blätterdach. Sola folgte ihm unsicher, während sie ihre Finger in die Lehne krallte, um nicht von der Plattform zu fallen. Sie quetschte sich neben Leander auf die freie Sitzfläche, hob den Blick und…

»Wow!« Sola klappte der Mund auf.

»Ich wusste, es würde dir gefallen!«, freute Leander sich.

»Gefallen?«, hauchte Sola. »Oh mein Gott, Leander! Es ist unglaublich!«

Vor ihnen breitete sich der Ozean wie ein immer blauer Teppich aus. Dichter Nebel deckte ihn zu, während sich die Sonne langsam darüber erhob und goldene Glitzerpartikel auf Nebel und Wasser malte. Das Rauschen der Wellen untermalte das Bild friedlich.

»Ich komme oft hier hoch, um nachzudenken«, gab Leander zu und rutschte auf seinem Platz hin und her. Sola spürte seinen Arm dicht an ihrem.

»Wissen die anderen von diesem Ort?«, wollte Sola wissen, die sich nicht von der atemberaubenden Aussicht abwenden konnte. Die Sonne hob die Nebeldecke an und löste sie bereits an ihren Rändern auf.

»Niemand weiß davon«, sagte Leander.

Ehe Sola die Worte zurückhalten konnte, waren sie ihr schon entschlüpft: »Nicht einmal Stella?«

Leander musterte sie verwirrt. »W-wieso Stella?«, fragte er.

Sola hätte sich zur Strafe gerne von der Plattform geworfen. »Naja, ich dachte ihr…«

Lange schwieg Leander. »Stella und ich, wir kennen uns aus der Z-zeit vor T-thethys«, erklärte er. »Wir sind Freunde!«

»Du hast einen seltsamen Geschmack, was deine Freunde angeht«, bemerkte Sola.

»Stella ist nicht s-so übel, wie sie immer t-tut«, meinte Leander. »Sie sp-spielt gerne das toughe G-girl, aber in Wahrheit ist sie sehr v-verletzlich.«

Sola bemerkte, dass er stärker stotterte, wenn er von Stella sprach. War ihm das Thema unangenehm? Wieso, wenn sie doch nur Freunde waren? Sie schenkte Leander ein mattes Lächeln. »Tut mir leid, das geht mich nichts an.«

»Schon gut.« Leander entspannte sich ein wenig. Er schielte betont unauffällig zu Sola herüber. Doch sie spürte seinen Blick. Dort, wo er sie traf, wurde ihre Haut ganz heiß. Sie zwang sich, starr geradeaus zu schauen.

»Du hast mich entkommen lassen«, sagte sie, während sie die Wellen am Horizont beobachtete.

»Wie bitte?«

»Du weißt, wovon ich rede. Maris hat etwas in die Richtung angedeutet. Er war recht empört darüber, dass ich *abgehauen* bin. Du sagtest …«

»Es war nicht richtig, dich einzusperren«, murmelte Leander.

»Danke«, flüsterte Sola mit belegter Stimme.

Leander verfiel in Schweigen. Sola überlegte, etwas Kitschiges zu sagen wie: »Ich war noch nie an einem schöneren Ort.« Doch die Worte kamen ihr seltsam hohl vor. Also suchte sie nach einer Frage, die das Schweigen zwischen ihnen endgültig beenden würde. »Von welchem Planeten kommst du?«, fragte sie, weil ihr nichts Besseres einfiel.

»Ich wurde auf Ri-An geboren«, sagte Leander so leise, dass der Wind seine Worte fast hinfort wehte. »Aber mit fünf Jahren wurde ich in ein Internat auf Artemis geschickt.«

Sola, die die Entfernung von Ri-An zu Artemis kurz im Kopf überschlug, sagte: »Du musst deine Familie sehr vermisst haben!«

Leander sah sie seltsam an. Dann sagte er: »Meine Familie ist gestorben, als ich ein Kind war.«

»Oh«, machte Sola und wusste nicht, was sie darauf erwidern sollte. »Das tut mir leid!« Sie war versucht, Leanders Hand zu berühren, doch er machte eine wegwerfende Geste.

»Ich erinnere mich k-kaum«, sagte er. »Ist schon okay!«

»Meine Mutter starb auch sehr früh«, erzählte Sola und fragte sich, warum sie das Bedürfnis hatte, es laut auszusprechen. »Und mein Vater …«

»… Starb durch den elektromagnetischen Sturm?«, schloss Leander. »Fehlt er dir?«

Ein dicker Kloß hatte sich in Solas Hals gebildet. Sie nickte knapp.

»Wenn ich trübe Gedanken habe, komme ich hier her und beobachte das Meer«, sagte Leander. »Es ist, als würde es deine Seele heilen!«

»Ich glaube nicht, dass man meine Seele reparieren kann«, bemerkte Sola. »Sie ist in tausend Stücke zersprungen.«

»Ich bin gut darin, Dinge wieder zusammenzufügen.« Leander lächelte und der zarte Flügelschlag eines Schmetterlings kitzelte Solas Bauch. Sie wünschte sich in diesem Moment nichts sehnlicher, als sich an ihn zu schmiegen.

***

Als Sola und Leander von dem Aussichtspunkt hinab ins Camp kletterten, herrschte dort bereits rege Betriebsamkeit. Der Tag hatte begonnen. Laya schlenderte mit einem großen Weidekorb voller Gemüse über eine Hängebrücke. Sie hielt inne und winkte Sola begeistert zu. Sola verabschiedete sich nur ungern von Leander. Doch dann folgte sie Laya über die wackelige Brücke.

»Du warst mit Leander unterwegs?«, stellte Laya unnötigerweise fest. Sie warf einen Blick über die Schulter. Leander stand etwas verloren auf der Plattform und sah Sola nach. Er hob halb die Hand zum Gruß. Laya kicherte. »Er mag dich!«, flüsterte sie verschwörerisch.

Solas Ohren färbten sich rot. »Wie kommst du darauf?«, fragte sie ruppig.

Laya grinste überlegen. »Leander ist scheu. Er redet gerne mit Tieren. Und aus unerfindlichen Gründen mit Stella.« Sie schüttelte verständnislos den Kopf. »Sonst lebt er sehr zurückgezogen!«

»So kam er mir nicht vor«, meinte Sola nachdenklich.

»Sag ich ja!«, triumphierte Laya. »Er mag dich!« Sie reichte Sola ein paar Wurzeln, die die Spitze des Berges bildeten, den sie in dem Weidenkorb mit sich trug. »Hilf mir mal. Ich habe Küchendienst!« Sie lief ein paar Schritte weiter, aber Sola zögerte.

»Weißt du, eigentlich würde ich ganz gerne wieder zurück«, sagte sie kleinlaut.

»Zurück?«, wiederholte Laya, als verstünde sie Sola nicht. »Was meinst du damit?«

Sola überlegte, ob die Warnung des sonderbaren Mädchens, niemandem von der Starstorm zu erzählen, auch für Maris' Gegner gegolten hatte. Sie sagte: »Einfach zurück. In die Bucht.«

»Alleine?«, fragte Laya, als hätte Sola nicht mehr alle Tassen im Schrank.

»Ich hätte gerne ein bisschen Zeit zum Nachdenken«, versuchte Sola zu erklären.

»Und was machst du, wenn Maris dich schnappen will?« Laya stellte den Korb achtlos auf den Boden. Er kippte und ein paar Wurzeln purzelten heraus.

»Ich passe auf mich auf«, sagte Sola.

»So wie das letzte Mal? Als Hem dir zu Hilfe eilen musste?« Laya hob herausfordernd das Kinn. »Du wirst da draußen nicht alleine überleben können!«

»Schön, wie viel du mir zutraust«, sagte Sola und legte energisch die Wurzeln zurück in den Korb.

»Ach, so meinte ich das nicht!«, rief Laya und seufzte. »Aber sieh dich doch mal an! Du bist ein kleines Mädchen, das glaubt, eine Prinzessin zu sein und sich die Welt schön träumt!«

Layas Worte trafen Sola mit der Kraft eines Faustschlags. Sie knirschte mit den Zähnen und ballte ihren Rocksaum in ihrer Rechten zusammen. »Dann werde ich jetzt gehen und aufwachen«, brachte sie hervor, drehte sich um und schritt über die Hängebrücke zurück.

»Sola!«, rief Laya ihr hinterher. »Hab dich nicht so! Sola!«

Doch Sola wollte nicht hören. Sie hatte die Nase voll davon, wie ein dummes Mädchen behandelt zu werden, weil sie nicht hier sein sollte und weil sie ein Kleid trug, das offenbar nicht der Norm entsprach. In ihrem Zorn nahm sie die falsche Leiter und verirrte sich in dem Dorf in den Bäumen. Als sie endlich den Ausgang fand, begegnete ihr Hem. Er schenkte ihr ein strahlendes Lächeln, das Sola im Keim erstickte.

»Lass mich in Ruhe!«, fauchte sie, riss die Tür zum Stamm auf und tappte orientierungslos in die Dunkelheit. Sie verfehlte die oberste Stufe, fiel um und rutschte auf ihrem Po die Wendeltreppe hinab durch die Finsternis.

»Sola?« Hems Stimme hallte durch den Stamm. Er näherte sich. »Was ist los?«

Sola stöhnte. Vom Sturz tat ihr alles weh. Sie richtete sich langsam auf und tastete sich durch das enge Treppenhaus, auf der Suche nach der Tür nach draußen. Hem war schneller. Er stieß sie auf und ließ Sola blinzeln. Sie taumelte auf die Lichtung und rieb sich die Lider.

»Was hast du vor?«, fragte Hem halb belustigt, halb besorgt.

»Danke für alles«, sagte Sola, die sich erinnerte, dass Hem ihr im Grunde nichts getan hatte. »Aber ich gehe!« Hem verschränkte die Arme vor der Brust, was seine Muskeln deutlich zur Geltung brachte. »Besitzt du eigentlich keine T-Shirts?«, fragte Sola, bevor sie ihre Zunge zügeln konnte.

»Was?« Hem lachte rau.

»Weißt du, eigentlich geht mich das auch nichts an«, stellte Sola fest und holte tief Luft, um sich zu beruhigen. Dann schüttelte sie Hems Hand. »Man sieht sich!«

»Ja«, sagte Hem, »das werden wir, kleine Prinzessin! Ob du willst oder nicht!«

Sola wandte sich um und lief quer über die Lichtung. Ihre Schritte raschelten im Gras, während sie den Weg einschlug, auf dem Hem sie hergebracht hatte. Von hier unten aus, war das Dorf zwischen den Bäumen unsichtbar. Leander hatte es wirklich geschickt geplant. Sie schob den Gedanken an ihn fort und konzentrierte sich auf den Wald vor ihr. Die frische Luft belebte ihre Sinne, als sie die Stufen emporstieg, die an dem Todeswasser vorbeiführten. Der giftige Nebel streckte gierig die Klauen nach Sola aus. Sie drückte sich an der Felswand entlang, ohne dass er sie in die Finger bekam.

Obwohl der Hinweg von ihrer Angst vor Maris getrübt worden war, fand Sola den Weg schnell zurück. Sie hatte den Dschungel kurz vor der Bucht fast erreicht, als ein Knacken im Unterholz sie zusammenzucken ließ. Sie hechtete hinter den breiten Stamm einer Palme und presste sich dagegen. Ihr Herz pochte wild in ihrer Brust.

»Bitte, bitte, lass es nicht Maris sein«, wisperte sie lautlos und lugte um die Ecke.

Es war nicht Maris. Es war Walter. Trockenes Laub fegte durch die Luft, als er auf sie zuraste.

»Walter!«, rief sie und hob den kleinen Emmling hoch. Sie wirbelte ihn im Kreis, dann kuschelte sie sich an ihn. Sein seidiges Fell roch nach dem Wald. »Da bist du ja!«

»Rrrrrrr rrrrr«, machte der Emmling und schmiegte sich an sie.

»Ich bin so froh, dass dir nichts geschehen ist«, seufzte Sola und setzte das Wesen auf den Boden. Es hielt ihr die Hand hin und sie griff danach. Gemeinsam legten sie die letzten Meter durch das Palmenwäldchen zurück und traten auf den sonnenbeschienenen Strand.

***

Es fühlte sich an wie Nachhause kommen, als Luki die Strickleiter nach unten ließ und ihre mechanische Stimme wie ein schimpfender Rohrspatz nach unten schwebte.

»Miss Sola«, entrüstete sie sich und wackelte aufgeregt mit dem Oberkörper. »Ich hatte schreckliche Angst um dich! Ich dachte, etwas Fürchterliches wäre geschehen!«

Sola ignorierte sie und fiel ihr stattdessen um den Hals. »Es tut so gut, dich zu sehen, Luki!«

»Wie ich sehe, hast du das kleine Äffchen immer noch«, pikierte sich die Roboter-Dame.

»Walter ist kein Äffchen«, sagte Sola, konnte Luki aber nicht böse sein. »Was hast du die ganze Zeit gemacht?«

»Was hast *du* die ganze Zeit gemacht?«, entgegnete Luki streng. »Dein Vater hätte mir den Strom abgestellt, wenn er erfahren hätte, dass ich dich schon wieder verloren habe!«

»Es ist ja nichts passiert«, beruhigte Sola sie. »Mir geht es gut!« Sie schloss die Luke, sodass sie nun von Dunkelheit umgeben wurden. Von Luki ging ein blasser Lichtschein aus, der den Weg aus dem Bauch des Schiffes wies.

Auf der Starstorm und in Gesellschaft von Luki und Walter konnte Sola sie selbst sein. Niemand sah sie schräg an, weil sie ein

Prinzessinnenkleid trug, niemand machte sich über ihre Ängste lustig. Sie war Sola und so wie sie war, war sie gut.

Diesen Abend verbrachte Sola mit Luki und Walter an Deck der Starstorm. Luki hatte in der Vorratskammer ein Glas mit Kirschen entdeckt. Sola und Walter hatten so viele gegessen, bis ihre Bäuche rund waren und unangenehme Geräusche machten. Jetzt ließ Sola die Beine von der Reling baumeln und spuckte Kirschkerne ins Wasser.

»Wer am weitesten kommt, gewinnt!«, verkündete sie, nahm einen Kirschkern zwischen die Lippen und prustete, so fest sie konnte. Der Kirschkern landete in wenigen Metern Entfernung im Wasser und malte große Ringe in die Oberfläche. Walter gackerte und klatschte albern in die Hände. Auch er spuckte Kerne ins Wasser, kam aber nicht halb so weit.

»Das ist ja erbärmlich«, meinte Luki. Sie schüttelte den Kopf. Dann nahm sie sich eine Handvoll Kerne, holte aus und feuerte sie wie Kanonenkugeln ab.

»Krass!«, rief Sola und zuckte zusammen, als es fünfmal knallte. »Die dürften eine Palme getroffen haben«, meinte sie und war beeindruckt. »Aber im Grunde genommen ist es unfair, Luki. Du bist eine Maschine!«

»Von Menschenhand erbaut«, erinnerte die Androidin sie.

»Ja, das schon, aber…« Sola seufzte. Sie gab auf. Luki würde es ohnehin nicht verstehen. Und weil sie so gerne gewann, entschloss Sola sich, sich einfach mit ihr zu freuen. »Das hast du toll gemacht!« Sie gab Walter ein Zeichen, der sofort wie wild applaudierte und vor Freude quietschte. Luki schenkte ihm zumindest ein halbwegs freundliches Lächeln.

Die nächsten Tage auf der Starstorm vergingen in einem ganz eigenen Rhythmus. Sola verbrachte viel Zeit zwischen den Seiten von Büchern. Doch jeden Morgen und jeden Abend öffnete sie die Luke im Bauch des Schiffes und ging eine Runde schwimmen. Dabei achtete sie darauf, dem Strand niemals zu nahe zu kommen, falls Maris dort auftauchen würde. Er suchte sie in ihren Träumen heim, seit sie das Camp verlassen hatte. Eines

Nachts war Sola zurück auf dem Pier. Ihr Vater, dessen Konturen ein wenig verschwammen, führte sie zu der Strickleiter. Sola weigerte sich, sie vor ihm zu betreten. Der Wind fegte um sie herum. Der Capt'n nahm die ersten Sprossen. Sola wurde es leicht ums Herz. Diesmal würden sie gemeinsam entkommen. Er streckte die Hand nach ihr aus und zog sie an seine Seite, während sich der Pier zu ihren Füßen auflöste. Die Strickleiter schwebte nach oben, trug sie fort von dem Grauen. Bevor sie die sichere Luke erreichten, die ins Innere der Starstorm führte, tauchte Maris auf, ein irres Glimmen in den wölfischen Augen. Er kletterte die Strickleiter zu Sola und ihrem Vater hinab. Dann biss er in die Hand des Capt'ns, die die Leiter umklammert hielt, bis sie sich löste. Auf dem Gesicht ihres Vaters lag ein erstaunter Ausdruck, ehe er in die Tiefe fiel. Solas Schrei wurde von Maris' Hand erstickt. Sie schloss sich um ihre Lippen und Nase. Sola versuchte, gegen ihn anzukämpfen. Sie rutschte von der Leiter und folgte ihrem Vater ins feurige Innere des Planeten. Das Letzte, was sie sah, war Maris' diebisches Grinsen.

Sola erwachte schlagartig. Sie war schweißnass. Die Bettdecke lag am Boden. Walter saß verwirrt darauf und musterte sie mit schief gelegtem Kopf. Sola griff sich an die Brust. »Oh Gott«, murmelte sie und wischte sich das klebrige Haar aus der Stirn. Wann hörten diese Träume endlich auf?

Während die Nächte wenig erholsam waren, waren die Tage umso entspannter. Je mehr davon vergingen, umso langweiliger wurde Sola. Sie hatte das Gefühl, jedes Buch an Bord gelesen zu haben. Die Spiele, die sie sich mit Walter ausdachte, lenkten sie nur eine kurze Zeit ab, und die Gespräche mit Luki waren einseitig. Sola sehnte sich nach menschlicher Gesellschaft. Und wenn sie ehrlich zu sich selbst war, sehnte sie sich nach Leander. Er tauchte viel zu oft ungebeten in ihren Gedanken auf und sorgte dafür, dass ihre Fingerspitzen kribbelten. Noch nie hatte ein Junge etwas Vergleichbares in ihr ausgelöst. Noch nicht einmal Ian Amorist, dessen Lächeln nur halb so schön war wie das von Leander.

Leander. War dieser Name nicht wundervoll? Solas Schwärmerei wurde jäh von Luki unterbrochen, die die Tür zu ihrem Zimmer geräuschvoll aufriss und rief: »Da springt eine Verrückte am Strand auf und ab und ruft nach dir!«

»Wie bitte?« Sola wandte sich um und warf einen Blick aus dem Bullauge. Am Strand bewegte sich die Silhouette eines Menschen und wedelte albern mit den Armen.

»Verrückt«, wiederholte Luki empört. »Wem hast du von der Starstorm erzählt?«

»Niemandem!«

Sola sprang aus dem Bett und hastete an Bord, von wo aus sie eine bessere Sicht auf den Strand hatte. Als sie an die Reling trat, erkannte sie Laya. Woher wusste sie, wo sie Sola finden konnte?

»SOLA!« Der Wind trug ihre Stimme zu ihr. Sie lachte und winkte ausgelassen. »SOLA!«

»WAS TUST DU DA, LAYA?«, rief Sola zurück.

»ICH HOLE DICH AB«, entgegnete Laya. »WIR FEIERN EINE PARTY!«

Sola drehte sich zu Luki und sah sie fragend an. »Eine Party?«

»Ein gesellschaftliches Ereignis, von Menschen veranstaltet, das bisweilen im Rausch endet«, erklärte Luki.

Sola verdrehte die Augen. »Ich weiß, was eine Party ist!«

»SOLA?«, rief Laya. »LEANDER IST AUCH DA!«

»Wer ist Leander?«, fragte Luki alarmiert. »Eine Party halte ich für keine gute Idee!«

»Ich halte eine Party für eine hervorragende Idee«, erklärte Sola, deren Herz ein paar Freudensprünge tat. »ICH KOMME!« Laya reckte die Hand in die Höhe zum Zeichen, dass sie sie verstanden hatte. Dann ließ sie sich in den Sand plumpsen und wartete.

»Ich möchte dich an die Gefahren dieser Insel erinnern«, sagte Luki aufgeregt.

»Luki«, sagte Sola und hauchte der Androiden-Dame einen Kuss auf die Stirn, »ich kann mich hier nicht ewig verstecken!« Sie hastete über Deck und verschwand im Innern der Starstorm. Wenig überzeugt folgte Luki ihr.

Walter streckte den Kopf aus Solas Zimmer und fiepte traurig. Sola blieb stehen und sah ihn an. Er streckte beide Arme nach ihr aus und machte große Augen. »Rrrrr rrrrr!«

»Na los, kleiner Mann«, sagte Sola, »lass uns auf eine Party gehen!«

Der Emmling jubelte und lief ihr gackernd hinterher. Luki dagegen war der Unmut ins reglose Gesicht geschrieben. »Du solltest in Sicherheit bleiben«, sagte sie.

»Luki«, seufzte Sola beschwichtigend, »es ist nur eine Party! Morgen bin ich wieder da!«

»Versprochen?«

»Versprochen!«

***

Laya hüpfte auf und ab, als sie Sola sah. Sobald sie und Walter den Strand erreicht hatten, flog Laya auf sie zu und herzte sie. Ihr Streit war vergessen. »Wie geht es dir?«, fragte Laya. »Du bist ein bisschen blass um die Nase!«

»Ich schlafe in letzter Zeit nicht so gut«, gab Sola zu.

»Ich empfehle da eine Sonnenkur«, kicherte Laya. »Du könntest den ganzen Tag faul herumliegen und dich bräunen!«

»Oh, meine Haut wird meistens nur rot«, sagte Sola.

»Was rot wird, wird irgendwann braun«, behauptete Laya und hakte sich bei Sola unter.

»Bei mir nicht«, meinte Sola. »Es wird rot, schrumpelig, fällt ab und ist wieder weiß!«

»Igitt!«

»Wie hast du mich eigentlich gefunden?«

»Ich bin hartnäckig!« Laya sah zu der Starstorm. »Und ich hatte schon Angst, du schläfst mutterseelenallein am Strand!«

»Tu ich ja auch!«

»Klar!« Laya zwinkerte ihr zu. »Keines der Schiffe, die uns hergebracht haben, ist geblieben. Sie wurden so programmiert, dass sie Thethys verließen, nachdem wir von Bord waren.«

»Warum?«, fragte Sola verständnislos.

»Für den ultimativen Neuanfang?«, mutmaßte Laya. »Die Menschheit wurde resetet. Keine Ahnung, was *sie* sich dachten.«

»Versprich mir, dass du niemandem von der Starstorm erzählst!«

»Auch wenn ich den Mund halte, wird das irgendwann jemandem auffallen. Das Schiff ist ja kaum zu übersehen. Es wundert mich, dass es bisher niemand entdeckt hat!«

Sola dachte unwillkürlich an das seltsame Mädchen, das ihr im Dschungel begegnet war.

Plötzlich kreischte Laya und hüpfte rückwärts. »Ist das eine Ratte?« Sie deutete auf Walter, der um Solas Beine huschte.

Sola lachte. »Nein, das ist Walter«, stellte sie ihren treuen Begleiter vor. »Er ist ein Emmling.«

»Was ist der Unterschied zu einer Ratte?«, wollte Laya mit angewiderter Miene wissen.

»Naja, er ist süß«, meinte Sola und tätschelte den Kopf des Kleinen. »Er sieht doch gar nicht aus wie eine Ratte! Er läuft auf zwei Beinen!«

»Ich hab es einfach nicht so mit Nagern«, bemerkte Laya und ging sicherheitshalber auf Abstand.

»Rrr rrrrr rrrr rr rrrrrr rrr!«, schimpfte der Emmling.

»Du hast ihn verärgert«, stellte Sola glucksend fest, während Walter die Schweinchennase rümpfte.

»Wieso nimmst du dieses Tier mit zu einer Party?«, wollte Laya genervt wissen.

»Ich wollte ihn nicht schon wieder zurücklassen«, entgegnete Sola. »Er ist mein Freund!«

»Na schön«, seufzte Laya. »Wenn er stört, kann er in deiner Hängematte auf dich warten!«

»Er wird nicht stören«, versprach Sola und zwinkerte Walter verschwörerisch zu. Er nickte eifrig.

»Sag mal, hast du auf dem Schiff nichts zum Anziehen?« Laya bedachte Solas Prinzessinnenkleid mit strengem Blick. »Du kannst doch so nicht zu einer Party gehen!«

»Vor einer halben Stunde wusste ich nichts von besagter Party«, erinnerte Sola sie. Aber selbst wenn sie zwei Tage vorher eingeladen worden wäre, hätte sie trotzdem nicht gewusst, was sie anziehen sollte. Bis auf einen kläglichen Rest Unterwäsche, die sie nach der letzten Reise mit dem Capt'n auf der Starstorm vergessen hatte, hatte sie nur ein paar alte Lumpen ihres Vaters in einer Truhe gefunden.

»Macht nichts«, sagte Laya milder. »Du ziehst etwas von mir an!«

»Was stimmt denn mit meinem Kleid nicht?«, fragte Sola.

»Es ist schmutzig und zerrissen, ist dir das noch nicht aufgefallen?«

»Schon, aber…«

»Keine Widerrede«, sagte Laya streng. »Ich zaubere aus dem kleinen hässlichen Entlein einen wunderschönen Schwan!«

»Ich bin hässlich?«, fragte Sola und blieb abrupt stehen.

Laya seufzte. »Leg doch nicht jedes Wort auf die Goldwaage. Du bist ein Brillant, der noch geschliffen werden muss!«

»Du meinst wohl eher einen Diamanten. Der Brillant ist nämlich schon geschliffen«, korrigierte Sola sie automatisch.

»Genau das meine ich«, fauchte Laya und stemmte die Hände in die Hüften. »Goldwaage!«

»Tut mir leid«, sagte Sola versöhnlich. »Was wirst du anziehen?«

Damit hatte sie Layas Wohlwollen zurückgewonnen. »Natürlich durften wir alle nicht viel mitnehmen, aber ich habe es geschafft, dieses kleine Schwarze in meinen Koffer zu schmuggeln!« Sie wirkte begeistert. »Damit kriege ich Hem rum!«

»Du stehst auf Hem?« Sola kicherte.

»Natürlich! Hast du mal seine Brustmuskeln gesehen? Zum Niederknien!«, schmachtete Laya mit glänzenden Augen.

»Seine Oberarme sind auch nicht von schlechten Eltern«, fügte Sola ausgelassen hinzu.

»Oh mein Gott«, quiekte Laya, sodass Walter zusammenzuckte, »und sein Po!«

Auf dem Weg zu Lunas Camp im Eisenwald fühlte Sola sich wie ein ganz normales Mädchen, das den Abend mit einer Freundin verbringen würde. Vergessen war die unendliche Leere des Universums, das sie zu den letzten Menschen machte. Vergessen war der bittere Beigeschmack des Todes, der wie ein mahnender Finger über allem schwebte. Sola fühlte sich frei und albern und ließ sich von Layas Übermut mitreißen.

An diesem Abend war die Lichtung hell erleuchtet. In den Bäumen hingen bunte Laternen, in denen Kerzen flackerten.

»Die Kerzen habe ich gezogen«, sagte Laya stolz.

»Wow«, hauchte Sola. In der Mitte der Lichtung hatten die anderen Holz gestapelt und mit einem Steinkreis versehen wie bei einem echten Lagerfeuer. In dem hohen Gras lagen Kissen und Decken verstreut, auf denen schon ein paar Leute saßen und sich lachend unterhielten.

Laya wies auf einen riesigen Kessel, der am Fuße jenes Baumes stand, der den Eingang zum Camp markierte. »*Sie* haben uns zwar keinen Alkohol mitgegeben, aber Hem hat Artis gezwungen, ihm zu helfen, welchen herzustellen!« Sie kicherte.

»Ich trinke keinen Alkohol mehr«, bemerkte Sola.

»Bist du trocken? Wenn nicht würde ich das an deiner Stelle noch einmal überdenken«, sagte Laya resolut. Sie nahm Solas Hand und zog sie mit sich. »Aber erstmal brauchst du etwas Anständiges zum Anziehen!« Sie warf einen kecken Blick über die Schulter und grinste Sola an. »Oder etwas Unanständiges!« Mit den Lippen formte sie stumm das Wort *Leander*. Dann zwinkerte sie übertrieben und sorgte dafür, dass Sola rot anlief.

Mit Walter auf den Schultern kletterten sie hoch zu den Hängematten. Auf dem Weg dorthin wurde Sola von den anderen begrüßt, als gehörte sie dazu. Die meisten winkten oder riefen ihr ein Hallo zu. Die entspannte Stimmung im Camp sorgte dafür, dass Sola sich wohlfühlte. Walter machte aufgeregt: »Rrrrrrrrr!«

Über Layas Hängematte hing ein prall gefüllter Beutel. Sie öffnete ihn, während Sola auf der Plattform stand und sie beobachtete. »Ist das wirklich nötig?«, fragte sie skeptisch.

»Mehr als nötig«, entgegnete Laya. Sie packte ein paar Kleidungsstücke, klemmte sie sich unter den Arm und kletterte nach unten. »Was hältst du davon?«, fragte sie und hielt eine gerüschte Bluse mit Carmen-Ausschnitt in die Höhe. Sie hatte einen ähnlichen Rosaton wie Solas Kleid. »Ich finde, die Farbe steht dir«, meinte Laya. »Damit siehst du irgendwie... vornehm aus!« Sie warf Sola das Oberteil zu, dann präsentierte sie weiße Shorts, die definitiv zu viel Bein zeigen würden.

»Auf keinen Fall«, sagte Sola bestimmt.

»Auf jeden Fall«, entgegnete Laya. Sie zeigte Sola das Kleid, das sie tragen wollte, und Sola war sich sicher, dass Hem schwach werden würde, wenn er sie darin sah.

»Du wirst umwerfend aussehen«, sagte Sola. Walter hob zustimmend den Daumen.

»Ich weiß«, kicherte Laya. Sie sah links und rechts über die Schultern. Sie waren allein. Die anderen waren bereits alle unten. Kurzerhand streifte sie ihr Oberteil über den Kopf und zog die Hose aus, bis sie in Unterwäsche vor Sola stand.

»Laya!«, zischte sie beschämt und wusste nicht, wohin sie schauen sollte.

»Hab dich nicht so!« Unbeeindruckt öffnete Laya ihren BH und baute sich oben ohne vor Sola auf. »Diesen Schätzchen darf Hem später Hallo sagen!«, säuselte sie und schlüpfte in das schwarze Kleid, das sich hauteng an ihren Körper schmiegte. Sie wirbelte um die eigene Achse und präsentierte Sola den tiefen Rückenausschnitt.

»Ist das nicht ein bisschen eng?«, fragte Sola. »Und kurz?«

»Blödsinn«, widersprach Laya. »Manche Männer wissen eben einfach nicht, wohin sie gucken müssen, bis man sie mit Gewalt darauf aufmerksam macht!« Sola war sich sicher, dass alle Männer, die an der Party teilnehmen würden, Laya verfallen würden.

»Jetzt du!«, drängelte Laya.

»Ich kann mich hier doch nicht umziehen!«, rief Sola erschrocken. »Was, wenn mich jemand sieht!« Obwohl sich die Dämmerung langsam über den Wald legte, konnte Sola sehr gut Layas

Augenrollen erkennen, das sie mit einem ungeduldigen Geräusch untermalte. Sie zögerte und sah sich um. Niemand außer ihnen war hier. Widerstrebend schälte sie sich aus ihrem Kleid. Es fühlte sich seltsam an, es abzulegen. Der Stoff sank zu Boden und begrub Walter unter sich. Er schimpfte und kämpfte sich aus dem Tüll. Schützend kreuzte sie die Arme vor ihrem BH. »Den behalte ich an!«

»Wenn BH-Träger oben rausgucken, ist die Bluse nicht halb so sexy!«, nörgelte Laya. »Gönn deinen Dingern ein bisschen Freiheit!« Sie kniff die Augen zusammen. »Sag mal, sind das etwa Kaninchen auf deiner Unterhose?« Laya schaffte es, dass Sola sich noch unwohler fühlte. »Wie alt bist du? Zehn?«

»Was spricht denn gegen Kaninchen?«, fragte Sola kleinlaut.

»Stimmt«, meinte Laya augenrollend. »Leander steht auf Tiere. Vielleicht findet er es sogar scharf!«

»Wieso sollte Leander meine Unterwäsche sehen?« Panik stieg in Sola auf.

»Vergiss es«, seufzte Laya. »Zieh einfach deinen BH aus. Vertrau mir, die Bluse ist blickdicht. Niemand wird deine Mückenstiche sehen!«

Wieso, wieso in aller Welt hatte sie es für eine gute Idee befunden, mit Laya zu einer Party zu gehen? Widerstrebend öffnete Sola ihren BH und ließ ihn auf das Kleid fallen. Dann zog sie, so schnell sie konnte, Layas Bluse an. Die zarten Rüschen legten sich über ihre Brust und umschlossen ihre Oberarme. Laya hatte Recht. Alles war hübsch verpackt.

»Und jetzt zieh endlich die Shorts an!«, befahl Laya. »Wenn ich noch eine Sekunde länger diese Kaninchenunterhose ansehen muss, werde ich blind!«

***

Nach so langer Zeit so viele Menschen auf einmal zu sehen, war verstörend. Sola blieb auf der untersten Stufe stehen und spähte durch die geöffnete Tür nach draußen. Inzwischen war es dunkel, aber die Lichtung war hell erleuchtet. Ausgelassenes Gelächter und angeregte Gespräche wehten darüber hinweg. Laya marschierte mit geradem Rücken und wackelndem Po nach draußen und merkte zu spät, dass Sola ihr nicht mehr folgte.

»Stell dich nicht an«, sagte sie. »Du siehst großartig aus!«

Sola antwortete nicht. Sie bückte sich, um Walter auf den Arm zu nehmen. Dann trat sie zögerlich ins Freie. Ein großes Feuer prasselte in der Mitte der Lichtung. Funken tanzten und schwebten wie von Zauberhand in der Luft, ehe sie verglühten. Ein paar Jungs standen am Rand des Feuers und hielten Stöcke hinein, auf deren Spitze sie Teig gepresst hatten. Ein herrlicher Duft nach Brot kitzelte Solas Nase.

»Sola!« Die tiefe Stimme ließ Laya ein wenig zusammenzucken. Sie erholte sich schnell von dem Schock, als Hem in leichten Leinenshorts, barfuß und oben ohne auf sie zu schlenderte. In der Hand hielt er einen Becher mit roter Flüssigkeit. Er strubbelte Sola freundschaftlich durch die Haare. Von Laya nahm er keine Notiz. »Geht es dir besser?«, fragte er schmunzelnd.

»Prima«, grinste Sola und ließ sich kurz von ihm drücken. »Der Abgang letztens tut mir leid!«

Hem lachte rau. »Schön, dass du da bist, Prinzessin!« Er beugte sich vor und musterte Walter. »Wer ist dein kleiner Freund?«

»Walter«, stellte Sola vor.

Hem kraulte den Emmling hinter dem Kopf. Dann hielt er Sola seinen Becher unter die Nase. »Durst?«

»Nein, danke«, lehnte Sola höflich ab.

Laya, die es leid war, von ihm wie Luft behandelt zu werden, drängelte sich dazwischen. »Ich habe Durst«, sagte sie und klimperte mit den langen Wimpern.

Hem schenkte ihr einen abschätzigen Blick. »Dann hol dir was«, brummte er. »Du weißt ja, wo die Becher stehen!« Er hob die Hand zum Gruß und wandte sich um. Über die Schulter rief er zurück: »Du siehst süß aus, Prinzessin!«

»Meinte er etwa dich? Hat der Idiot keine Augen im Kopf?«, schimpfte Laya gedemütigt, sobald Hem außer Hörweite war.

»Wir sollten dir einen Drink besorgen«, seufzte Sola.

»Gute Idee«, meinte Laya und klang frustriert.

Oh je, dachte Sola. Hoffentlich wurde Hems Freundlichkeit ihr gegenüber nicht zum Fallstrick für ihre junge Freundschaft mit Laya.

Sie schlenderten durch Grüppchen von Leuten, die sich unterhielten und lachten. Ein Junge, der am Feuer hockte, spielte Gitarre und versank fast vollkommen in seiner Musik. Ein paar Mädchen tanzten ausgelassen dazu und warfen ihm bewundernde Blicke zu, ob er sie denn endlich bemerkte.

»Wie erbärmlich«, kommentierte Laya und beugte sich über den Kessel. Sie schöpfte einen Becher randvoll und nippte gierig an der Flüssigkeit. Sie verschluckte sich und hustete heftig.

»Alles in Ordnung?«, fragte Sola. Sie klopfte Laya fürsorglich auf den Rücken.

»Alles bestens, du Gutmensch«, zischte Laya und schlug Solas Hände von sich.

»Ich kann nichts dafür, dass Hem dich nicht so mag wie du ihn«, meinte Sola und trat sicherheitshalber einen Schritt zurück.

Laya funkelte sie an. »Er mag mich!« Sie wandte sich von Sola ab und durchsuchte die Menge. Hem saß am Rande der Lichtung und kippte sich gerade den gesamten Inhalt seines Bechers hinunter. Dann begann er, sich eine Zigarette zu drehen. »Er weiß es nur noch nicht!«

Sola blickte sich derweil verstohlen nach Leander um. Sie konnte ihn nirgendwo sehen. Stattdessen winkte Luna ihr zu. Sie gab ihrem Gegenüber ein Zeichen und kam zu ihnen. »Sola, schön, dass du da bist!« Sie drückte sie kurz und ein wenig steif an sich. »Du warst das letzte Mal so schnell weg!«

»Ja, ich…«

»Hör mal«, unterbrach Luna sie mit leuchtenden Augen. »Was ich dich noch fragen wollte. Dein Vater. Hat er wirklich…«

»Luna, es tut mir leid«, sagte Sola. »Ich möchte jetzt nicht über meinen Vater reden. Das ist eine Party und ich bin hier, um mich zu amüsieren!«

»Wahre Worte, Süße«, säuselte Laya und hängte sich um Solas Hals. Sie hatte den ersten Becher bereits geleert und haderte mit dem Gleichgewicht. Was war in diesem Teufelszeug drin?

Luna musterte Laya irritiert, bevor sie sich an Sola wandte: »Du hast Recht. Mein Fehler.« Sie sah Laya an, als wäre sie eine bemitleidenswerte Kreatur. »Wie ich sehe, habt ihr euch angefreundet!«

»Sie ist wenigstens nicht so eigensinnig wie du!« Laya versuchte, Luna auf die Brust zu tippen. Sie griff ins Leere.

Luna verdrehte die Augen. »Wie erbärmlich«, meinte sie. »Viel Spaß noch!« Und mit diesen Worten ließ sie Sola und Laya stehen.

»Ein bisschen Spaß würde ihr nicht schaden«, brummte Laya und setzte ein breites Grinsen auf. »Genauso wenig wie mir!« Sie drückte Sola ihren Becher in die Hand und zupfte an ihrem Rock herum. »Wie sehe ich aus?«

Sola strich ihr nachsichtig eine Strähne aus dem schmalen Gesicht. »Du bist wunderschön, Laya!« Sie stellte den Becher ab. »Du hast das doch gar nicht nötig!«

»Manchmal«, begann Laya und ihre Augen wurden so rund wie die eines Ochsenfrosches, »hast du einfach keine Ahnung, Prinzessin!« Sie schob die Unterlippe vor und schmollte. »Wieso nennt er mich nicht so?«

»Es ist nicht, wie du denkst«, beschwichtigte Sola sie. »Er wollte mich damit aufziehen. Du weißt schon, wegen des Kleides!«

»Glaubst du wirklich?« Laya klang hoffnungsvoll.

»Du bist das schönste Mädchen auf dieser Party«, versprach Sola ihr. »Er wäre ein Narr, wenn er sich nicht in dich verlieben würde!«

»Danke«, seufzte Laya und zog Sola an sich. »Einfach danke!«

»Schon gut.« Sola erwiderte die Umarmung unbeholfen.

»Ist es okay, wenn ich dich alleine lasse?«, fragte Laya und sah sehnsüchtig Richtung Hem.

»Schnapp ihn dir«, grinste Sola und erntete einen feuchten Kuss, ehe Laya sich wackligen Schrittes auf den Weg durch die Menge zu Hem machte.

Sola betete, dass er nett zu ihr war. »Der Abend geht schon gut los, findest du nicht?« Sie streichelte Walter, der sich um ihren Hals klammerte. Als Laya mehr neben Hem ins Gras fiel, als sich anmutig zu setzen, hielt Sola die Luft an. Sie konnte nicht hören, was sie sagten, aber Hem machte nicht die Anstalten, Laya zu helfen.

»Was findet sie nur an ihm?«, fragte jemand ganz in der Nähe.

Sola zuckte zusammen und wandte sich um. »Hey Artis«, sagte sie.

Artis saß abseits auf einem halbhohen Felsblock, der aus dem Gras ragte, und ließ die Beine baumeln. Er lief feuerrot an. »Das, mh, war nicht für deine Ohren bestimmt!«

»Ich habe nichts gehört«, meinte Sola verschwörerisch. »Also, du hattest deine Finger im Punsch?«

Artis stöhnte. »Hem hat mich dazu gezwungen. Er meinte, es sei keine Party, wenn wir nichts zu trinken hätten. Ich hätte mich weigern sollen. Alle benehmen sich wie Idioten.«

»Haben sie das vorher nicht?«, fragte Sola und konnte gerade noch sehen, wie Layas Hand an Hems Bein hochwanderte.

»Ja, schon, mh«, gab Artis schüchtern lächelnd zu. »Hast du schon einen Schluck probiert?«

»Nein, danke«, sagte Sola.

»Besser so«, bemerkte Artis. »Es schmeckt fürchterlich!« Er seufzte. »Wann ist wohl ein guter Zeitpunkt, um zu verschwinden?«

»Hast du noch etwas vor?«

»Ich möchte an meinem Funkgerät arbeiten. Luna hält das für sinnlos, aber…«

»Hör nicht auf Luna«, sagte Sola und ging neben ihm in die Hocke, sodass sie zu ihm aufschauen konnte. »Es ist toll, wenn du an etwas glaubst.«

»Du glaubst auch nicht daran, dass dort draußen noch jemand sein könnte«, bemerkte Artis.

»Wenn ich Hoffnung zulasse und diese dann enttäuscht würde, würde mein Herz zerbrechen.« Sola schluckte schwer.

»Der Wissenschaftler in mir muss dich darauf hinweisen, dass dein Herz nicht einfach zerbrechen kann!«, sagte Artis neunmalklug und brachte Sola zum Lachen.

»Möchtest du mit mir ein Stockbrot essen?«, fragte sie, sobald sie sich beruhigt hatte. »Du kannst dich danach gerne verdrücken und an deinem Funkgerät basteln!«

Artis zögerte kurz. »Mh, na schön. Nerd sein kann ich später auch noch!« Gemeinsam standen sie auf und schoben sich an den Partygästen vorbei zum Feuer. Die Flammen reichten meterhoch und tanzten knisternd in einem kräftigen Orangerot. In ihrer Nähe war es heiß. Ein Mädchen mit glasigem Blick und apathischem Grinsen reichte Sola und Artis zwei Stöcke und wies auf einen halbleeren Behälter mit Teig. Sola griff hinein und bastelte eine hübsche Haube für den Stock, den sie ins Feuer hielt. Artis machte es ihr nach.

»Ich bin mir nicht sicher, ob die Kombination von Alkohol und Feuer eine gute Idee ist«, meinte er, als ein Junge einen Schritt in Richtung Flammen machte. Er fing sich gerade so und taumelte lachend zurück. Walter hielt sich sicherheitshalber die Augen zu.

Sola drehte ihren Stock in den Flammen, bis sich der Teig goldbraun färbte. Sie zog ihn zurück und pustete gegen das Brot. Artis streifte sich seinen Pullover über die Schultern und wischte sich einen Schweißfilm von der Stirn. Ein paar Sommersprossen bedeckten seine dünnen Arme. Er hatte den Körperbau eines Jungen, der lieber mit dem Kopf arbeitete als mit dem Körper. Artis bemerkte ihren Blick. »Nicht gerade das, worauf Mädchen wie Laya stehen«, meinte er frustriert.

»Mädchen wie Laya haben keine Ahnung, wer gut für sie ist«, sagte Sola. »Dein Brot verbrennt«, fügte sie hinzu, weil Artis' Stock zu rauchen begonnen hatte. Der Rotschopf riss ihn aus dem Feuer, doch es war zu spät. Der Teig war verbrannt. »Macht nichts. Wir teilen uns meins!« Sola brach ihr Brot in zwei Stücke und schenkte ihm die andere Hälfte. »Vorsicht, heiß!«

»Du bist gar nicht so übel«, bemerkte Artis und nahm das Brot dankbar entgegen. Eine Weile kauten sie zufrieden und starrten ins Feuer. Das Brot war besser als alles, was Sola in den letzten Wochen gegessen hatten. Es war luftig und frisch, ganz anders als die Futterrationen an Bord der Starstorm.

Irgendwann seufzte Artis und sagte: »Laya hat sich verändert.«

»Wie meinst du das? Kennt ihr euch schon länger?«

Artis schnaubte. »Früher gehörte Laya zu den Nerds!«

»Wie bitte?« Sola musterte Laya über die Menge hinweg. Als sie genau hinschaute, fielen ihr Details auf. Ein unsicherer Blick, eine linkische Bewegung, Gesten, die über Layas künstliches Selbstbewusstsein hinwegtäuschten.

»Laya hieß früher Layanna und trug eine Brille, dicker als Glasbausteine«, meinte Artis und steckte sich das letzte Stückchen Brot in den Mund. »Mh, sie ist hier, mh, weil sie ein Mathe-Crack ist. Besser als ich.«

»Äh, was?«

»Sie hat mich in jedem Rechenduell geschlagen.« Traurig betrachtete Artis den Boden. »Als sie Thethys betrat, wurde sie zu einer anderen. Ich glaube, sie mochte sich selbst nicht mehr und hat die Chance ergriffen, neu anzufangen.«

»Wow«, machte Sola. »Ich hatte ja keine Ahnung!«

Im nächsten Moment verfinsterte sich Artis' Miene. Er gab Sola ein Zeichen. Sie drehte sich um. Laya saß hilflos im Gras und musste mit ansehen, wie Hem aufstand und auf ein Mädchen zulief, dessen Anblick Sola das Blut in den Adern gefrieren ließ.

»Rika«, flüsterte Sola.

»Du kennst sie?«, fragte Artis. Er hielt inne. »Oh. *Oh.*« Er sah Sola mitleidig an. »Hab ich vergessen. Matt.« Sola nickte schwach und schob sich hinter Artis' schmale Statur.

Rika hatte kein hautenges Kleid nötig, um Hems Aufmerksamkeit zu gewinnen. Sie trug ein langes Sommerkleid mit zarten Blumen. Die Haare hatte sie zu einem dicken Zopf geflochten, den sie nach vorne gelegt hatte. Hem sah sie mit einem Blick an, den Laya sich gewünscht hätte. Doch Rika hielt ihn auf Abstand. Sie sagte etwas, lächelte zart. Auch die anderen hatten Rika inzwischen bemerkt. Das ausgelassene Summen der Gespräche verwandelte sich in ein erwartungsvolles Murmeln. Jetzt nickte Hem und wandte sich um. »Sola?«

Sola und Artis tauschten einen Blick. »Sie ist wegen dir hier!« Artis pfiff durch die Zähne. »Viel Glück!«

Solas Magen verkrampfte sich in schmerzhafter Panik, als sie aus Artis' Schatten trat und langsam auf Hem und Rika zulief. Rikas Gesicht war wie das einer Puppe: ausdruckslos. Es ließ keinen ihrer Gedanken erahnen. Unsicher blieb Sola vor ihr stehen.

»Sola, das ist Rika«, sagte Hem und berührte Rikas Schulter. »Du hast sie am Strand gesehen, erinnerst du dich?«

»Natürlich«, sagte Sola und traute sich nicht, Rika anzusehen.

»Ich habe mich gefragt, ob ich mit dir sprechen könnte.« Rikas Stimme war sanft. »Ich möchte dir die Party nicht verderben, aber ich weiß nicht, wann sich die nächste Gelegenheit bietet!«

Unsicher schaute Sola zu Hem, der sie nickend dazu aufforderte, mit Rika zu gehen. Hormongesteuerter Verräter…

»Also los«, sagte Sola und klang weitaus mutiger, als sie sich fühlte. Rika schenkte ihr ein Lächeln, raffte ihr Kleid und führte Sola aus der Menge, deren Augen an ihr klebten.

»Sehen wir uns später noch?«, rief Hem ihr hinterher. Sola fragte sich, weshalb Laya ihre Energie an ihn verschwendete. Sobald sie wieder nüchtern war, würde sie sie fragen, wie sie zu Artis stand, der offensichtlich echtes Interesse an ihr hatte.

»Ich möchte dir den Abend wirklich nicht vermiesen«, sagte Rika und ihre helle Stimme klang wie ein Glockenspiel. Sie ließ sich anmutig im Gras nieder und klopfte neben sich. Sola folgte der Anweisung ungelenk. »Einen niedlichen Freund hast du da«, bemerkte Rika und wies auf Walter. »Ein mutiger kleiner Kerl. Er hat dich vor Sky beschützt!«

»Ja, das hat er«, stimmte Sola ihr zu.

Rika wandte sich ab und starrte zu den anderen Auserwählten, die im Schein des Feuers tanzten. Ein unangenehmes Schweigen legte sich zwischen sie. Sola fühlte sich mulmig. Sie räusperte sich und gewann Rikas Aufmerksamkeit zurück. »Ich freue mich, dass wir uns kennen lernen«, sagte sie.

Sola suchte in dem Satz nach einem Haken. Warum war Rika so nett zu ihr? Ihre Gedanken rasten wild durcheinander. Ihr fiel nichts Besseres ein als: »Ich habe Matt nicht ermordet!«

Rika riss den Mund auf. Kein Wort kam über ihre Lippen. Dann veränderte sich ihr Ausdruck. Er wurde traurig. »Du glaubst, dass ich dich deswegen sprechen möchte?«

»Ähm«, machte Sola. »Nicht?«

Rika schüttelte den Kopf. »Natürlich hast du ihn nicht ermordet! Trotzdem wollte ich dich fragen… wollte ich dich fragen…« Sie stockte und wirkte ein wenig hilflos.

»Ja?«

»Du hast ihn gesehen, oder?« Rika flüsterte jetzt.

»Das habe ich.«

»Hat er… hat er etwas gesagt?« Sie klang hoffnungsvoll.

Solas Kehle schnürte sich zu. »Er war geknebelt«, brachte sie hervor.

Rika schloss die Augen und nickte. Als sie sie wieder öffnete, schwammen sie in Tränen. »Wir wollten uns hier treffen, weißt du. Ich habe auf ihn gewartet.«

»Es tut mir leid«, krächzte Sola.

»Sag das nicht«, bat Rika sie und nahm ihre Hand. »Die Götter haben sich entschieden, ihn zu sich zu holen.« Weil Sola sich mit Göttern nicht auskannte, schob sie die Unterlippe vor und kaute darauf herum. »Ich versuche, das zu akzeptieren. Aber es fällt mir schwer. Ich vermisse ihn.«

»Ich vermisse meinen Vater auch«, gab Sola zu.

»Wir alle haben geliebte Menschen verloren. Ich schäme mich dafür, dass ich die Einzige bin, die nicht loslassen kann.«

»Du dachtest, er würde überleben. Wir anderen wussten, dass sie alle sterben!«

»Ja, vielleicht. Ich sollte trotzdem stärker sein.« Rika wickelte ihren Zopf um die Hand und zupfte ein paar lose Haare heraus. »Hat er gelitten?«

Als Sola ihn bemerkt hatte, war Matt ohnmächtig gewesen. Er war in das Herz des Planeten gefallen, ohne es mitzubekommen.

Sola vermutete, dass dies ein vergleichsweise angenehmer Tod war. Doch was war davor geschehen? Hatte er Angst gehabt, als ihm klargeworden war, dass er die Starstorm niemals betreten würde? War er verletzt worden und hatte Schmerzen gehabt? »Ich… ich denke nicht«, sagte Sola, weil sie wusste, dass Rika das hören musste.

Rika atmete unüberhörbar aus. Sie wischte sich eine Träne aus dem Augenwinkel. »Mögen die Götter gut auf dich Acht geben, Sola!« Sie drückte ihre Hand und stand auf. »Hab noch viel Spaß auf der Party!« Rika lief in die Schatten des Waldes und nicht zurück zur Party.

»Rika!«, rief Sola, ehe sie verschwunden war. Das Mädchen drehte sich um und musterte Sola abwartend. »Danke!« Sie hob die Hand zum Gruß, dann verschmolz sie mit den Schatten der Bäume. Sola blieb ein wenig verwirrt zurück. Sie schlang die Arme um die Beine und legte ihr Kinn auf den Knien ab. Warum war Rika so nett zu ihr?

»Was wollte sie hier?« Laya ließ sich neben Sola ins Gras fallen. »Sie hat mir die Tour bei Hem vermasselt!«

»Vielleicht ist Hem nicht der Richtige für dich«, sagte Sola vage.

»Woher willst du das wissen?«, fauchte Laya.

Sola entschloss sich, das Thema ruhen zu lassen, solange Laya unter Alkoholeinfluss stand. »Du hast Recht, tut mir leid«, sagte sie ausweichend. »Keine Ahnung, was sie wollte. Ich schätze, reden.«

»Darüber, dass du ihren Freund umgebracht hast?«, wollte Laya gelangweilt wissen.

»Das habe ich nicht!«, rief Sola wütend. »Ich weiß das. Und Rika weiß das auch. Ich frage mich, warum alle anderen es trotzdem besser wissen wollen!«

»Streitet ihr?« Die Stimme sorgte dafür, dass sich alle Härchen auf Solas Körper aufrichteten. Leander tauchte aus der Dunkelheit auf und ließ sich dicht neben Sola nieder.

»Nein«, sagten Sola und Laya wie aus einem Mund.

»Wie ist die Party?«, fragte Leander. Sein Atem streifte Solas nackte Schulter. Sie wagte nicht, sich zu bewegen.

»Beschissen«, klagte Laya.

»Doch so g-gut«, lachte Leander.

»Wieso kommst du erst jetzt?«, fragte Laya.

»Ich mag keine P-partys«, antwortete Leander.

Laya schnaubte. »Ich auch nicht mehr!« Sola fragte sich, ab welchem Pegel sie ihre Meinung wohl wieder ändern würde.

»Du trägst etwas anderes«, bemerkte Leander und stoppte ihre Gedanken über Alkohol. Automatisch schaute Sola an sich hinunter.

»Hübsch, nicht wahr?« Laya zwinkerte vielsagend.

»Ja«, sagte Leander. »Aber das Kleid hat mir ein bisschen b-besser gefallen!« Insgeheim freute Sola sich diebisch über seine Worte. Aber sie ließ es sich nicht anmerken.

Laya rappelte sich schwerfällig auf und streckte die Arme aus, um das Gleichgewicht zu halten. »Ihr seid totale Freaks!«, grummelte sie. »Ich will jetzt Spaß haben! Kommt ihr mit?« Sie musterte Sola und Leander und verdrehte die Augen. »Ich sehe schon, zu zweit habt ihr mehr Spaß!« Beleidigt lief sie los, nicht ohne dabei über ihre eigenen Füße zu stolpern. Sola und Leander ließ sie in einem peinlichen Schweigen zurück.

Leander räusperte sich. »Sie ist betrunken.«

»Jep«, machte Sola.

»Und du?« Er sah sie vorsichtig an, als könnte sie sich vor seinen Augen übergeben.

Sola lachte und schüttelte den Kopf. »Ich habe nicht getrunken!«

»Ich auch nicht«, sagte Leander. »Ich bin lieber bei Verstand als… in so einem Zustand!«

»Wem sagst du das«, seufzte Sola und Walter machte zustimmend: »Rrrrrrr!«

Leander hielt inne. »Das ist ein Emmling!«, rief er erstaunt und starrte Sola an, als wäre sie ein Marsmensch.

»Er heißt Walter!«

»Walter?« Aufgeregt raufte Leander sich die Haare. Dann rückte er an Sola heran, bis seine linke Körperhälfte ihre rechte berührte. Seine Nähe machte es Sola schwer, sich zu konzentrieren. »Wie hast du es geschafft, einen Emmling zu zähmen? Das sind furchtbar scheue Wesen!« Er hielt Walter seinen Zeigefinger vor die Nase. Walter packte ihn mit beiden Händen und schnupperte daran. Als er erkannte, dass es nichts Essbares war, ließ er den Finger enttäuscht los.

»Eines Nachts war eine ganze Bande von ihnen an Deck der Starstorm«, erzählte Sola. »Als sie flüchteten, blieb Walter zurück. Er hatte sich in einem Tau verheddert und ich musste ihn befreien. Da waren die anderen Emmlinge aber schon verschwunden. Seitdem gehört er zu mir.« Zu spät fiel ihr ein, dass sie die Starstorm vor niemandem erwähnen sollte. Doch Leander reagierte nicht darauf. Zu fasziniert war er von dem Emmling.

»Ich habe noch nie von einer Bindung zwischen einem Menschen und einem Emmling gehört«, sagte er fieberhaft. »Unglaublich, dass er dir vertraut!«

»Ich wusste nicht, dass es so ungewöhnlich ist«, meinte Sola und tätschelte Walter. Der Emmling gackerte zufrieden. Leander sah Sola an, als würde er sie das erste Mal sehen. Sein Blick war so intensiv, dass sie vergaß, Luft zu holen.

»Das ist etwas Besonderes«, flüsterte Leander. Seine grauen Augen hielten sie gefangen. »Du bist etwas B-Besonderes!« Sie waren sich so nah, dass Sola seinen Atem auf ihren Lippen spürte. Leander schloss die Augen und lehnte sich gegen die Berührung. Sola spürte ein paar kratzige Borsten und fragte sich, wie es sich anfühlen mochte, wenn sie die schmale Linie seines Kiefers küsste.

Ein Schrei gellte durch die Nacht und zerstörte den Moment. Er klang nach der nackten Angst vor dem Tod. Sola und Leander zuckten zusammen. Walter fiepte. Plötzlich war das Camp in Aufruhr und die ausgelassene Stimmung der Party kippte. Sola sah einen riesigen Feuerball über den Platz rasen.

»Mein Gott«, würgte sie hervor. Jemand von den anderen war in das Feuer geraten. Er brannte lichterloh und hetzte in grenzenloser Panik über die Lichtung. Er schlug den Weg ein, der zu jenem Gewässer führte, vor dem Hem Sola gewarnt hatte. Leander packte Solas Hand so fest, dass es weh tat. Er sprang auf und riss sie mit sich. Die Schreie wurden von Wasserplatschen abgelöst. Eine Sekunde lang herrschte eine Totenstille. Dann ertönten sie grauenhafter als je zuvor. Leander blieb heftig atmend stehen.

»Leander?«, schluchzte Sola und sah ihn angsterfüllt an.

Leander schluckte und schüttelte den Kopf. »Wir können nichts mehr tun«, brachte er hervor. Seine Schultern bebten. Sola riss den Mund auf. Sie presste die Hände auf die Ohren und versuchte, die Geräusche des Todes auszublenden. Leander zog sie dicht an sich und umschloss sie mit seinen Armen.

Sie standen lange so da, noch länger als die Schreie anhielten. Erst Lunas herrische Stimme ließ sie von einem Albtraum in den nächsten rutschen.

»ALLE HIERHER!«

Leander erwachte aus seiner Starre. Er ließ die Arme langsam sinken. Kälte kroch über Solas nackte Schultern in ihr Herz. War das gerade wirklich geschehen? In dem einen Augenblick war alles perfekt. In dem nächsten Augenblick hielt das Grauen Einzug. Es stand in alle Gesichter geschrieben, die nun einen engen Kreis um Luna zogen. Sola und Leander schlossen sich ihnen an.

»Löscht das Feuer!«, befahl Luna. Sie zitterte, aber ihre Worte waren so präzise wie Pistolenschüsse. »Niemand rührt auch nur noch einen Tropfen Punsch an.« Dann drehte sie sich um die eigene Achse und überflog die Anwesenden. Sie wappnete sich vor der nächsten Frage. »Wer war das? Ich meine… wer?« Sie machte eine Geste in Richtung des beängstigend ruhigen Wassers. Keiner sagte etwas.

Sola sah sich um. Sie war auf der Suche nach etwas, aber wusste nicht was. Langsam lähmte sie eine fürchterliche Erkenntnis. »Wo ist Laya?«, brachte sie brüchig hervor. Die anderen drehten die Köpfe.

»War sie nicht bei dir?«, wollte Luna wissen.

»Nein«, keuchte Sola und schlug die Hand vor den Mund.

»Hem ist auch verschwunden!«, bemerkte ein Mädchen, das Sola nicht kannte.

»Artis fehlt auch«, bemerkte sie plötzlich.

»Verdammt nochmal«, fluchte Luna. »Ihr seid schlimmer als ein Sack voll Flöhe!«

»Runo ist weg!«

»Elia auch!«

»Okay, okay!« Luna hob beide Hände. »Hat jemand von euch gesehen, wer ins Feuer gefallen ist?«

»Es ging alles so schnell«, wisperte ein Mädchen, das unmittelbar in Solas Nähe stand. Tränen tropften von ihrer Nasenspitze.

Luna rieb sich über die Lider und schüttelte fassungslos den Kopf. »Packt alles ein. Wir ziehen uns zurück!« Alle starrten sie an. »Na los!«

Nur langsam regten sich die anderen. Sola blieb stocksteif stehen. »Was… was ist mit der… Leiche?« Sie musste sich zwingen, Letzteres laut auszusprechen.

»Hast du es nicht mitbekommen?«, fuhr Luna sie an. »Es gibt keine Leiche. Der Nebel hat sie geholt!«

»Aber«, wollte Sola widersprechen. Wollte sich niemand die Mühe machen, nachzuschauen?

»S-sie hat R-r-recht«, flüsterte Leander ihr ins Ohr. Er war kreidebleich. Kalter Schweiß stand auf seiner Stirn.

»Los jetzt«, drängelte Luna. Tröpfchenweise löste sich die Menge auf. Vor dem Eingang zum Baum bildete sich eine Schlange. Sola lief auf Zehenspitzen durch die Menschen, in der Hoffnung, Artis, Hem oder Laya zu sehen. Leander, der die meisten überragte, bewegte sich mechanisch, als würde sein Körper fremdgesteuert werden. Im Treppenhaus herrschte eine unangenehme Stille. Das Einzige, was zu hören war, waren zahllose Schritte, die sich später in den Bäumen verteilten. Sola blieb auf der ersten Plattform zurück. Sie schob sich an den Rand und ging dort kraftlos in die Hocke. Ihre Füße würden sie kein Stück weitertragen. Trost suchend kuschelte sie sich in Walters weiches Fell, der flach atmete und vor Aufregung große Augen machte.

Luna war die Letzte. Hinter ihr fiel die Tür klickend ins Schloss. Sie lehnte sich dagegen und vergrub das Gesicht in den Händen. »Wenn es Artis war, bringe ich ihn um!« Wütend schlug sie mit der geballten Faust gegen die Tür. »Verdammt, wir brauchen jeden einzelnen!« Beinahe schrie sie. Sie stieß sich von der Tür ab und tigerte auf der Plattform hin und her. Leander und ein paar andere wichen ihr aus. »Wir sind die letzten Menschen. Wir dürfen nicht aus eigener Dummheit sterben! Wir wurden alle aus einem bestimmten Grund auf diese Insel geschickt. Weil wir alle etwas gut können, weil jeder hier besonders ist. Wir sind auf jeden einzelnen angewiesen. Ich verbiete euch, zu sterben!« Sie schnaufte wie ein Stier. »Keine Partys mehr. Kein selbstgebrannter Alkohol. Und das Teufelszeug da unten kippen wir weg!«

Plötzlich ging die Tür auf. Luna hielt inne, alle verstummten. Hem trat aus dem Stamm. Als er die Versammelten sah, blieb er abrupt stehen. »Geht die Party hier oben weiter?«, fragte er heiter.

Lunas Mund klappte auf. Dann ging alles ganz schnell. Sie rannte auf Hem zu, holte aus und verpasste ihm eine gepfefferte Ohrfeige, die sicher bis in Maris' Lager zu hören war.

»Tickst du noch richtig?«, fuhr Hem sie an. Seine Augen waren glasig. Er war betrunken. Vielleicht hatte er auch ein paar Rykis genascht. Hinter ihm wankte Laya aus der Dunkelheit. Sie verfehlte die oberste Stufe und kippte der Länge nach auf die Plattform. Sola sprang so ruckartig auf, dass der Emmling ihr vom Arm rutschte. Sie packte Laya und drückte sie fest an sich. Ehe sie sie zurückhalten konnte, rannen heiße Tränen über ihre Wangen, die in Layas nach Meersalz riechendem Haar versiegten. Verwirrt tätschelte Laya Solas Rücken.

»Was ist denn los?«, fragte sie.

»Wo ward ihr?«, entgegnete Luna scharf.

»Wir sind nur kurz am Strand spazieren gegangen«, sagte Hem, der mit jeder Sekunde klarer wurde. Offenbar holte ihn der Ernst der Lage aus seinem Rausch. »Was ist passiert?«

»Jemand ist gestorben«, sagte Luna.

»Ich dachte, du… du…«, schluchzte Sola.

»Du erwürgst mich«, keuchte Laya und löste sich von ihr. »Mir geht es gut. Denke ich.« Sie schenkte ihr ein scheues Lächeln. »Hör auf zu weinen!«

»Ich kann nicht«, jammerte Sola. »Artis!«

»Artis liegt in seiner Hängematte und schläft!«, rief ein Junge, der sich in die Mitte schob. »Ich war gerade oben und habe ihn selbst gesehen!« Sola fiel ein riesiger Fels vom Herzen. Sie schniefte und wischte sich die Tränen fort. Sie wusste, dass es nicht fair war. Sie dachte an Rika, die zwischen ihr und Matt keinen Unterschied gemacht hatte. Doch so sehr sie es auch versuchte, sie konnte ihre Erleichterung nicht durch den Gedanken niederringen, dass trotzdem ein Mensch gestorben war.

»Gott sei Dank«, murmelte Luna, die anscheinend auch differenzierte, obwohl sie zwei Minuten zuvor noch eine flammende Rede darüber gehalten hatte, dass jeder einzelne unverzichtbar war. »Ohne dieses Genie wären wir verloren!«

»Fehlen noch Runo und Elia«, sagte ein Mädchen leise.

»Sucht alles ab!«, befahl Luna. »Findet sie!«

»Was ist passiert?«, wiederholte Hem.

Luna fuhr zornig zu ihm herum. »Wenn du deinen niederen Trieben nicht nachgegangen wärst, wüsstest du es!«, fauchte sie.

Solas Augen wanderten von Hem zu Laya, deren Lippen stumm das Wort *später* formten. Sola verstand.

Es verstrichen einige quälend lange Minuten, in denen Luna giftige Blicke verteilte und Solas Herz heftig klopfte. Leander starrte ins Leere. Sola fragte sich, was in ihm vorging, ob er mit Runo oder Elia befreundet war.

Schwere Schritte ließen Sola zusammenzucken. Ein kräftiger Junge mit eiserner Miene trat auf die Plattform. »Wir haben Elia gefunden«, sagte er. »Sie schläft. Es ist Runo. Runo ist tot.«

Luna legte die Hände vor die Augen und nickte. Niemand sagte etwas. Man hätte eine Stecknadel fallen hören können. Sola dachte an Runo, aber versuchte, die Bilder des brennenden Körpers aus ihren Gedanken zu vertreiben. Wer war er gewesen? Und was war geschehen, dass er in das Feuer geraten war?

»Ich denke, dass wir für heute genug erlebt haben«, sagte Luna schließlich. »Geht ins Bett und schlaft euch aus.« Ein paar verließen die Plattform, ein paar machten keine Anstalten zu gehen. »Na los!«, knurrte Luna und scheuchte sie auf.

Laya stand auf. Weil sie Solas Hand umklammerte, musste sie ihr folgen. Schweigend liefen sie zum Ende der Plattform. Als sie an Leander vorbeikamen, sagte Sola leise: »Gute Nacht!« Leander reagierte nicht. Vielleicht hatte er sie nicht gehört, vielleicht fehlten ihm die Worte. Laya zog sie weiter. Walter beeilte sich, zu ihnen aufzuschließen.

Allmählich graute der Morgen. Ein paar Vögel zwitscherten ausgelassen in den Bäumen, als hätten sie das, was geschehen war, verschlafen. Die Sonne schob die Nacht beiseite, als wäre nichts geschehen. Die Wahrheit war, dass sich alles verändert hatte. Sola spürte die Verantwortung für das Überleben ihrer Spezies. Gleichzeitig wurde sie von einer bodenlosen Angst überwältigt. Was, wenn sie dem nicht gewachsen war? Die anderen waren für diese Aufgabe ausgebildet worden. Sie war durch ihren Vater in diese Sache geraten. Was, wenn sie es nicht schaffte?

»Kannst du heute Nacht bei mir schlafen?«, fragte Laya. Ihre Unterlippe zitterte. Sie wirkte wie ein verstörtes Kind. Sola schluckte und nickte. Sie erreichten die Hängematten und Laya kletterte voraus. Da bemerkte Sola es. Sie blieb stehen.

»Laya«, sagte sie erschrocken. »Du blutest!« Ein feines, rotes Rinnsal suchte sich seinen Weg an der Innenseite von Layas Oberschenkel hinab zu ihrer Kniekehle.

Laya verharrte eine Sekunde reglos. Dann begann sie, zu weinen. Mit letzter Kraft kullerte sie in ihre Hängematte. Sola fürchtete sich vor dem, was Laya ihr gleich erzählen würde. Doch für ihre Freundin musste sie stark sein. Sie setzte sich Walter auf die Schultern und folgte ihr in die Hängematte. Laya rollte sich zusammen wie ein Baby. Das hellbraune Haar verdeckte ihr Gesicht, die Hände hatte sie zu Fäusten geballt. Sola legte sich neben sie, während Walter sich über ihren Köpfen auf einem Kissen einrollte und Layas Kopf streichelte.

»Ich habe mich in ihn verliebt«, flüsterte Laya.

»Ich weiß«, flüsterte Sola hilflos zurück. Sie schluckte. »Du warst bei ihm. Richtig? Als es passiert ist?«

Laya kniff die Lider zusammen, als ob die Erinnerung zu schmerzhaft wäre. »Ich war betrunken«, sagte sie und auf einmal purzelten die Worte aus ihr heraus. »Ich ging zu ihm und sagte ihm, dass ich keine Unterwäsche trage und wenn er einen Blick drauf werfen will, müsste er jetzt mitkommen. Wir sind zum Strand gegangen. Der Mond schien und... ach, Sola, es hätte perfekt werden können!« Laya wurde von Schluchzern geschüttelt. »Ich habe mein Kleid angehoben und als er sah, dass ich wirklich nackt war, kam er näher. Ich habe seine Muskeln gespürt. Er war überall. Er hat mich ausgezogen und in meine Brüste gekniffen.« Bei der Erinnerung schlang sie schützend eine Hand um den Oberkörper. »Ich dachte, es müsste so sein. Ich wusste es nicht besser. Also habe ich ihn machen lassen. Er... er hat mich umgedreht und... mich genommen, als wäre ich ein Tier.«

Ich dachte, es müsste so sein. Ich wusste es nicht besser.

Sola wurde schlecht. »War das etwa dein erstes Mal?«

Laya schniefte und nickte. »Ist es immer so?«

»Nein«, beeilte Sola sich zu sagen. »Ich meine, ich weiß es nicht. Aber ich denke nicht.«

»Als er fertig war, ist er von mir weggerollt, Sola«, sagte Laya verzweifelt. »Er hat mich nur benutzt!«

Sola hoffte, dass Hem nicht klar gewesen war, was er tat, als er es tat. Denn ansonsten hatte sie ihn sehr falsch eingeschätzt. Und das wünschte sie sich nicht für Laya.

»Er empfindet nichts für mich.« Laya klang, als wäre etwas in ihrem Innern zerbrochen.

»Ich bin mir sicher, dass er etwas für dich empfindet«, widersprach Sola und hielt inne, als sie merkte, wie hohl ihre Worte klangen. »Aber er empfindet eben anders für dich als du für ihn!« Layas Mundwinkel zuckten nach unten. Sie zitterte. Sola zog die Decke hoch und begrub sie darunter. »Schlaf ein bisschen. Morgen sieht die Welt ganz anders aus.«

Die traurige Wahrheit war, dass die Welt morgen noch dieselbe sein würde. Nur Laya würde eine andere sein. Und Sola. Und Leander. Und Luna. Und alle anderen aus dem Camp. Denn diese Nacht hatte etwas in ihnen verändert.

Mit dieser grauenhaften Gewissheit fiel Sola in einen unruhigen Schlaf.

***

Ein Vogel sang ein schaurig-schönes Lied, dessen letzte Takte Solas Nasenspitze kitzelte und aus dem Schlaf holte. Sie blinzelte und war einen Moment lang verwirrt. Die Welt um sie herum war trüb und grau und in ihrem Innern fühlte es sich genauso an. Warum, wusste sie nicht. Es war, als hätte der Traum der letzten Nacht alle Erinnerungen getilgt.

Laya, die sich neben ihr eingerollt hatte, seufzte im Schlaf und vergrub das Gesicht zum Schutz vor der nahenden Dämmerung in der Decke. Ihr Haar stand wild in alle Richtungen ab und ihre Haut war zerknittert wie die Kissen, auf denen sie lag. Walter war wach. Er schaute Sola aus riesigen Augen an, in denen sich ihr ganzes Elend spiegelte, das nun wie eine Lawine über sie hereinrollte.

Letzte Nacht. Runo. Das Feuer.

Sola musste gegen die aufsteigende Übelkeit ankämpfen. Sie versuchte, die Bilder zu verdrängen, doch sie waren übermächtig. Sie unterdrückte ein Schluchzen

Laya regte sich. »Du bist wach«, sagte sie verschlafen und rieb über ihre schweren Lider. Sie sah aus wie jemand, der tief gefallen war. Dunkle Ringe schattierten ihre Augen, die rot gerändert waren.

»Konntest du ein wenig schlafen?«, fragte Sola.

»Ich habe von Runo geträumt«, flüsterte Laya.

»Warst du mit ihm befreundet?«

»Befreundet ist übertrieben. Ich kannte ihn. Er hat mir einmal geholfen, als ich Wasser holen musste. Er war in Ordnung.«

Sola schwieg. Sie stellte sich Runo als Mensch vor, scheiterte jedoch daran, denn sobald eine Silhouette in ihren Gedanken erschien, leckten Flammen an ihr.

»Was soll ich machen, wenn ich Hem begegne?«, fragte Laya.

»Wenn du möchtest, kannst du mich zur Starstorm begleiten«, schlug Sola vor. »Dann musst du ihm nicht begegnen!«

»Wenn ich ihm aus dem Weg gehe, dann weiß er ja, dass etwas nicht stimmt«, bemerkte Laya.

»Du willst so tun als wäre nichts?«, fragte Sola.

»Ich will nicht so tun«, berichtigte Laya sie. »Es ist nichts.«

»Und was ist mit…?«

»Ich will nicht mehr darüber reden«, würgte Laya sie ungehalten ab. »Es gibt Schlimmeres. Runos Tod zum Beispiel!«

***

Laya weigerte sich, das, was geschehen war, durch ihre harte Schale dringen zu lassen. Als sie die Hängematte verließen und nach unten gingen, begegneten sie Hem. Während Sola ihn am liebsten geschlagen hätte, winkte Laya ihm lächelnd zu. Doch für eine Sekunde verrutschte ihr Gesichtsausdruck und Sola wusste, dass Layas Schmerz zu groß war, um sich ihm zu stellen.

Laya brachte sie bis zur unteren Plattform. Sie blieb unschlüssig vor Sola stehen. »Also dann.«

Sola wusste nicht, was sie sagen sollte. Sie wickelte ihr Prinzessinnenkleid zu einem Bündel zusammen und starrte darauf, als könnte sie Laya nicht mehr sehen. »Danke für die Klamotten. Ich bringe sie dir zurück!«

»Das hoffe ich doch«, meinte Laya und übte sich daran, ihren frechen Ton wiederherzustellen. »Du siehst süß in dem Oberteil aus. Ich will es selbst tragen!«

Sola zögerte eine Sekunde, dann drückte sie das Mädchen an sich, dessen Schultern einen winzigen Moment bebten. »Alles wird gut«, sagte sie. Laya löste sich von ihr. Sie wischte sich über die Augen. Dann drehte sie sich um und hastete davon. »Laya!«

»Rrrrr«, machte Walter traurig und ließ den Kopf hängen.

»Ich weiß«, sagte Sola, bückte sich und nahm die Hand des Emmlings. Inzwischen fühlte sich seine ledrige Haut auf ihrer so vertraut an wie der Fahrtwind der Starstorm in ihrem Haar.

Sie verließ das Camp mit einem schalen Nachgeschmack. Als die Tür hinter ihr klickte und sie sich auf der Lichtung wiederfand, in deren Mitte das Skelett von Holzkohlen aufragte, kroch ein eisiges Gefühl über ihren Nacken. Sola versteinerte. Sie war unfähig, sich zu bewegen. Walter zupfte an ihrer Hand und sah sie fragend an. Sola schluckte hart.

»Du gehst?« Leander, der aus dem Stamm des Eisenbaumes trat, löste ihre Starre. Sola zuckte zusammen. »Es tut mir leid, ich wollte d-dich nicht erschrecken!«

»Schon gut«, sagte Sola. Sie war froh, ihn zu sehen. Sein Haar war wild und er war bleich. Ansonsten sah er gut aus.

»Darf ich euch ein Stück b-begleiten?«, fragte er schüchtern und grub seine nackten Zehen ins Gras.

»Rrrrrr!«, machte Walter und zog aufgeregt an Solas Hand.

»Ich schätze, das heißt ja«, lächelte Sola. Unschlüssig suchten ihre Augen nach jenem schmalen Pfad auf der anderen Seite der Lichtung, der an dem Todeswasser vorbeiführte.

Leander räusperte sich. »Wir müssen n-nicht… es gibt einen anderen Weg!« Sola war erleichtert, dass er sie verstand. Sie rang sich ein Lächeln ab, das im Schatten von Runos Todesstätte nicht halb so gut gelang. Leander lotste sie in westlicher Richtung von der Lichtung fort. Ein unangenehmes Schweigen begleitete sie, als sie sich einen Weg quer durch das Unterholz schlugen. Sola hatte das Gefühl, dass Leander nach Worten suchte. Ihr selbst war die Stille unangenehm. Doch sie wusste nicht, was sie sagen sollte. Leander schob die Hände in die Hosentaschen, nur um sie kurz darauf herauszunehmen und unsicher zu kneten. Er warf Sola einen Seitenblick zu, der keinen Wimpernschlag währte. Trotzdem spürte sie ihn heiß glühend auf ihrer Haut.

Leander führte sie durch ein Feld aus hüfthohen Blumen, deren Stiele silbern leuchteten und deren Kelche in einem tiefen Blau schimmerten, das den unendlichen Weiten des Ozeans in nichts nachstand. Dieser erwartete Sola direkt hinter den Bäumen, die immer lichter wurden. Das Blumenfeld erstreckte sich bis ins Wasser und wurde von sanften Wellen umspielt.

»Das sind Floralis«, erklärte Leander. Ehe er sie aufhalten konnte, bückte Sola sich und steckte ihre Nase in den Blütenkelch. Walter machte ein warnendes »RRRRRR!«

Dann musste Sola niesen und schüttelte sich. »Die riechen ja…«

Leanders Mundwinkel zuckten. »Sie sehen schön aus, aber sie sind nicht unbedingt bekannt für ihren Duft. Abgesehen davon…« Er begann zu lachen.

»Was ist?«, fragte Sola verwirrt, als auch Walter laut losgackerte und ein paar Vögel in den Bäumen aufscheuchte.

»Der Blütenstaub färbt ab«, grinste Leander.

Sola tastete über ihr Gesicht. Sie stürzte an Leander vorbei auf das Wasser zu, auf dessen Oberfläche eine kleine Krone aus Gischt tanzte. Sie beugte sich vor und sah verschwommen ihr Spiegelbild. Ihre Nase hatte einen Farbton angenommen, der jenem der Blüten nicht unähnlich war. Mit beiden Händen bedeckte sie ihr Gesicht und drehte sich zu Leander, dessen Schultern bebten. »Wie geht es wieder weg?« Bevor Leander antworten konnte, tauchte sie kopfüber ins Meer und rieb hektisch über ihre Nase. Zwei Hände legten sich auf ihre Schultern und zogen sie behutsam zurück.

Auf einmal war Leander ihr ganz nah. »Wasser nützt nichts«, erklärte er ihr schmunzelnd. Lachfalten rahmten seine Augen, die trotz des kühlen Graus eine unvergleichliche Wärme ausstrahlten.

»Ach nein?« Solas Stimme drang gedämpft zwischen ihren Fingern hervor. »Was dann?«

»Zeit«, antwortete Leander vage. »Es geht von alleine wieder weg. In ein paar Stunden bist du wieder die Alte!«

»Na toll«, seufzte Sola und ließ hilflos die Hände sinken. Sofort feuerte Walter eine neuerliche Lachsalve ab, während Leander versuchte, sich zusammenzureißen. »Wenigstens trage ich zu eurer Belustigung bei!« Jetzt musste auch sie lachen. Es war, als würde der Schmerz der letzten Stunden einfach mit den Wellen hinfort gespült werden. »Wie kommt es, dass du dich so gut mit Pflanzen und Tieren auskennst?«, wollte sie wissen.

Leander zuckte die Achseln. »Ich habe mich schon dafür interessiert, seit ich denken kann. D-deswegen bin ich hier.« Er bückte sich, steckte die Arme ins Wasser und tastete entlang des Stiels einer Floralis. Mit einem Ruck packte er sie und zog sie mitsamt Wurzeln aus dem Sand. »Wenn man die Pflanze trocknet und im Vollmondlicht schält, dann fördert sie Wundheilung!« Fasziniert beobachtete Sola, wie Leander sie liebevoll in den Händen wog.

»Diese Insel ist gefährlich. Es ist wichtig, dass wir wissen, was uns helfen kann. Zum Beispiel die Mantis-Quallen. Ohne ein Jjiga-Ei, würde eine Berührung mit ihnen sehr unschön ausgehen!«

Sola hielt inne. Jener Morgen drang ihr klar wie die aufgehende Sonne ins Gedächtnis, als sie am Strand eingeschlafen war. Eine verbotene Hoffnung hatte sie glauben lassen, ihr Vater hätte ihr das Ei durch Zeit und Raum zugespielt. »Du hast es mir gegeben? Das Jjiga-Ei?« Ganz tief in ihr verborgen regte sich ein dumpfes Gefühl der Enttäuschung. Nicht, weil Leander es ihr gab. Weil ihr Vater es ihr *nicht* gab. Sola schämte sich für diese aberwitzige und unerfüllte Hoffnung. Dagegen keimte ein anderes Gefühl in ihr auf, das sie genauso niederzuringen suchte: Zarte Schmetterlinge, deren Flügel ihren Bauch kitzelten, weil Leander ihr geholfen hatte, noch bevor sie sich gekannt hatten.

Verlegen senkte Leander den Blick und grummelte etwas vor sich hin, das Sola nicht verstand. Er wurde rot. »Ich war mir nicht sicher, ob du wissen würdest, wozu es gut ist.«

»Ich hätte es braten und essen können«, grinste Sola, um ihre widersprüchlichen Gefühle und Gedanken zu überspielen.

Leanders Augen wurden kugelrund. Er riss den Mund auf. »Jjiga-Eier sind zu w-wertvoll, um sie zu essen!«

Sola lachte. »Und extrem selten. Soweit ich weiß, gibt es sie nur im Zwölften System!« Zum Glück hatte sie eine kluge Roboter-Dame an ihrer Seite!

Leander legte den Kopf schief. »Und ich dachte, ich wäre der Einzige, der sich gut mit der Natur auskennt«, sagte er beeindruckt.

Sola winkte ab. »Woher hast du das Ei?«, wollte sie wissen.

»Ich wurde mit einem kleinen Vorrat der wichtigsten Heilmittel nach Thethys geschickt«, antwortete Leander. »In der ersten Woche hat mich eine Qualle erwischt. Ich wollte sie untersuchen und hab mich hinreißen lassen.« Er legte die Floralis vorsichtig in den Sand und drehte sich um. Dann hob er den Pullover an und zeigte Sola ein feuerrotes Mal auf seinem Rücken. Die Haut war dünn und sah aus wie zerknittertes Papier.

Sola streckte die Finger danach aus, doch scheute sie sich, es zu berühren. »Tut es weh?«

»Nicht mehr so sehr wie am Anfang«, gab Leander zu und strahlte wie ein Kriegsheld. »Pass einfach gut auf, d-dass du das Jjiga-Ei nicht brauchst. Mantis-Quallen sind wunderschön, aber teuflisch!«

»Ich werde mich hüten«, versprach Sola ihm.

Je höher die Sonne wanderte, umso wärmer wurde es. Walter tobte in den Wellen und spritzte ausgelassen mit Wasser, während Sola und Leander über den Sand liefen. Sola hatte es Leander nachgemacht und die Stiefel ausgezogen. Sie baumelten nun lose über ihrer Schulter.

Sie hätte ewig mit ihm am Strand spazieren gehen können. Aber nun kamen sie ihrem Ziel unaufhaltsam näher. Die Starstorm tauchte bereits als dunkler Punkt am Horizont auf. Als Sola sie entdeckte, trödelte sie ein bisschen. Bückte sich nach Muscheln. Spielte mit Walter. Doch das Schiff wurde größer und größer.

»Die Starstorm«, sagte Sola und sah Leander schräg an. »Aber du weißt ja von ihr, wenn du mir das Jjiga-Ei gegeben hast.«

Leander machte unverbindlich: »Hm!«

»Danke, dass du niemandem etwas gesagt hast!«

Der Strand machte eine Biegung und sie erreichten das seltsame Gebilde, das Sola derart faszinierte. Die Sonne färbte es milchig-weiß. Wie ferngesteuert lief Sola darauf zu. Leander folgte ihr mit wenigen Schritten Abstand.

»Es ist unglaublich, nicht wahr?«, sagte er.

Sola, die von der Sonne geblendet wurde, kniff die Augen zusammen. Hinter ihren Lidern erschien das Gebilde, als hätte es sich in ihr Gedächtnis gebrannt. »Was soll das überhaupt sein?«, fragte sie und wies auf die seltsame Konstruktion.

»Du w-weißt es nicht?«, fragte Leander überrascht und musterte Sola. »Das ist das Skelett eines Mondwals«, sagte er schließlich und seufzte tief.

Sola erstarrte. »Das ist nicht dein Ernst!«, rief sie. Ihr Blick flackerte von Leander zu dem Skelett. Jetzt, da er es ausgesprochen hatte, wusste sie endlich, woran es sie die ganze Zeit erinnert hatte: an das Bild eines Rippenbogens, das ihr einst in ihrem Biologie-Buch begegnet war.

Leander lächelte traurig. »Leider doch«, sagte er.

»Aber, wie ist es möglich?«, brachte Sola hervor und dachte an den majestätischen Wal, der ihr auf der Reise nach Thethys begegnet war. Sie konnte sich nicht vorstellen, dass ein solches Wesen am Strand dieses Planeten verendete. »Was ist geschehen, dass ein Mondwal abgestürzt ist?« Ihr Herz krampfte sich schmerzhaft zusammen.

Leander zuckte die Achseln. »Er war schon hier, als ich ankam«, meinte er. »Aber ich vermute, dass ihn irgendetwas dort draußen geschwächt oder verletzt hat. Und auf seinem Weg über den Rand des Universums hinaus ist er umgekommen.«

»So kurz vor dem Ziel«, hauchte Sola voller Bedauern. »Vielleicht war es ein Stück Weltraumschrott.«

»Davon gibt es da oben ja jetzt g-genug«, brummte Leander mit einem finsteren Blick gen Himmel. »Die meisten Mondwale schaffen es. Aber es gibt ein paar, die den Machenschaften der Menschen zum Opfer fallen.«

»Auch jetzt noch?«

»Der Mensch hat Spuren im ganzen Universum hinterlassen. Selbst dessen Zerfall kann sie nicht gänzlich auslöschen.«

»Wie viele von ihnen gibt es noch dort draußen?«

Leander kratzte sich nachdenklich am Kinn. »Niemand hat die Mondwale je gezählt. Keine Ahnung, wie viele es von ihnen gibt. Aber ich weiß, d-dass sie sich schon seit ein paar Jahren auf die Reise zur Grenze des Universums begeben.«

»Aber… woher?«

»Ich gehöre nicht zu den Tanai, die die Mondwale anbeten. Ich interessiere mich aus w-wissenschaftlichen Gründen für sie«, erklärte Leander und strich zärtlich über eine Rippe. »Wusstest du, dass ihre Knochen außergewöhnlich stark sind?« Entgegen seiner Worte brach er die Spitze der Rippe ab und hielt sie zwischen zwei Fingern gegen die Sonne. Als Sola eine Braue hob, sagte er: »Nicht in diesem Sinne. Man kann die Knochen brechen, formen und schleifen. Vor ein paar Jahrhunderten wurden die Mondwale wegen ihrer kostbaren Skelette durch die gesamte Galaxis gejagt und ihre Knochen wurden für Unsummen auf dem Schwarzmarkt verkauft.« Er schüttelte verständnislos den Kopf. »Was für eine Art Mensch muss man sein, um einen Mondwal zu töten?«

»Kein besonders guter, nehme ich an«, meinte Sola. »Und was genau macht ihr Skelett so besonders?«

»Tja«, seufzte Leander, »das ist wohl das größte Geheimnis des Universums.« Gedankenverloren malte er die Umrisse eines Wals in den Sand. »Mondwale erreichen jeden Winkel des Weltalls. Sie sind wahnsinnig anpassungsfähig und belastbar. Es könnte an ihrem Skelett liegen, weil es diese seltsamen Eigenschaften aufweist. Es ist starr, scheint sich aber irgendwie zu bewegen.«

»Woher weißt du das alles?«, wollte Sola fasziniert wissen.

»Wissen? Ich weiß gar nichts«, gab Leander zu. »Ich beobachte, erforsche und beschreibe.«

»Gibt es nicht irgendeinen grauhaarigen Wissenschaftler, der die Mondwale erforscht hat?«, fragte Sola. Das Universum war so groß. Irgendwo hatte es doch jemanden geben müssen, den die Wale interessiert hatten?«

»Ich hoffe d-doch, dass es einmal so einen Wissenschaftler gibt«, sagte Leander. »Mich!« Er wischte mit dem Fuß über das

Bild des Mondwals, das zwischen einer Millionen Sandkörner verschwand.

Eine Weile schlenderten sie schweigend am Strand entlang. Sola wich den Wellen aus, die den Strand zu verschlingen suchten. Aus dem Augenwinkel beobachtete sie Leander, der mit diesem Planeten eins zu sein schien.

»Ich habe mein ganzes Leben lang von einem Ort wie diesem geträumt«, sagte er schließlich, als könnte er ihre Gedanken lesen. »Die Pflanzen, die Tiere... Ich wollte all das immer erforschen. Aber als Waise hat man keine Chance, außergewöhnliche Orte zu besuchen. Ich war g-gefangen. Im Internat. Meine einzige Zuflucht waren die Bücher. Ich las alles, was mit Naturkunde zu tun hatte. Die Bibliothekarin brachte ich zur Verzweiflung, weil ich sie ständig drängte, neue Bücher zu bestellen. D-deswegen haben *sie* mich ausgewählt. Deswegen bin ich hier. Weil ich alles über diese Insel weiß.« Gebannt lauschte Sola ihm. »Sie ist noch aufregender und unberechenbarer, als ich es mir je hätte vorstellen können!«

Die Sonne strahlte erbarmungslos auf sie herab. Leander wischte sich über die glänzende Stirn. Er streifte sich den Pullover über den Kopf. Darunter kam ein altes, verblichenes Shirt zum Vorschein. Aber Sola erkannte das Logo auf seiner Brust sofort.

»Oh mein Gott«, kreischte sie und hüpfte hysterisch um Leander herum. »Du stehst auf Caught in Fire? Mit zwölf wollte ich ihren Bassisten heiraten!« Vor lauter Aufregung vergaß sie sogar ihre blaue Nase und wie blöd sie wohl aussehen mochte.

»War er nicht mit Eliza Shaw verheiratet, dieser Künstlerin?«

»Er wollte sie einfach nicht wegen mir verlassen.« Sola kicherte. »Ich bin noch nie jemandem begegnet, der ihre Musik mag!«

»Ich bin Fan der ersten Stunde!«, beteuerte Leander voller Inbrunst und hob zum Schwur die Hand. »Ich konnte sogar ein p-paar Songs von ihnen mitnehmen. Ich dachte mir, dass ihre Musik es wert ist, den Untergang des Universums zu überstehen.«

»Wow«, hauchte Sola und blieb stehen. »Ich würde mein letztes Hemd dafür geben, um noch einmal *Soul of Stars* zu hören!«

Leanders Gesicht erhellte sich. »Das ist mein Lieblingslied! Es ist so düster, aber so kraftvoll und…«

»… Sehnsüchtig«, vollendete Sola. »Oh bitte, sag mir, dass du den Song hast!«

Leander legte ein Pokerface auf. Dann sagte er: »Vielleicht b-besuchst du mich mal in meinem Baumhaus!«

»Ist nicht wahr!«, rief Sola begeistert. Sie packte ihn am Ellbogen und schob ihn in die entgegengesetzte Richtung. »Lass uns sofort zurückgehen!«

Leander lachte schallend, aber er blieb stehen und ließ sich nicht von Sola weiterzerren. »Das machen wir sehr gerne ein anderes Mal. Ich bin später noch mit Stella v-verabredet!« Obwohl er sie nicht wirklich abblitzen ließ, sondern nur vertröstete, erstarben die Schmetterlinge in Solas Magen.

Stella.

Sie ließ schlagartig Leanders Arme los. Ein paar Schritte taumelte sie rückwärts, um Abstand zu gewinnen, bis sie sich umdrehte und die Starstorm ins Auge fasste.

»Sola?«, rief Leander und holte sie mühelos mit seinen langen Beinen ein.

»Mir ist eingefallen, dass ich auch noch etwas vorhabe«, sagte Sola mit unnatürlich hoher Stimme. Sie hatte sich zu weit aus dem Fenster gelehnt – und war herausgefallen. Natürlich mochte Leander sie nicht auf *die* Art.

»B-bist du b-böse?«, stotterte Leander und griff nach Solas Schulter.

Sie schüttelte ihn ab und setzte ein falsches Lächeln auf. »Blödsinn! Mir ist nur eingefallen, dass ich…«

»… Dass du noch etwas zu t-tun hast«, beendete Leander den Satz für sie. Ein Schatten huschte über sein Gesicht, obwohl die Sonne strahlend hell schien.

»Rrrrrr«, tadelte Walter sie und gestikulierte wild.

Sola ignorierte ihn und hob ihn in ihre Arme. »Wir sehen uns, Leander«, sagte sie. »Danke, dass du mich begleitet hast!« Gerade setzte Leander an, sie zum Abschied zu umarmen, da drehte Sola sich von ihm weg und rannte los. Diesmal folgte Leander ihr nicht und mit jedem weiteren Schritt, mit dem sie sich von ihm entfernte, wurde ihr Herz ein kleines bisschen schwerer.

***

Beinahe fiel Sola aus dem Bett, als Luki ihre Zimmertür aufriss und diese gegen die Wand krachte. »Luki!«, rief Sola empört. »Kannst du dir das *endlich* mal abgewöhnen?«

»Da ist ein junger Mann, der dir den Hof macht«, sagte die Androidin nüchtern.

»Was?« Sola schnaubte und vergrub sich unter der kuscheligen Decke.

»Da ist ein junger Mann, der dir den Hof macht«, wiederholte Luki.

»Ich meinte nicht *was* im Sinne von *was hast du gesagt*, sondern *wie hast du es gemeint*«, sagte Sola genervt. »Es ist ja noch gar nicht richtig hell!« Sie stöhnte und kniff die Augen zu. Doch an einschlafen war nicht mehr zu denken. Ihr Herz raste vor Schreck und im nächsten Moment riss Luki die Decke von ihr.

»Da ist ein junger Mann, der dir den Hof macht«, sagte sie zum dritten Mal.

»Hast du einen Wackelkontakt?«, knurrte Sola und versuchte, einen Zipfel der Decke zurückzubekommen.

»Ich habe keinen Wackelkontakt«, sagte Luki würdevoll.

Sola seufzte und setzte sich auf. »Und was meinst du mit dieser kryptischen Aussage?«

»Dass am Strand ein junger Mann steht, der nach dir ruft. Ziemlich hartnäckig!«, meinte Luki. »Ich habe Steine nach ihm geworfen, aber er verschwindet einfach nicht!«

»Du hast was?«, fuhr Sola sie an. Sie sprang auf und schubste Luki ungeduldig aus dem Weg.

Am Strand bewegte sich ein winkender Punkt, der die Form von Leander hatte und auch denselben Pullover trug wie er. Der Wind zerzauste seine Haare.

»SOLA, KOMM SCHON!«

»Dieser ungehobelte Bursche«, nörgelte Luki und wackelte auf Sola zu. »Was glaubt der eigentlich, wer er ist?«

»Das habe ich noch nicht herausgefunden«, sagte Sola und zögerte. Was wollte Leander von ihr? So früh am Morgen? Sie dachte an ihren gestrigen Abschied. Das Herz sackte ihr in die Hose. Sie hatte sich wie eine Zicke verhalten!

»SOLA, ICH SEHE DICH DOCH!«

»Soll ich noch mehr Steine nach ihm schmeißen?«, fragte Luki.

»Um Himmels Willen, nein!«, rief Sola. »Du könntest ihn treffen!«

»Das ist das Ziel«, meinte Luki.

Sola stieß sich schwungvoll von der Reling ab. »Du wirst nichts nach ihm werfen«, sagte sie mit drohendem Finger.

»Nicht mal…?«

»Nein!«

»SOLA!«

Sola eilte zurück in ihr Zimmer. Sie schlüpfte in ihr Kleid, packte ihre Stiefel und Walter, dann verschwand sie im Bauch des Schiffes, um entgegen Lukis Warnungen die Luke zu öffnen.

An diesem Morgen war das Wasser eiskalt. Sie keuchte auf, als sie die Oberfläche durchbrach und mit einem lauten Platschen eintauchte. Wasser spritzte um sie her und tausende Blubberbläschen prickelten auf ihrer Haut. Walter quietschte. Er krallte seine kleinen Finger in Solas Haare und kletterte auf ihre Schultern, um der Kälte zu entgehen. Bibbernd watete Sola an Land, wo Leander sie erwartete.

»Wenn ich gewusst hätte, dass du baden g-gehen musst…« Die Spur eines schlechten Gewissens flackerte in seinen Augen auf.

»I-i-immer!« Sola klapperte mit den Zähnen. Das Wasser rann an ihr herab. Zu ihren Füßen bildete sich eine kleine Pfütze, die schnell im Sand versickerte.

»Es tut mir l-leid«, sagte Leander zähneknirschend. Er zog seinen Pullover aus und reichte ihn Sola.

Sie zögerte.

»Hab dich nicht so!«

»Danke«, grummelte sie und nahm zur Kenntnis, dass er wieder das Shirt von Caught in Fire trug. Sie schlüpfte in den Pullover, der ihr einige Nummern zu groß war. Er war herrlich warm und duftete nach Kräutern und nach Leander. »Was machst du hier?«

»Ich d-dachte, dass du v-vielleicht Lust h-hast…« Er wurde rot. Sola wusste nicht, ob ihm das Stottern unangenehm war, oder die Bedeutung, die hinter seinen Worten lauerte. »… M-mit mir den T-tag zu verbringen!« Leander kniff voller Anspannung die Kiefer zusammen.

»Und das dachtest du mitten in der Nacht?« Als sie merkte, dass sie nicht besonders freundlich geklungen hatte, ruderte sie zurück. »Also, ich verbringe den Tag gerne mit dir. Aber wieso durfte ich nicht ausschlafen?«

»Ich wollte dir etwas zeigen«, sagte Leander verlegen. Das Rauschen der Wellen übertönte ihn beinahe.

Sola stutzte. »Und was?«

Leander hob die Hand und wies in Richtung Starstorm. Sola folgte seiner Geste. Sprachlos beobachtete sie, wie die Oberfläche des Meeres unter dem Schiff in Bewegung geriet. Zuerst tauchte eine Mantis-Qualle auf. Sie schwebte in die Luft und versprühte einen feinen Regen aus Salzwasser, während ihre Tentakel anmutig tanzten. Ihr folgten zwei, zehn, zwanzig weitere Quallen, als die Sonne einen orangen Streifen an den Horizont malte, und sich langsam und majestätisch über Thethys erhob.

Leander ließ sich mit einem dumpfen Geräusch in den Sand fallen. Er klopfte neben sich. Mit offenem Mund sank Sola zu Boden. Den Blick konnte sie nicht von dem Schauspiel abwenden. Als die Sonne die Quallen traf, schimmerten ihre durchsichtigen Körper golden. Sie bildeten eine riesige Blase um die Starstorm, die wie tausend Kristalle glitzerte.

»Das ist unglaublich«, piepste Sola ehrfürchtig.

»Ich hatte gehofft, dass es dir gefällt«, lächelte Leander und zeigte seine geraden Zähne. Jetzt traf auch ihn ein Sonnenstrahl und seine Augen strahlten in flüssigem Silber.

Solas Kehle war ganz trocken. Er brachte ihren Puls vollkommen durcheinander. Sie versuchte, ihre Gedanken zu sortieren, doch Leanders Duft, der von seinem Pullover ausging, und das Schauspiel der Mantis-Quallen lenkten sie ab.

Es gab Momente, da war die Welt trotz ihrer Schrecken vollkommen. Dies war ein solcher Moment und Sola wünschte sich, ihn ewig festhalten zu können. Ungeachtet dessen kletterte die Sonne höher und allmählich sanken die Quallen zurück ins Wasser, bis sie nicht mehr waren als eine wunderschöne Erinnerung. Sola räusperte sich. Es kam ihr vor, als hätte sie ihre Stimme ewig nicht gebraucht. »Danke«, brachte sie hervor und mied es, Leander anzusehen. Das, was sie dabei empfand, war ihr fremd.

Ein unheimliches Rascheln in den Bäumen ließ Sola herumfahren. Sie scannte die Mauer aus tropischen Bäumen ab und suchte nach einem Schatten oder etwas Ungewöhnlichem. Leander kniff die Augen zusammen.

»Was war das?«, fragte Sola ihn mit gesenkter Stimme.

Leander legte den Zeigefinger an die Lippen und bedeutete ihr, ihm zu folgen. Walter nahm Solas Hand, als sie sich langsam dem Wald näherten. Was dort wohl lauern mochte? Vielleicht war es ein Tier. Vielleicht waren es Maris' Leute. Die Erinnerung an ihn wühlte sie auf. Wie angewurzelt blieb sie stehen.

»Alles in Ordnung?«, fragte Leander.

»Was ist, wenn es Maris ist?«, wisperte Sola.

Wieder knackte es im Gebüsch. Diesmal war das Geräusch näher. Sola und Leander tauschten einen Blick aus, dann duckte Leander sich und tauchte in den Schatten der Bäume. Seufzend folgte Sola ihm. Die Luft im Dschungel kühlte angenehm ihre von Sonne und Aufregung erhitzte Haut. Sie hielt sich dicht an Leander und imitierte jeden seiner Schritte, um besonders lautlos zu sein. Doch Leander bewegte sich auf dieser Insel, als wäre er eins mit ihr. Sola kam sich dagegen vor wie ein Elefant im Porzellanladen. Unter ihren Sohlen protestierte jedes Stöckchen, ja sogar jeder Grashalm schien Radau zu machen. Plötzlich packte Leander sie und schob sie hinter einen Felsvorsprung. Seine Miene war hochkonzentriert. Während er die Umgebung nach der Ursache des Geräusches absuchte, drückte er Sola mit dem Rücken gegen den Stein, bis es weh tat.

»Jemand ist hier«, flüsterte er in Solas Ohr. Sie hielt den Atem an, um ja keinen Mucks zu machen. Dann hörte sie es: leise Schritte, die nicht gehört werden wollten. »Bist du hier schon einmal jemandem b-begegnet?«, fragte Leander.

»Nein«, antwortete Sola. »Ich meine, ja. Dir... und Maris' Leuten... und diesem Mädchen...«

»Alba!«

»Alba?«, wiederholte Sola stirnrunzelnd.

Leander wies auf einen Punkt, der sich rot im Dschungel abhob. Es waren die Haare des Mädchens mit dem Rucksack.

»Das ist Alba?«

»Ihr kennt euch?«, argwöhnte Leander.

»Kennen ist zu viel gesagt«, entgegnete Sola. »Ich bin ihr hier im Wald begegnet. Ich musste ihr schwören, dass ich das niemandem sage. Und sie hat im Gegenzug geschworen, niemandem davon zu erzählen, dass die Starstorm hier ankert.«

»Was macht sie hier?«, fragte Leander.

»Keine Ahnung«, meinte Sola ratlos.

»Ich kann mir n-nicht erklären, was sie in diesem Teil des Waldes sucht. Hier ist n-nichts!«, bemerkte Leander.

Alba war ein vager Schatten zwischen den Bäumen. Sie bewegte sich vorsichtig, aber zielstrebig, als könnte sie den Dschungel-Abschnitt inzwischen im Schlaf laufen, ohne über eine herausragende Wurzel zu stolpern. Hin und wieder warf sie einen Blick zurück zum Waldrand, hinter dem die Starstorm lag, als fürchtete sie, erneut von Sola ertappt zu werden. Als sie hinter einer Biegung verschwand, trat Leander aus ihrem Versteck und sah dem rothaarigen Mädchen unschlüssig hinterher. Dann wandte er sich an Sola: »Ich will wissen, was sie vorhat!«

»Ich komme mit«, entschied Sola.

Walter machte leise: »Rrrrr!« Er wuselte um ihre Beine und bedeutete ihnen, sich zu beeilen.

»Ich weiß nicht, w-was uns erwartet, Sola«, gab Leander zu bedenken, als wäre ihm bei dem Gedanken nicht wohl, sie in Gefahr zu bringen. »Thethys ist gefährlich!«

»Ist mir egal«, entgegnete Sola entschlossen. »Irgendetwas geht hier vor. Und ich will wissen was, wenn es in unmittelbarer Nähe der Starstorm geschieht!«

»Also gut«, stimmte Leander zu. »Aber bleib dicht bei mir und hör auf mich, wenn ich d-dir sage, wir müssen uns verstecken!«

»Wieso sollte ich nicht auf dich hören?«, erwiderte Sola.

»Weil du ein Prinzessinnen-Kleid trägst und dein Schiff beschützen willst, als wäre es ein Märchenschloss«, meinte Leander grinsend. »Solche G-geschichten gehen nie gut aus!«

Sola schnaubte. »Solange du nicht mit einem weißen Gaul um die Ecke kommst. Ich stehe nicht so auf Pferde!«

»Was hast du gegen Pferde?«, rief Leander überrascht.

»Die haben riesige Zähne«, erklärte Sola mit gerümpfter Nase und verzogenen Mundwinkeln.

Leander lachte laut auf und schlug sich beide Hände auf die Lippen. »Naja, du hast Glück«, meinte er glucksend. »Pferde gibt es in d-diesem System nicht.« Er löste sich aus dem Schutz des Felsvorsprungs und duckte sich unter einem Ast hinweg. Sola folgte ihm in den dichter werdenden Dschungel. Sie nahmen einen schmalen Trampelpfad, der vielleicht von Alba stammte. Er wand sich in Schlangenlinien einen Hang hinab und brachte Sola alle paar Meter zum Stolpern, weil große Wurzeln nach ihr griffen. Walter verhedderte sich in einer Dornenranke und schimpfte lautstark, als er darauf einschlug, um sich zu befreien.

»Scht«, machte Leander und wandte sich an Sola: »Verlier sie nicht aus den Augen!« Er bückte sich und zupfte geschickt die Dornen aus dem Fell des Emmlings, während Sola ihren Blick mit der Hand abschirmte und das ewige Grün nach einem roten Punkt absuchte.

»Hab sie!«, rief sie. In der Ferne kämpfte Alba sich durch den Wald. Inzwischen hatte sie einen riesigen Vorsprung. »Wir müssen uns beeilen, damit wir sie nicht verlieren!«

Leander packte den Emmling kurzerhand und setzte ihn auf seine Schultern. Walter krallte die kleinen Hände in sein Haar und hielt sich an zwei schwarzen Büscheln fest. Dann eilten sie den Hang hinab. Das Flüstern der Blätter begleitete sie bis zu einem schmalen Bach, der sich sprudelnd durch den moosigen Boden wand. An seinem Ufer hielt Leander inne.

»Sie hat hier etwas getrunken!« Er deutete auf eine Stelle, an der die Pflanzen platt gedrückt waren, als hätte sich jemand dorthin gekniet. Die Hände formte er zu einem Hohlraum, dann tauchte er sie in die Oberfläche und schöpfte Wasser. Zuerst roch er daran. Als er nichts Ungewöhnliches feststellen konnte, tauchte er vorsichtig die Spitze seiner Zunge hinein. Weil Sola ihn mit hochgezogenen Brauen und einem Fragezeichen im Gesicht musterte, erklärte er: »Thethys ist ein wilder Planet, der weiß, wie man unerwünschte Eindringlinge wieder los wird. Nicht jedes Wasser ist trinkbar, nicht jede Beere essbar.«

Mit einem Schaudern dachte Sola an jenen Bach, aus dem sie Wasser getrunken hatte. Sie hätte dabei sterben können! Dann kam ihr ihre erste Begegnung mit Leander und seine Warnung in den Sinn, es dem Liro nicht gleich zu tun und die Beeren zu essen. Wäre er nicht gewesen, wäre sie jetzt vermutlich tot. Thethys hätte sie mit Haut und Haaren verschlungen.

Leander überquerte mit einem Schritt den sprudelnden Bach. Er reichte Sola die Hand und zog sie zu sich. Einen kurzen Moment lang drückte er sie an sich. Dann ließ er sie los und wandte sich mit flammenden Ohren von ihr ab. Solas Herz jauchzte auf.

Je tiefer sie in den Wald eindrangen, umso höher wuchsen die Bäume. Sola legte den Kopf in den Nacken, aber die Baumkronen waren zu weit weg. Lianen verbanden die dicken Stämme, als ob sie verhindern wollten, dass die Bäume sich auf und davon machten. Aber auf dieser Insel war alles möglich. Vielleicht hoben sie des nachts ihre Wurzeln aus der Erde, um einen Mitternachtsspaziergang zu machen.

Das Tageslicht wurde schwächer, obwohl es gerade erst Mittag war. Die Pflanzen ragten wie Riesen über ihnen auf. Sola fröstelte und rieb sich über die Gänsehaut auf ihren Oberarmen. Schließlich wurde es so dunkel, dass sie kaum mehr die eigene Hand vor den Augen erkennen konnte. Ihre Bewegungen passte sie an Leander an, weil sie Angst hatte, im Dschungel verloren zu gehen. Alba konnte sie schon lange nicht mehr sehen. Aber Leander führte sie zielstrebig weiter. Er schien ihre Fährte nachverfolgen zu können.

Sie gelangten in ein kleines Waldstück, das nachtschwarz war. In weiter Ferne konnte Sola Fetzen vom Himmel erkennen, doch das Licht war zu schwach, um ihren Weg zu erhellen. In den Ästen hingen dichte Netze, die eigentümlich schimmerten. Sola blieb stehen, um sie sich genauer anzusehen. Sie waren ein paar Meter groß und spannten sich zwischen den Zweigen. Das Tier, das diese Netze gesponnen hatte, musste riesig sein.

»Leander!«, rief Sola.

Er drehte sich um. Das matte Licht der Netze malte tiefe Schatten in sein Gesicht, auf dem ein abwartender Ausdruck lag. Walter duckte sich auf seinen Schultern. Seine Augen huschten unruhig über die Netze.

»Was ist das?«, fragte Sola und deutete nach oben. Etwas Großes bewegte sich langsam und träge über ihr. Grauen kroch über ihren Nacken und es kostete sie ihre ganze Willenskraft, nicht schreiend loszulaufen.

»Das sind die Netze von Ikart-Spinnen«, erklärte Leander, der im Gegensatz zu Sola und Walter gelassen blieb. Er streckte die Hand nach dem untersten Netz aus und erreichte es mühelos. Dann zupfte er ein paar der leuchtenden Fäden heraus und zeigte sie Sola. »Versuch mal, sie zu zerreißen!«

Unsicher nahm Sola die Fäden entgegen und tat, wie Leander ihr geheißen hatte. Sie zog an beiden Enden. Die Fäden waren erstaunlich fest und gaben nicht nach.

»Die sind sozusagen unkaputtbar«, meinte Leander und klang ein bisschen stolz, als hätte er selbst das Netz gesponnen. »Diese Netze sind unheimlich wertvoll. Es gab eine Zeit, da wurden die Ikarts regelrecht gejagt, sodass sie sich auf Planeten zurückgezogen haben, die kaum mit dem Menschen in Berührung kommen.«

»Mein Vater hat mal mit diesen Fäden gehandelt«, glaubte Sola, sich zu erinnern.

»Das ist gut möglich. Sie wurden für alles Mögliche genutzt. Medizinische Zwecke oder im Bauwesen. Eine Zeitlang wurden sie dazu eingesetzt, enorme Lasten zu tragen. Aber man kann auch Wunden sehr gut damit vernähen.« Leander geriet ins Schwärmen.

»Und…«, begann Sola möglichst beiläufig, »wie groß sind diese Spinnen so?«

»Das kommt darauf an«, meinte Leander und legte den Kopf in den Nacken. Über ihnen war nichts als Dunkelheit, in der die Netze glommen. Darüber bewegten sich gespenstische Schatten, die vielleicht zu den Spinnen gehörten, von denen er sprach.

»Worauf?«

»Welches Geschlecht sie haben«, erklärte Leander geduldig. »Die Männchen werden nur so groß wie Ponys, aber…«

»Nur so groß wie Ponys?«, kreischte Sola auf, die sich vorstellte, wie sich eine monströse Spinne aus dem Blätterdach auf sie herabseilte. Sie machte einen Satz, um sich aus der unmittelbaren Nähe der gruseligen Netze zu bringen.

»Äh, ja«, machte Leander kleinlaut, »dann verrate ich dir lieber nicht, wie groß die Weibchen werden…«

»Noch größer?«, stöhnte Sola.

Leander nickte. »Du musst aber keine Angst haben. Sie sind sehr friedlich. Vielleicht sehen sie ein wenig abstoßend aus, aber sie würden uns nicht angreifen!«

Sola wollte gerade zu einer Antwort ansetzen, da gellte ein gedämpfter Schrei durch den Wald. Sie erstarrte. »Das klingt mir nicht besonders friedlich«, meinte sie und konnte nicht verhindern, dass ihre Stimme zu zittern begann.

»Alba!«, rief Leander alarmiert. Er packte Solas Hand und zerrte sie hinter sich her. Wie mechanisch folgte sie ihm. Angst und Vernunft kämpften in ihrem Innern miteinander. Sie fürchtete sich vor dem, was den Schrei ausgelöst hatte, doch sie wusste, dass sie Alba helfen mussten, wenn sie in Gefahr war. Zweige peitschten gegen Solas Arme und kratzten an ihren Wangen, während sie keuchend versuchte, mit Leander Schritt zu halten. Seine nackten Füße fanden zielsicher festen Halt. Wie ein wildes Tier bewegte er sich über die Wurzeln hinweg, die Sola plötzlich packten. Die Welt drehte sich. Oben wurde zu unten. Die Lichter der Spinnennetze schmolzen zu Linien. Sola überschlug sich. Dann wurde sie von einem hervorstehenden Felsen unsanft aufgehalten. Sterne tanzten vor ihren Augen. Am liebsten hätte sie sich übergeben.

»Sola, alles okay?« Auf einmal war Leander über ihr.

Benommen blickte Sola zu ihm hoch. »Du hast schöne Augen«, bemerkte sie mit schwerer Zunge.

»Du hast dir den K-kopf angeschlagen«, entgegnete Leander und legte seine Hand an ihre Wange. »Du blutest.«

»Rrrrrr«, machte Walter und beugte sich über Leander hinweg.

»Nicht schlimm«, meinte sie und lächelte schief. Die Sterne lösten sich allmählich auf. Zurück blieb Leanders besorgtes Gesicht.

»Es tut mir leid, das ist meine Schuld«, meinte er.

»Wir müssen weiter«, sagte Sola und zog sich an ihm hoch auf die wackligen Beine. »Alba!«

»Kannst du laufen?«, fragte Leander beunruhigt.

»Ja, nur nicht so schnell wie du«, antwortete Sola und klopfte sich den Waldboden von den Knien. Zügig, wenn auch ein wenig langsamer, setzten sie ihren Weg fort. Solas Herz schlug protestierend gegen ihren Brustkorb, doch der Gedanke an Alba weckte ungeahnte Kräfte in ihr. Als ein neuerlicher Schrei durch den Wald gellte, lief es Sola eiskalt den Rücken hinunter. Er klang qualvoll.

Der Wald lichtete sich. Das Tageslicht floss über Sola und Leander hinweg und machte sie für wenige Sekunden orientierungslos. Leander blinzelte und sah sich um. Die Bäume wurden kleiner und gingen in borstige Büsche über. Die Hitze des Tages strömte auf sie ein und trieb Sola augenblicklich den Schweiß über die Schläfen. Mit dem Handrücken wischte sie die Tropfen fort und taumelte weiter. Es war, als hätte jemand die ganze Luft aus dem Wald gesaugt. Jeder Atemzug brannte in Sola wie Feuer.

Leander war stehen geblieben. Er packte Sola und wies auf eine Stelle zwischen den Büschen. Am Boden lag ein blutüberströmtes Bündel, das hilflos zuckte. Sola wollte losrennen, doch Leander ließ sie nicht los.

»Wir müssen ihr helfen!«, beschwor Sola ihn.

Leander legte einen Finger an die Lippen und schüttelte langsam den Kopf.

Dann sah Sola es. Es war ein Ungeheuer mit schwarzen Schuppen und kurzen, ledrigen Flügeln, die unnütz von seinem Rücken abstanden. Die Reißzähne in seinem Maul glänzten blutig rot. Mit gelbgrünen Augen fixierte es Sola und Leander. Panisch tastete Sola nach Leanders Hand und krallte ihre Finger in seine.

»Bleib ruhig«, riet Leander ihr. »Es ist ein Nachtschatten!«

»Na toll«, fiepte Sola. »Jetzt weiß ich wenigstens, wie das Vieh heißt, das mich fressen wird!« Leander löste Solas Finger von seiner Hand. »Was machst du?«, wollte sie ängstlich wissen.

»Ich kann dich nicht b-beschützen, wenn du mich festhältst!«

»Ich will dich nicht loslassen!«

»Vertrau mir!«

Sola holte tief Luft und ließ los. Das riesige Tier beobachtete jede ihrer Bewegungen und beinahe fürchtete sie, es könnte Gedanken lesen. Furcht. Flucht. Furcht. Flucht.

Leander tastete sich millimeterweise vor, bis seine Zehen an einen riesigen Ast stießen, der am Boden lag. Jene Stelle, die ihn mit dem Baum verbunden hatte, war spitz wie eine Waffe. Er hob den Ast langsam auf und richtete ihn wie einen Speer auf den Nachtschatten. Das Tier heulte auf, als wüsste es, was Leander vorhatte. Es stellte sich auf seine muskulösen Hinterbeine und bleckte bedrohlich die Lefzen. Dann sprang es. Der Moment fror ein wie eine Fotografie: Der Nachtschatten riss sein Maul weit auf, während er mit den Vorderpfoten voran auf Leander zuflog. Leander riss den Ast automatisch hoch, um sich vor dem Ungeheuer zu schützen. Und Sola schrie.

Der Ast traf den Nachtschatten im Brustkorb und brach ab. Leander duckte sich, ehe das Tier ihn unter sich begraben konnte. Er rollte sich zur Seite. Sola kroch zu ihm und lugte über seine breiten Schultern hinweg auf den animalischen Angreifer. Schwer atmend lag er im Gras.

»W-was hab ich g-getan?«, keuchte Leander.

»Du hast uns gerettet«, sagte Sola.

»Rrrrr«, stimmte Walter zu.

»Ich habe ihn v-verletzt!«, entgegnete Leander und raufte sich die Haare. »Er ist verletzt!« Ein tiefes Schnaufen entfuhr dem Nachtschatten und untermalte seine Worte. Zitternd wandte Leander sich ab. »Ich w-wollte ihn nicht verletzen. Er hätte nicht l-leiden sollen!« Seine Hände tasteten die Taschen seiner Hose ab. Als er ein kleines Klappmesser gefunden hatte, hielt er inne und schluckte, dass sein Adamsapfel hüpfte.

»Was hast du vor?«, fragte Sola leise.

»Ich muss ihn erlösen«, antwortete Leander und näherte sich dem Nachtschatten. Das Tier hob leicht den Kopf vom Boden und fixierte Leander, der sich ihm näherte. Es scharrte mit der Vorderpfote. Leander sank neben ihn. Vorsichtig legte er eine Hand auf die Flanke des Nachtschattens und streichelte über seine Haut. Tiefrotes Blut sickerte aus der Wunde, in der der Ast steckte. Leander erschauderte, ehe er sein Messer nahm und es dem Nachtschatten mitten ins Herz stieß. Das Tier machte einen überraschten Laut. Seine Lider flatterten. Bevor sie sich endgültig schlossen, sah er Leander ein letztes Mal an. Schließlich erschlafften seine Glieder. Der Nachtschatten war tot.

Sola war unfähig, sich zu bewegen. Erst Albas qualvolles Stöhnen erinnerte sie daran, warum sie hier waren. »Alba!«, rief sie und umrundete den Kadaver des Nachtschattens. Alba lag in einem Geflecht aus Zweigen. Überall war Blut. Es sprudelte aus einer großen Wunde, die in ihrem Bauch klaffte. Sola wurde schlecht. Sie presste sich die Hand auf die Lippen und zwang sich, sich neben Alba zu hocken. Das rote Haar des Mädchens war schweißnass, ihre Haut kreidebleich.

»Was machst du hier?«, würgte sie mühsam hervor.

»Wir retten dich«, versprach Sola ihr und wandte sich hilfesuchend an Leander, der neben ihr in die Knie ging. Er beugte sich über Albas Bauch und begutachtete den Schaden, den der Nachtschatten angerichtet hatte. Dann riss er einen breiten Streifen aus seinem T-Shirt. Geschickt wickelte er ihn um Albas Wunde. Sofort war er blutdurchtränkt.

»Wir müssen die Blutung stoppen«, sagte er ruhig.

»Und wie?«, entgegnete Sola und verfiel in Panik.

Leander wies mit dem Kopf auf ein grünes Kraut, das im Schatten eines Baumes wucherte. »Wir bedecken die Wunde damit!«

Sola nickte und sprang auf. Sie hastete zum Fuße des Baumes und ging in die Hocke. Es kam ihr vor, als beobachtete sie sich selbst, als hörte sie ihren rasenden Puls von außen und steckte nicht in ihrem Körper. Die Erde war kühl, als sie ihre Finger hineinbohrte. Sie griff nach dem Kraut und riss es mitsamt Wurzel aus. Sie taumelte mit ausgestreckten Händen über das sattgrüne Gras. Nach wenigen Schritten fand sie ihr Gleichgewicht zurück. Sie reichte Leander das Kraut. Er nahm es entgegen und entfernte kleinere Erdklumpen. Er löste den Verband um Albas Bauch ein wenig und positionierte das Kraut auf ihrer Wunde. »Das wird vorübergehend helfen. Aber ich brauche einen Ort, an dem ich mich in Ruhe um sie kümmern kann.«

»Die Starstorm«, schlug Sola vor und strich Alba zärtlich über die Stirn. »Alles wird gut«, versprach sie ihr.

»In Ordnung. Ich trage sie!«, entschied Leander.

»Nein!« Alba klang bestimmt. Ihre eigene Stimme ließ sie zusammenzucken.

»Wenn du hier bleibst, wirst du sterben«, sagte Leander und schob sachte seine Arme unter Albas Körper.

»Nein«, wiederholte sie und versuchte mit aller Kraft, Leander von sich wegzuschieben. »Ich muss weiter!«

»Du kannst nirgendwohin, Alba«, sagte Leander nachsichtig. »Du bist sehr schwer verletzt. Du verlierst eine Menge Blut. Wir müssen uns um dich kümmern!«

»Wenn ich nicht weitergehe, stirbt jemand anderes«, flüsterte Alba mit flackernden Augen.

»Was meinst du damit?«, fragte Sola. »Wer stirbt?«

»*Ich muss weiter*!« Alba versuchte, sich aufzurichten. Sie stöhnte und sackte in sich zusammen. Leander fing sie rechtzeitig auf und legte sie behutsam hin. »Ohne mich wird er sterben!«

»Wovon sprichst du?«, fragte Leander eindringlich. Zu Sola sagte er leise: »Sie glüht!«

»Mein Bruder«, brachte Alba mühsam hervor. »Ich muss zu ihm!«

»Dein B-bruder ist mit deinem Planeten untergegangen«, erklärte Leander ihr schwermütig.

»Nein, er ist hier!«, widersprach Alba.

»Sie halluziniert«, sagte Leander beunruhigt.

»Hör mir zu«, flehte Alba und griff erstaunlich kräftig nach Solas Hand. »Er ist hier. Eris. Ich habe ihn in einem kleinen Koffer auf mein Schiff geschleust. *Sie* wussten nichts davon. Niemand weiß es. Wenn ich sterbe, stirbt er auch!«

Sola und Leander tauschten einen Blick. Wenn das wahr war…

»Wo ist er?«, fragte Sola.

»Ich hab ihn versteckt«, brachte Alba hervor.

»Wo?«, drängte Sola.

»Was hast du vor?«, mischte Leander sich ein.

»Wir müssen ihn holen!« Sola sah ihn durchdringend an. Irgendwo dort draußen wartete ein kleiner Junge auf seine Schwester, die er vielleicht nie wiedersehen würde, wenn sie nichts unternahmen.

»Er ist in einer Höhle am Fuße des blauen Felsens«, erklärte Alba.

Leander erstarrte. »Wir können ihn nicht holen!«

Sola kniff die Augen zusammen. »Du weißt, wo das ist?«

»Wir müssten durch das Ödland«, meinte Leander und nickte in Richtung jener Baumlinie, die den Wald von dem trennte, was dahinter lag: einer unmenschlichen Hitze und sandigem Nichts. »Wir können sie der Sonne nicht aussetzen!«

»Schön«, sagte Sola aufbrausend. »Dann gehe ich eben alleine!« Sie fragte sich, wo der Mut, der sie nun überkam, herkam. »Wie komme ich zu dem blauen Felsen?«

Ein schwaches Lächeln huschte über Albas Gesicht. »Ich habe dich falsch einge…« Ihre Worte gingen in einen röchelnden Husten über, der Solas Haare zu Berge stehen ließ. Leander deutete ein Kopfschütteln an. Als Alba sich gefangen hatte, fuhr sie fort: »Du musst… durch das Ödland laufen. Der Marsch wird dich eine Stunde kosten. Danach siehst du in der Ferne das Flimmern der Berge. Du wirst denken, es sei eine Fatamorgana, aber dort liegt der blaue Felsen!«

»Das ist Wahnsinn«, sagte Leander müde. »Du bist für diese Wanderung nicht gerüstet. Was, wenn…«

»Sollen wir den Jungen sterben lassen?«, fragte Sola hitzig. Matts Gesicht zuckte wie ein Blitz durch ihre Gedanken. Niemand würde mehr durch ihre Schuld sterben! »Ich finde Eris!« Sie stand auf und klopfte sich den Staub von ihrem Kleid.

»Nimm den Rucksack«, sagte Alba und wies mit zitternder Hand auf das Ungetüm, das sie stets bei sich hatte.

»Der ist randvoll!«, protestierte Sola.

»Vielleicht… kannst du es… gebrauchen!« Albas Stimme verlor sich.

Leander hob den Rucksack auf und öffnete ihn. Er war prall gefüllt mit Obstkonserven und Wasser. »Sie hat Recht«, sagte er und nahm sich eine der Flaschen. Er wog sie abschätzend in der Hand. Dann verschloss er den Rucksack und setzte ihn sorgsam auf Solas Rücken. »Du kannst ihn g-gebrauchen.«

»Was wirst du in der Zeit tun, in der ich weg bin?«, fragte Sola leise und versuchte, nicht unter dem Gewicht des Rucksacks zusammenzubrechen. Ein zarter Windhauch streifte Leanders Haare und spielte mit ihnen. Am liebsten hätte sie die Hand danach ausgestreckt.

»Ich bleibe hier und versuche, ihre Wunde zu reinigen.« Leander deutete auf die Wasserflasche in seiner Hand. »Ich lasse sie nicht sterben!«

Sola nickte und versuchte, die aufsteigenden Tränen zu unterdrücken. »Pass einfach auf euch auf«, bat sie.

Leander tat das ab. »Uns wird nichts passieren. Um dich mache ich mir S-sorgen. Das Ödland ist kein Ort, den ich dir hätte zeigen wollen.« Er begann, das Band seiner Uhr zu lösen und reichte es ihr. »Sie zeigt dir den Weg.« Das Zifferblatt seiner Uhr war anders als Sola es aus ihrem früheren Leben kannte. Es war mitternachtsblau. Silberne Zeiger huschten über eine verworrene Konstellation aus Punkten. »Dieser Zeiger weist dir den Weg. Wenn du nach Westen läufst, kann dir nichts geschehen. Nördlich von hier ist Nachtschatten-Gebiet. Versuche einfach, ihnen nicht zu nahe zu kommen!«

»Nur zu gern«, meinte Sola und umklammerte die Uhr, als wäre sie ihre letzte Rettung. Sie biss sich auf die Lippe und zögerte. Dann warf sie sich um Leanders Hals. Überrascht drückte er sie an sich. Sein Duft hüllte sie ein und linderte die aufflammende Angst in ihrem Bauch.

»Ich warte auf dich«, versprach Leander ihr.

Sola nickte stumm und löste sich von ihm.

Walter machte »Rrrr!« und hüpfte neben ihr auf und ab. Sola hob ihn hoch und setzte ihn auf den Rucksack, als wäre er ein Thron. Sie drückte zum Abschied Albas Hand, bevor sie mit zitternden Knien auf jene Baumreihe zulief, die sie vom Ödland trennte.

Das Ödland war eine brennende Wüste aus pechschwarzem Sand, der am Horizont mit dem Himmel verschmolz. Schon nach ein paar Schritten, lief Sola der Schweiß den Rücken hinab. Der Rucksack war schwer und machte jeden ihrer Schritte zu Schwerstarbeit. Ihre Stiefel glühten, als sie den Boden berührten. Die Sonne war so hell, dass sie ihre Augen mit der Hand abschirmen musste. Und wenn sie sich umwandte, sah sie das kühle Dickicht des Dschungels. Wie sollte sie eine Stunde lang im heißen Herzen von Thethys überleben?

Das Knirschen des Sandes unter ihren Sohlen begleitete sie wie eine fremdartige Melodie. Walter versteckte sich im Rucksack vor der flirrenden Hitze. Sola wünschte sich, dass es im Rucksack auch noch einen Platz für sie gäbe, solange sie nur der Sonne entkommen könnte.

Je weiter sie lief, umso kleiner wurde der Dschungel, der sie hergeführt hatte. Schließlich schrumpfte er in der Ferne zu einer dunklen Linie zusammen. Nun war nur noch feuriges Schwarz um sie herum. Die Landschaft wurde rauer. Sandberge erhoben sich aus dem Boden, als wollten sie sie von ihrem Vorhaben abbringen. Keuchend kletterte Sola sie empor. Immer wieder blieb sie stecken, rutschte zurück oder knickte unter der Last des Rucksackes ein. Eine Lawine aus Sand riss sie beinahe mit sich. Sola verlor ihr Gleichgewicht und stürzte. Überall dort, wo der heiße Sand sie berührte, brachen sich Brandblasen aus ihrer Haut. Sie heulte schmerzerfüllt auf und rappelte sich auf die Beine. Sie sah sich um und musste sich eingestehen, dass sie die Orientierung verloren hatte. Hilflos studierte sie Leanders Uhr, deren Zeiger wild ausschlugen. Na toll, ausgerechnet jetzt spielte sie verrückt. Sie drehte sich um die eigene Achse in der Hoffnung, irgendetwas zu sehen, an dem sie sich orientieren konnte. Sie war mitten im Nirgendwo. Das Ödland ließ nicht vermuten, dass es außerhalb paradiesische Strände und kühle Dschungel gab. Es war wie das Ende der Welt am Rande des Universums, das alles Leben zu tilgen suchte.

Auf gut Glück wandte sich Sola in eine Richtung, von der sie glaubte, dass dort der blaue Felsen liegen könnte. Sie kämpfte sich den Sandberg hinunter, um gleich darauf vor dem nächsten zu stehen.

Als sie klatschnass geschwitzt war und überall auf ihrer Haut schwarze Sandkörnchen klebten, flachten die Berge ab und verwandelten sich in eine unendliche Weite, die irgendwo am Horizont den Himmel küsste. Ein erneuter Blick auf den Kompass beruhigte Sola. Die Zeiger wiesen gen Westen. Sola nahm den Rucksack vom Rücken. Walter reichte ihr eine Flasche. Obwohl das Wasser darin inzwischen erhitzt war, schenkte es ihr neue Kraft. Dann korrigierte sie ihren Kurs und folgte dem Kompass.

Wenn sie sich nicht allzu sehr verlaufen hatte, dann durfte es nicht mehr weit sein. Diese Hoffnung ließ sie ihre schmerzenden Füße vergessen und einen Schritt nach dem anderen machen. Sie machte hunderte, vielleicht tausende, bis etwas in weiter Ferne ihre Aufmerksamkeit erregte.

Vor dem unerträglich blauen Himmel, der zur Sonne hin immer weißer wurde, materialisierte sich etwas, das dort unmöglich sein konnte. Sola blieb stehen und runzelte die Stirn. Hatte die Hitze ihre Sinne geschmolzen? Mitten in der Wüste ankerte die Starstorm. Weil sich kein Wind regte, wirkte sie wie eine bemerkenswert große Statue, die wie ein Luftballon am Himmel schwebte. Eine Sekunde später war sie verschwunden. Stattdessen wuchs jener Wolkenkratzer aus dem schwarzen Sand, den Sola mit ihrem Vater bewohnt hatte. Ihre Augen huschten von Stockwerk zu Stockwerk und suchten nach der 285. Etage. Doch von hier unten war sie einfach zu weit entfernt.

»Daddy«, murmelte Sola und taumelte wie in Trance auf das Hochhaus zu. Sie wusste, dass es nicht sein konnte, dass sie es sich einbildete, dass die Hitze sie zermürbte. Aber die Sehnsucht nach ihrer Familie sorgte dafür, dass sie darauf zulief. Sie war dem Hochhaus noch nicht bedeutend näher gekommen, da schoss ihr ein vergessener Gedanke durch den Sinn. *Du wirst denken, es sei eine Fatamorgana, aber dort liegt der blaue Felsen!* Hatte Alba etwa davon gesprochen?

Noch ein paar Mal wechselte das, was in weiter Ferne auf Sola wartete, seine Gestalt: Das Hochhaus wurde zu Solas Schule, dann zu dem Diner, in dem sie viel Zeit verbracht hatte. Inzwischen war sie so nahe, dass sie die rot-weiß karierten Tischdeckchen durch die Fenster erkennen konnte. Ihr Herz schrumpfte zusammen, weil all dies nicht echt sein konnte. Sie sehnte sich so sehr danach, aber nichts davon war auf Thethys wahr.

Abrupt blieb sie stehen. Vor ihr im schwarzen Sand kringelte sich eine Schlange zu einer Acht zusammen. Ihren Körper zeichnete ein außergewöhnliches Muster aus roten Kreisen und Linien, das sich deutlich von ihren leuchtend grünen Schuppen abhob.

Sie hob den Kopf und zischte angriffslustig. Die roten Augen des Biestes hatten etwas Unheimliches, das Solas Blick bannte. Doch bevor sie überhaupt Angst haben konnte, schoss die Schlange auf sie zu und grub ihre spitzen Zähne in Solas Bein. Sie schrie und packte den schuppigen Körper. Angsterfüllt schleuderte sie die Schlange fort.

»Aua«, machte sie und hockte sich hin. Ihre Wade zierten zwei gleichmäßige dunkelrote Punkte, die unangenehm kribbelten. Ein paar Meter entfernt erwachte die Schlange aus ihrem Schockzustand. Wütend zischend kroch sie auf Sola zu.

Sola ignorierte das seltsame Gefühl, das von dem Biss ausging, und lief. Ihre schweren Stiefel wirbelten den Sand auf, während das Diner größer und größer wurde. Bald könnte Sola die Hand nach der Tür ausstrecken und sich im klimatisierten Innern zwischen den Plastiktischen verstecken. Doch dann stolperte sie durch eine unsichtbare Wand und das Diner verschwand. Vor Sola breiteten sich nun zartgrüne Büsche aus, die die Grenze des Ödlandes markierten. Über ihnen schwebten knallbunte Blüten. Auf dem schwarzen Sand war dieser Anblick skurril, aber wunderschön. Sola griff nach einer Blüte, erinnerte sich dann aber daran, wie tödlich Thethys sein konnte. Sie ließ die Hand sinken und lief durch das seltsame Feld auf eine Felsreihe zu, die sich wie Halbriesen über junge Palmen erhob. In ihrer Mitte schimmerte ein Fels so blau wie ein Bergkristall. Der Himmel spiegelte sich in seiner Oberfläche, die die rohe Form eines Herzens bildete.

Sola war am Ziel. Neue Lebensgeister ließen sie Anstrengung, Durst und Schmerz vergessen und aufgeregt zwischen den Büschen hindurchjagen, den Blick immer auf den blauen Felsen gerichtet. Als sie an seinem Fuße zum Stehen kam, stellte sie fest, dass er ungemein groß war. Seine Oberfläche erinnerte sie an ein grob geschnitztes Kunstwerk. Ein schmaler Pfad wand sich um den Felsen herum und mündete in einem schwarzen Loch. Das musste die Höhle sein, in der Alba ihren Bruder versteckt hatte.

Plötzlich knickte Solas Bein ein. Sie kippte auf die Knie und schlug sie sich in dem Gemisch aus Sand und Stein auf. Von dem

Schlangenbiss gingen dunkle Linien aus, die sich wie die Ikart-Netze über ihre Haut wanden. Nicht gut. Gar nicht gut. Ihr Bein zitterte, als sie es mit beiden Händen auf den Boden stellte. Sobald sie es belastete, fiel sie um. Frustriert heulte sie auf. Dann kroch eine dumpfe Angst durch ihre Adern. Ihr wurde schlecht. Die Welt stülpte sich um. Panisch streckte Sola die Arme aus und suchte nach ihrem Gleichgewicht. Doch Thethys sehnte sich nach ihrer Berührung. Der Länge nach fiel sie um. Alles wurde schwarz.

***

Ein brennender Schmerz weckte Sola. Sie stöhnte und verkrampfte sich. Ihre Fingerkuppen streiften über kühlen Boden. Überrascht schlug sie die Augen auf. Sie hätte den hellen Himmel über sich erwartet, aber es war erstaunlich dunkel um sie herum. Die Luft war klamm und legte sich schwer auf ihre Lungen.

Eine niedrige Decke wölbte sich unregelmäßig über ihr. Sie schimmerte im Licht, das durch einen Spalt in den Hohlraum eindrang, in einer eigentümlich blauen Farbe. Der blaue Felsen. Sie hatte es geschafft.

»Was ist passiert?« Ihre Lippen waren spröde. Die Worte kamen nur schwer darüber hinweg. Sie drehte den Kopf und spürte etwas Spitzes an ihrer Kehle.

»Wer bist du?« Die Stimme war hell und klingend wie die eines Kindes.

»Eris?«, fragte Sola und suchte nach ihrem Ursprung.

»Woher kennst du meinen Namen?« Schließlich fanden Solas Augen das Kind. Mit beiden Händen hielt er einen angespitzten Stock in der Hand und bedrohte sie damit. Ganz die Schwester.

Seine Haare flammten im Halbdunkel. Er sah Alba zum Verwechseln ähnlich. Doch während ihre Haut porzellanweiß war, sprenkelten hunderte Sommersprossen die seine. Sie ließen ihn niedlich wirken, obwohl er sich größte Mühe gab, gefährlich zu sein.

»Deine Schwester schickt mich.« Als Eris nicht reagierte, fügte Sola hinzu: »Alba!«

»Wieso ist sie nicht selbst hergekommen?«, argwöhnte der Junge. »Wieso hast du ihren Rucksack? Hast du ihr etwas angetan?«

»Alba gab mir den Rucksack für dich. Nimm ihn dir.«

»Hältst du mich für blöd?«, fragte Eris aggressiv. »Du willst, dass es mich beißt!«

»Wie bitte?«

»Das Äffchen, das du darin versteckt hast!«

»Walter!«, rief Sola und versuchte, sich aufzurichten. Der Junge ließ ihr keine Chance. »Walter ist nicht gefährlich. Er ist mein Freund. Er ist ein Emmling!«

»Ich habe ihn im Rucksack eingeschlossen«, bemerkte Eris nüchtern. »Ich glaube dir nicht.«

»Ich bin wie du, Eris! Ich sollte nicht hier sein. Ich gehöre nicht zu den Auserwählten.« Sola keuchte, weil eine Welle aus Schmerz über sie hinwegfegte.

»Alba hat mir von dir erzählt«, meinte Eris nachdenklich. »Du ankerst mit einem Piratenschiff auf der anderen Seite der Insel!«

»Ich möchte dich dorthin mitnehmen«, sagte Sola, als sie den Schmerz niedergerungen hatte. »Deine Schwester hatte einen Unfall. Ich möchte euch helfen!«

»Was für einen Unfall?«, fragte Eris schnell.

»Sie war auf dem Weg zu dir, als ein Nachtschatten sie angriff«, antwortete Sola behutsam.

Eris zuckte zusammen und pikte ihr die Spitze des Stockes in den Hals. Sola keuchte. »Lebt sie noch?« Eris' Stimme war schrill.

»Sie lebt. Und sie ist in guten Händen. Mein Freund Leander ist bei ihr. Er passt auf sie auf!«

»Ich muss zu ihr!«, rief Eris außer sich. »Steh auf!«

»Ich weiß nicht, ob ich stehen kann«, gab Sola kleinlaut zu.

»Du kannst«, entgegnete Eris. »Ich habe deine Wunde versorgt.«

»Du hast was?« Erstaunt blickte Sola an sich hinab. Ein sauberer Verband wickelte sich um ihre Wade.

»Ich wurde an meinem zweiten Tag hier von einer Schlange gebissen«, erklärte Eris. »Alba hat mir gezeigt, wie ich die Wunde versorgen muss.«

»Ihr Gift ist nicht tödlich?«, folgerte Sola erleichtert.

»Wenn man sich nicht darum kümmert, vielleicht«, mutmaßte Eris. »Aber ich bin nicht gestorben. Und du wirst das auch nicht tun. Zumindest nicht durch den Biss einer Schlange.« Er wedelte vielsagend mit dem Stock vor ihrer Nase. »Steh auf!«

Mühsam rappelte Sola sich hoch. Sie sah sich um. Das Licht, das von draußen durch einen breiten Spalt hereinfiel, war seltsam golden. Sie runzelte die Stirn. »Wie spät ist es?«, wollte sie wissen.

Eris zuckte die Achseln. »Ich habe keine Uhr. Und deine da -« Er wies mit einem Nicken des Kopfes auf Leanders Armbanduhr »- ist vollkommen unbrauchbar.« Dann sah er nach draußen. »Es ist noch recht früh.«

»Früh?«, wiederholte Sola und runzelte die Stirn. »Wie meinst du das?«

»Die Sonne ist eben erst aufgegangen!«

Ein Schauer jagte über Solas Rücken. »Aufgegangen?« Sie starrte Eris an. Ihr Mund wurde so trocken wie im Ödland. »Wie lange war ich ohnmächtig?«, krächzte sie.

»Drei Tage«, meinte Eris gelassen.

»Drei…« Solas Magen drehte sich um. Dann warf sie sich zur Seite und erbrach sich zitternd.

»Igitt«, kommentierte Eris.

Sola wischte sich mit dem Handrücken über den Mund und versuchte, über den bitteren Geschmack hinweg zu sprechen: »Wir müssen aufbrechen!« Als sie sich mühsam aufrichtete und wankend zum Stehen kam, zog Eris die Waffe zurück. Er musterte sie abschätzend. Dann drehte er den Stock mit der Spitze nach unten um und hielt ihn ihr hin.

»Du kannst ihn als Krücke benutzen«, schlug er vor und nickte ihr aufmunternd zu.

»Lass Walter aus dem Rucksack«, bat Sola. »Er fürchtet sich bestimmt!«

Zögernd gehorchte Eris. Er schnürte den Umschlag des Rucksackes auf und Walters Kopf schoss heraus. Er meckerte zornig und machte: »Rrrr rr rrrr rrr rrr!«, ehe er auf Sola zu hüpfte und sich an sie schmiegte. Sein Fell war voller Knoten und hatte seinen Glanz verloren. Drei Tage in Gefangenschaft hatten ihm zugesetzt.

»Gib ihm etwas zu trinken und ein Stückchen von dem Konservenobst!«, befahl Sola und stützte sich auf den Stab. Eris schraubte den Deckel einer der Wasserflaschen ab und reichte sie Walter. Der Emmling hob schimpfend die winzige Faust, ehe er die Schweinchennase in das Wasser steckte und schlabbernd trank. Mit einem Stein schlug Eris geschickt auf den Verschluss der Konserve. Sola nahm an, dass er das nicht zum ersten Mal machte. Die Dose klickte und brach auf. Eris zog ein paar Stücke Ananas heraus und legte sie auf seine Handfläche. Walter musterte ihn skeptisch, dann stürzte er sich darauf und verputzte sie mit dicken Backen.

Sola verschlang selbst ein paar der Früchte, die mit ihrer herrlichen Süße den schalen Geschmack in ihrem Mund vertrieben. Ihr Magen schalt sie mit einem lauten Knurren, weil sie ihn in letzter Zeit vollkommen vernachlässigte. Die Knochen um ihre Hüften waren spitzer denn je und ihre Hände sahen aus wie die eines Skeletts, das man versucht hatte, mit Haut zu überspannen.

Eris schulterte Albas Rucksack, der beinahe so groß war wie er selbst. Er wurde von dem Gewicht nach hinten gerissen, stemmte sich aber tapfer dagegen. Sola stützte sich auf den Stock und übte ein paar Schritte, damit zu laufen.

»Lass uns gehen«, sagte sie.

Eris nickte und bedeutete ihr, ihm zu folgen. Es schien, als liefe er ins Innere des Felsens, denn schon bald war das Licht nicht mehr als eine trübe Erinnerung. Wasser tropfte von der Decke hinab und perlte in Solas Nacken, bis der Saum ihres Kleides nass war. Ihre Schritte hallten an den Wänden wider und gaben Sola das Gefühl, in dem Maul eines Mondwals zu stecken. Schlick bedeckte den Boden und machte ihn rutschig wie eine Zunge.

»Vorsicht, Stufe«, sagte Eris, als es fast zu spät war und Solas Stock ins Leere tastete. Gerade noch rechtzeitig konnte sie sich fangen und schnaubte verärgert.

Die Sonne stand gleißend hell am Himmel. Sola blinzelte und trat hinter Eris aus dem Eingang der Höhle. Vor ihr wand sich jener schmale Pfad, den sie schon entdeckt hatte, als sie den blauen Felsen vor ein paar Tagen erreicht hatte. Wenn das überhaupt möglich war, war es heute sogar noch heißer. Die Sonne schien sie braten zu wollen. Sie hatten den Schatten der Palmen noch nicht verlassen, da war ihr Kleid schon schweißdurchtränkt.

»Ich brauche dringend eine Dusche«, seufzte Sola und schnupperte mit vor Ekel verzogener Miene an ihren Achseln.

»Das ist mir auch schon aufgefallen«, meinte Eris, ohne über die Schulter zu blicken. Er lief stur geradeaus. »Du riechst wie ein Wamlock.«

»Was ist ein Wamlock?«, fragte Sola, die es allmählich leid war, dass ihre Kenntnisse über die Fauna des Universums so mager ausfielen.

Jetzt wandte Eris sich doch um und strafte sie mit einem überheblichen Blick. »Du weißt nicht, was ein Wamlock ist?«

Gerade als sie etwas Patziges entgegnen wollte, fiel Sola wieder ein, dass Eris nur ein kleiner Junge war. Sie quetschte die Worte, die ihr bereits auf der Zunge gelegen hatten, zurück in ihre Kehle und sagte stattdessen: »Erklärst du es mir?«

Das ließ sich Eris nicht zweimal sagen und verfiel in einen Monolog über die pelzigen Beuteltierchen, die im Tal der Toten auf einem Planeten namens Roos lebten. »Ihre Gase sind so giftig, dass alles um sie herum verwelkt«, schwärmte Eris mit träumerischer Miene. »Alba hat mir erzählt, dass niemand das Tal der Toten je betreten konnte, weil sie dort alles verpesten. Dabei sind sie so klein und niedlich. Sie haben dunkelbraunes Fell und eine feuchte Nase. Und einen langen Bürstenschwanz, der senkrecht in die Luft steht, damit sie ihre Duftdrüse direkt auf ihre Feinde richten können…« Die kindliche Unbeschwertheit, die Eris umgab, wirkte beinahe ansteckend auf Sola. Doch die Hitze des Ödlandes vernichtete alle Ausgelassenheit. Die Luft war zum Schneiden dick und die Sonne verbrannte innerhalb kürzester Zeit ihre Haut. Eris öffnete den Rucksack und legte sich dessen Umschlag als Sonnenschutz auf den Kopf. Trotzdem wurde er allmählich krebsrot. Seine Haare klebten in dicken Strähnen in seiner Stirn. Sola erging es nicht anders. Ihr Stock versank immer wieder in dem schwarzen Sand. Sie stolperte und hinkte und versuchte, die Gewalt über ihre Beine zu behalten. Aber es war unmöglich. Der Sand schien sich einen Spaß daraus zu machen, ihre Füße und die Krücke zu verschlucken.

Der Rückweg kam Sola endlos vor. Die unerträgliche Hitze vermischte sich mit der Angst vor dem, was sie erwartete. Was hatte Leander getan, als Sola nicht mehr wiedergekommen war? Wartete er noch immer? Oder hatte er Alba in Sicherheit gebracht? Sie wollte sich nicht vorstellen, was geschehen würde, wenn Leander gegangen war. Wie sollte sie je den Weg durch die Spinnennetze zurück in den Dschungel und zur Starstorm finden? Wenn Leander fort war, wären sie verloren. Dann führte sie Eris in den sicheren Tod.

Obwohl ihre Zunge am Gaumen klebte und der Schweiß von ihrer Oberlippe tropfte, fragte Sola: »Wie kam es, dass dich niemand entdeckt hat?«

Eris antwortete nicht gleich, als überlegte er, ob er es riskieren sollte, ihr die Wahrheit zu sagen. Oder vielleicht war sein Mund genauso trocken wie der von Sola. »Es ging alles wahnsinnig schnell«, murmelte er. »*Sie* kamen mitten in der Nacht zu unserem Haus. Alba weckte mich. Sie zerrte mich hinter sich her, während *sie* unten auf sie warteten. Unsere Mutter hatte ihr diesen riesigen Koffer gekauft für all das, was sie auf Thethys gebrauchen könnte. Er war leer, als ich ihr Zimmer betrat. Ich fragte sie, warum sie noch nicht gepackt hätte. Da hielt sie mir die Hand auf den Mund und flüsterte mir zu, dass sie nur ein einziges Gepäckstück mitnehmen wollte, dass ich jetzt sehr tapfer sein müsste und keine Angst haben dürfte. Sie umarmte mich und sperrte mich in den Koffer.«

»Und… haben *sie* denn den Koffer nicht kontrolliert?«, fragte Sola erstaunt. Wie hatten diese ominösen Männer so fahrlässig handeln können? Wie hatte Alba es geschafft, sie auszutricksen?

»Wozu? Die Schiffe, die die Auserwählten herbrachten, waren so programmiert, nur eine einzige lebende Person zu transportieren«, erzählte Eris.

»Aber wie…« Erneut glitt Solas Stock über den Sand und brachte sie aus dem Gleichgewicht.

»Du fragst dich, wie ich es lebend hierhergeschafft habe?« Für ein Kind war Eris erstaunlich nüchtern. »Alba hat schon Wochen vor dem Aufbruch nicht mehr richtig gegessen. Ich dachte, sie wäre aufgeregt wegen der neuen Welt und all dem. Aber sie hat nicht mehr gegessen, damit der Scan auf der Moonship keine auffälligen Gewichtsveränderungen wahrnehmen konnte.«

»Das Schiff wurde gescannt?«, wiederholte Sola.

»Jedes Schiff«, bestätigte Eris heftig nickend. War das der Grund, weshalb der Capt'n dafür gesorgt hatte, dass Matt gefesselt und geknebelt am Pier zurückblieb? Dass er selbst sie nicht begleitet hatte? Anders konnte sie es sich nicht erklären. Sie erinnerte sich an ein grünes Licht, das die Starstorm durchzuckt hatte, kurz nachdem sie an Bord gegangen war.

»Was wäre geschehen, wenn der Scan *sie* auf dich aufmerksam gemacht hätte?«, wollte Sola wissen.

Eris zuckte die Achseln. »Für diesen Fall wurden die Schiffe mit einem giftigen Gas ausgestattet«, meinte er leichthin. Die Strapazen der Reise und die ständige Angst hatten ihn sicherlich abgehärtet. Seine Abgebrühtheit erstaunte Sola trotzdem.

Am Fuße eines schwarzen Sandberges, der sich meterhoch in die Luft streckte, blieb Eris stehen. »Kannst du etwas zu trinken aus dem Rucksack nehmen?«, fragte er, ohne das Ungetüm abzusetzen. Sie machten eine kurze Pause und tranken das Wasser, das die Sonne inzwischen regelrecht gekocht hatte. Dass Eris' Kraftreserven erschöpft waren, merkte Sola spätestens, als er beim Abstieg des Berges umkippte und den Sand hinabrollte. Schwarze Sandkörner vermischten sich mit seinen Sommersprossen und ließen dunkle Brandblasen aus seiner Haut sprießen. Er jammerte nicht, sondern sammelte ein paar Konserven ein, die aus der Tasche gefallen waren. Dann lief er weiter.

Nach einer gefühlten Ewigkeit trennte eine dunkle Linie den flirrenden Sand von dem brennenden Himmel. Sie wuchs, bis sie sich schließlich zu einer Baumreihe wandelte. Sie hatten es fast geschafft. Neue Kräfte beflügelten sie und sie hasteten und strauchelten auf die ersten Büsche zu, die sich trotzig ins Ödland gewagt hatten. Der Schatten der Bäume war wie eine Wohltat. Ein leiser Windhauch streichelte Solas geschundene Haut. Sie atmete genüsslich ein, denn in der Luft lagen intensive Düfte nach paradiesischen Blumen und stolzen Bäumen.

»Leander? Alba?«, rief Sola und kämpfte sich durch ein paar widerspenstige Zweige, die nach ihrem Kleid zu greifen suchten.

»Alba!«, stimmte Eris mit ein. In seinen Augen lag ein Strahlen, das von der grenzenlosen Liebe zu seiner Schwester zeugte.

»Sie müssen hier irgendwo sein«, meinte Sola und schob einen Zweig beiseite, an dem schwere, Pelz überzogene Blätter hingen. Alles um sie herum war grün. Zwischendurch streckten ein paar vorwitzige Pflanzen ihre Blütenkelche in die Luft, zwischen denen gestreifte und gepunktete Insekten summend hin und her flogen.

»Was ist das?« Eris blieb stehen und deutete auf einen schwarzen Haufen, der unmittelbar vor ihm aufragte.

Das Gefühl einer gefährlichen Erkenntnis regte sich in Solas Eingeweiden. Das war der Kadaver des Nachtschattens, an dem sich nun Fliegen und Ungeziefer labten. Wenn das tote Tier hier lag, dann müssten Leander und Alba genau dort sein. Ihr Blick fiel auf platt gelegene Äste, die stellenweise rostbraun gefärbt waren. Getrocknetes Blut. Hier hatte Alba gelegen. Doch von ihr oder Leander war nicht der Hauch einer Spur.

»Was ist los?«, fragte Eris und sah Sola misstrauisch an. »Stimmt etwas nicht?«

»Bleib hier«, befahl Sola kurz angebunden. »Pass auf Walter und den Rucksack auf!« Sie stolperte mit ihrem Stock durch die Bäume hindurch und lief einen großen Kreis um jenen Ort ab, an dem sie Leander und Alba zuletzt gesehen hatte. Sie waren wie vom Erdboden verschluckt. Ängstlich stellte sie sich vor, wie ein weiterer Nachtschatten vom toten Körper seines Artgenossen angelockt worden war, und die beiden angegriffen hatte. Mit jedem Schritt wuchs ihre Angst, Körperteile von Leander oder Alba zu finden. Doch anstatt eines abgetrennten und blau angelaufenen Arms entdeckte Sola an einem tiefhängenden Ast eines Baumes ein Stückchen Stoff. Wie es ihre Krücke zuließ, eilte sie darauf zu. Der Stofffetzen wehte im Wind und kringelte sich. Er gehörte ohne jeden Zweifel zu Leanders Caught-in-Fire-Shirt. Sola löste den Knoten und nahm den Fetzen an sich, als wäre er ein unermesslich wertvoller Schatz. Leander hatte ihr die Richtung für den Rückweg markiert. Jetzt erkannte Sola die mächtigen Baumstämme, an denen sie vorbeigelaufen waren, ehe sie mit dem Nachtschatten gekämpft hatten.

»Komm hierher, Eris!«, rief sie.

Zwei Sekunden später erschien der Junge keuchend an ihrer Seite. »Ist Alba hier?«

Sola zeigte ihm das Stück Stoff. »Leander hat sie in Sicherheit gebracht. Komm mit mir, ich bringe dich zu deiner Schwester!«

***

Eris kleine, warme Hand wanderte in Solas, nachdem er die unheimlichen Netze der Ikart-Spinnen entdeckt hatte.

»Leander hat mir versprochen, dass die ungefährlich sind«, sagte Sola, als über ihnen ein Paar riesiger Augen auftauchte. Am liebsten hätte sie ihren Stock gepackt und als Waffe geschwungen, um die Spinnen mit ihren langen, haarigen Beinen zu vertreiben.

»Die sind eklig«, flüsterte Eris und beschleunigte sein Tempo, sodass Sola mit ihrer Krücke ins Straucheln geriet. Inzwischen sah ihr ganzes Bein aus, als hätte sie jemand tätowiert. Die Schlieren des Schlangengiftes hoben sich dunkel von ihrer Haut ab und verschwanden im Schaft ihrer Stiefel. Sie hoffte, dass Eris Recht behielt und ihr vom Gift keine Gefahr mehr drohte.

Im Dschungel fand Sola immer wieder Fetzen von Leanders Shirt.

»Ist dieser Leander dein fester Freund?«, fragte Eris unbedarft.

Ihre Antwort schnitt Sola tief ins Herz. »Wir sind Freunde.«

»Und wieso sammelst du dann die Reste seines Shirts ein?«, wollte Eris kichernd wissen.

Sola überlegte, dann entschied sie sich für die Antwort-Variante *Eingeschnappter Teenager*: »Das geht dich nichts an!«

Giggelnd warf Eris Küsschen in die Luft. Walter klatschte ausgelassen und feuerte den Jungen an. Zur Strafe packte Sola seine Hand ein wenig zu fest. Empört riss Eris sich von ihr los. »Du hast mir weh getan!«

»'Tschuldigung«, brachte Sola zwischen zusammengequetschten Zähnen hervor.

Endlich lichtete sich der Wald und sie gelangten in jenen Teil des Dschungels, in dem Sola sich ein wenig besser zurecht fand. Fast hatten sie die Bucht erreicht, in der die Starstorm ankerte, als ein Schatten durch die Bäume schlich. Weil er so aussah, als wollte er nicht gesehen werden, zog Sola Eris hinter einen breiten Stamm und bedeutete dem Jungen, keinen Mucks zu machen. Sola schaute vorsichtig um ihr Versteck herum. Die Gestalt, die über Wurzeln stieg und geblümte Ranken beiseite schob, hatte Sola schon einmal gesehen. Sie erinnerte sich an den schönen Jungen mit dem Ball, der Maris an dem Tag begleitet hatte, als er Sola am Strand attackiert hatte.

Ash.

In seinem Hosenbund steckte eine glänzende Pistole, deren Anblick Sola eine Heidenangst einjagte. Die ausgeprägten Linien seines Gesichts wurden von den Blättern der umliegenden Bäume umschattet und weckten in ihr den dringlichen Wunsch, nicht von ihm entdeckt zu werden. Seine kräftigen Arme pflügten durch das Unterholz und schlugen sich eine Schneise, als könnte ihn nichts aufhalten.

»Er darf uns nicht sehen«, wisperte Sola zu Eris. Der Junge nickte mit weit aufgerissenen Augen, in denen die blanke Angst stand. Er wusste, was mit ihm geschehen würde, wenn die Auserwählten um Maris ihn fanden. Sola sah es in seinem Blick.

Ash näherte sich ihnen gefährlich. Der Dschungel schien vor Spannung zu verstummen. Plötzlich war Ashs Atmung so laut, als stünde er direkt neben Sola. Sie selbst hielt die Luft an und kniff die Augen zu. Dann begann Eris, hartnäckig an ihrem Saum zu zupfen. Sola blinzelte und der Junge gab ihr ein Zeichen. Sie streckte zuerst ihren Haaransatz, dann Stirn- und Augenpartie aus ihrem Versteck. Ash hatte kehrtgemacht und stromerte in die entgegengesetzte Richtung davon.

»Wer war das?«, wollte Eris wissen, sobald Maris' Freund außer Hörweite war.

»Du kannst dich glücklich schätzen, wenn du das nie herausfindest«, entgegnete Sola und führte ihn zu dem Dickicht, hinter dem die Bucht lag. Sie kämpften sich hindurch und wurden von dem flüsternden Rauschen der Wellen in Empfang genommen. Berauschende Erleichterung überkam Sola, als sie in der Ferne die Starstorm im Wind dümpeln sah.

»Das ist dein Schiff?«, fragte Eris ehrfürchtig.

»Ja«, sagte Sola stolz. »Das ist die Starstorm.«

»Und wie kommen wir dort rüber?«, wollte der Junge skeptisch wissen. Er musterte das Meer, als wollte es ihn verschlingen.

»Wir schwimmen«, antwortete Sola selbstverständlich. Sie humpelte auf die schaumbekrönten Wellen zu, auf denen die Sonnenstrahlen glitzerten.

Eris blieb stehen. »Ich weiß nicht wie«, gab er mit fiepender Stimme zu.

»Du kannst nicht schwimmen?«, fragte Sola.

»Ich glaube nicht«, meinte der Junge zaghaft.

»Okay«, sagte Sola. »Gib mir den Rucksack. Du hältst dich an meiner Schulter fest. Es ist nicht tief, du musst nicht richtig schwimmen!« Eris reichte ihr Albas überdimensionalen Begleiter. Weil sie ganz vergessen hatte, wie schwer er war, wankte Sola und stützte sich im letzten Moment auf ihrem Stock ab. Sie bewunderte Eris dafür, dass er ihn tapfer bis hierher geschleppt hatte.

Gemeinsam wateten sie ins warme Wasser und kämpften gegen die Wellen an, die an ihren Beinen und an Solas Stock zerrten. Jedes Mal, wenn eine Welle auf sie zurollte, hüpfte Eris. Schließlich quietschte er vor Freude, weil das Wasser um ihn spritzte.

»LUKI!«, rief Sola, als sie die Starstorm erreichten. Sie warf einen mächtigen Schatten ins Wasser, in dem die kleinen Fische flitzten. Nichts geschah. »LUKI!«

»Wer ist Luki?«, wollte Eris wissen und musterte das Schiff scheu.

»Mein Kindermädchen«, antwortete Sola knapp. »LUKI!«

»Du hast ein Kindermädchen?«, kicherte Eris.

»Ja«, knurrte Sola zwischen den Zähnen.

»Wie sollen wir dort rauf kommen?«, fragte Eris und schürzte die Lippen.

»Mit einer Leiter«, seufzte Sola genervt. »LUKI!«

Walter machte: »RRRRRR!«

Endlich ertönte das vertraute Summen. Der Bauch des Schiffes öffnete sich und die Strickleiter zockelte nach unten. Sobald Sola die unterste Sprosse erreichen konnte, klammerte sie sich daran fest. »Nicht loslassen«, mahnte sie Eris, der sich wie ein Kletteräffchen an ihr festkrallte. Dann zuckte die Leiter und zog sie aus dem türkisblauen Wasser.

Sola erkannte Lukis leuchtende Silhouette vor der Schwärze des Schiffsbauches. Aufgeregt wackelte die Androidin von einem Bein auf das andere.

»Da bist du ja endlich, Miss Sola«, wehte ihre mechanische Stimme an Solas Ohr.

»Das ist dein Kindermädchen?«, fragte Eris beeindruckt. »Boah, cool!«

»Sehr erfreut«, sagte Luki und klang geschmeichelt. Sie half Eris von der Strickleiter, dann folgte Sola ihm und war dankbar, den vertrauten Duft der alten Planken inhalieren zu können.

»Sola.«

Sie erstarrte. Leander stand am anderen Ende der Eingangshalle und sah sie unverwandt an. Plötzlich war ihr schmerzendes Bein vergessen. Sola warf ihre Krücke weg. Sie hastete und humpelte abwechselnd auf Leander zu. Er streckte die Arme nach ihr aus und fing sie auf. Ausgelassen wirbelte er sie um sich herum, bevor er sie vorsichtig zurück auf die Füße setzte. Eine winzige Sekunde lang starrte Sola in seine felsgrauen Augen. Dann stellte sie sich auf ihre Zehenspitzen und küsste Leander, ehe er etwas sagen konnte. Tausende Schmetterlinge machten begeisterte Saltos in Solas Bauch. Ihr Herz pochte wild gegen ihren Brustkorb und sie fühlte sich, als würde sie erneut den Boden unter den Füßen verlieren.

Leander schmeckte nach salziger Seeluft. Seine Lippen waren so weich, dass Sola ihn für immer küssen wollte. Das Gefühl, dass sie in ihr hervorriefen, verwandelte die Ängste der letzten Stunden in pures Glück.

Lukis ungnädiges Räuspern holte Sola zurück in die Realität. Sie wurde stocksteif und sah Leander erschrocken an. Sie löste sich von ihm und stolperte ein paar Schritte zurück.

»Entschuldigung«, murmelte sie verlegen und wich seinem Blick aus. Sie wollte nicht wissen, was sich darin abspielte.

»Du musst Leander sein«, sagte Eris und ging neugierig auf ihn zu.

»Und du bist sicher Eris«, grinste Leander mit glühenden Wangen. »Ich habe schon viel von dir gehört!«

Sola hielt inne. »Hast du?«, fragte sie. »Heißt das…«

»Alba geht es gut«, bestätigte Leander lächelnd. »Naja, den Umständen entsprechend. Aber sie wird es schaffen!«

»Darf ich zu ihr?«, wollte Eris schüchtern wissen.

»Nicht zu lange«, schaltete Luki sich ein. »Die Patientin muss sich erholen!« Sie drängelte sich an ihnen vorbei und führte sie durch den Gang.

Eris trat unauffällig zu Sola. »Du hast mich angeschwindelt«, flüsterte er empört, als er sich sicher war, dass Leander nicht lauschte.

»Wie meinst du das?«, entgegnete Sola und dämpfte ihrerseits die Stimme.

»Er ist ja doch dein Freund!«, meinte Eris und wies mit dem Daumen über die Schulter auf Leander. Sola wurde rot. Sie wusste nicht, was sie dazu sagen sollte. Also räusperte sie sich peinlich berührt.

Vor einem Zimmer, das im hinteren Teil des Unterdecks lag, blieb Luki stehen. Wenn sie in der Lage gewesen wäre, einen ernsten Gesichtsausdruck aufzulegen, hätte sie dies sicherlich getan. Stattdessen machte sie Achtung heischend: »Chm, chm!« Sie baute sich vor der Tür auf. »Die Patientin braucht Ruhe«, erklärte sie Eris mit Nachdruck. Sie legte die Hand auf die Klinke und die Tür ging mit einem Schwung auf.

»Eris!« Albas Stimme war erstaunlich klar. Der Junge schubste die Androidin beiseite und stürmte durch den Raum. Vor Albas Bett ging er in die Knie und legte seine Arme um ihre Brust. Leise lächelnd tätschelte Alba den roten Schopf des Jungen.

»Alba«, schluchzte er und vergrub das Gesicht in ihrer Decke. »Was ist mit dir geschehen?«

»Mach dir keine Sorgen, Kleiner«, sagte Alba mit glasigem Blick. »Ich hatte eine unschöne Begegnung mit einem Nachtschatten, aber Leander hat mich wieder zusammengeflickt!« Sie nickte Leander dankbar zu und wandte sich an Sola: »Ich wusste, dass du es schaffst!«

»Ich war mir zwischendurch nicht so sicher«, meinte Sola und ließ sich zu einem Grinsen hinreißen.

»Wieso warst d-du so lange weg?«, fragte Leander.

»Sie hat sich von einer Schlange beißen lassen«, petzte Eris. »Ich musste sie erstmal zusammenflicken, ehe sie mir sagen konnte, was los war!«

»Von einer Schlange?« Leander war besorgt und musterte Sola. »Was für eine?«

»Eine komische«, meinte Sola vage.

»Es war eine Lilax«, sagte Eris und hob sein T-Shirt hoch. Auf seinem Bauch breiteten sich die dunklen Schlieren des Giftes netzartig aus, wie sie es auf Solas Bein taten. »Ich wusste, was ich tun musste!«

»Wie wäre es«, warf Leander ein, »wenn wir Alba und Eris ein wenig alleine lassen. Sie haben sicherlich eine Menge zu besprechen.« Mit einem finsteren Blick zu Sola fügte er hinzu: »Und ich sehe mir den Schlangenbiss an!« Als wäre es Solas Schuld, dass die Lilax zugeschnappt hatte…

Kleinlaut humpelte Sola hinter ihm her. Walter folgte ihrem Schatten, während Luki sich als Wache vor Albas Zimmer positionierte und die Stricknadeln zückte.

Die Sonne strahlte auf das Deck, als wäre heute der schönste Tag des Jahres. Über dem Wasser vermischte sie sich mit einem leichten Wind und wirkte wie eine Wohltat auf Solas Haut.

»Du hast dich verbrannt«, sagte Leander und führte sie in den Schatten des Großmastes.

»Nicht so schlimm«, meinte Sola mit einer wegwerfenden Handbewegung. Stumm wies Leander sie an, sich auf den Boden zu setzen.

»Wo hat d-dich die Schlange erwischt?«, wollte er wissen.

Sola verdrehte die Augen. Sie streifte den Stiefel aus und hob den Rock bis zum Oberschenkel. Das Spinnennetz umfasste inzwischen die ganze rechte Wade und reichte bis über ihr Knie. Über den zwei Punkten, in denen die Schlange ihre Zähne in Solas Bein vergraben hatte, lag eine dicke Kruste.

»Wieso bist du nicht w-weggelaufen?«, schimpfte Leander und tastete ihre Haut ab.

»Wieso ich nicht… na, weil das Mistvieh schneller war als ich«, fauchte Sola. »Ich hab mich nicht so zum Spaß beißen lassen!«

»Wenn Eris nicht gewesen wäre, wärst du jetzt tot«, sagte Leander und raufte sich das schwarze Haar, bis es in alle Richtungen stand. »Der Junge hat genau richtig gehandelt!«

»Keine Ahnung«, meinte Sola. »Ich war ohnmächtig.«

»Er muss dir das Bein abgebunden und die Wunde mit einem heißen Sud aus Kamille und Fanfar ausgespült haben«, mutmaßte Leander. »Das ist das Einzige, das gegen einen solchen Biss Wirkung zeigt.« Er seufzte, dann vergrub er das Gesicht in den Händen. »Ich hätte dich nicht g-gehen lassen dürfen!«

»Mir ist doch nichts passiert«, meinte Sola zaghaft.

Leander wies auf ihr Bein. »Das wird dich nun ein Leben lang begleiten. Das Gift hat deine Adern dunkel gefärbt wie bei Eris.«

Sola reagierte in Anbetracht des unfreiwilligen Tattoos gelassen und sagte: »Na, so habe ich wenigstens eine sichtbare Erinnerung an meine allererste Heldentat!«

Kurz glaubte sie, Leander würde ausrasten. Aber er holte tief Luft und sagte leise: »Ich bin stolz auf dich!«

***

Als sie in Albas Zimmer zurückkehrten, saß Eris auf ihrer Bettkante und lachte albern.

»Ich meine es ernst«, sagte Alba ärgerlich. Ihre Hand schloss sich fest um den Arm des Jungen. »Hast du verstanden, was ich gesagt habe?«

»Lass mich los«, quengelte Eris.

»Du darfst das Unterdeck nicht verlassen, hast du mich gehört?«, beschwor Alba ihn. »Niemand darf dich sehen! Wenn Maris erfährt, dass du hier bist…«

»Wir passen auf ihn auf«, mischte Sola sich ein.

»Ich darf noch nicht mal mit Sola schwimmen?«, fragte der Junge empört.

»Ihr könnt andere Sachen zusammen machen«, entgegnete Alba streng. »Hier. An Deck!«

Eris schnaubte. »Das ist doch langweilig!«

»Besser langweilig als tot«, brauste Alba auf. »Versprich es mir!«

Unwillig verschränkte Eris die Arme vor der Brust.

»Versprich es mir!«, flehte Alba und ihre Worte mündeten in einem Husten. Sie stöhnte und presste die Hände auf ihre Wunde.

»Na gut«, seufzte Eris. »Ich verspreche es!« Er zog eine Schnute. Im Vorbeigehen wuschelte Leander durch sein Haar.

»Ihr müsst mir schwören, dass ihr niemandem etwas von Eris erzählt«, sagte Alba. »Niemand darf je von ihm erfahren!«

»Was denkst du denn von uns«, entgegnete Sola.

»Er ist hier in Sicherheit«, sagte Leander. »Ihr beide!«

Alba nickte und gähnte. Ihre Lider flatterten.

»Eris, wie wäre es, wenn du dir ein Zimmer ganz für dich alleine aussuchst?«, fragte Sola. »Dann hat deine Schwester Ruhe!«

»Wirklich?«, rief Eris begeistert. »Kann ich im Steuerraum schlafen?« Seine Augen leuchteten.

»Naja, wie wäre es mit jedem anderen Zimmer außer Steuer- und Maschinenraum?«, schlug Sola vor.

Die Begeisterung des Jungen dämpfte diese Einschränkung nur minimal. Er hopste von Albas Bett und tänzelte zur Tür. »Jetzt, oder was?«, drängelte er und klopfte gegen den Türrahmen.

Sola und Leander tauschten einen Blick. Dann sagte Sola: »Ich mach das schon.«

Eris bezog das Zimmer, das neben dem seiner Schwester lag. Es hatte zwei große Bullaugen, durch die er die Wellen beobachten konnte, die sich am Strand brachen. Sola suchte das ganze Schiff nach Spielsachen ab. Als sie dem Jungen schließlich ein geschnitztes Holzpferdchen brachte, das viele Jahre in ihrem Regal gestanden hatte, sah er sie empört an.

»Ich bin doch keine fünf mehr!«, rief er.

»So?«, machte Sola. Entschuldigend ließ sie das Pferd hinter ihrem Rücken verschwinden – und war froh, dass sie es nicht hergeben musste. »Was machst du dann gerne?«

»Hast du Bücher?«, wollte Eris wissen.

Überrascht sah Sola ihn an. »Du liest gerne?«

»Selbstverständlich«, sagte Eris in einem Ton, dass Sola sich fragte, warum sie es nicht besser gewusst hatte.

***

Die nächsten Tage auf der Starstorm verbrachte Sola damit, Eris im Auge zu behalten. Am liebsten hätte er das gesamte Schiff auf den Kopf gestellt und erkundet. Es war, als würde sie einen Sack Flöhe hüten. Sobald sie ihn von dem einen Unfug abgehalten hatte, heckte er schon wieder den nächsten aus. Luki hatte dafür nur ein mildes Lächeln übrig und wurde nicht müde zu betonen, dass Sola als Kind genauso gewesen war. Dann und wann fügte sie hinzu, wenn sie glaubte, dass Sola sie nicht mehr hören konnte: »Und heute auch noch…«

Leander versorgte Albas Wunde regelmäßig. »Solange sie nicht anfängt zu riechen, habe ich es im Griff«, sagte er immer wieder, wenn er die Verbände wechselte. In der Zeit hielt Sola meist Abstand von dem Zimmer. Sie gruselte sich vor Albas Wunde.

Einen trägen Nachmittag verbrachte Sola im Schatten des Großmastes. Sie hatte Eris heimlich erlaubt, sie zu begleiten, solange er sich brav in der Mitte des Schiffes aufhielt, wo ihn niemand sehen konnte, der zufällig am Strand entlang spazierte. Trotzdem kam ihr diese Sicherheitsmaßnahme sinnlos vor, wenn man bedachte, dass die Person, die Eris entdeckte, unweigerlich auch die Starstorm entdeckte.

Sie spielten Karten und Sola war gerade dabei, jämmerlich zu verlieren, als Leander sich zu ihnen gesellte. »Wie geht es der Patientin?«, fragte Sola aus reiner Gewohnheit.

»Die Wunde nässt ein wenig«, seufzte Leander. »Es wird noch eine Weile dauern und es wird schmerzhaft werden, aber sie schafft das schon!«

Als Luki an Deck trat, machte sie ein ungeduldiges Geräusch und zockelte mit erhobenem Finger auf sie zu. Ihr missfiel es, wie viel Zeit Sola und Leander miteinander verbrachten. Und jetzt verletzte auch noch Eris die Regeln!

»Ich frage mich, wie du es geschafft hast, dass sie euch eingelassen hat«, murmelte Sola an Leander gewandt.

»Ich hatte ein blutendes Mädchen im Arm und habe wie am Spieß geschrien«, antwortete er ihr mit leiser Stimme. »Vielleicht dachte sie, du seist es. Sie hat jedenfalls nicht g-gezögert!«

»Was macht ihr hier?«, fragte sie streng.

»Bis gerade haben wir uns entspannt«, entgegnete Sola.

»Eris muss sofort unter Deck!«, rief Luki empört. Sie scheuchte den jammernden Jungen auf und bugsierte ihn in Richtung Tür. »Warte nur, bis ich das deiner Schwester erzähle!«, drohte sie.

Dann nahm sie Sola und Leander ins Visier. »Und ihr zwei… Das war sehr verantwortungslos!«

Sola deutete zur Bucht. »Da ist niemand. Wir sind allein!« Ihren Worten folgte ein unheimliches Bauchgefühl und sie wandte sich zu dem Wall aus Palmen. Sie dachte an Ash, der durch das Unterholz geschlichen war. Sie hatte ihn fast vergessen.

Luki schüttelte theatralisch den Kopf. »Sie sehen dich, bevor du sie siehst. In diesem Wald gibt es hunderte Verstecke.« Sie machte ein Geräusch, das einem menschlichen Seufzen ähnlich war. Ihr Blick wanderte über Leander und blieb an seinen nackten Füßen hängen. »Hast du eigentlich keine Schuhe?«

»Luki!«, fuhr Sola sie an.

Leander hob besänftigend den Arm. »Schon gut«, sagte er und wackelte mit seinen Zehen. »Ich brauche k-keine Schuhe!«

»Es ist unziemlich, mit schmutzigen Füßen herumzulaufen!«, bemerkte Luki.

»Unziemlich?«, wiederholte Sola. »Luki, was soll das?«

»Er ist hier zu Gast. Da könnte er wenigstens ein paar Manieren herauskramen!«

»Mir ist egal, dass er barfuß ist!«, rief Sola. »Leander, das tut mir leid. Luki ist ein Feel-Bot der allerersten Generation. Bei ihrer Programmierung kamen Feingefühl und Sensibilität zu kurz!«

Leander gluckste. Dann wedelte Luki mit der einen Hand, mit der anderen zauberte sie ein buntes Paar Socken hervor. »Habe ich selbst gestrickt«, erklärte sie und reichte sie Leander. »Ich schenke sie dir!«

Dieser nahm das Geschenk mit offenem Mund entgegen. »Äh, d-danke«, murmelte er verlegen.

»Entschuldigt mich«, sagte Luki und gebärdete sich überschwänglich. Sie folgte Eris mit wackelndem Häubchen ins Schiff.

»Sie mag dich!« Sola zwinkerte Leander zu.

»Wie hast du es nur dein ganzes Leben mit ihr ausgehalten?«, flüsterte dieser mit hochgezogenen Brauen. »Sie ist ja schlimmer als jede Mutter!«

»Sie ist *genau* wie meine Mutter«, korrigierte Sola ihn. »Meine Mutter hat sie eingerichtet. Luki reagiert, wie sie es getan hätte.«

Eine Weile schwiegen sie. Sola legte sich zurück und blinzelte gen Himmel, wo sich zuckerwatteweiche Wolken türmten.

»Ich habe nachgedacht«, sagte Leander ein wenig später, als die Sonne sich allmählich dem Horizont neigte.

»Worüber?«, fragte Sola neugierig und drehte sich ihm zu.

»Über den N-nachtschatten.«

»Was ist mit ihm?«

Leander schwieg. Er schluckte. Dann sagte er: »Nachtschatten sind besondere Wesen.« Seine Stimme war butterweich, als er von den Tieren sprach. »Sie sind wahnsinnig selten. Ich habe noch nie zuvor einen von ihnen gesehen.«

»Naja, besser so. Oder nicht?«

»Eigentlich sind sie nachtaktiv.«

»Dieser offenbar nicht!«

»Ich frage mich, was g-geschehen ist.«

»Vielleicht hat ihn etwas aufgescheucht.«

Leander kaute nachdenklich an seiner Unterlippe. Endlich sah er sie wieder an. »Du könntest Recht haben. Maris' Lager liegt dicht an ihrem natürlichen Lebensraum. Vielleicht fühlen sie sich gestört durch den Lärm der anderen?«

»Würden sie das Lager dann nicht angreifen?«, wollte Sola wissen und konnte kaum verhindern, dass sie hoffnungsvoll klang.

Leander richtete sich auf und schaute in Richtung Bucht. Der Wind erfasste seine Haare und zog daran. »Wenn sie Junge haben, vielleicht«, sagte er. »Aber das ist extrem selten. Die Nachtschatten sind vom Aussterben bedroht.« Er seufzte reuevoll. »Und ich habe einen von ihnen g-getötet!«

»Du hast uns gerettet«, widersprach Sola.

»*Sie* haben nicht bedacht, dass Thethys nicht für den Menschen geschaffen wurde«, sagte Leander düster. »Die Insel wird uns zerstören!«

***

Buch Drei

Die drei Monde standen hoch am Himmel über Thethys und tauchten den Dschungel in ein silbriges Licht. Sola saß auf ihrem Bett und hatte das Kinn auf den Knien abgelegt. Die Decke hing wie ein Umhang über ihren Schultern. Auf dem Kissen hatte Walter es sich bequem gemacht und schnarchte, als würde er den Wald abholzen, den Sola seit Stunden beobachtete.

Am Abend war etwas Seltsames geschehen. Sie hatte auf der Reling gesessen und die Beine baumeln lassen, als sie einen Schatten gesehen hatte. Oder geglaubt hatte, ihn zu sehen. Leander hatte nämlich nichts dergleichen wahrgenommen. Sola, die ihm noch immer nicht von Ash erzählt hatte, war überzeugt, dass dort jemand im Gebüsch auf der Lauer gelegen und womöglich die Starstorm gesehen hatte.

Sie hoffte, dass sie noch einmal etwas sehen würde, um ganz sicher zu gehen, dass sie es sich nicht eingebildet hatte. Deshalb saß sie im Dunkeln in ihrem Zimmer und starrte nach draußen. Zwischendurch wurden ihre Lider schwer und der Kopf kippte auf ihre Schulter. Sie schreckte hoch. Dann sah sie es: Zwei Personen schlichen über den Strandabschnitt und gestikulierten immer wieder in Richtung Starstorm. Sola schoss hoch und klebte fast an der Scheibe des Bullauges, damit ihr nichts entging. Sie konnte nicht erkennen, wer die Gestalten waren, aber der Statur nach zu urteilen, waren es zwei Männer. Und sie hätte sehr viel darauf verwettet, dass einer von ihnen Ash war.

Die Gestalten liefen quer über den Strand und verschwanden im Gebüsch. Mit klopfendem Herzen versuchte Sola, die Dunkelheit zu durchdringen. Doch sie tauchten nicht noch einmal auf. Jetzt war sie sich absolut sicher, dass sie jemanden gesehen hatte!

Sie verließ ihr Zimmer und huschte zum Raum des Capt'ns, den Luki inzwischen für sich beanspruchte. Die Androidin erhellte den Raum durch ihr trübes Leuchten. Sie hatte sich über ein Buch gebeugt und blätterte versunken darin herum.

»Luki«, keuchte Sola und stolperte in den Raum. Ihr rechtes Bein stellte sich ihr bisweilen noch immer in die Quere.

»Miss Sola«, sagte Luki und tat, als schräke sie zusammen.

»Du bist ein Roboter«, knurrte Sola. »Du kannst dich nicht erschrecken!«

»Wie unhöflich«, murrte Luki und klappte das Buch zu. »Und das um die Uhrzeit. Was willst du?«

»Ist dir in letzter Zeit etwas Ungewöhnliches am Strand aufgefallen?«, wollte Sola beiläufig wissen.

Luki drehte sich zu der großen Glasscheibe. »Es ist dunkel«, meinte sie wenig hilfsbereit.

»Das habe ich auch schon bemerkt«, meinte Sola spitz. Sie schürzte die Lippen. »Hast du dort jemanden gesehen?«

»Ja«, antwortete Luki prompt.

»Wirklich?«, rief Sola und hatte eine dunkle Vorahnung.

»Ja, jeden Tag«, bestätigte Luki gelangweilt. »Es ist Leander!«

Obwohl Leander viel Zeit auf dem Schiff verbrachte, hatte er sich angewöhnt, gegen Abend in Lunas Camp zurückzukehren. Früh am Morgen, ehe die Mantis-Quallen aufstiegen, kam er zur Starstorm zurück. Meist brachte er einen Korb mit frischen Früchten mit, über die Sola und die anderen mit Begeisterung herfielen.

Enttäuscht schob Sola die Unterlippe vor. »Ich meinte eher, ob dir jemand anderes am Strand aufgefallen ist. Nicht Leander!«

Luki legte kurz den Kopf schief. »Nein!« Dann öffnete sie das Buch wieder und versank zwischen seinen Seiten.

Sola seufzte. »Na schön.« Mit einem letzten Blick auf den dunklen Strand ging sie zurück in ihr Zimmer. In dieser Nacht griffen unheimliche Gestalten in ihren Träumen nach ihr und versuchten, sie im seichten Wasser zu ertränken. Sola wollte sich gegen sie wehren, trat nach ihnen, um zu entkommen. Doch sie waren überall. Schweißgebadet wachte Sola auf. Sie zitterte am ganzen Leib. Trübes Morgenlicht fiel durch das Bullauge und konturierte Bett und Bücherregal. Walter schnarchte seelenruhig. Er hatte alle Viere von sich gestreckt. Jedes Mal, wenn er ausatmete, pustete er eine Strähne seines seidigen Fells an, die dann beim Einatmen seine Nase kitzelte.

Solas Zimmertür stand einen Spaltbreit offen. Verwundert kletterte sie aus dem Bett. Hatte sie sie nicht richtig geschlossen, als sie in ihr Zimmer zurückgekehrt war?

»Guten Morgen«, sagte eine Stimme. Sola machte einen so großen Satz, dass sie sich fast den Kopf an der Decke angeschlagen hätte.

In einer Ecke ihres Zimmers kauerte Leander am Boden und musterte sie amüsiert.

»Was machst du hier?«, fauchte Sola, der bewusst wurde, dass sie nur Unterwäsche trug. Sie schnappte sich ihre Decke und wickelte sich wutschnaubend darin ein.

»Ich konnte heute Nacht nicht schlafen«, meinte Leander. »Ich hatte so ein komisches Gefühl.«

»Und du hältst es für eine gute Idee, mir stattdessen beim Schlafen zuzusehen?«, knurrte Sola.

Verunsichert flackerte Leanders Blick. »D-du hast nicht wirklich geschlafen. Du hast gestöhnt und dich hin und her gewälzt und…«

»Hast du schon mal was von Privatsphäre gehört?« Sola stemmte die Hände in die Hüften und sah ihn tadelnd an.

Leander zog die Nase kraus. »Soll ich wieder g-gehen?«

Sola seufzte. »Natürlich nicht«, sagte sie. »Erschreck mich nur nie wieder!« Sie klopfte auf die Matratze und bedeutete Leander, sich neben sie zu setzen. Walter schob sie mitsamt Kissen ganz an den Rand. Er schnarchte laut auf, hustete und schlief weiter. »Ich wünschte, ich könnte so tief schlafen wie der Emmling«, meinte Sola neiderfüllt. Sie spürte Leanders Arm dicht neben sich. Seine Haare kitzelten ihre Haut. Sie schluckte. Ein halber Zentimeter lag zwischen ihnen. Solas Hand lag neben Leanders, als würde sie darauf warten, dass er seine Finger mit ihren verwob. Sie starrte seine Hand an, als könnte sie ihn allein durch ihren Blick dazu bringen, sie zu berühren.

Als Leander sich schüchtern räusperte, zuckte Sola zusammen. Wie durch ein Wunder rutschte ihr kleiner Finger über die Matratze und stupste Leanders an. Er rührte sich nicht. Er nahm ihre

Hand nicht, aber er zog seine auch nicht zurück. Schweigend saßen sie nebeneinander und Sola spürte, wie sich der winzige Abstand zwischen ihnen in eine knisternde Stimmung verwandelte. Sie neigte den Kopf und es schien, als wäre ihr Hals eingerostet. Sehnen und Muskeln quietschten, als ob sie lange nicht geölt worden wären. Leander reagierte auf ihre Bewegung und wandte sich ihr zu. Sein Atem berührte ihre Wange. Seine Lippen waren nur noch Millimeter von ihren entfernt.

Dann erstarrte Sola. Sie hielt die Luft an und wagte nicht mehr, auszuatmen. Was, wenn sie Mundgeruch hatte? Sie hatte doch bis eben geschlafen! Während Leander sich ihr näherte, wich sie immer weiter zurück, bis sie mit dem Kopf gegen die Einfassung des Bullauges knallte.

»Autsch!«, rief sie. Sterne zuckten vor ihren Lidern. Sie blinzelte Schmerzenstränen weg, die aus ihren Augen zu sickern drohten.

»Alles in Ordnung?«, fragte Leander und zog sich zurück.

»Was macht ihr da?« Sola hatte ein zweites Mal nicht bemerkt, wie sich jemand in ihr Zimmer geschummelt hatte. Aber diesmal schrak auch Leander zusammen. Eris' Rotschopf lugte durch den Türspalt.

»Dasselbe könnte ich dich fragen!«, fauchte Sola, schubste den verwirrten Walter vom Kissen und warf es nach dem Jungen.

Der ging lässig in Deckung und konnte ein gehässiges Grinsen nicht verbergen. »Hab euch gehört. Ich kann schließlich nichts dafür, dass ihr so laut seid!«

»Rrrrr«, machte Walter, kippte vornüber und schnarchte auf Solas Schoß weiter. Sola und Leander mussten lachen.

»Geh wieder ins Bett«, sagte Sola schließlich zu Eris, als sie sich gefangen hatte.

»Ich kann jetzt aber nicht mehr schlafen«, brummte Eris beleidigt und schlich auf Solas Bett zu. »Kann ich nicht bei euch bleiben?«

»Na k-komm schon her«, sagte Leander und rückte von Sola weg, der plötzlich ganz kalt war. Enttäuscht sah sie zu ihm. Der romantische Augenblick zwischen ihnen war nicht mehr als ein wunderschöner Traum, der noch an ihren Wimpern haftete. Wenn sie sich das nächste Mal über die Lider rieb, wäre er vollends verschwunden.

»Liest du mir was vor?«, bat Eris und zog wahllos ein Buch aus Solas Regal.

Zögerlich nahm Leander es entgegen und strich über den blauen Umschlag, den ziselierte Linien dekorierten. In feinen Lettern stand in der Mitte *Das Märchen von Schnee und Eis*. »Ich k-kann nicht so gut lesen«, sagte Leander verunsichert. »Vielleicht b-bittest du Sola?«

»Ich möchte aber, dass *du* mir vorliest«, beharrte Eris und kletterte in ihre Mitte. Flehentlich schaute er zu Leander auf. Dieser wiederum sah hilfesuchend zu Sola. Doch Sola zuckte nur mit den Achseln und warf die Decke über die beiden Jungs.

»Das gehört zu meinen liebsten Märchen«, sagte sie. Sie lehnte sich zurück und machte es sich gemütlich.

Leander schlug die erste Seite auf. Seine Finger zitterten ein wenig, als sie über der ersten Zeile schwebten und den edel dekorierten ersten Buchstaben berührten. Er zögerte, während Eris sich an ihn kuschelte, einen sehnsüchtigen Ausdruck auf dem Gesicht. »Es w-war einmal…«

Zuerst schwebte seine Stimme unsicher stotternd durch den Raum, wurde aber selbstbewusster, je länger er las. Sola träumte sich in die Welt, die seine Worte erschufen.

Am Ende fragte Leander: »Und das war dein liebstes Märchen?« Er musterte Sola mit hochgezogenen Brauen. »Ich habe jetzt noch eine Gänsehaut!« Als Beweis hielt er ihr seinen Arm unter die Nase, auf dem alle Härchen zu Berge standen.

»Mir hat es gefallen«, meinte Eris und schnappte sich das Buch aus Leanders Händen. Er blätterte traumverloren darin herum und betrachtete die schwarz-weißen Illustrationen.

»Manche Geschichten sind wunderschön, nicht weil sie besonders gut geschrieben und durchdacht sind oder aufregende Figuren durch die Seiten führen. Manche Geschichten sind wunderschön, weil sie in uns Emotionen auslösen.« Sola deutete auf Leanders Gänsehaut, die allmählich abflaute. »*Das* war eine großartige Geschichte!«

Leander grummelte etwas Unverständliches vor sich hin, dann stieg er aus dem Bett. »Ich werde mal nach Alba sehen. Ich muss ihren Verband wechseln!«

Als er den Raum verlassen hatte, klappte Eris das Märchenbuch zu und sah Sola ernst und erwartungsvoll an. Er beugte sich vor und flüsterte mit zusammengekniffenen Augen: »Habt ihr etwa schon wieder geknutscht?«

Sola kniff ihm in die Nase. »Das geht dich gar nichts an«, sagte sie und wünschte sich heimlich, dass sie wirklich geknutscht hätten. »Ich muss mir die Zähne putzen!«

***

Nachdem die Mantis-Quallen ins Meer gesunken waren, schleppte Sola ihre Bettdecke an Deck und rollte sich darauf ein. Sie döste eine Weile und holte den Schlaf nach, den sie sich in der vergangenen Nacht nicht gegönnt hatte. Die Sonne kitzelte ihre Zehen und sie fragte sich, wann dieses Gefühl zur Normalität geworden war. Vor einiger Zeit war ihr alles an diesem Planeten fremd und verkorkst vorgekommen. Sie hatte sich nach Karit gesehnt und die vier engen Wände ihres Appartements vermisst. Heute dachte sie kaum noch an die heruntergekommene Wohnung und die trügerische Sicherheit, die sie ihr geboten hatte. Als letztes Relikt aus ihrem alten Leben vermisste sie ihren Vater schmerzlich. Diesen Verlust würde sie wohl nie überwinden, aber nach und nach hatte Thethys sich mit seinen seltsamen Wesen und der sonderbaren Natur in ihr Herz gestohlen. Dass die Sonne in einem wundersamen Winkel zum Planeten stand, war für Sola inzwischen so normal wie die drei riesigen Monde bei Nacht.

Ein Vogel, der aussah, als wäre eine Farbbombe um ihn herum explodiert, sank zwitschernd auf die Reling der Starstorm. Er sang ein paar Takte eines fremdartigen Liedes, das Sola unter die Haut ging, ehe er sich voller Lebenslust in den Himmel schwang und mit dem unendlichen Blau verschmolz. Sein Lied klang noch Stunden später in Solas Ohren nach.

»Sola!« Die Tür, die unter Deck führte, polterte. Leander lief über die Planken. Er trug die Socken, die Luki ihm geschenkt hatte. Halb richtete Sola sich auf, halb blieb sie liegen. Verwirrt sah sie ihn an. Er beugte sich über sie und zerrte sie in eine ungelenke Umarmung.

»Leander! Alles in Ordnung?«, fragte Sola und rieb sich die Rippen, als er von ihr abließ.

Leander grinste über das ganze Gesicht. »Mehr als in Ordnung«, strahlte er. »Die Wunde nässt nicht mehr und die Schwellung ist zurückgegangen!«

Ohne ihm zu antworten, sprang Sola auf und flitzte in den Bauch des Schiffes. Alba saß lächelnd auf der Bettkante. Ihr Kopf wirkte riesig auf dem abgemagerten Körper, aber ihr Blick sprühte Funken. Eris hockte neben ihr im Schneidersitz und bürstete durch ihr rotes Haar.

»Sola!«, rief er freudig. »Sieh nur, Alba kann alleine sitzen!«

»Wie geht es dir?«, fragte Sola und ließ sich neben Alba nieder. Ihre Haut war noch immer kreidebleich, aber ein rosiger Schimmer regte sich darunter und zeugte von erwachendem Leben.

Alba war noch etwas steif. Sie hatte Mühe, sich zu Sola umzudrehen. Aus den Augenwinkeln sah sie sie an. »Besser«, seufzte sie. »Natürlich tut es immer noch weh, aber ich habe nicht mehr das Gefühl, dass mir bei der kleinsten Bewegung die Gedärme aus dem Bauch flutschen!«

»Wäääääh«, machte Eris albern und steckte sich die Zeigefinger in die Ohren.

»Ja, etwas in der Art wollte ich auch gerade sagen«, meinte Sola.

»Dir wären die Gedärme auch vor ein paar Tagen nicht aus dem Bauch gefallen«, grinste Leander und erschien in der Tür. »Ich weiß, wie man mit Nadel und Ikart-Faden umgeht!«

»Hört, hört«, sagte Alba und zwinkerte ihm zu. »Wolltest du Sola nicht etwas fragen?« Solas Blick flackerte zwischen Alba und Leander hin und her. Wovon redete sie?

Eine helle Schamesröte stieg in Leanders Gesicht und er senkte den Blick. »S-sie ist w-weggelaufen, ehe ich f-fragen konnte!«

Alba schnaubte. »Hör auf zu stottern, du musst nicht aufgeregt sein!«, rief sie ungnädig. »Sie sagt ja!«

»Wozu sage ich ja?«, wollte Sola wissen und funkelte Alba an. Auch wenn sie krank war, hatte sie nicht das Recht, sich über Leander lustig zu machen. Er war ihr nicht von der Seite gewichen und hatte sie umsorgt, bis es ihr besser ging – bis jetzt!

»M-möchtest du den Abend m-mit mir verbringen?«, zwang Leander über seine widerspenstige Zunge. Irritiert sah Sola ihn an.

Alba verdrehte die Augen. »Ein Date«, sagte sie. »Er bittet dich um ein Date!« Plötzlich betrachtete Leander seine Füße, als gäbe es nichts Interessanteres als seine bunten Socken, deren Muster sich in Spiralen um seine Zehen wand.

Ein Prickeln überwältigte Sola und legte die meisten ihrer Sinne lahm. Kurzzeitig verlernte sie, wie man Worte über die Lippen brachte und gurgelte unverständlich.

Mit gerümpfter Nase musterte Alba sie. Dann seufzte sie gedehnt. »Das heißt dann wohl ja!«

Leander sah Sola fragend an. Schwerfällig nickte sie, weil sie verlernt hatte, wie man den Kopf bewegte. Es war, als fiele eine tonnenschwere Anspannung von Leander. Seine Miene hellte sich auf. »Ich hole dich ab, wenn die Sonne untergeht!«

Eris, der die Szene mit offenem Mund beobachtet hatte, fragte: »Knutscht ihr dann?« Sola kitzelte den Frechdachs, während Alba streng über sein Quieken hinweg fragte: »Was weißt du denn schon über das Knutschen? Du bist neun!«

***

»Mir ist schlecht«, sagte Sola wenig später und betrachtete sich in dem schmalen Spiegel, der neben Albas Bett hing.

»Es ist egal, wie du aussiehst«, sagte Alba genervt. »Du könntest einen Kartoffelsack tragen und er wäre immer noch von dir hingerissen. Hast du mal gesehen, wie er dich ansieht?«

»Ich hab's gesehen«, meldete Eris sich zu Wort, der auf dem Fußboden lag und vorgab, in ein vor ihm aufgeschlagenes Buch vertieft zu sein. Er machte eine Geste, als müsste er sich übergeben.

»Siehst du«, sagte Alba triumphierend. »Sogar dem Knirps ist es aufgefallen!«

»Ich bin kein Knirps!«

»Glaubst du, er ist in Liebesdingen eine verlässliche Quelle?«, überlegte Sola und zupfte an dem Hemd. Sie hatte es in der Truhe ihres Vaters gefunden. Es war cremeweiß. Ein hauchdünnes Karo-Muster zog sich über seine Oberfläche. Einen schmalen Strick aus dem Maschinenraum zweckentfremdete sie, indem sie ihn locker in der Taille schnürte. »Dieses Outfit zeigt wunderbar all das, was ich nicht habe«, seufzte Sola und zählte an den Fingern ab: »Busen, Taille, Po!«

»Hihi, sie hat *Busen* gesagt«, kicherte Eris und schlug eine Seite im Buch um.

»Ich bin inzwischen wieder fit genug, um dir die Ohren lang zu ziehen«, drohte ihm Alba. Sie wandte sich wieder an Sola. »Ich kann nicht mehr sagen, als dass du toll aussiehst. Und ich habe auch keine Lust auf dieses Mädchenspiel *Ich-bin-hässlich-Bist-du-nicht-Ich-bin-hässlich-Bist-du-nicht*! Das ist irgendwie nicht mein Ding und wenn es darum geht, werde ich die Erste sein, die nichts mehr sagt. Und du weißt, was dann noch im Raum steht!«

»Sola ist hässlich?«, fragte Eris und rutschte vorsichtshalber einen Meter von seiner Schwester ab.

»Ich denke, mit den Boots wird es ganz okay aussehen«, meinte Sola ergeben und zupfte die letzten Falten glatt. Dann sah sie auf und in ihren Augen blitzte stumme Verzweiflung. »Ich hatte noch nie so ein richtig echtes Date!«

»Dates haben ist wie Atmen«, sagte Alba weise. »Das läuft ganz automatisch. Und irgendwann eben einfach nicht mehr!«

»Hattest du schon mal ein Date?«, wollte Sola wissen.

»Mein kleiner Bruder klebte schon immer wie ein Schatten an mir«, meinte Alba. »Bisher hat sich noch kein Mann bereit erklärt, uns *beide* zu daten. Und derjenige, den ich gerne daten würde, darf von Eris nichts erfahren. Du erkennst das Dilemma?«

Sola ließ die Arme sinken. Ihre Augen quollen aus ihrem Kopf hervor. »Du stehst auf Maris?« Seinen Namen spuckte sie fast aus. »Er würde euch beide töten, wenn er von Eris erfahren würde!«

Alba verschränkte die Arme, als wollte sie Solas Worte nicht so nah an sich heranlassen. »Maris ist eine zutiefst missverstandene Seele.«

»Maris ist ein Psychopath!«, entgegnete Sola scharf. Albas Blick flackerte und Sola spürte, dass sie zu weit gegangen war. Sie versuchte, ihre Stimme in den Griff zu kriegen und fragte versöhnlich: »Weiß er es?«

»Gott, nein!«, rief Alba. »Maris ist ein Mann, der sich nur mit den schönsten Frauen schmückt. Und sind wir mal ehrlich. In diese Schublade passe ich nicht unbedingt.«

»Wie war das mit diesem Mädchenspiel *Ich bin hässlich*...«, murmelte Sola.

Alba lachte kurz und schmerzlos auf. »Ich bin nicht hässlich. Aber so schön wie Sky bin ich auch nicht.«

»Sei froh«, seufzte Sola. »Beim Essen würde Maris dich mit Haut und Haaren verschlingen!« Sie versuchte, sich Alba und Maris Hand in Hand vorzustellen. Doch allein der Gedanke war so absurd, dass es in ihrem Kopf aussah, als würde sie mit aller Macht zwei zerrissene Fotos zusammenkleben wollen.

»Ist es ok für dich, wenn ich euch heute Abend alleine lasse?«, fragte Sola. Ihr schlechtes Gewissen nagte an ihren Eingeweiden.

»Ach«, sagte Alba großspurig, »ich verbringe den Abend mit meinem kleinen Bruder, einer besserwisserischen Androidin, einem zotteligen Vieh, das aussieht wie eine Mischung aus Affe und Schwein, und meinen Träumereien von Maris'...« Sie fuchtelte mit den Händen in der Luft herum und wies auf ihren Bauch. »... *Sixpack* – yummie!«

»Was ist ein Sixpack?«, fragte Eris aus dem Hintergrund.

»Etwas, was du niemals haben wirst, weil sonst eine andere Frau kommt und dich mir wegnimmt«, erklärte Alba.

»Ich würde doch mit keiner anderen Frau gehen«, protestierte Eris. »Ich bleibe für immer bei dir!«

»Siehst du«, meinte Alba trocken. »Ich bin nicht alleine!«

Trotzdem beschlich Sola ein ungutes Gefühl, als sie sich von ihnen verabschiedete. Was, wenn ihnen etwas geschah, während sie fort war? Was, wenn Albas Wunde riss und Leander nicht in der Nähe war, um sich um sie zu kümmern?

Doch in dem Moment zockelte Luki ins Zimmer und herrschte Alba an: »Leg dich endlich wieder hin! Du musst dich ausruhen!« Da wusste sie, dass Luki sie wie eine Glucke behüten würde.

Durch das Bullauge erkannte Sola einen Schatten im Licht der untergehenden Sonne. »Da ist Leander«, sagte sie, warf sich die Stiefel über die Schulter und winkte ihnen zu. Dann eilte sie durch die schmalen Gänge zur Eingangshalle. Die Aufregung, Leander jetzt zu sehen, spülte alle Gefühle fort. Mit feuchten Händen versuchte Sola, den Schalter zu drücken, der die Strickleiter zum Leben erweckte. Sie rutschte immer wieder ab. Luki tauchte wie aus dem Nichts neben ihr auf und half.

»Pass auf dich auf, Miss Sola«, bat sie. »Thethys ist ein rauer Planet!«

»Leander ist bei mir«, sagte Sola. »Niemand kennt diesen Ort so gut wie er!« Und mit diesen Worten schwang sie sich auf die Strickleiter und fuhr nach unten.

Die Wasseroberfläche leuchtete orangerot. Sola raffte den Saum ihres Hemdes und umschloss die Stiefel, als sie von der untersten Sprosse ins warme Wasser sprang. Mit wild pochendem Herzen watete sie zum Strand. Doch der war leer. Leander war wieder verschwunden. Verunsichert sah Sola sich um. Sie hätte schwören können, dass sie ihn vom Schiff aus gesehen hatte.

»Leander?«, rief sie. »Bist du da?«

Der Wind antwortete ihr mit einem leisen Rascheln durch die Bäume. Niemand sonst reagierte. Hilfesuchend drehte Sola sich zur Starstorm. Doch die Sonne, die dahinter unterging, silhouettierte das Schiff und verwandelte es in einen einzigen, pechschwarzen Fleck.

»Sola!«

Sie zuckte zusammen. Leander tauchte begeistert winkend auf. Er saß auf einem speckigen, fuchsfarbenen Wesen, das kurze, stämmige Beine hatte und zwei Buckel, zwischen denen Leander Platz genommen hatte. Er hatte dem Tier eine Art Zaumzeug umgelegt und lenkte es zielsicher auf Sola zu. In der linken Hand hielt er einen Strick und führte ein zweites Wesen dieser Art. Es war grau-blau gefärbt und hatte eine wuschelige Mähne auf dem knubbeligen Kopf. Kurz vor der geschockten Sola schnalzte Leander mit der Zunge. Die Tiere blieben stehen.

»Was. Ist. Das?«, brachte Sola mühsam hervor.

»D-das sind Yakis«, sagte Leander und stieg schwungvoll ab. Er tätschelte sein Reittier liebevoll, bevor er zwei unsichere Schritte auf Sola zumachte. Er deutete eine Umarmung an, überlegte es sich aber mitten in der Bewegung anders, sodass seine Arme unsinnig in der Luft schwebten. Einen ließ er sinken, den anderen hielt er Sola zum Handschlag hin.

»Und was genau hast du mit den Yakis vor?«, fragte Sola, als sie mit einem unterdrückten Grinsen abklatschte.

»Ich möchte dir mehr von Thethys zeigen«, sagte Leander verlegen. »Aber zu Fuß würden wir eine Weile unterwegs sein. Yakis sehen nicht so aus, aber sie sind sehr schnell. Wir reiten!«

»Das Wort *Schnell* möchte ich nicht im gleichen Satz hören wie das Wort *Reiten*«, stöhnte Sola.

»D-das waren zwei Sätze«, meinte Leander und versprach: »Sie sind wirklich gutmütig.«

»Ich…« Sola wusste nicht, was sie sagen sollte. Die Yakis schüttelten ihre Köpfe und schnaubten aus den Nüstern. »Haben sie Namen?«

Sofort strahlte Leander. »Das sind Gred und Feorge«, sagte er und zeigte zuerst auf den Yaki, den er geritten hatte, dann auf den, den er Sola zugedacht hatte.

»Hallo Gred und Feorge«, sagte Sola und rang sich ein Lächeln ab. Wie Leander auf diese dubiosen Namen gekommen war, fragte sie nicht. Stattdessen streckte sie die Hand aus und berührte die zarte Haut zwischen Feorges Nase. Der Yaki blies heiße Luft dagegen. Sola kicherte.

Erleichtert trat Leander an ihre Seite. »Möchtest du, dass ich dir helfe, aufzusteigen?«, fragte er zaghaft.

»Jetzt?«, quietschte Sola und versuchte, ihre hastige Atmung zu kontrollieren. »Na gut…« Leanders Hände an ihrer Taille fühlten sich gut an. Die zweihundert Kilo, die sie zwei Sekunden später unter ihrem Po spürte, hingegen nicht. Leander knotete Solas Stiefel zusammen und hängte sie über den vorderen Buckel des Tieres. Dann reichte er ihr die Zügel.

»Vertrau mir«, bat er. Zähneknirschend nahm Sola die Zügel entgegen und beobachtete, wie Leander elegant Gred bestieg. Er rutschte zwischen die Buckel, zupfte an den Zügeln und der Yaki zockelte los. Obwohl Sola Feorge kein Zeichen gegeben hatte, setzte er sich in Bewegung. Offenbar wollte er sich nicht abhängen lassen. Sie fühlte, wie die massiven Muskeln unter ihren Waden arbeiteten, wie sich der breite Brustkorb jedes Mal dehnte, wenn das Tier schnaufte. Er machte zwei für seine kurzen Beine erstaunlich lange Sätze und war gleichauf mit Gred.

»Wohin reiten wir?«, fragte Sola und konnte kaum glauben, dass sie wirklich ritten. Das hatte sie in ihrem ganzen Leben noch nicht gemacht.

Als der Abendwind ihre Haare streifte und Feorge friedlich mit dem Kopf wippte, dachte sie, dass sie schon Schlimmeres erlebt hatte. Diese Yakis waren gar nicht so übel…

Zehn Minuten später änderte sie ihre Meinung, als Leander ankündigte, nun an Tempo zulegen zu wollen. Yakis, so erklärte er, hätten die wunderbare Eigenschaft, sprungweise etliche Kilometer in wenigen Sekunden zurückzulegen. Was genau das bedeutete, erfuhr Sola erst, als Feorge das erste Mal *sprang*. Gerade zockelte er auf eine Felswand zu, die das Ende der Bucht markierte. Die Wellen, die gegen die Steine schlugen, waren höher als an Solas Strand. Schaum spritzte und bedeckte den Sand wie Schnee.

Leander gab ihr ein Zeichen, dass sie sich gut festhalten sollte. Gerade noch rechtzeitig klammerte Sola sich in Feorges Mähne fest, da riss eine enorme Kraft an ihrem Bauchnabel und stülpte sie von rechts nach links. Sola blinzelte. Ihre Haare waren unordentlich und ihr Herz raste. Und das Schlimmste: Die Steilklippen waren verschwunden. Stattdessen wackelten Gred und Feorge über eine sattgrüne Wiese mit wunderbar duftenden Blumen. Am Horizont löste sich die Küste in einen Flickenteppich auf. Zahlreiche kleine Inseln ragten in sonderbaren Formen aus dem Wasser. Ein paar von ihnen waren rund, andere zerpflügten das Meer spiralförmig. Alle waren grasbewachsen. Dazwischen funkelten die weißen Blüten eines Krautes wie Sterne.

»Das sind d-die Eflock Islands«, erklärte Leander und drehte sich erwartungsvoll zu Sola um. »Und?«

»Ich muss mich übergeben«, keuchte Sola und tat, als kippte sie vornüber.

Leander hielt ihr die Hand hin und sah sie mitleidvoll an. »Um ehrlich zu sein, mir ist es b-beim ersten Mal auch nicht anders ergangen!«

Sola nahm stöhnend seine Hand. Ein Kribbeln ging von der Berührung aus und breitete sich in ihrem ganzen Körper aus. Was würde geschehen, wenn er mehr von ihr berührte?

Sola bemühte sich, Leanders Blick auszuweichen. Ihre Gedanken waren ihr peinlich. Was, wenn er sie an ihrem Gesicht ablesen konnte?

»Bist du b-bereit für einen zweiten Sprung?«, wollte Leander wissen. »Diesmal halte ich dich!«

Am liebsten hätte Sola verneint, sich auf den Bauch geworfen und mit den Fäusten auf den Boden getrommelt. Aber irgendwie hatte sie das Gefühl, dass das Date dann einen schalen Beigeschmack bekommen würde. Also nahm sie allen Mut zusammen und nickte. Leanders Hand drückte sie kurz. Dann gab er den Yakis ein Zeichen und wieder drehte der Sprung alle Organe in Solas Innerem um und wieder zurück.

Das leise Rascheln des Windes, der die Blumenwiese bewegte, war verklungen. Jetzt dröhnte das Knirschen von Kies in Solas Ohren. Die Yakis trotteten gemächlich über einen schmalen Pfad, der in engen Windungen einen Abhang hinabführte. Sola hatte keine Ahnung, wo sie sich auf der Insel befanden. Wenn Leander ihr gesagt hätte, sie wären inzwischen auf einem andern Planeten, hätte sie ihm geglaubt. Doch Leander erzählte ihr, dass Yakis sich nur auf einem Planeten sprunghaft bewegen konnten. Für das Universum waren ihre kurzen Beine nicht gemacht.

Der Pfad verlor sich in einem moosigen Waldboden und die Yakis hielten an.

»Noch ein Sprung?«, fragte Sola und versuchte, enthusiastischer zu klingen, als sie sich fühlte.

»Nein«, antwortete Leander und glitt von Greds Rücken. Er half Sola von Feorge und reichte ihr die Schuhe. »Die brauchst du jetzt vielleicht!«

»Wieso?«, wollte Sola wissen und schlüpfte in die Dermur-Stiefel.

»Wir machen einen kleinen Spaziergang«, lächelte Leander.

»Und die Yakis?« Sola kraulte Feorge zwischen den halbrunden Ohren.

»Die kommen eine Weile ohne uns zurecht«, versprach Leander und verabschiedete sich von den beiden Tieren. »Sie werden auf uns w-warten!«

Sola war erleichtert, wieder festen Boden unter den Füßen zu haben. Die Yakis verabschiedeten sich mit einem Grunzen, dann steckten sie ihre Schnauzen in das saftige Gras am Wegesrand und knabberten die hellen Spitzen ab.

Leander führte Sola über den Weg auf ein lichtes Wäldchen zu, das die Abendsonne golden glänzen ließ. Die Bäume, die hier in den orangen Himmel ragten, hatten lange, schlanke Stämme ohne abzweigende Äste. Die Baumkrone bestand aus einem flachen Dach aus runden Blättern.

»Das sieht aus wie die Kulisse eines Märchens«, seufzte Sola. Sie konnte sich an den Bäumen, die in der Dämmerung leuchteten, nicht sattsehen.

»Der Vergleich ist w-wirklich treffend«, meinte Leander. »Denn die meisten Märchen sind schaurig.«

»Schaurig?«, fragte Sola. »Ich finde es eher romantisch!« Ihre Ohrläppchen färbten sich umgehend rot.

»Pass auf«, sagte Leander, der diesen Umstand geflissentlich ignorierte. Er bückte sich und suchte in dem Kies einen besonders dicken Stein. Vorsichtig wog er ihn in der Hand. Dann holte er aus und warf ihn gegen den Fuß eines Stammes. Eine Sekunde lang geschah nichts. Sola wollte sich schon fragend nach Leander umdrehen, als der Boden aufbrach und der Baum seine riesigen Wurzeln wie Peitschen schnalzen ließ.

»Pina-Bäume sind recht aggressiv«, grinste Leander, der den tobenden Baum betrachtete wie ein Kenner das Kunstwerk. »Sie hassen es, w-wenn man sie stört!«

»Du hast Recht«, sagte Sola. »Das ist schaurig! Was würden sie machen, wenn ich ihnen zu nahe kommen würde?«

»Naja...« Leander zögerte. »Ich würde es nicht darauf ankommen lassen. Ich kenne nur ein Lebewesen, das schnell genug ist, um den Wurzeln zu entkommen und das ist ein Emmling.«

»Tatsächlich?« Sola war überrascht. Sie wusste, dass Walter flink war, aber dass er einem rasenden Baum entkommen konnte, der bei der kleinsten Berührung ausflippte, das hätte sie nicht gedacht.

»Emmlinge machen sich einen Spaß draus, die Pinas zu provozieren. Es gibt Zeiten am Tag, da ist dieser Weg unbrauchbar, weil die k-kleinen Teufel die Bäume ärgern.«

»Und wir gehen da jetzt durch?« Sola hatte keine Lust, von einer tonnenschweren Wurzel enthauptet zu werden. Sie hatte zwar nicht den schönsten Kopf, behalten wollte sie ihn aber dennoch. Außerdem wäre das doch ein recht unglückliches Ende für ihr Date gewesen.

»Ist dir noch nie aufgefallen, dass Emmlinge gegen Abend recht schläfrig werden?«

»Walter ist eigentlich immer schläfrig.«

»Sie müssten jetzt in ihren Nestern liegen. Eines Tages zeige ich es dir. Sie schnarchen so laut, dass man sie g-gegen den Wind hören kann!«

»Das habe ich auch schon gedacht«, lachte Sola. »Dank Walter schlage ich mir die Nächte um die Ohren!«

»Meinst du, wir wollen es riskieren?«, fragte Leander und wies auf den schmalen Weg, der sich durch die Wurzeln schlängelte.

»Auf deine Verantwortung«, seufzte Sola, hatte aber schon ein kleines bisschen weniger Angst. An Leanders Seite war das Universum ein anderer Ort. Oder war sie eine andere? Manchmal fühlte sie sich, als ob sie neben ihm alles schaffen konnte, wenn sie nur wollte. Ihre Ängste, die sie schon ihr Leben lang eingeschränkt hatten, wurden zu blassen Erinnerungen, während die Welt, die Leander ihr zeigte, bunt und voller Versprechungen war.

Leander lief los. Er achtete nicht auf den Weg, der sich wie eine Schlange vor ihm ausbreitete. Seine Augen hafteten an den Pinas. In ihren Kronen hingen Nüsse mit schrumpeligen Schalen und hellgrünem Flaum. Im Geäst knackte etwas. Ein Vogel, pechschwarz mit violetten Schwanzfedern, schlug seinen Schnabel gegen die Nuss, wieder und wieder. Endlich schaffte er es. Sola beobachtete, wie er die Nuss vom Baum trennte, die daraufhin schnurgerade zu Boden fiel. Sie wusste nicht, was sie erwartet hatte. Aber mit einem lauten Platscher landete die Nuss im Gras.

»Oh, Achtung«, rief Leander begeistert.

Der Boden war nicht hart, wie sie es im Umfeld dieser mächtigen Bäume erwartet hätte. Er war wie Pudding, auf dem die Nuss jetzt wackelte. Ehe sich der Vogel sie schnappen konnte, erwachte der Pina ächzend zum Leben. Seine Wurzeln schnalzten aus der Erde und flogen zischend durch die Luft. Verärgert krächzte der Vogel, doch der Baum verteidigte seine Nuss. Die Wurzeln beschrieben elegante S-Linien. Moos und Erde fielen von ihnen herab und tropften auf den Erdboden, auf dem sich wie bei einer Wasseroberfläche Ringe ausbreiteten, die immer größer wurden.

»Wow«, machte Sola. Die majestätische Anmut der Pinas hatte ihre Angst vor ihnen vertrieben. Sie streckte wie von selbst die Hand aus und ließ sie in der Luft schweben. Der Pina senkte eine seiner Wurzeln und ließ sie über Sola tanzen. Wenige Zentimeter trennten sie voneinander. Dann wagte Sola das letzte Stück und berührte die Wurzel, als wollte sie dem Baum die Hand reichen. Sie fühlte sich hölzern an. Gleichzeitig pulsierte das Leben durch die Fasern. Etwas Seltsameres hatte Sola noch nie gespürt. Es war ein wenig unheimlich, aber ihre Faszination überwog.

Leander musterte sie mit einer Mischung aus Neid und Stolz. »Ich habe noch nie einen von ihnen angefasst«, flüsterte er beinahe atemlos. »Wie fühlt es sich an?«

»Als würde der Baum *leben*«, hauchte Sola.

»Aber das tut er doch«, entgegnete Leander. »Nur weil die meisten Bäume stumme Zeitgenossen sind, heißt das nicht, dass sie nicht leben. Sie b-begegnen der Welt einfach mit einer eigentümlichen Ruhe, die meist nur der Mensch zerstört, indem er sie tötet.«

***

Die Sonne sank tiefer und tiefer. Sie warf lange Strahlen durch die Stämme und malte sie feuerrot an. Was auch immer Leander geplant hatte, der Tag neigte sich zusehends dem Ende.

Nach ein paar Minuten hatten sie den Pina-Hein durchquert. Weil sie an ihren Füßen nicht wachsen konnten, schien es, als wären die Blumen absichtlich an den südlichen Rand des Wäldchens umgezogen. Die Farbenpracht, die sich nun vor Sola ausbreitete, war überwältigend. Rote, blaue, violette und knallgelbe Blüten rangen um ihre Aufmerksamkeit. Einige von ihnen zogen sich zurück, je mehr die Sonne verschwand. Andere sprossen empor, weil es dunkel wurde, und öffneten ihre leuchtenden Kelche.

Leander strich zärtlich über die Blumen. Dann pflückte er eine besondere Blüte mit gekräuselten, pinkfarbenen Blättern und langen Stempeln. Er trat zu Sola, so dicht, dass sie vergaß, wie man atmete. Vorsichtig steckte er ihr die Blume hinter das Ohr und hob ihr Kinn an.

»W-wunderschön«, sagte er und seine Augen huschten von der Blume zu Sola und zurück. Ein rosafarbener Schimmer überzog

Solas Wangen. Verlegen senkte sie den Blick. Leander umfasste ihre Hand und zog sie mit sich. Er führte sie über einen steinigen Pfad. Die Felsen wurden größer, der Weg enger. In der Ferne rauschte Wasser.

»Wo sind wir?«, fragte Sola und sah sich um.

»Ich bringe dich an den südlichsten P-punkt von Thethys«, sagte Leander geheimnisvoll.

Sattgrüne Büsche lösten die Felsen ab und tummelten sich in einem feuchten Boden, der jedes Mal laut schmatzte, wenn Sola einen weiteren Schritt machte. Die Sonne war inzwischen nur noch ein angefressener Halbkreis am Horizont, dessen Ränder feurig flimmerten. Das goldene Licht verzauberte alles. Das Rascheln der Blätter empfand Sola nicht länger als unheimlich, sondern als mysteriös. Sie konnte sich an der Schönheit der Natur nicht sattsehen. Leander schob die tiefhängenden Zweige eines knorrigen Baumes beiseite und führte Sola auf einen Felsvorsprung, der einen gigantischen Ausblick bot. Das, was sich vor ihren Augen ausbreitete, war kaum in Worte zu fassen. Am westlichen Rand des Pina-Heins schälte sich ein breiter Fluss entlang, dessen Oberfläche das letzte Licht des Tages majestätisch widerspiegelte. Er mündete in einem Wasserfall, der über mehrere türkisblaue Terrassen nach unten fiel. Heißer Dampf stieg in die laue Abendluft und legte einen unwirtlichen Nebel auf die Landschaft. Der Wasserfall führte bis zum Ende des Planeten, das wie abgebrochen ins Universum ragte. Die Wassermassen schossen darüber hinaus und fielen spritzend ins dunkelblaue Nichts, das außerhalb von Thethys auf sie wartete. Weiße Schaumkronen wurden zu Sternen. Doch so hell wie noch vor ein paar Wochen strahlten sie schon lange nicht mehr. Der elektromagnetische Sturm musste inzwischen weit vorangeschritten sein. Die Lichter des Weltalls erloschen. Zurück blieb eine unheimliche Dunkelheit, als hätte der Tod selbst seinen Mantel über das Universum gelegt.

Die Tragik dieser Szene wurde von den drei Monden verdrängt, die an den Himmel kletterten, während die Sonne sich endgültig verabschiedete. Sie strahlten milchig weiß und hoben sich anmutig von der Dunkelheit um sie herum ab.

»Sieh genau hin«, flüsterte Leander und drückte Solas Hand. Als das Licht der Monde die Wasseroberfläche berührte, begann sie in einem hellen Blau zu leuchten. Es war, als hätte jemand einen Lichtschalter gedrückt. Eine Terrasse nach der anderen funkelte in eigentümlichen Farben und erhellte die Nacht. Sola schlug sich überwältigt die Hand vor den Mund. All das, was sich vor ihr ausbreitete, versuchte sie wie ein Schwamm in sich aufzunehmen. Nichts davon wollte sie je wieder vergessen. An dunklen Tagen wollte sie die Augen schließen und sich an dieser Erinnerung laben.

»Willst du näher ran?«, fragte Leander mit belegter Stimme.

»Hm?« Sola hob eine Braue.

»Was? Oh! N-nein! Ich meinte n-nicht… nicht… Ich meinte, ob du nach unten gehen möchtest!« Leander glitt über ein paar vorspringende Steine, die eine Art natürliche Treppe bildeten. Sola folgte ihm auf wackligen Beinen. Sie war zu abgelenkt von all der Magie um sie herum, als dass sie hätte gerade laufen können. Je näher sie dem Wasser kamen, umso wärmer wurde es.

»Tagsüber ist es fast unerträglich heiß in der Nähe der Wasserfälle«, sagte Leander und rutschte über die spiegelglatte Oberfläche eines Steins. Sola machte es ihm nach. Unten angekommen fing Leander sie auf. »Aber nachts sind sie der perfekte Ort zum Baden!«

»Du willst baden gehen?«, fragte Sola und blieb stehen. Sie starrte ihn an und ihr Gehirn begann ratternd zu arbeiten. Sie hatte keine Badesachen dabei. Sollte sie in ihrem Hemd schwimmen gehen? Oder *nackt*? Sie versuchte, ihre aufflammende Aufregung in den Griff zu bekommen.

Leander hatte inzwischen den Rand der ersten Terrasse erreicht. Lange Gräser tunkten ihre Spitzen in das Wasser und malten große Kreise hinein. Leander beugte sich vor und tauchte eine Hand hinein. »Es ist herrlich!«, rief er über die Schulter. Dann stand er auf und zog sich zu Solas Entsetzen aus. Das Shirt warf er achtlos über einen der Felsen, ehe er sich aus seinen Shorts und den Unterhosen schälte. Sola wurde feuerrot, als ihre Augen an Leanders wohlgeformtem Po hängen blieben. Sie wandte sich ab und rang nach Atem.

Leander schien es nichts auszumachen, sich ihr nackt zu zeigen. Er streckte die Arme vor und sprang mit einem eleganten Kopfsprung ins Wasser. Die Oberfläche teilte sich und spritzte um ihn. Er tauchte ein paar Sekunden, ehe er am anderen Ende der Terrasse hochkam und den Kopf schüttelte. Tropfen flogen herum. Er strahlte. »Komm schon, Sola!«

»Ich kann nicht schwimmen«, log Sola lahm und so leise, dass er sie vermutlich ohnehin nicht gehört hatte. Sie hockte sich an das Ufer. Das Licht des Wassers blendete beinahe. Sie strich über die Oberfläche wie über eine samtene Decke. Das Wasser war tatsächlich warm. Außerdem duftete es verlockend. Sie schielte unauffällig zu Leander, der inzwischen ein paar Bahnen hin und her kraulte und keine Notiz mehr von ihr zu nehmen schien. Zögerlich streifte sie den Ärmel ihres Hemdes über die Schulter. Dann den anderen. Langsam glitt ihr Hemd zu Boden. Ein bisschen schämte Sola sich für ihr gestreiftes Höschen. Wenigstens waren es heute keine Kaninchen. Als sie ganz sicher war, dass Leander nicht guckte, legte sie auch ihre Unterwäsche ab und versteckte sie unter ihrem Hemd. Sie bedeckte ihre nackten Brüste mit einer Hand und sprang, die Beine angewinkelt, ins Wasser. Eine angenehme Wärme hüllte Sola ein. Sie strampelte und versuchte sich an einem Schwimmzug. Als ihr die Luft ausging, stieß sie sich prustend nach oben.

Plötzlich tauchte Leander dicht neben ihr auf. Sie wich zurück. Etwas in ihr scheute sich davor, dass er ihren Körper berührte. Vielleicht bemerkte Leander das nicht, vielleicht tat er so als ob. Seine Backen waren dick und rund, als er einen Wasserstrahl ausspie, der Sola mitten im Gesicht traf.

»Oh!«, machte sie überrascht, während das Wasser von ihrer Nasenspitze tropfte. Leanders unschuldiges Gesicht verwandelte sich in ein breites Grinsen. Sola schlug mit der flachen Hand auf das Wasser und spritzte es ihm ins Gesicht. Die nächsten Minuten trugen sie eine wilde Schlacht aus, in der Sola versuchte, Leander unter Wasser zu tauchen. Doch er war zu stark. Übermütig warf er sie von sich und Sola tauchte im rauschenden Wasser unter. Sie hatte vollkommen vergessen, dass Leander nackt war, als sie auf ihn zuschwamm und seinen weichen Bauch streifte. Der Moment, so ausgelassen er war, wandelte sich. Plötzlich lag eine knisternde Stimmung in der Luft, die der violette Himmel mit seinen orangen Streifen am Horizont perfekt untermalte. Leander stand dicht vor Sola. Seine Brust ragte aus dem Wasser, während Sola es gerade schaffte, ihr Kinn über der Oberfläche zu halten. Sie sah ihn an. In seinen Wimpern hingen funkelnde Tropfen, die seinen intensiven Blick tausendfach spiegelten. Leander nagte an seiner Unterlippe. Er näherte sich Sola ein wenig schüchtern. Als sie nicht zurückwich, legte er seine Hand an ihre Wange. Er küsste sie nicht. Stattdessen glitten seine Finger an jene Stelle, in der ihr Nacken in den Kopf überging und ihr hellblondes Haar ansetzte. Er zog sie an sich und lehnte seine Stirn gegen ihre. Dann schloss er die Augen und atmete Solas Atem.

Sola war unfähig, sich zu bewegen. Er hätte alles mit ihr machen können und sie hätte es zugelassen, weil sie unter seiner Berührung zerfloss wie ein Stück Schokolade unter der Sonne. Leander löste sich von ihr und sah sie mit einem milden Lächeln an.

»Ich bin so f-froh, dass d-du mitgek-kommen bist«, stotterte er und wandte sich verlegen ab. »T-tut mir leid. Ich mache alles k-kaputt!«

»Ich habe es dir doch schon einmal gesagt«, sagte Sola. Von Mut erfasst trat sie dicht an Leander heran. Fasziniert streckte sie ihre Hand nach ihm aus und zeichnete die Linie seines Kiefers nach. Leander schloss genüsslich die Augen. Ein leises Stöhnen drang aus seiner Kehle, als würde er wie eine Katze schnurren. »Ich mag dich«, flüsterte Sola. Ihr wild pochendes Herz schien ihre Worte zu übertönen. »So wie du bist!« Leander glitt an ihrem Arm entlang und suchte nach ihren Fingern. Liebevoll umfasste er sie. Dann sah er Sola an und seine hellen Augen leuchteten im

Schein des Wassers. Sie wusste, dass sie sich in ihn verliebt hatte, als seine Schulter sie scheinbar zufällig streifte und ihre Gefühle vor unbändiger Sehnsucht explodierten. Sie vergaß, zu atmen. Das Blut pulsierte heftig durch ihren Körper. Alles, was zählte, war Leander. Er hielt sie am Leben. Es war, als wären sie zwei Teile eines zerbrochenen Ganzen, die perfekt ineinander passten.

Sola fragte sich, wann es passiert war. Sie dachte an die letzten Tage und an die Zeit, die sie mit Leander verbracht hatte. Es war schleichend gekommen, hatte sich um ihre Fesseln gewunden und war an ihren Beinen empor gekrochen, bis es ihr Herz erreicht hatte.

Zaghaft stellte sie sich auf Zehenspitzen und legte ihre Hände auf Leanders Schultern, als hätte sie Angst, er könnte vor ihr zurückweichen. Ihre Augen flackerten unsicher. Doch das rosarote Gefühl in ihrem Innern war übermächtig und schenkte ihr den Mut, den sie brauchte. Außerdem – und das war wohl entscheidend – übten Leanders Lippen eine magnetische Wirkung auf sie aus. Als sie sie berührte, durchzuckte ein Lichtblitz ihren Körper, der alles um sie herum ausradierte. Es gab nur noch ihn. Leanders Atem streifte sie, während sie ihn sanft küsste. Seine Arme schlangen sich um ihren Rücken und zogen sie an sich. Überrascht stellte Sola fest, dass ihre Körper perfekt zueinander passten. Er hob sie hoch, bis sie auf Augenhöhe waren. Wasser perlte von Solas Körper und löste ein aufregendes Kribbeln in ihr aus. Oder waren es Leanders Finger, die vorsichtig über ihren Rücken strichen?

Als Kind hatte Sola eine Schneekugel besessen. Darin hielt ein Prinz seine Prinzessin in den Armen. Die beiden waren auf alle Ewigkeit in einem Kuss miteinander vereint. Dieser Augenblick fühlte sich an, als hätte Sola eine Schneekugel geschüttelt. Die weißen Partikel tanzten um die Figuren, die füreinander geschaffen waren. Bei diesem Anblick hatte eine eigentümliche Magie von Sola Besitz ergriffen, die nun ihre Sinne berauschte. Jetzt, da sie selbst die Prinzessin war und in den Armen ihres Prinzen lag.

Leander drückte sie so fest an sich, als wollte er für immer mit Sola verschmelzen. Er zitterte am ganzen Leib. »Ich habe schon den g-ganzen Abend gehofft, dass du das nochmal machst«, gab er zu, lachte und schüttelte den Kopf. Wasser spritzte um ihn.

»Warum hast du es nicht gewagt, wenn du es wolltest?«, fragte Sola dicht an seinem Ohr und lehnte den Kopf gegen seinen.

»Ich w-wollte dich entscheiden lassen!«, sagte Leander. Er küsste sie leidenschaftlicher, verzweifelter. Mit seiner Zunge öffnete er ihre Lippen und erkundete scheu ihren Mund. Leander schmeckte nach Minze und duftete herrlich. Sola wollte bis an ihr Lebensende nichts anderes mehr machen als ihn zu küssen.

Die Monde verzauberten die Welt und ihre Magie verzauberte Sola und Leander. In dieser Nacht am Rande des Universums fanden sie zueinander.

Nach einer Weile verließen sie das warme Wasser. Sola versuchte, ihren Bauch nach außen zu drücken, um nicht ganz so mager auszusehen. Sie wollte Leander gefallen. Sie befürchtete, dass der Anblick ihres Körpers ihn abstoßen würde. Sie dachte an Stella und Sky und auch an Laya und Rika, die so schön waren, dass sich jeder Mann nach ihnen umdrehte. Sie waren an den richtigen Stellen weiblich, während Sola einfach nur knochig war.

Leander drehte sich zu ihr, nachdem er seine Sachen vom Boden geklaubt hatte. Er hielt inne und sah sie an. Er versuchte, sich abzuwenden, doch offenbar zog Sola seinen Blick magnetisch an. Er blinzelte, dann lächelte er. »Du bist wunderschön«, flüsterte er und blies Solas Ängste fort wie eine Pusteblume. Er trat zu ihr und hauchte ihr einen zarten Kuss auf die Stirn. »Ich habe so ein G-glück!« Und Sola glaubte ihm, obwohl ihre Haare struppig waren und ihr Körper hager. Einfach, weil sie ihm alles glaubte.

Leander reichte ihr sein Shirt. Dankbar schlüpfte sie hinein. Es war so lang, dass es die hässliche Unterhose vor Leanders Blicken verbarg. Sie entspannte sich. Leander zog seine Hose wieder an, dann führte er Sola in eine Nische, die von Bäumen umsäumt wurde und ans leuchtende Wasser grenzte. Weiches Moos bedeckte den Boden. Leander legte sich hin, den Kopf stützte er auf einen Arm. Er klopfte auf den Platz neben sich und Sola sank dicht neben ihn. Die Wärme des Wassers und die seines Körpers hüllten sie ein und auf einmal gab es nichts mehr, das Sola sich hätte wünschen können. Sie war einfach glücklich. Leander zog sie an sich und bettete sie in seinem Arm. Schweigend sahen sie hoch zu den drei Monden, die so vollkommen am Himmel standen. Sola streichelte gedankenverloren über Leanders nackte Brust. Dann schob sie sich über ihn und küsste ihn erneut. Leanders Hände wanderten beinahe schüchtern über ihren Körper und sorgten dafür, dass Sola schwindelig wurde.

»Ich hätte nie gedacht, dass mich mal ein Mädchen wie du küsst«, seufzte Leander.

Sola kicherte. »Ein Mädchen wie ich?«

»Ein kluges, mutiges und schönes Mädchen!«, erklärte Leander.

»Ich bin das doch nicht«, sagte Sola verlegen. »Ich war nie besonders gut in der Schule. Ich habe Angst, seitdem ich mein Zuhause verlassen musste. Und schön… naja, du siehst ja, wie ich aussehe!«

»Sola, du solltest dich nicht k-kleiner machen, als du ohnehin schon bist«, sagte Leander und seine Lippen formten ein freches Grinsen. »Und du bist ja schon ziemlich winzig!« Spielerisch knuffte Sola ihn gegen die Schulter, ehe er fortfuhr: »Du bist nicht wie die anderen Mädchen. Du bist etwas Besonderes!« Sola senkte den Blick, aber Leander zwang sie, ihn anzusehen. »Du hast überlebt. Du bist mit deinem eigenen Schiff nach Thethys gekommen.« Sola fand, dass das nicht unbedingt etwas mit Intelligenz zu tun hatte, vielmehr mit schierem Glück, aber Leander fuhr bereits fort: »Du läufst durch das Ödland und stellst dich seinen Gefahren, ohne zu wissen, was dich erwartet!«

»Naja«, nuschelte Sola. »Ich musste Eris retten.«

»Na, wenn das nicht mutig ist«, meinte Leander. »Und dann sind da deine Augen«, schwärmte er fiebrig. »Ich denke an sie, seit ich sie das erste Mal gesehen habe. Und deine Nase… In meinem ganzen Leben habe ich noch k-keine Nase gesehen, die so niedlich ist!« Liebevoll küsste er ihre Nasenspitze.

»Du machst mich ganz verlegen«, gab Sola zu und zog die Nase kraus.

Leander lachte. »D-das habe ich noch nie geschafft!«

»Doch, die ganze Zeit!« Sola vergrub ihr Gesicht an seiner Schulter. Leander küsste ihren Nacken. Dann streckte er sich.

»Wer hätte gedacht, dass ich dich am Ende des Universums finde?«, murmelte er.

Sola ließ seine Worte auf sich wirken und schwieg eine Weile. Sie genoss das Kribbeln in ihrem Körper, das von den Fußsohlen bis zur Kopfhaut reichte.

»Wieso Thethys?«, fragte sie irgendwann. Hier und jetzt war Thethys friedlich. Sie durfte nicht vergessen, dass überall Gefahren lauerten. Sie dachte an die Schlange, der sie das seltsame Muster auf ihrem Bein zu verdanken hatte, oder an die Pina-Bäume, die kurzen Prozess mit Störenfrieden machten.

»Thethys wird den elektromagnetischen Sturm überstehen!«, sagte Leander bestimmt.

»Und woher weißt du, dass wir hier vor dem Sturm sicher sind?«, wollte Sola dringlich wissen.

»D-das haben Wissenschaftler herausgefunden. Vielleicht wird es heftig, wenn uns der Sturm trifft, aber Thethys wird standhalten!«

»Und dessen bist du dir sicher? Was, wenn sich dieser jemand vertan hat?«, fragte sie und sah skeptisch gen Himmel. Seine sternenlose Dunkelheit hatte etwas Beängstigendes.

»Das werden keine 0-8-15-Wissenschaftler gewesen sein«, brummte Leander. »Die werden es schon d-drauf gehabt haben. Ich versichere dir, dass die Sonne, die Thethys Leben einhaucht, niemals erlöschen wird.«

»Gut. Es wäre schade, wenn auf den glücklichsten Tag meines Lebens der Untergang folgen würde.«

»Ist das nicht ein schöner Moment, um zu gehen?«

»Wenn man das aus einem verklärt-romantischen Blickwinkel betrachtet, vielleicht«, stimmte Sola ihm zu. »Aber nicht, wenn man noch viele solcher Momente erleben will!«

»Erzähl mir mehr von diesen Momenten«, flüsterte Leander gegen ihre Lippen, ehe er sie berührte.

Für kurze Zeit gab Sola sich seinen Küssen hin. Doch ihre Gedanken hingen noch immer dem Ende des Universums nach. Sie schob Leander von sich. »Wie ist es möglich, dass ausgerechnet die Sonne über Thethys überlebt, wenn alle anderen Sonnen und Planeten zerstört werden?«, fragte sie.

Leander grummelte etwas Unverständliches vor sich hin. Dann deutete er auf eine helle Linie, die sich im Dunkel des Nachthimmels abzeichnete. »Siehst du das?«

»Das ist der Rand des Universums«, flüsterte Sola. Jedes Mal überkam sie ein unheimliches Gefühl, wenn sie sich vorstellte, wie nah sie jenem Punkt war, an dem es nichts gab, was sie kannte. Dort endete alles.

Leander nickte. »Die Sonne, die über Thethys scheint, liegt außerhalb unseres Universums!«

Schlagartig richtete Sola sich auf und legte den Kopf in den Nacken. »Wirklich? Was, wenn es dort eine Zukunft für die Menschheit gegeben hätte?«

»W-was, wenn sie die Reise nicht überlebt hätten? Ich meine, sie geht über den Rand hinaus!« Leander rieb sich die Lider. »Bisher wissen wir nur von Mondwalen, die die Grenze überqueren können.«

»Dahin wollte er also…«

»Wie bitte?«

»Als mich die Starstorm herbrachte, begegnete ich einem von ihnen. Er war verletzt und ich habe ihm geholfen. Im Gegenzug hat er meinen Schmerz gelindert. Er hat mich ein kurzes Stück begleitet, dann ist er im All verschwunden.«

»Du hast einen Mondwal aus d-der Nähe gesehen?«, fragte Leander tief beeindruckt.

»Ich habe ihn sogar berühren dürfen!« Sola lächelte bei dieser Erinnerung. »Es war unglaublich! Er war so unfassbar groß und gleichzeitig so sanft!«

»Nicht umsonst beten die Tanai sie an.« Leander malte große Kreise auf Solas Rücken.

»Rika gehört zu ihnen, stimmt's?«, fragte Sola.

»Woher weißt du das?«, wollte Leander wissen.

»Maris hat sich über sie lustig gemacht« meinte Sola.

»Maris ist niemand, der Verständnis für G-glauben hat«, sagte Leander. »Mir fällt es auch manchmal schwer. Ich glaube nicht, dass ein Mondwal besondere Kräfte hat.« Gerade als Sola widersprechen wollte, fügte er hinzu: »Ich glaube, dass Mondwale imstande sind, etwas Besonderes in uns auszulösen!«

»Das ist ein schöner Gedanke«, sagte Sola.

»Mondwale sind nicht besser oder schlechter als andere Geschöpfe. Wenn man so will, hat jedes Lebewesen in diesem Universum es verdient, angebetet zu werden. Denk doch nur an die Yakis. Sie haben eine unglaubliche Fähigkeit. Aber ich vermute, sie sind zu hässlich, um von r-religiösen Fanatikern als anbetungswürdig erachtet zu werden.«

»Ich dachte immer, mein Vater wäre der einzige Mensch, der so liebevoll über die Wesen dieser Welten spricht. Bis ich dich traf, Leander«, sagte Sola.

»Vermisst du d-deinen Vater?«, fragte Leander ernst.

»Jeden Tag. Aber inzwischen tut es nicht mehr so schrecklich weh wie am Anfang, als ich ganz allein war. Der Schmerz ist noch da, aber es ist irgendwie, als hätte jemand ein Pflaster drübergeklebt, verstehst du?«

»Keine Ahnung«, gab Leander zu. »Ich erinnere mich nicht mehr wie es ist, um die Eltern zu t-trauern. Bei mir ist es eine Ewigkeit her.«

»Was ist geschehen?«, wollte Sola wissen.

Lange Zeit schwieg Leander, als hätte er sie nicht gehört, oder wollte ihr nicht antworten. Schließlich räusperte er sich und sagte: »Meine Eltern starben, als ich fünf Jahre alt war. Sie arbeiteten für die Regierung und wurden Opfer eines Kopfgeldjägers.«

»Deine Eltern wurden ermordet?«, fragte Sola schockiert.

»Auch ich hätte sterben sollen. Aber ich hatte an diesem Tag Fieber und musste Zuhause bleiben. Mein Kindermädchen k-kümmerte sich um mich, weil mein Vater auf einer Benefiz-Gala eine Rede halten sollte. Es geschah, kurz bevor sie ankamen.«

Plötzlich war Solas Mund staubtrocken. Sie hatte jahrelang gelitten, weil ihre Mutter sie so früh verlassen hatte. Doch wie musste es einem fünfjährigen Jungen ergangen sein, der auf einen Schlag beide Elternteile verloren hatte?

»Hat sich dein Kindermädchen um dich gekümmert?«

»Drei Tage lang. Dann kamen *sie* und steckten m-mich auf eine Schule für Hochbegabte.«

»Du meinst Artemis?«

»Du hast es dir g-gemerkt?«

»Natürlich«, entgegnete Sola. »Und dort… hast du Stella kennen gelernt?«

»W-warum interessierst du dich so für Stella?«, fragte Leander.

»Ich interessiere mich nicht für sie«, schwindelte Sola. »Ich interessiere mich für dich…«

»Stella bedeutet mir viel«, sagte Leander. »Wir sind zusammen aufgewachsen. Sie ist wie eine Schwester!«

Wie eine böse Schwester, dachte Sola, der unweigerlich Stellas abschätziger Blick und die hochnäsige Art in den Sinn kamen.

»Du magst sie nicht«, stellte Leander belustigt fest.

»Sagen wir einfach, ich bin vorsichtig-skeptisch. Sie hängt mit Maris ab!«

»Wir müssen ein Auge auf Maris haben. Er ist g-gefährlich.«

»Und Stella überwacht ihn?«, rief Sola und konnte den Zweifel in ihrer Stimme kaum verbergen.

»Sie spioniert ihn aus«, sagte Leander so überzeugt, dass Sola nicht auszusprechen wagte, dass sie Stella nicht über den Weg traute. Sie glaubte Leander, dass Stella eine Spionin war. Aber sie spionierte vielmehr für die Gegenseite!

Eine Weile schwiegen sie. Sola lauschte Leanders melodischem Herzschlag und döste ein wenig vor sich hin. Stella versuchte sie aus ihren Gedanken zu vertreiben. Sie passte nicht zu dieser wundervollen Nacht, in der sich alles richtig anfühlte und Leanders Lippen so perfekt auf ihre passten.

***

Dies war die kürzeste Nacht in Solas Leben. Nicht, weil sie kaum geschlafen und die ganze Zeit an Leanders Lippen geklebt hatte. Nein. Es war die kürzeste Nacht, weil sie nicht länger angedauert hatte als ein Wimpernschlag.

Die drei Monde versanken gemeinsam hinter dem Horizont und auf der anderen Seite der Insel tauchte die Sonne wieder auf. Ihre Strahlen kitzelten Solas Nase, bis sie stöhnend erwachte. Leander lag dicht neben ihr. Er hatte ihr das Gesicht zugewandt und die Augen geschlossen. Er schlief friedlich. Seine Brust hob und senkte sich gleichmäßig. Sola strich über sein Schlüsselbein. Dann zog sie seinen Kopf zu sich, um ihm einen zarten Kuss auf die Lippen zu hauchen.

Leander blinzelte. »Es war kein Traum«, sagte er und streckte sich genüsslich.

»Was?«, fragte Sola. Sie schmiegte sich an ihn.

»Die letzte Nacht«, flüsterte er in ihr Ohr. »D-du und ich!«

»Das war der schönste Traum, den ich je hatte«, lächelte Sola.

»Hoffen wir, dass wir nicht mehr aufwachen«, sagte Leander. Als seine Finger von Solas Schultern hin zu ihren Brüsten glitten, erstarrte sie. Doch Leander sagte einfach: »Entspann dich, Sola. Ich würde nie etwas t-tun, das du nicht willst!« Dann bedeckte er ihren Hals mit Küssen und zog sie fest in seine Arme. »Ich m-möchte dir etwas schenken!«

»Hm?«, machte Sola, die glaubte, sich verhört zu haben.

»Etwas, d-das dich an mich erinnert«, nuschelte Leander und wich verlegen ihrem Blick aus. Er hockte sich auf die Knie und zog auch Sola in eine halb stehende, halb sitzende Position.

»Wie könnte ich dich je vergessen?«, flüsterte Sola.

Leander näherte sich ihr, bis sie das aufgeregte Pochen seines Herzens hören konnte. Er sah auf sie hinab und Sola wusste, dass sie nie wieder in andere Augen schauen wollte als in die von Leander. Das warme Grau war ihr wie ein Fels in der Brandung. Leander berührte mit dem Handrücken ihre Wange, bis ihr eigenes Herz raste. Sie reckte ihm ihre Lippen entgegen. Sie wollte nichts sehnlicher, als dass er sie küsste. Leander fuhr mit dem Daumen über ihre Unterlippe. Dann löste er sich von ihr. Sola grummelte unzufrieden. Den neuerlichen Abstand zwischen ihnen überwand sie, indem sie sich an ihn drückte. Leander lachte aufgewühlt und schob sie erneut von sich.

»Sola«, sagte er leise. Er hob die rechte Hand, die er zur Faust geballt hatte.

»Das ist für dich«, sagte er und seine Worte mischten sich mit dem Flüstern der Blätter. Sola folgte seiner Hand, die sich unter ihrer Nase öffnete. Darin lag ein elfenbeinfarbener Anhänger in Form eines Herzens. Ihr Mund klappte auf.

»Das ist wunderschön«, hauchte sie.

»Das ist ein Stück von dem Mondwal-Skelett. Ich habe daraus ein Herz für d-dich geschnitzt.«

Solas Augen huschten von dem Schmuckstück zu Leander und zurück. Sie war sprachlos. Kein Junge im ganzen Universum hatte ihr je ein Geschenk gemacht, ihr, der kleinen, schüchternen Sola, die mehr in Büchern lebte als in ihrem eigenen Leben. Dankbar schloss sie die Hand um das Herz, das ihr seltsam warm vorkam.

»Vielleicht können wir es an das Lederband hängen«, schlug Leander schüchtern vor. Seine Finger strichen behutsam über Solas Schlüsselbein. Scharf sog sie die Luft ein und senkte die Lider. Seine Berührung brachte Sola in Aufruhr.

»Sola?«

»Ja?« Solas Stimme war weniger als ein Wispern.

»D-darf ich?«, fragte Leander. Seine Fingerkuppen schwebten über dem Knoten des Lederbandes, das Sola um den Hals trug.

»M-hm«, machte Sola. Während Leander das Band öffnete, hielt sie den Atem an. Er nahm ihr den Anhänger aus der Hand und fädelte ihn geschickt an das schmale Leder. Anschließend legte er ihr die Kette wieder um den Hals.

»Steht dir«, flüsterte Leander. Aber er hatte keine Augen mehr für den Anhänger. Stattdessen starrte er Sola an und näherte sich ihr langsam. Sola schloss die Augen und spitzte die Lippen.

Der Morgen war eine Ansammlung voll zauberhafter Momente. Sola wünschte, er würde niemals vorübergehen. Doch ihr laut grummelnder Magen machte ihr einen gehörigen Strich durch die Rechnung. Sie verließen ihr kleines Nest und sammelten ihre Sachen zusammen. Trunken vor Glück machten sie sich auf den Rückweg. Sie liefen lächelnd nebeneinander her und hielten sich an den Händen. Selbst als der schmale, von Steinen gesäumte Pfad es erforderte, hintereinander zu laufen, ließen sie einander nicht los. Am Rande des Pina-Heins pfiff Leander. Ein paar Sekunden später zockelten die Yakis über die Wiese auf sie zu. Diesmal nahm Sola vor Leander Platz. Seine Wärme war wie ein Schutzschild, der alles Böse dieses Universums an ihr abprallen ließ. Sie lehnte sich gegen ihn und Leander schlang einen Arm um ihren Bauch, um sie zu halten. Gred lief los, während Feorge ihnen grunzend folgte.

Der Tag schien noch schöner als der gestrige zu werden. Nicht nur, weil Sola in Leanders Nähe war. Die Sonne gab ihr Bestes, vom Himmel zu strahlen. Inzwischen war Solas Haut fast dunkler als ihr Haar und auf ihrer Nase hoben sich deutlich ein paar Sommersprossen ab. Sie fühlte sich wohl wie schon lange nicht mehr.

Doch alles änderte sich, als sie in die Bucht zurückkehrten.

Leander half Sola beim Absteigen. Sie kraulte Gred und Feorge hinter den Ohren. Irgendwie hatte sie das Gefühl, dass sie gestern Abend eine andere Sola getragen hatten, als sie nun zurückließen.

Nachdem sie hinter einer Biegung verschwunden waren, tauschten Sola und Leander einen kurzen Blick, dann zog er sie an sich und sie verschwanden im Schatten einer riesigen Palme. Sola war heiß und eiskalt zugleich. Von Minute zu Minute wurde sie mutiger. Sie schlang die Beine um Leanders Hüften und ließ sich von ihm gegen den rauen Stamm der Palme drücken. Dass der Baum ihre Haut aufscheuerte, spürte sie nicht. Das Prickeln in ihrem Körper war stärker als alles andere.

In ihrer Nähe raschelte es. Sola wollte es ignorieren. Viel lieber wollte sie sich unter Leanders Shirt mogeln und seinen Bauch streicheln, der um den Nabel besonders weich war und von ein paar dunklen Haaren gerahmt wurde. Leander packte ihre Hand grob. Als Sola erschrocken quietschte, legte er ihr die Hand über den Mund und bedeutete ihr, ruhig zu sein. Sein Blick war wachsam, die Haltung angespannt. Was hatte Sola verpasst?

Vorsichtig setzte Leander sie auf ihre Beine und ließ sie los. Rufe durchschnitten die heiße Luft und erfüllten die Bucht. Ein paar Gestalten hatten sich am Strand positioniert und kehrten Sola und Leander den Rücken zu. Ein Pfiff gellte unheilvoll in ihren Ohren. Daraufhin brach eine Diskussion zwischen zwei Typen am Strand aus. Einer von ihnen war Ash. Dafür hätte Sola ihre Hand ins Feuer gelegt.

»Was machen die hier?«, piepste sie und spähte sorgenvoll zur Starstorm. Jemand hatte die Leiter heruntergefahren. Zwei Gestalten kletterten gerade an ihr empor. Solas Magen schrumpfte auf die Größe einer Erbse. Mit geweiteten Augen musste sie zusehen, wie Maris' Leute die Starstorm enterten. »Oh mein Gott«, stöhnte Sola. »Alba und Eris!« Panisch sah sie Leander an. »Sie dürfen nicht wissen, dass er hier ist!«

»Zu spät«, sagte Leander grimmig und deutete an Deck der Starstorm. Ein Mann mit breiten Schultern und aufrechtem Gang marschierte vor zwei Rotschöpfen auf und ab. Lukis Licht verschmolz in der Entfernung mit dem Himmel, doch Sola war sicher, dass auch sie dabei war. Ihr Herz, das vor wenigen Minuten noch so freudig geschlagen hatte, rutschte in ihre Hose.

»Bitte, bitte nicht«, wisperte Sola immer wieder. Maris' aggressive Stimme wehte über die Bucht und brannte sich in Solas Verstand. Ihre Beine reagierten automatisch. Sie trugen sie aus dem Dickicht hinaus auf den Strand. Ehe die stummen Wächter Notiz von ihr hätten nehmen können, packte Leander sie am Kragen und zerrte sie zurück in den schützenden Schatten.

»Ich lasse nicht zu, dass sie dich auch noch kriegen!«, sagte er mit einem bedrohlichen Beben in der Stimme. »Ich k-kann dich nicht verlieren!«

»Was ist mit den anderen?«, schluchzte Sola. Vor ihren Augen verschwamm Leander zu einem undurchsichtigen Schemen.

»Wir helfen ihnen«, versprach er ihr. »Aber nicht, indem wir uns M-maris ausliefern.«

Sola wischte sich mit dem Handgelenk über die Augen und schniefte. Sie wusste, dass Leander Recht hatte. Sie nützte ihren Freunden nicht, wenn sie neben ihnen eingepfercht wurde.

Dann erstarrte sie. Zwischen den Zweigen konnte sie das Deck gut sehen. Eine weitere Gestalt hatte sich an Maris' Seite gesellt. Ihr langes, braunes Haar wehte im Wind. Es war Stella.

Sie beugte sich dicht zu Maris und sprach mit ihm. Er legte den Arm um ihre Taille und lachte, dass sich Solas Haare aufstellten.

»Glaubst du immer noch, sie ist deine Spionin?«, fauchte sie und funkelte Leander an. »Du vertraust der falschen Person!«

»Du irrst dich«, beharrte Leander. »Stella war es, die mir die Medizin für Alba gab.«

»Hast du ihr von der Starstorm erzählt?«, fragte Sola und fürchtete sich vor der Antwort.

Leander zuckte die Achseln. »Und w-wenn schon. Sie hat Maris nicht davon erzählt!«

»Ach nein? Und wieso spaziert er dann über das Deck meines Schiffes?«, entgegnete Sola hitzig. Ihre Stimme konnte sie inzwischen nicht mehr bändigen und fürchtete, die Aufmerksamkeit von Maris' Wachen auf sich zu ziehen. Sie holte dreimal tief Luft. Dann sah sie Leander böse an.

»Es war nur eine Frage d-der Zeit, dass er das Schiff entdeckt!«

Sola schnaubte. »Das glaubst du doch selbst nicht!«

»Okay«, sagte Leander und klang genervt. »W-wenn du willst, dass sie uns entdecken, lass uns w-weiter d-diskutieren!«

Sola öffnete den Mund und schloss ihn wieder. Sie trat ein paar Schritte zurück, um Abstand zwischen sich und Leander zu bringen. »Was schlägst du vor?«, fragte sie so leise, dass er sie gerade noch hören konnte.

»Lunas Camp«, sagte Leander mit Nachdruck.

***

Noch nie war Sola der Weg zu Lunas Camp so lang vorgekommen. Eine unsichtbare Mauer zwischen ihnen machte es Sola unmöglich, mit Leander zu reden. Sie gab ihm nicht die Schuld, dass Maris die Starstorm erobert hatte. Sie gab ihm die Schuld, dass er Stella vertraut hatte, dieser falschen Person. War es nicht die ganze Zeit offensichtlich gewesen? Wieso war Leander so blind? Und wieso vertraute er ihr immer noch?

Leander sah sie an wie ein getretener Hund. Eine stumme Verzweiflung lag in seinem Blick, die Sola am liebsten ignorieren wollte. Sie wollte wütend sein. Auf Leander. Auf Maris. Auf das ganze Universum.

Sola gab sich die größte Mühe, die Stufen in jenem Baum, der den Eingang zum Camp markierte, laut hochzustapfen. Am liebsten hätte sie gegen den Stamm geboxt, aber vermutlich hätte sie sich mehr verletzt als den Baum. Das plötzliche Hereinbrechen von Tageslicht, als die obere Tür geöffnet wurde, ließ sie blinzeln.

»Leander?«, fragte eine überraschte Stimme. Gleich darauf wurde sie einen Hauch aggressiver. »Sola?« Laya blockierte den Eingang. Sie trug nichts weiter als einen knappen Bikini und hatte das hellbraune Haar zu einem Knoten gebunden. Sola betrat die Plattform hinter Leander. In der hinteren Ecke lag ein Haufen aus Kissen, die den Abdruck von Layas Rücken und Po zeichneten. Das erklärte ihren knappen Aufzug: Sie hatte sich gesonnt. Layas Haut war von einem dünnen Schweißfilm überzogen. Ihre Nase war gerötet, sie hatte sich einen leichten Sonnenbrand in der Mittagshitze geholt.

»Schön, dass du dich auch mal wieder blicken lässt«, sagte sie überheblich und verschränkte die Arme vor der Brust. »Ich dachte, wir wären Freundinnen!«

»Wir sind Freundinnen«, sagte Sola gereizt. »Aber wenn du mich jetzt nicht sofort durchlässt, dann hau ich dir eine rein!«

»Was hast du mit ihr angestellt?«, fragte Laya mit hochgezogenen Brauen an Leander gewandt. »Seit wann ist sie so zickig?«

Sola hatte keine Zeit für so etwas. Sie drängelte sich an Laya vorbei und eilte den folgenden Steg entlang.

»Ich erkläre es dir später«, murmelte Leander Laya zu und beeilte sich, Sola zu folgen.

Sola fand Luna im gemeinschaftlichen Baumhaus. Sie hatte sich über eine Karte gebeugt und notierte Dinge in ein liniertes Buch auf ihrem Schoß. Ihre Brauen verschwanden in ihrem Haaransatz, als sie Sola erkannte. »Dich habe ich hier auch schon lange nicht mehr gesehen«, sagte sie eine Spur kühler als sonst.

»Ich brauche deine Hilfe!«, rief Sola ungehalten und stürmte in den Raum.

»Was sie meint, ist: Können wir dich k-kurz sprechen?«, sagte Leander und warf Sola einen besorgten Blick zu.

Luna wies neben sich auf den Boden und nickte halbherzig. Leander setzte sich zu ihr, aber Sola bevorzugte es, im Raum auf- und abzutigern.

»Sie macht mich nervös«, sagte Luna.

»M-mich auch«, brummte Leander.

Sola fuhr herum. »Das habe ich gehört!«, knurrte sie.

»Also, was kann ich für euch tun?«, fragte Luna und versuchte sich an einem betont heiteren Tonfall.

Sola beugte sich über die Karte und tippte auf jene Stelle, die ihre Bucht markierte. »Mein Schiff ankert hier. Letzte Nacht kam Maris und…«

»Warte mal!«, rief Luna und starrte sie an. »Was meinst du damit? Dein Schiff ankert hier?«

»Die Starstorm«, sagte Sola ungeduldig, weil Luna sich an Details aufhielt.

»Willst du mir etwa erzählen, dein Schiff ist noch *hier*?« Luna sprang auf und stemmte die Hände in die Hüften.

»Äh…«, machte Sola verwirrt. »Ja und?«

»Du wusstest davon?«, knurrte Luna nun Leander an.

»Ja«, antwortete Sola für ihn. »Und Laya und Hem wussten es auch. Das Schiff ist ja schließlich nicht zu übersehen!«

»Wieso hast du es mir nicht gesagt?« Luna trat ungehalten gegen das Buch, in das sie kurz zuvor noch geschrieben hatte. Es schlitterte quer über den Boden und wurde unsanft von der Wand gestoppt.

»Es ist mein Schiff«, meinte Sola achselzuckend.

»Falsch«, fauchte Luna. »Die Starstorm gehört nicht dir! Nicht mehr! Sie gehört den Auserwählten. Sie kann uns überall hinbringen!«

»Aha.« Sola verschränkte die Arme. »Sollten wir nicht besser hier bleiben?«

»Wir?«, wiederholte Luna wütend. »Die Auserwählten. Du gehörst nicht dazu. Also brauchst du dir auch keine Gedanken um das machen, was wir tun!«

Ihre Worte waren für Sola wie ein Schlag ins Gesicht. Sie schluckte.

»Luna, d-das ist unfair«, sagte Leander ruhig, aber Luna brauste auf: »Von dir muss ich mir gar nichts sagen lassen!« Dann sank sie an der Wand herab und schüttelte den Kopf. »Habe ich das richtig verstanden?«, fragte sie und raufte sich das dunkle Haar. »Maris hat das Schiff?«

»Ja«, antworteten Sola und Leander aus einem Mund.

Fassungslos fuhr Luna sich über die Augen. »Das darf nicht wahr sein«, murmelte sie. »Er hat mein Schiff.«

Wann die Starstorm zu Lunas Schiff geworden war, wusste Sola zwar nicht, aber sie schwieg. Sie hatte ohnehin nicht das Gefühl, dass Luna zu Diskussionen über den rechtmäßigen Eigentümer aufgelegt war. Solange Luna ihr half, die Starstorm aus Maris' Fängen zu befreien, war ihr egal, dass sie Besitzansprüche erhob. Im Vergleich zu Maris war Luna das kleinere Übel.

»Wir müssen die Starstorm zurückerobern«, sagte Luna entschieden. Ihr Blick switchte von Sola zu Leander.

»Ja, die Idee k-kam uns auch schon«, bemerkte dieser trocken. Er beugte sich über die Karte und zeichnete jenen Punkt ein, an dem das Schiff ankerte. »Das Problem ist, dass sie nur über Wasser erreichbar ist«, erklärte er. »Maris würde uns schon von weitem kommen sehen!«

»Und wieso habt ihr ihn nicht kommen sehen?«, fragte Luna und starrte auf die Markierung.

»Wir waren nicht da«, gab Sola zu. Eine schwache Erinnerung an die schönsten Stunden in ihrem Leben regte sich in ihrem Innern und schnitt tief in ihr Fleisch. Ihr Blick begegnete Leander. Er sah noch immer so aus wie gestern. Doch die grenzenlose Sehnsucht war aus seinen Augen verschwunden. Sie waren glanzlos und stumpf. Seine Züge waren versteinert. Kurz schaute er Sola an. Dann wandte er sich an Luna: »Solange er nicht weiß, wie er das Schiff starten kann, haben wir Zeit.«

»Und sobald er es herausgefunden hat, sind wir verloren«, murmelte sie.

»Er kann das Schiff nicht starten«, beruhigte Sola sie.

»Aber du kannst es?«, wollte Luna hoffnungsvoll wissen.

»Nein«, antwortete Sola. »Niemand. Mein Vater nahm das Geheimnis mit ins Grab. Ich habe alles versucht. Es ist unmöglich!«

Luna lachte. »Glaub mir, es ist nicht unmöglich. Wir haben Artis!«

***

In den nächsten Stunden herrschte rege Betriebsamkeit in Lunas Camp. Zunächst hatte Luna nach Artis schicken lassen. Er war mit ölverschmierter Nase im Baumhaus aufgetaucht und war angesichts der Wartenden verwirrt zurückgewichen. Luna hatte Leander und Hem zurück zur Bucht geschickt, um die Lage auszukundschaften. Sie hatte Sola nicht erlaubt, sie zu begleiten, weil sie Angst vor einer emotionalen Reaktion hatte. Sie hatten ein Ass im Ärmel – und das war das Überraschungsmoment.

Inzwischen saß Sola in der späten Nachmittagssonne neben Laya, während sie nach Solas Beschreibung einen Grundriss von der Starstorm zeichnete. Weil Laya besonders gut mit Stiften umgehen konnte, hatte Luna sie zur Mithilfe gezwungen. Aber Laya ließ keine Sekunde aus, um ihren Missmut kundzutun.

»Was interessiert mich dieses blöde Schiff«, wiederholte sie ständig und: »Ich bin nur an meinen Klamotten interessiert, die du zurückgelassen hast.« Dann sah sie Sola böse an. »Mein Vorrat an Kleidung ist erschöpft. Wenn ich gewusst hätte, dass ich die Sachen nicht zurückbekomme…«

»Da ist der Maschinenraum«, sagte Sola und tippte auf das Papier. Für Layas Gejammer hatte sie keinen Sinn.

Nach einer Weile gesellte Artis sich zu ihnen. Er bastelte an einer Konstruktion aus Rohren, die pfiff und pufften, wenn man sie berührte.

»Und was genau soll das sein?«, fauchte Laya, als die Maschine eine schwarze Rauchwolke ausstieß und sie husten ließ.

»Mh, ein Ablenkungsmanöver«, meinte Artis und klemmte sich ein Werkzeug zwischen die Zähne, während er zwei Rohre herumdrehte.

»Jedenfalls ist es nicht für dich«, sagte Sola ungeduldig und wies erneut auf Layas Zeichnung.

Sie schnaubte. »Weiß nicht, warum ich dir helfe…«

»Weil wir Freundinnen sind«, erinnerte Sola sie.

»Weißt du, das glaube ich nicht«, sagte Laya und legte resolut den Stift beiseite. »Warum warst du so lange fort? Was läuft da zwischen Leander und dir? Und wieso hast du ihm nie eine Nachricht für mich mitgegeben? Du hättest wenigstens so tun können, als hättest du Interesse an mir!« Sie knallte den Stift auf das Blatt, der einen unschönen schwarzen Fleck darauf hinterließ und den Maschinenraum auslöschte.

»Ich glaube, ich gehe wieder«, murmelte Artis und wollte aufstehen. Aber Laya krallte ihre Fingernägel in seinen Arm und zwang ihn, sich wieder zu setzen. Verschüchtert gehorchte er.

»Es tut mir leid, Laya«, sagte Sola kleinlaut. »Ich wollte dir nicht das Gefühl geben, unwichtig zu sein. Es ist nur so viel passiert…«

»Leander ist passiert«, knurrte Laya. »Und schwupps, alles um dich herum verliert seine Bedeutung. Sogar deine angeblichen Freunde!«

»Nein«, sagte Sola. »Naja, doch. Aber…«

»Hah!«, machte Laya und tippte gegen Solas Brust, als hätte sie sie verraten.

»So ist es nicht«, versprach Sola und überlegte. Sie kannte Laya und Artis noch nicht lange und Laya war derzeit nicht unbedingt gut auf sie zu sprechen. Konnte sie ihnen vertrauen? Andererseits wusste Maris inzwischen ohnehin, dass Eris auf der Insel war. Somit war ihr Versprechen, das sie Alba gab, nichtig.

»Ich konnte nicht zurückkommen, weil etwas geschehen ist, das mich davon abgehalten hat«, sagte Sola. »Es war kurz nach der Party, als Leander und ich im Wald Alba begegnet sind. Wir sind ihr gefolgt und…« Die Erinnerung an den Nachtschatten weckte in Sola ein unheimliches Grauen. »Sie wurde schwer verletzt und wir haben uns um sie gekümmert. Außerdem…« Sie sah Laya und Artis eindringlich an. »Ihr dürft nicht darüber sprechen. Wir haben ihren Bruder im Wald gefunden, den sie auf die Insel geschmuggelt hat!«

»Sie hat was?«, entfuhr es Laya. Artis zuckte zusammen.

»Wir haben uns um die beiden gekümmert. Sie wäre fast gestorben, Laya. Ich konnte sie nicht im Stich lassen!«, sagte Sola.

»Du weißt aber schon, dass sie zu Maris' Leuten gehört?«, knurrte Laya.

»Ich denke, sie gehört nicht mehr zu Maris' Leuten«, seufzte Sola. »Er hält sie auf der Starstorm gefangen. Und deshalb brauche ich eure Hilfe!« Sie wandte sich an Artis. »Wir müssen das Schiff starten. Kriegst du das hin?«

»Wie willst du das Schiff starten, wenn Maris drauf ist?«, quatschte Laya dazwischen.

»Er muss zuerst vom Schiff runter«, erklärte Sola geduldig.

»Und wie? Willst du anklopfen und fragen: Hey Maris, könntest du dich bitte verpissen?«, sagte Laya und begann, Herzchen auf den Grundriss der Starstorm zu malen.

»Ich weiß, dass es nicht so leicht wird. Leander und Hem suchen nach einer Möglichkeit, wie wir Maris überwältigen können.« Als Sola Hem erwähnte, erblasste Laya kaum merklich. Sie wandte sich ab. »Alles in Ordnung?«

»Alles bestens«, meinte sie schnippisch. »Ich denke nur nicht, dass es die beste Idee ist, all meine Freunde in deine Misere mitreinzuziehen. Du bringst uns alle noch in Gefahr!« Dann knallte sie den Stift auf das Papier, sprang auf und hastete davon.

Sola sah ratlos zu Artis, der mit den Achseln zuckte. »Vor zwei Tagen war Rika hier. Hem hat ihr seine Liebe gestanden!«

»Oh. Mein. Gott.« Sola starrte Artis fassungslos an. »Sind die beiden jetzt…?«

»Zusammen? Natürlich nicht«, sagte Artis und beugte sich wieder über seine Konstruktion, die ihn mehr zu interessieren schien als das verworrene Liebesleben seiner Mitmenschen. »Rika liebt Matt. Mh, sie wird niemals über seinen Tod hinwegkommen!«

»Und Laya wird niemals über Hems Abfuhr hinwegkommen«, seufzte Sola und Artis machte ein Gesicht, als hätte er auf eine Zitrone gebissen. »Sorry, Artis!« Er nickte nur, dann begann seine Erfindung zu pfeifen. Na toll, Sola hatte vergessen, dass er Laya mochte. Es war ihr ein Rätsel, was alle Mädchen an diesen unerreichbaren Schönlingen fanden, die ihnen ohnehin nur das Herz brachen. Wieso konnte Laya nicht mehr in Artis sehen? Wieso musste es der unnahbare Hem sein?

Sie dachte an Leander, der in seiner verschrobenen Art sicher kein Frauenschwarm war. Er war intelligent, liebenswürdig und witzig. Und sie hatte ihn behandelt wie einen Verbrecher. Sie seufzte und Artis hob verwirrt den Blick.

»Tut mir leid«, beeilte Sola sich zu sagen. »Das hatte nichts mit dir zu tun. Ich frage mich nur, warum manche Dinge so kompliziert sein müssen?«

»Weil wir sie erst kompliziert machen«, antwortete Artis achselzuckend. Er legte sein Werkzeug beiseite. »Was hältst du davon, wenn wir Ingrid am südlichen Rand der Bucht platzieren?«

»Wer ist Ingrid?«, fragte Sola.

Artis wies auf die ratternde Konstruktion aus Rohren.

»Du gibst deinen Spielereien Namen?« Sola kicherte.

»Du, mh, hast dem Emmling doch auch einen Namen gegeben«, meinte Artis.

»Ja«, bestätigte Sola. »Walter ist aber auch ein Lebewesen. Wie dem auch sei. Was ist der Plan?«

»Wir lenken Maris und seine Leute ab und führen sie in die Irre. Wenn Ingrid im Süden ordentlich Krach macht, werden sich sicher ein paar von den Wachen damit beschäftigen. Die anderen Wachen könnten wir so leichter überwältigen.«

»Das klingt gut«, stellte Sola fest und kaute an ihrer Unterlippe. »Wie kommen wir ungesehen auf das Schiff?«

»Ungesehen ist wohl weniger das Problem«, meinte Artis. »Vielmehr ungehört. Wenn wir mit zwanzig Personen durch das Wasser schwimmen, wird Maris sicher auf uns aufmerksam.«

Sola seufzte und vergrub ihr Gesicht in den Händen. »Artis, wieso sind alle scharf auf dieses Schiff, wenn das Universum ohnehin stirbt und es keinen Ort gibt, zu dem es segeln könnte?«

»Oh«, machte Artis, »ich bin sicher, keiner von ihnen will zurück in unser Universum.«

»Du meinst… sie wollen über den Rand hinaus?«, schlussfolgerte Sola. »Aber wie? Niemand weiß, was dort wartet. Was, wenn es auf der anderen Seite keine Luft zum Atmen gibt… oder…?«

»Was, wenn Kolumbus nie nach Amerika gesegelt wäre?«, entgegnete Artis.

Sola musterte ihn verständnislos. »Wer?«

»Ach, unwichtig. Das war ein Abenteurer, der vor vielen, vielen Jahrhunderten gelebt hat, als sich die Welt der Menschen noch auf einen einzigen Planeten beschränkte.«

»Du meinst, so wie jetzt«, brummelte Sola und stellte sich vor, dass sie mutterseelenallein im Universum waren mit Maris, der aus dem Stoff für Albträume gemacht worden war.

***

Es folgte die zweite Nacht, in der Sola kaum schlief. Sie lag in ihrer Hängematte und starrte stumpf vor sich hin. Ihre Gedanken gönnten ihr keinen Schlaf. Sie sorgte sich um Alba, Eris, Luki und Walter, die sich nun ganz allein mit Maris auseinandersetzen mussten. Sie wälzte sich von einer Seite zur anderen. Ihr fehlte die tröstliche Nähe von Walter und sein flauschig-warmes Fell. Ihr fehlte ihr eigenes Bett. Ja, ihr fehlte sogar Luki, die ständig ungebeten hereinplatzte. Und am allermeisten fehlte ihr Leander.

Draußen prasselten dicke Regentropfen auf Thethys. Sola konnte sich nicht erinnern, dass es seit ihrer Ankunft geregnet hätte. So schob sie den seltsamen Wetterwandel auf die gedrückte Stimmung, die in Lunas Camp herrschte. Wie ein Lauffeuer hatte es sich verbreitet, dass die verletzte Alba nun Maris' Gefangene war.

Draußen kletterte jemand an der glitschigen Leiter empor, die zu den einzelnen Kojen führte. Die Geräusche wurden immer lauter, bis sie vor Solas Hängematte abrupt aufhörten.

»Sola?« Sofort erkannte sie Leanders Stimme. »Bist du noch wach?«

Sola streckte den Kopf aus der Hängematte. Regentropfen rannen wie Tränen über Leanders Wangen. Seine Haare waren klatschnass, als wäre er baden gewesen.

»Ich bin wach«, sagte Sola überflüssigerweise.

»Wie g-geht es dir?«, fragte Leander, während der Regen gegen seinen Rücken trommelte.

»Willst du nicht zu mir kommen?«, entgegnete Sola schüchtern. »In dem Regen holst du dir noch den Tod!«

Leander zögerte keine Sekunde. Er kletterte in die Hängematte. Sola machte ihm Platz und rutschte ans andere Ende. Sie wusste nicht, ob er sie überhaupt noch berühren wollte. Und so beugte sie einfach vor, indem sie einen möglichst großen Abstand zwischen ihnen schuf. Leander zog seinen nassen Pullover aus und wickelte sich in eine der Decken, die in der Hängematte lagen. »Also?«, sagte er.

»Wie bitte?«

»Wie g-geht es dir?«

»Oh.« Sola überlegte. »Ich weiß es nicht«, antwortete sie dann ehrlich.

Leander nickte, als könnte er sie nur zu gut verstehen. Er sah sie an und in seinem Blick flammte jene Sehnsucht auf, der Sola bereits in der letzten Nacht begegnet war. Ihr Herz machte einen Hüpfer.

»Es tut mir leid«, sagten sie wie aus einem Munde und kicherten verlegen.

»Du z-zuerst«, bestimmte Leander. Seine Augen glitzerten in dem matten Licht, das jene Fackeln in Solas Hängematte warfen, die am Steg unterhalb der Kojen aufgebaut worden waren.

»Es tut mir leid, dass ich so gemein zu dir war«, sagte Sola. »Als ich sah, dass Maris in mein Zuhause eingedrungen ist, ist bei mir eine Sicherung durchgeknallt. Ich wollte meine Wut loswerden. Sie an dir auszulassen, war falsch!«

Leander, der noch immer am anderen Ende der Hängematte saß, legte seine Hand um ihre Mitte. Sola zögerte. Dann flocht sie ihre Finger in seine. Seine Berührung war wie Balsam für ihre geschundene Seele. Sie linderte all den Schmerz der vergangenen Stunden und wischte die Sorgen für einen kurzen Augenblick fort. Sie lächelte Leander an.

»Und mir tut es leid, dass ich dir nicht zuhören wollte«, sagte er. »Ich kenne Stella schon ewig und ich *möchte* nicht glauben, dass sie zur Verräterin geworden ist.«

»Sie ist deine Freundin, das verstehe ich«, sagte Sola leise.

»*Du* bist meine Freundin«, widersprach Leander und sah sie flehentlich an. »Bitte, lass uns nicht mehr streiten!«

Tränen schossen in Solas Augen, ehe sie sie aufhalten konnte. Sie warf sich so heftig in Leanders Arme, dass die Hängematte wild hin und her schaukelte. Leanders Lippen suchten und fanden sie. Seine Wärme kam über sie wie eine Flutwelle. Er fühlte sich gut an, so unfassbar gut. Scheu schob Sola ihre Hand unter sein Shirt und genoss das Gefühl seiner nackten Haut. Liebevoll streichelte Leander über ihren Schopf und verpasste ihr eine ganz fürchterliche Frisur, aber Sola war es egal. Vielleicht würde sie sich eines Tages vor ihm auch nicht mehr für ihren Körper schämen. Leander war ein Junge, bei dem sie sich das vorstellen konnte.

Ihm hatte Sola es zu verdanken, dass sie am Ende doch noch ein paar Stunden schlief. Sie lag halb auf Leander, hatte einen Arm um ihn geschlungen und den Kopf in jener Mulde gebettet, die sich zwischen Brust und Schulter bildete. Leander hatte die Nase in ihrem Haar vergraben und beide Arme um Solas Taille gelegt. Sola wachte auf, als Leander niesen musste. Er hatte ihre Haare eingeatmet.

»'Tschuldigung«, murmelte er und gähnte herzhaft. »Wieso ist es denn schon wieder hell?« Jetzt, da er es sagte, bemerkte Sola plötzlich die hartnäckigen Sonnenstrahlen, die alles hinter ihren Lidern gleißend hell machten. Unmöglich, noch einmal einzuschlafen.

Leander legte den Kopf schief und grinste frech. »Deine Haare haben heute Nacht ohne d-dich gefeiert!«

Sola tastete über ihre Frisur und stellte mit Schrecken fest, dass ihr die Haare zu Berge standen. Sie machte ein gurgelndes Geräusch und versuchte, ihre Haare wieder an den Kopf zu drücken.

»Lass es, du siehst süß aus«, neckte Leander sie und erntete einen bösen Blick. Anstatt sie ernst zu nehmen, lachte er Sola aus. Dann drückte er sie an sich, bis ihr die Luft wegblieb und sie sich keuchend aus seinem Arm wand.

Der Tag begann schöner, als der letzte geendet hatte. Die dicken Regenwolken hatten sich an den Rand der Insel verzogen und warfen graue Schatten auf das Meer, aber das Camp wurde mit strahlendem Sonnenschein belohnt. Nachdem Sola und Leander ein paar Beeren gefrühstückt hatten, gesellten sie sich zu Luna, Hem und ein paar anderen, die es sich auf der untersten Plattform bequem gemacht hatten. Zwischen ihnen lag die Karte von Thethys sowie Layas lieblos gezeichneter Grundriss der Starstorm. Luna sah kaum auf, als Sola und Leander sich nebeneinander niederließen, die Hände ineinander verschlungen. Hem dagegen zwinkerte Sola zu und reckte den Daumen nach oben. Schade, dass er sich in die falsche Frau verliebt hatte. Eigentlich war er kein schlechter Kerl.

»Ihr seid spät dran«, brummte Luna übellaunig und trug gerade etwas auf der Karte ein, das Sola nicht lesen konnte, weil es für sie Kopf stand. »Es ist ja nicht so, dass wir das Ganze in die Wege leiten, weil wir Spaß daran haben, Maris zu nerven. Wir machen das, weil *ihr* uns darum gebeten habt. Dann könntet ihr wenigstens pünktlich kommen!« Sola sprach nicht aus, dass Luna ihr nicht half, weil sie so ein großes Herz hatte, sondern weil sie scharf auf die Starstorm war. Sie wollte keinen unnötigen Streit provozieren, aber Luna machte es ihr ganz schön schwer.

»Hat Artis inzwischen herausgefunden, wie man die Starstorm startet?«, fragte Hem.

Luna stöhnte genervt. »Unser Genie ist der Ansicht, er könnte keine Ferndiagnose stellen. Er muss an Bord sein, um herauszufinden, wie man das Schiff in Gang kriegt.«

»Naja, dann schmuggeln wir ihn einfach auf das Schiff, oder?«, schlug Hem kurzerhand vor.

»Damit er Maris in die Arme läuft und er ihn zwingen kann, für sich zu arbeiten?«, fauchte Luna. »Das fehlte noch, wenn wir sein Superhirn an Maris verlieren würden!«

»Wo ist Artis überhaupt?«, wollte Sola wissen.

»Der denkt vermutlich auch, er ist in einem Ferienlager«, knurrte Luna gereizt. Sie wandte sich an einen schlaksigen Jungen mit einer viel zu langen Nase für sein rundes Gesicht. »Du! Hol ihn her!«

Der Junge zuckte zusammen. »Wen?«, quiekte er.

»Bin ich denn nur von Idioten umgeben?« Luna sprang zornesrot auf, dann stapfte sie über den Steg und verschwand, indem sie eine Leiter nach oben nahm.

»Wow«, machte Leander mit hochgezogenen Brauen. »Was ist m-mit ihr los?«

»Sie hat ihre Tage«, meinte Hem todernst. »Dann dreht sie immer durch.«

»Woher weißt du…«, setzte Sola an, unterbrach sich aber. »Schon ok. Ich will es gar nicht wissen!« Sie schüttelte angewidert den Kopf und versuchte, Hems hellgrünen Blick zu ignorieren.

»Und ihr zwei«, sagte Hem mit einem anzüglichen Grinsen, »ihr seid jetzt zusammen?«

Sofort färbten sich Solas Wangen rosa. Aber Leander drückte ihre Hand ein bisschen fester und sagte selbstbewusst: »Ja!«

»Naja«, meinte Hem, »abgesehen von der Größe passt ihr ganz gut zusammen!«

»Möchtest du uns auch etwas über dein Liebesleben erzählen, wenn du schon so interessiert an dem der anderen bist?«, fragte Luna, die plötzlich mit Artis im Schlepptau hinter Hem aufgetaucht war. Sie gab ihm einen Klaps gegen den Hinterkopf und Hems Miene verdüsterte sich. Sola war sich sicher, dass er an Rika dachte.

»Wusste ich es doch«, meinte Luna und fuchtelte mit dem Finger vor Artis' Nase herum. »Setz dich endlich.«

Verschlafen sank Artis neben Sola und vergrub das Gesicht in den Händen. »Ich habe die ganze Nacht gearbeitet«, grummelte er. »Und mir ist noch nicht einmal eine Stunde Schlaf vergönnt!« Neben der hübschen Portion Sommersprossen hatte er pechschwarze Augenringe.

»Du kannst schlafen, wenn du tot bist«, sagte Luna mitleidlos. »Jetzt brauchen wir dich nun mal.«

Sola beugte sich zu Artis und flüsterte ihm ins Ohr: »Danke, dass du da bist!«

»Ich, mh, hatte keine Wahl«, entgegnete Artis und die letzten Worte gingen in einem Gähnen unter. »Also, was soll ich heute für dich machen, Luna? Soll ich dich klonen, oder…?«

»Gute Idee«, bemerkte Luna. »Darum kannst du dich kümmern, wenn wir die Starstorm zurückerobert haben!« Ein paar lachten, aber Sola war sich nicht sicher, ob das ein Scherz gewesen war. Lunas verheerender Ehrgeiz machte sie unberechenbar. »Ist dir inzwischen eingefallen, wie wir die Starstorm starten können?«, wollte sie ungeduldig wissen.

»Da ich mich noch nicht teleportieren kann, war ich in den letzten Stunden auch nicht auf der Starstorm, um das Problem zu lösen«, meinte Artis. Wenn er müde war, war er schlagfertiger. Sola lachte.

»Das ist nicht lustig«, ermahnte Luna sie.

»Okay«, sagte Hem, allmählich genervt von dem Schlagabtausch und strich das lange Haar hinter die Ohren. »Hör endlich auf, dich wie unsere Mutter zu benehmen«, riet er ihr. »Ansonsten fessle ich dich an einen Baum!«

»Probier's doch!«, brauste Luna auf.

»Ich wusste, dass du drauf stehst!« Hem leckte sich lüstern über die Lippen.

»Was läuft eigentlich falsch mit dir?«, fauchte Luna. Es fehlte nur noch, dass sie wie eine Katze die Krallen ausfuhr.

»Leute!«, rief Leander. Sola hatte ihn noch nie so gehört. Seine Stimme bebte, aber nicht aus Unsicherheit, sondern vor Wut. Mit der flachen Hand schlug er auf die Dielen und der Boden vibrierte. »Mir ist klar, d-dass die Lage angespannt ist«, sagte er dann deutlich ruhiger. »Aber wir sollten alle erstmal tief durchatmen!« Er sah jeden einzelnen in der Runde streng an, Sola hingegen zwinkerte er zu. »Was haben wir bisher?«

Luna referierte die ortsgebundenen Fakten, erklärte ihre Markierungen und die Notizen auf der Karte. Sie sah auf. »Wie viele Wachen standen nochmal am Strand, als ihr sie gestern ausgekundschaftet habt?«

Hem und Leander tauschten einen Blick. Hem antwortete: »Es waren neun Leute, die am Strand standen, drei sind den Waldrand abgelaufen.«

Luna nickte bedauernd. »Wir können sie nicht alle ausschalten. Damit riskieren wir, dass Maris uns entdeckt. Wir müssen ihn überraschen. Das ist unsere einzige Chance. Er darf keine Zeit haben, die Starstorm aufzurüsten, sonst schaffen wir es nie in den Steuerraum. Und dorthinein müssen wir Artis und Sola irgendwie bringen.«

»Artis hatte eine tolle Idee, um die Wachen abzulenken«, meinte Sola und nickte dem Rotschopf aufmunternd zu.

»Und wieso weiß ich nichts davon?«, fragte Luna kühl.

»Ich habe diese Maschine gebaut«, sagte Artis.

»Kommt nicht in Frage«, entschied Luna.

»Wieso?«, echauffierte Sola sich. »Du hast ihn ja nicht einmal angehört!«

»Ich kenne diese Maschine. Ingrid, richtig? Sie ist laut und droht ständig, zu explodieren. Wie wollen wir sie durch den Wald schaffen, ohne dass uns das Teil nicht schon vorher um die Ohren fliegt? Damit wäre der ganze Plan hinfällig!« Luna funkelte Sola angriffslustig an. »Da habe ich damals in der Werkstatt mit meinen Brüdern zuverlässigere Maschinen zusammengebastelt!«

»Was wäre, wenn…« Sola ließ sich von ihr nicht mehr einschüchtern. Artis' Idee war kein Geniestreich, aber immerhin gut genug, um Maris' Leute aus dem Weg zu schaffen. Sie versank in Gedanken und kaute an ihrer Unterlippe. »Was wäre, wenn wir die Maschine mit einem Yaki an den richtigen Standort positionieren würden?«

»Mit einem was?«, fragte Luna.

»Yakis haben die außergewöhnliche Fähigkeit, unglaubliche Distanzen im Bruchteil einer Sekunde zu überwinden«, erklärte Leander. »Und zufälligerweise sind sie auf Thethys beheimatet!«

Luna schob den Unterkiefer vor und ließ sich die Idee durch den Kopf gehen. »Na schön, das ist eine Möglichkeit.« Sie wandte sich an Artis: »Glaubst du, die Maschine explodiert während des Sprungs?«

»Theoretisch sollte der Yaki schnell genug sein, um die Maschine abzusetzen und, mh, wieder zurückzuspringen«, antwortete Artis.

»Theoretisch? Schön. Dann wird jemand den Yaki reiten, auf den wir im Notfall verzichten können!«, meinte Luna pragmatisch und schaute herausfordernd in die Runde. »Freiwillige vor!«

»Ich k-kann es machen«, sagte Leander.

»Auf keinen Fall«, entgegnete Luna. »Niemand von uns verfügt über ein solches Wissen über die Insel wie du.«

»Das war ein Kompliment, oder?«, zischte Sola Leander schmunzelnd zu.

»Vielleicht nehmen wir Hem«, überlegte Luna laut. »Außer einem unsagbaren Talent, Mädchenherzen zu brechen, hast du nicht besonders viele Fähigkeiten.« Sie betrachtete Hem, der herausfordernd die Brauen hob, als wollte er sie zum Weitersprechen auffordern. »Na schön, die Präsentation deiner ansehnlichen Bauchmuskeln würde mir hier im Camp schon fehlen, wenn ich es mir recht überlege. Wir finden jemand anderen!«

»Na gut«, sagte Leander. »Nehmen wir an, wir platzieren die Maschine am südlichen Ufer und lenken im besten Fall sechs Wachen ab. Bleiben noch immer sechs Leute, die wir unauffällig in den Griff kriegen müssen. Ideen?«

»Jep«, meldete Hem sich mit loderndem Blick. »Rykis!«

»Ich weiß, dass du auf aufregende Trips stehst, aber möchtest du uns das in diesem Zusammenhang nicht erläutern?«, fragte Luna spitz.

»Sechs Wachen, sechs Tücher, die vorher mit Ryki-Saft getränkt wurden. Das Einatmen der Frucht wirkt zwar längst nicht so stark wie deren Einnahme, aber es sollte uns genug Zeit verschaffen, um zum Schiff zu kommen«, erklärte Hem.

»Also brauchen wir unmittelbar am Strand sechs Personen, die mit den Tüchern im Hinterhalt lauern«, fasste Luna zusammen. »Meinetwegen. Aber wie kommen wir über das Wasser?«

»Wir schwimmen«, sagte ein Mädchen, das Sola nicht kannte.

»Abgelehnt«, sagte Luna streng und sah in die Runde. »Weitere Einfälle? Ich meine, bessere Einfälle?«

»Wie willst du sonst über das Wasser kommen?«, fragte das Mädchen beleidigt. »Wir können ja schlecht zum Schiff fliegen!« Auf ihre Worte folgte eine ratlose Stille. Doch in Leanders Gesicht sah Sola den Funken einer Idee aufkeimen.

»Das ist es!«, rief er.

»Was ist was?«, wollte Luna verständnislos wissen und zog die geradlinigen Brauen zusammen.

»W-wir fliegen!« Leander war begeistert.

»Und womit? Können deine Yakis auch fliegen? Oder willst du diesmal einen Teppich benutzen?«, fragte Luna.

Leander überging ihren Kommentar und beugte sich vor. »Die Fliegenden Felsen!« Während die Gesichter der anderen verständnislos blieben, machte es bei Sola klick.

»Ja, natürlich!«, rief sie aufgeregt und klopfte ihm ausgelassen auf die Schulter. »Das ist brillant!«

»Schön, dass ihr euch ohne verständliche Worte versteht«, grinste Hem, »aber ich kann euch nicht folgen!«

»Nordöstlich von hier liegen die Fliegenden Felsen. Sie grenzen unmittelbar an Maris' Lager, deswegen ist der Plan vielleicht ein wenig riskant, aber…« Leander kratzte sich am Kinn. »Wenn wir es richtig anstellen und uns an jenem Punkt aufhalten, der am weitesten vom Lager entfernt ist, dann…«

»… Dann sollten wir in der Lage sein, ein paar der seltsamen Steine mitgehen zu lassen«, beendete Sola seinen Satz.

»Um was genau mit ihnen zu machen?«, hakte Luna nach.

»Wir benutzen sie als schwebende Flöße«, erklärte Sola. »Sie bringen uns lautlos über das Wasser und wir können unbemerkt an Bord gehen!«

»Glaubst du, es könnte funktionieren?«, fragte Luna Leander, als wäre Sola unsichtbar.

»Es ist möglich«, überlegte Leander. »Die Steine schweben auf der Stelle. Das heißt, wir müssen sie bewegen. Aber wenn wir uns lange Stöcke beschaffen, könnten wir über das Wasser gleiten.«

»Wie viele Personen tragen die Steine?«, fragte Luna mäßig interessiert.

Leander zuckte die Achseln. »Fünf, vielleicht sechs Leute, w-wenn sie groß genug sind!«

»Schön«, ahmte Hem Luna in ihrem geschäftsmäßigen Ton nach. »Was geschicht dann, wenn wir die Starstorm ungesehen erreicht haben?«

»Wir entern sie«, sagte Sola ernst.

»Wie kommen wir auf das Schiff?« Luna zog den Grundriss der Starstorm hervor und legte ihn in ihre Mitte.

»Normalerweise ist der Eingang hier«, erklärte Sola und deutete auf die Halle, in der sich die Luke befand. »Man kann die Tür von innen aus betätigen und sie fährt die Strickleiter aus. Von außen haben wir keine Chance, die Tür zu öffnen. Wir haben zwei Möglichkeiten. Entweder versuchen wir es offensiv über die Reling. Allerdings müssten wir an den Fenstern des Schiffes vorbei und das Risiko, gesehen zu werden, ist groß. Sicherer wäre es, wenn sich ein paar von uns einen Weg durch die Schiffsschraube ins Innere bahnen würden. Es ist sehr eng und vermutlich auch gefährlich, aber so könnten wir eindringen, ohne Aufmerksamkeit zu erregen. Der Maschinenraum liegt in unmittelbarer Nähe der Eingangshalle. Wir könnten die anderen einfach durch die Luke einlassen.«

»Wer ist wir?«, fragte Leander misstrauisch.

»Ich gehe auf jeden Fall«, antwortete Sola. »Vielleicht begleitet Luna mich. Wir sind beide klein und haben schmale Schultern, sodass wir an den Schrauben vorbeikämen!«

»Hast du das schon mal gemacht?«, fragte Luna neugierig.

»Um ehrlich zu sein, nein«, gab Sola zu. »Ich habe mich mal dort unten versteckt, aber als mein Vater mich entdeckt hat, ist er ausgeflippt. Er meinte, es sei sehr gefährlich.«

»Ich bin für die offensivere Variante«, sagte Leander entschieden.

»Ich nicht«, meinte Luna. Sie nickte Sola zu. »Ich bin dabei!«

»Okay!« Sola lächelte nur halbherzig, denn sie spürte Leanders verärgerten Blick auf sich ruhen.

»Wenn wir drin sind, müssen wir Artis schnellstmöglich in den Steuerraum bringen.« Luna tippte auf das krakelige Wort, das *Steuerraum* heißen sollte. »Sola begleitet ihn, sie kennt das Schiff am besten. Ich mache mich mit ein paar anderen auf die Suche nach Maris. Und die anderen werfen so viele von Maris' Leuten von Bord, wie nur irgend möglich!«

»Ich g-gehe mit Sola«, sagte Leander.

»Von mir aus«, meinte Luna achselzuckend. »Du bist ohnehin kein großer Kämpfer.« Mit strenger Miene wandte sie sich an Artis: »Ich hoffe, du kannst gut unter Druck arbeiten!«

»Mh, eigentlich eher weniger«, sagte Artis.

»Schön, dann wirst du es lernen!«, beschloss Luna.

***

Nach der Besprechung zwang Luna Artis auszurechnen, wie lang die Seile sein mussten, um die Fliegenden Felsen zu umfassen. Hem und Leander verschwanden im Dschungel, um genug Rykis zu ernten und Sola hatte die ehrenvolle Aufgabe, sich mit Luna zu unterhalten. Sie wollte alles über das Schiff wissen und ließ sich von Sola jede Schraube des Maschinenraums beschreiben. Erst als Sola fragte, was genau sie damit bezweckte, erklärte sie: »Meine Brüder Lake und Lerd hatten eine Werkstatt, in der sie Reparaturen an kleineren Schiffen durchgeführt haben. Ich hing ständig bei ihnen rum und lernte viel über die Funktion der einzelnen Teile. Wenn das Problem nicht beim Bordcomputer liegt, sondern im Maschinenraum, dann finde ich es!«

»Wie alt waren deine Brüder?«, fragte Sola, die sich immer Geschwister gewünscht hatte.

»Sie waren viel älter als ich«, antwortete Luna. »Ich war fünf, als Lake sechsunddreißig wurde und Lerd zweiunddreißig war. Trotzdem wollte ich zu ihnen gehören!« Das erklärte zumindest, warum Luna so taff war. Sie hatte schon als kleines Mädchen gelernt, die Ellbogen zu benutzen. Sie zog ein abgenutztes Taschenmesser mit hölzernem Griff aus der Tasche und hielt es Sola hin, als wollte sie ihre Geschichte mit einem Beweis untermalen. »Das hat mir Lake geschenkt, kurz bevor *sie* mich geholt haben. Siehst du das L?« Sie deutete auf einen eingravierten Buchstaben in der Mitte des Griffs. »Das steht für Lake, Lerd und Luna.«

»Vermisst du deine Brüder?«, fragte Sola, obwohl es offensichtlich war.

Luna zuckte die Achseln. »Spielt es denn eine Rolle? Sie sind tot.«

»Vielleicht für sie nicht mehr, aber für dich«, entgegnete Sola. Wie schwer es sein musste, zu begreifen, dass Eltern *und* Geschwister tot waren. Sie trauerte nur um ihren Vater – und das hatte sie mehr als einmal an den Rand der Verzweiflung getrieben. »Ich bin sicher, du wirst sie stolz machen«, sagte sie deshalb und tätschelte Lunas Knie. Es war, als erwachte diese aus einer Trance. Verärgert über ihren Moment der Schwäche steckte sie das Messer zurück in die Tasche und forderte Sola zum fünften Mal auf, ihr den Aufbau des Maschinenraums genau zu beschreiben.

Ein orangefarbener Streifen am Himmel kündigte schließlich das Ende des Tages an. Während Artis sich ins Bett verabschiedete und schon auf dem Weg dorthin schlafwandelte, wartete Sola alleine auf der untersten Plattform auf die Rückkehr von Leander und Hem. Nachdem Luna ihr ihren wunden Punkt offenbart hatte, hatte sie sich unter einer fadenscheinigen Ausrede verkrümelt und sich den Rest des Tages nicht mehr blicken lassen.

Erst als die Sonne unterging, stolperte Hem mit einem seligen Grinsen aus dem Stamm auf die Plattform. Den Arm voller Rykis leerte er vor Solas Füßen. »Ups«, kicherte er und ließ sich polternd auf sein Hinterteil plumpsen.

»Ist er etwa high?«, fragte Sola entsetzt und betrachtete Hems riesige Pupillen.

»Er hat drauf bestanden, ein paar von den Rykis zu testen, damit wir sicher sein können, dass es funktioniert«, sagte Leander genervt und legte seine Beute ab. »Es hat ewig gedauert, bis ich ihn überzeugen konnte, zurück ins Camp zu gehen.« Er verdrehte die Augen.

»Ich hab uuuultra Hunger«, teilte Hem Sola mit und rieb sich theatralisch den Bauch. »Ich verhungere!«

»Ich bin sicher, dass du das tust«, sagte Sola mitleidlos und sammelte jene Rykis auf, die über den Boden gerollt waren. »Vielleicht verstecken wir sie vor ihm«, schlug sie Leander vor, der erleichtert über die Idee nickte.

»Ich finde sie«, sagte Hem und machte kugelrunde Augen. »Ich kann durch Materie gucken.« Er hob die Rechte, um seine Worte mit einem Schwur zu besiegeln. »Ich sehe sogar, was du drunter trägst, Sola!«

»Das glaube ich dir sofort«, entgegnete Sola halb belustigt, halb entnervt.

»So!«, rief Hem und machte eine ausladende Geste. »Ich werde jetzt unsere Vorräte plündern!« Als er mit ausgestreckten Armen über den schmalen Steg taumelte, fragte Sola sich, ob sie ihm helfen müssten. Doch das Glück war mit dem Idioten. Hem erreichte die andere Seite und verschwand in dem Geäst der Bäume.

Leander schüttelte den Kopf. »Ich werde Hem nie wieder zu irgendwelchen Missionen begleiten, die etwas mit Betäubungsmitteln zu tun haben!«

Sie verstauten die Rykis in einem Astloch des Stamms, der den Eingang zum Camp markierte. Die ganze Zeit über bedachte Leander sie mit einem sonderbaren Blick.

»Alles in Ordnung?«, fragte Sola.

Leander errötete. »Ich w-wollte dich fragen…«

»Ja?« Sie trat näher zu ihm, bis sich ihre Härchen vor Spannung aufrichteten.

»V-vielleicht möchtest du die nächste Nacht nicht in deiner Hängematte verbringen«, begann Leander und schwang hilflos mit den Armen vor und zurück, als hätte er vergessen, was man mit Armen anstellte. »Es sei d-denn, du willst unbedingt d-dicht an mich gequetscht schlafen…« Als ihm die Bedeutung seiner Worte bewusst wurde, biss er sich auf die Lippe. »Natürlich musst du nicht mit mir schlafen… ich meine, nicht *bei* mir. Du kannst auch alleine… w-wenn dir d-das lieber ist…« Inzwischen leuchteten seine Ohren auch im Halbdunkel des Stamms flammend rot. »Du k-könntest auch mit zu mir k-kommen. In mein B-Baumhaus!« Er ließ die Schultern hängen, erleichtert, dass die Worte endlich seine Lippen verlassen hatten.

Solas Herz hüpfte. Sie versuchte, ihre Aufregung zu kaschieren, indem sie fragte: »Gibt es ein richtiges Bett dort?«

Als Leander nickte, schenkte sie ihm ein Lächeln und willigte ein. Die beiden kletterten durch die Bäume zu seinem Baumhaus, das am Ende eines schmalen Steges lag. Sola hatte sich schon gefragt, wie es darin aussehen würde, als sie es zum ersten Mal sah. Umso neugieriger war sie, als Leander die Tür öffnete. Er trat beiseite und ließ Sola zuerst ein. Die untergehende Sonne warf goldene Strahlen durch eine Fensterreihe, unter der ein langer Schreibtisch stand, der über und über mit beschrifteten Papieren bedeckt war. Drei Einmachgläser standen auf dem Tisch. Eine trübe Flüssigkeit, in der leblose Tiere trieben, die wie Drachen aussahen, füllte sie.

»Was ist das?«, fragte Sola und verzog vor Ekel die Mundwinkel.

»Tut mir leid, ich habe nicht aufg-geräumt«, stotterte Leander und warf ein staubiges Tuch über die gruseligen Gläser. Ein paar Zettel wurden aufgewirbelt und flogen anmutig durch die Luft. Leander sammelte sie auf und pinnte sie an eine Korkwand. Sola beugte sich vor, um sich die Zeichnungen darauf anzusehen. »Sind die alle von dir?«, fragte sie.

Er nickte. Dann tippte er auf das Bild eines Ungeheuers, das vielleicht einem Schwein am ähnlichsten war. Es hatte dichtes, dunkles Fell, das in Borsten aus seiner Haut brach. Ein Buckel deformierte seinen Rücken. Kurze, stämmige Beine trugen den breiten Körper. Das Wesen hatte einen langen Schwanz mit ein paar Strähnen am Ende. Aus seinem Kopf brachen sich gebogene Hörner, die Sola an Schnörkel erinnerten. Doch sie waren weniger elegant. Sie wirkten durch die herausstehenden Spitzen eher bedrohlich. Seine orangen, pupillenlosen Augen beschworen eine Gänsehaut auf Solas Rücken, obwohl sie wusste, dass ihr die Zeichnung nichts anhaben konnte.

»Das ist ein Dermur«, sagte Leander. »Sie leben auf der ganzen Insel verteilt in schattigen Wäldchen. Aber am häufigsten kommen sie an der Grenze zwischen Eisenwald und Fliegenden Felsen vor.«

»Das ist ein Dermur?«, fragte Sola erstaunt und deutete auf ihre Stiefel. »Das auch! Hast du so einen schon einmal gesehen?«

Leander hob als Antwort seine Shorts an und zeigte ihr eine wulstige Narbe auf seinem Oberschenkel. Sola fragte sich, warum sie ihr an jenem Tag an den Wasserfällen nicht aufgefallen war. Sie streckte die Hand aus und berührte die mitgenommene Haut. Leander zog zischend die Luft ein und Sola fuhr zurück.

»Tut mir leid«, sagte sie. »Habe ich dir weh getan?«

»Nein«, sagte Leander und schaute sie unergründlich an. Dann räusperte er sich. »Ich war auf dem Weg von Maris' Lager zu Lunas Camp. Ich bin abseits der Pfade gelaufen, damit mir niemand von Maris' Leuten folgen konnte. Es war schon dunkel und ich habe ihn nicht kommen sehen. Der Dermur griff mich an, als wollte er mein Bein ausreißen. Ich habe so laut geschrien, dass ich fürchtete, Maris würde mich finden.«

»Hat er?«, fragte Sola atemlos.

Leander schüttelte den Kopf. »Hem fand mich. Er wollte wissen, was ich dort draußen zu suchen hatte. Weil er Maris' Bruder ist, habe ich ihm nicht vertraut. Ich erzählte ihm, dass ich auf der Suche nach dem Dermur gewesen wäre, er mich aber zuerst gefunden hätte. Er brachte mich zurück ins Lager und flickte mich wieder zusammen.« Leander lachte bitter. »Mit Nadel und Faden kann er nicht besonders gut umgehen, wie du siehst. Aber er bewies, dass er zu uns gehörte und nicht zu Maris. Später erzählte ich ihm von Lunas Camp und wir kamen gemeinsam hierher.«

»Maris war sicher wütend, als Hem sich von ihm abgewandt hat«, mutmaßte Sola.

»Oh, eigentlich hat Maris ihn nicht vermisst«, meinte Leander. »Hem ist ein Lebenskünstler, der gerne Zeit in der Natur verbringt. Maris hatte nie Verständnis für ihn.«

»Ich kann kaum glauben, dass Maris und Hem Brüder sind«, sagte Sola. Sie wandte sich von den Zeichnungen ab, um sich weiter umzusehen. Während der Schreibtisch von einem kreativen Chaos dominiert wurde, herrschte in dem restlichen Zimmer eine penible Ordnung. Drei Pflanzen räkelten sich in selbst gemachten Tonblumentöpfen auf der Fensterbank. In einem Regal standen ein paar Lexika mit mitgenommenen Einbänden.

»Sie sind wie F-feuer und Wasser«, lachte Leander.

An der gegenüberliegenden Wand stand ein Bett mit hölzernem Rahmen. Ein paar Decken häuften sich darauf, die Leander sorgsam in die Seiten gesteckt hatte, sodass sie sich faltenfrei über die schmale Matratze zogen.

»Ist nicht so bequem wie auf der Starstorm«, meinte Leander bedauernd. »Ich habe die Matratze selbst mit Wolle gestopft. Es ist einfach nicht dasselbe, aber…«

Neben seinem Bett stand ein schmaler Schemel, den er als Nachttisch nutzte. Darauf befand sich ein Glas, in dem eine Blume in strahlendem Gelb leuchtete. Ihre Blüten waren von funkelnden Kristallen gespickt.

»Was ist das?«, hauchte Sola.

»Das ist Solis Herba«, sagte Leander und trat von hinten so dicht an Sola heran, dass sie seinen Körper spüren konnte. »Sonnenkraut. Seit unserer ersten Begegnung erinnerst du mich an diese Blume.«

Sola erinnerte sich dunkel an eine Stunde Pflanzenkunde in ihrer Schulzeit. Das Sonnenkraut blühte, wenn die Sonne aufging. Sobald sie als runder Feuerball am Himmel stand, verschloss die Blume die Blätter bis zum nächsten Morgen. Aber in jenen magischen Sekunden funkelte sie in unfassbarer Schönheit. Sola hatte jene Unterrichtsstunden damit verbracht, verträumt die faszinierenden Fotos von dieser Pflanze zu betrachten.

»Wie hast du es geschafft, dass sie dauerhaft blüht?«

»Magie!« Wenn überhaupt möglich, trat Leander noch näher an sie heran. Sola musste den Kopf in den Nacken legen, um in seine grauen Augen zu schauen, die trotz ihrer kühlen Farbe voller Wärme waren. »Ich bin froh, dass du hier bist, Sola«, flüsterte er und näherte sich beinahe unauffällig ihren Lippen. Solas Sinne waren geschärft. Das Schlagen ihres Herzens war dröhnend laut, ihre Haut überempfindlich. Ihre Augen saugten Leander förmlich auf, während sein Duft sie überwältigte. Dann küsste er sie und Sola vergaß alles um sich herum. Leander war der letzte Fixpunkt, ehe sich ihre Welt auflöste.

Ein Knall beendete den romantischen Augenblick. Sola machte einen Satz nach hinten und stieß gegen den Nachttisch. Das Glas mit dem Sonnenkraut wackelte gefährlich, bis Leander es mit beiden Händen packte und sicher im Arm hielt. Er wandte sich um.

»Was war das?«, fragte er alarmiert. Die Sonne, die eben noch ihre funkelnden Strahlen in das Baumhaus geschickt hatte, war verblasst. Ein trübes Grau hatte den Eisenwald in Besitz genommen und eine Windböe peitschte durch die Baumkronen.

Sola trat an das Fenster. »Ein Unwetter«, sagte sie und stolperte zurück, als ein Ast gegen das Fenster schlug. Der Himmel zog sich mit turmhohen Wolken zu, deren raue Schönheit Sola hypnotisierte. Ein bleierner Farbton verschleierte die Welt. Die Gewalt der Elemente brach über Thethys herein und die nahende Dunkelheit streckte ihre Klauen nach Sola und den anderen aus.

»Das kann nicht sein«, sagte Leander und schaute nach draußen. »Eben war noch schönstes Wetter!«

»Es ist umgeschlagen«, meinte Sola nervös und trommelte mit den Fingern auf die Fensterbank.

»Vielleicht zieht es weiter«, sagte Leander ruhig.

»Es ist nicht nur ein Unwetter«, sagte Sola und las die Antwort in seinem Blick. »Es ist der elektromagnetische Sturm!«

»Ich weiß es nicht.« Leander wich ihr aus und stützte sich mit beiden Händen auf die Fensterbank. Er beobachtete den Himmel. »In Thethys gibt es keinen Wetterumschwung, Regen oder Sturm. Es ist schönes Wetter. Immer.«

»Naja, das sieht mir nicht danach aus«, bemerkte Sola nervös.

»Vor ein paar Wochen gab es schon einmal einen Wetterwechsel«, gab Leander zu. »Ich hatte damals schon ein ungutes Gefühl, aber ich hatte gehofft, dass ich mich irre.«

»Ich erinnere mich«, meinte Sola. »Eines Nachts glaubte ich, rote Schlieren am Himmel zu sehen. Danach ist mir nie wieder etwas aufgefallen.« In wachsender Panik begann sie, in dem Baumhaus auf und ab zu tigern. »Der Sturm bewegt sich spiralförmig durchs All, richtig? Er wird uns immer wieder treffen, bis er Thethys endgültig zerstört!«

»Beruhige dich!«, sagte Leander und hielt sie auf. »Ich habe dir doch erklärt, dass Thethys nicht untergehen kann.«

»Und wieso siehst du dann so besorgt aus?«

Leander antwortete nicht. Stattdessen übte er sich an einem Lächeln. Sola zog die Stiefel aus und sank auf das Bett. »Es zieht sicher bald weiter«, sagte sie, glaubte sich selbst aber nicht.

»M-hm«, machte Leander nachdenklich. Er löste sich vom Fenster und stellte das Sonnenkraut auf den Schreibtisch. Es warf ein angenehmes Licht in den kleinen Raum, der perfekte Kontrast zu dem ungemütlichen Spektakel, das vor dem Fenster stattfand.

Eine Weile verbrachten sie schweigend nebeneinander und lauschten dem Sturm, der draußen aufzog. Der Baum, in dessen Krone Leander das Haus gebaut hatte, ächzte unheilvoll unter der Kraft des Windes.

»Okay«, sagte Sola schrill, »jetzt habe ich echt Angst!« Sie verkroch sich in Leanders Arm, auf dessen Gesicht ein konzentrierter Ausdruck lag.

»Wir sind sicher hier«, versprach Leander. »Das Haus sollte ein bisschen Wind standhalten!«

»Bisschen Wind?«, quiekte Sola. »Das ist schlimmer als ein Tornado!« Als die Dunkelheit in Bewegung kam und sich das Licht draußen tiefrot färbte, versteifte sie sich. »Oh mein Gott«, brachte sie heiser hervor.

»Was hast du?«, fragte Leander erschrocken.

»Es fängt an. Das Ende des Universums hat uns erreicht!«

Ein Donnern fegte über Thethys hinweg. Es klang, als würden riesige Felsbrocken aufeinander stoßen und in tausend Stücke zerbrechen. Kleine Käfer schoben sich durch den Spalt der Tür und retteten sich mit klackernden Beinchen ins Innere des Baumhauses. Ein Vogel stieß einen verzweifelten Schrei aus. Er rauschte dicht an den Fenstern vorbei und verschwand in der bedrohlichen Schwärze. Solas Fingerspitzen und die kleinen Zehen kribbelten vor Angst. Sie erinnerte sich an jenen Tag, an dem sie Karit verließ, an dem die Welt um sie herum unterging. Es hatte genauso angefangen. Aber diesmal gab es nichts, das sie vor dem unvermeidlichen Ende retten würde.

Ein Blitz erhellte den Himmel. Er war ein tödliches Kunstwerk, das seine zuckenden Arme nach Thethys ausstreckte, als wollte er die Insel wie eine alte Freundin an sich drücken. Plötzlich wurde Sola bewusst, wie klein und nichtig Thethys war. Die Insel bestand aus wenigen Dreckklumpen, die am Rande des Universums vergessen worden waren. Wenn der Sturm Karit zerstört hatte, würde er Thethys zermalmen.

»Leander«, piepte Sola panisch und drückte sich so dicht an ihn, bis ihr Herzschlag seinem Takt folgte, als wären sie eins.

»Vielleicht streift er uns nur«, versuchte Leander, sie zu beruhigen. Aber die Erinnerungen überwältigten Sola. Sie blinzelte und das Baumhaus verschwand. Stattdessen sah sie den Pier vor sich, den die feuerroten Wolken auffraßen. Das Gesicht ihres Vaters schwebte eine Sekunde vor ihr. Dann löste er sich auf und wurde von der drohenden Dunkelheit verschluckt.

Ein zarter Kuss, den Leander auf ihre Stirn hauchte, holte Sola zurück. Er warf eine Decke über sie und bildete mit seinen Armen einen schützenden Käfig um Sola. »Es wird alles gut«, versprach er ihr. »Ich bin b-bei dir!« Aber seine Stimme konnte die Angst, die sich auch in ihm ausbreitete, nicht übertönen. Sie umfasste sie wie eine eisige Klaue, die nur darauf wartete, im richtigen Moment zuzuschnappen und ihnen die Luft zum Atmen zu nehmen. Sola fühlte sich der Naturgewalt, die sich ihrer nun zu bemächtigen suchte, wie ausgeliefert. Hilflos und klein, als wäre sie ein zerbrechliches Streichholz.

Ein neuerliches Donnern ließ sie zusammenzucken. Das Zentrum des Unwetters näherte sich ihnen unaufhaltsam. Es musste hinter dem Eisenwald über dem Meer liegen. Das Rauschen der wilden Wellen drang über das Blätterdach hinweg und erreichte das Baumhaus, als ein Ast die Scheibe einschlug und Geräusche und Gewalt mit sich brachte. Der Wind fegte alles vom Schreibtisch, was er fassen konnte. Blätter wirbelten durch die Luft und wurden in tausend kleine Stückchen gerissen. Die Solis Herba fiel zu Boden. Das Glas, das sie geschützt hatte, splitterte. Ihr Licht erlosch. Das Regal an der Wand bebte, Bücher kippten rücklings hinaus. Sola presste sich die Hände vor die Ohren und kniff die Augen zu. Sie wollte woanders sein. Weit weg, wo ihre Erinnerung sie nicht einholen konnte. An einen Ort, an dem es keine Ängste gab. Kalter Schweiß mischte sich mit ihren Tränen. Doch ihr Anker war Leander. Seine Wärme lockte sie fort vom Abgrund.

Sola öffnete die Augen einen Spaltbreit. Leanders Gesicht schwebte dicht vor ihrem. Er wirkte konzentriert, als spitzte er die Ohren. Der Lärm des Sturms hatte nachgelassen, die Äste des

Baumes schlugen nicht mehr zornig gegen das Haus. Sie streichelten es nur noch sanft.

»Er zieht weiter«, sagte Leander schließlich, als sich die Dunkelheit veränderte. Sie verlor ihren beißenden Rotton und wandelte sich in ein kühlendes Nachtblau.

Sola regte sich nicht. Sie lauschte, wollte sich selbst davon überzeugen. Leander hatte Recht. Das Unwetter legte sich. Wie war das möglich? Hatte jenes Rechengenie, das Thethys' Sicherheit garantiert hatte, wirklich richtig gelegen? Würden sie auf dieser Insel den Sturm überleben?

Leander machte ihre Hoffnung sofort zunichte: »Ich glaube, das war erst der Anfang.«

»Wie kommst du darauf?«, fragte Sola, die so gerne daran festhalten wollte, hier sicher zu sein.

»Riechst du es nicht?«, entgegnete Leander mit zusammengekniffenen Brauen.

Sola schnupperte. »Nein, was meinst du?«

»Schwefel«, sagte Leander düster.

Sola erinnerte sich, diesen Geruch schon einmal wahrgenommen zu haben, als Karit unterging.

»Das Auge des elektromagnetischen Sturms ist näher, als es s-sein sollte«, erklärte Leander.

»Aber er wird die Sonne über Thethys nicht auslöschen können, oder?«, fragte Sola ängstlich.

»Nein, aber das ist ohnehin egal, wenn das Auge des Sturmes über T-thethys hinwegfegt, werden wir sterben«, prophezeite er.

»Ich verstehe das nicht«, wand Sola sich. »Ich dachte, das Universum stirbt, weil der Sturm die Sonnen auslöscht. Und wenn Thethys von einer Sonne profitiert, die außerhalb des Universums liegt…«

»Der Sturm fegt seit Lichtjahren d-durch unser Weltall und verschlingt einen verpesteten Planeten nach dem anderen. Wenn uns ein Ausläufer erwischt, wird die Natur auf Thethys vielleicht ein wenig darunter leiden. Aber wenn das Auge des Sturms direkt einen Blick auf uns wirft, dann sind wir verloren. Die Gase würden alles auf Thethys vernichten. Und wenn nicht, wird der Wind den Rest erledigen.«

Auf Leanders Worte folgte eine bedrückende Stille, in der Sola versuchte, ihre umherschwirrenden Gedanken zu ordnen. Weil sie keinen von ihnen so recht fassen konnte, sagte sie weinerlich: »Das Sonnenkraut ist erloschen!«

Leander seufzte. Er drückte Sola vorsichtig auf die Matratze und schmiegte sich an sie. »Es ist nur eine B-blume«, sagte er. »Ich bin froh, dass dir nichts geschehen ist!«

Die Nacht war endlos. Der Sonnenaufgang schien noch Jahre auf sich warten lassen zu wollen. Schlafen konnte Sola nicht. Sie lag dicht an Leander gedrückt und malte mit ihren Fingerkuppen Kreise auf seine Brust. Wenn der Sturm sein Leben nahm, wäre der Verlust für das Universum grenzenlos.

»Wenn du etwas aus deinem alten Leben zurückhaben könntest, was wäre das?«, fragte Sola in die schwarze Stille hinein.

Leander schwieg. Sein Atem ging flach. Fast glaubte sie, er würde schlafen, doch dann antwortete er und Sola wusste, dass er darüber nachgedacht hatte: »B-besitz ist nichts von echtem Wert. Dinge ändern ihre Bedeutung, wenn sich dein Leben ändert. Aber wenn ich etwas aus der alten Welt vermisse, dann ist es ihre Beständigkeit. Auf T-thethys weißt du nicht, was dich erwartet. Du bist der Willkür dieses Planeten ausgeliefert!« Leander schenkte Sola einen Blick, der in ihrem Bauch kribbelte. »Wenn das Universum nicht gestorben wäre, wäre ich dir niemals begegnet. Selbst wenn ich könnte, würde ich nichts an der Vergangenheit ändern wollen. Wir sind die Zukunft!« Er gab Sola einen zarten Kuss, der sie für kurze Zeit alle Ängste vergessen ließ.

»Beständigkeit«, sagte Sola wehmütig. »Das war das Gefühl, das mein Vater in mir ausgelöst hat. Ich hätte niemals gedacht, dass er mich eines Tages verlässt.«

»Menschen, die wir lieben, verlassen uns niemals. Auch nicht im Tod«, sagte Leander und Sola erinnerte sich, dass auch er seine Familie verloren hatte. Wenn auch vor viel längerer Zeit. »Sie sind Teil von uns und immer bei uns!«

»Glaubst du das wirklich?«, flüsterte Sola.

Leander zuckte die Achseln. »Dieser Gedanke hat mich nach dem Tod meiner Eltern überleben lassen«, sagte er.

»Nach dem Tod meiner Mutter habe ich nur überlebt, weil mein Vater bei mir war. Er sorgte dafür, dass ich ins Leben zurückfand«, sagte Sola und dachte an all das, was Capt'n Monkfish auf sich genommen hatte, um sie zu retten. Das war der einzige Grund, weshalb sie jetzt noch lebte. Sie hatte sein Andenken nicht zerstören wollen. Als sie Leander ansah und seine grauen Augen sie streiften, wusste sie, dass es sich gelohnt hatte. Es gibt Menschen, denen man auf jeden Fall begegnen muss. Welchen Pfad man auch einschlägt, am Ende warten sie. Und dann will man sie nie wieder loslassen. Leander war so ein Mensch.

***

»Wir brauchen die Starstorm!« Lunas forsche Stimme erhob sich über das, was der Sturm vom Camp übrig gelassen hatte. Die Eisenbäume hatten den Böen zwar getrotzt, aber sie sahen aus, als hätte jemand ihre Zweige in die falsche Richtung geföhnt. Ein paar Äste lagen verstreut am Boden, während das Camp einiges mehr abbekommen hatte. Das Dach des Gemeinschaftshauses war abgedeckt worden. Zwei Hängematten wehten wie zerfetzte Piratenflaggen über dem Camp. Der Steg, der von den untersten Plattformen fortführte, war verschwunden. Dort klaffte nun ein riesiges Loch in der Mitte des Camps. Leander und Artis hatten ein paar Seile gespannt, über die sie von der anderen Seite nach unten auf den feuchten Boden der Lichtung geklettert waren. Dort saßen sie nun, zerzaust und übermüdet, und hörten Luna an, die vor ihnen auf und ab schritt.

»Wir müssen von diesem verdammten Planeten runter«, fuhr sie fort. »So wie die Dinge stehen, sind wir auch hier nicht vor dem elektromagnetischen Sturm sicher!«

»Aber im All?«, warf Hem ein, der zur Abwechslung mal ein Hemd trug. Er sah seltsam fremd aus in dem Stück Leinen, das seine ansehnlichen Bauchmuskeln verbarg. Er spielte mit seiner Kette und ließ den Anhänger durch die Finger gleiten.

»Vermutlich, mh, nicht«, antwortete Artis.

»Aber da wollen wir auch nicht hin«, bemerkte Luna und rieb sich über die graphischen Tätowierungen, die aus ihrem Ausschnitt lugten. Zwischen den grünen, von Regen benetzten Blättern war ein Stückchen Himmel sichtbar. Hoch über ihnen glitzerte eine weiße Linie, die den Rand des Universums markierte.

»Das ist Wahnsinn«, brummte Hem.

»Wenn wir hier bleiben, sterben wir so oder so«, sagte Luna. »Warum also nicht etwas riskieren?«

»Weil es verrückt ist«, meinte Hem. »Du weißt nicht, was geschehen wird, wenn wir die Grenze überschreiten.«

»Du auch nicht«, entgegnete Luna altklug. »Aber wenn wir Maris nicht vom Schiff runterkriegen, finden wir das sowieso nicht heraus.« Sie blickte jeden einzelnen der Versammelten an, als suchte sie nach Widerstand in ihren Gesichtern. »Wir brauchen einen kleinen Trupp, der uns ein paar Fliegende Felsen organisiert. Freiwillige?«

Sola und Leander hoben sofort die Hände. Leander sah Sola finster an und wisperte: »Es könnte gefährlich werden. Du bleibst besser hier!«

»Bestimmt nicht«, knurrte Sola. »Es geht um die Starstorm und meine Freunde!«

»Möchte jemand Sola und Leander begleiten?«, fragte Luna.

»Ich«, meldete Hem sich schließlich.

»Den Spaß will ich mir auch nicht entgehen lassen«, sagte Laya überraschend.

Luna musterte sie überrascht. »Ist das dein Ernst?«

»Natürlich«, sagte Laya und schob trotzig das Kinn vor. Dann schielte sie zu Hem, als wollte sie sich seiner Aufmerksamkeit vergewissern. Aber Hem betrachtete teilnahmslos seine Füße und nahm von Laya keinerlei Notiz.

»Sehr schön«, seufzte Luna. »Artis und ich arbeiten an unserem Schlachtplan. Und jeder, der keine Aufgabe hat, sucht nach allem, was wir als Waffe nutzen könnten. Maris wird es uns nicht leicht machen!«

Obwohl schon in der letzten Nacht ein Unwetter über Thethys getobt hatte, fühlte es sich an wie die Ruhe vor dem Sturm. Eine elektrische Spannung hatte das Camp ergriffen und sorgte dafür, das Sola nicht still sitzen konnte. Ihre Gedanken gehörten Luki, Alba und den anderen, zu deren Gefängnis die Starstorm nun geworden war. Ging es ihnen gut? Sie brannte darauf, ihre Mission bei den Fliegenden Felsen hinter sich zu bringen, um endlich den Angriff auf das gekaperte Schiff ihres Vaters zu starten und es zurückzuerobern. Sich Maris an Deck vorzustellen, trieb Sola die Galle hoch.

Der Tag war von dunklen Wolken geprägt, die den Himmel verdunkelten. Das für Thethys ungewöhnliche Wetter beunruhigte nicht nur Sola. Leander warf immer wieder Blicke gen Himmel, das Gesicht voller Sorgenfalten. Am späten Nachmittag trommelte er ihren kleinen Klau-die-Felsen-Trupp zusammen, wie Laya ihn übermütig benannt hatte.

»Das wird keine Vergnügungsveranstaltung werden«, ermahnte Hem sie streng. War sonst nicht er derjenige, der keinem Spaß aus dem Weg gehen konnte?

Laya schnaubte beleidigt und ließ das seidige Haar wie einen Vorhang um ihr Gesicht fallen.

»Hem hat Recht«, sagte Leander. »Es wird gefährlich.« Er verteilte ein paar aufgerollte Stricke, die sie schulterten. »Nachts sind die Fliegenden Felsen tödlich, aber auch in der Dämmerung lauern dort bereits Gefahren, die uns verführen können. Seid wachsam und bleibt dicht zusammen!«

Im grauen Licht des Tages verlor jener Teil des Waldes, der sie von den Felsen trennte, seine Magie. Die sattgrünen Blätter wirkten stumpf und schienen unter der Last des Regens einzubrechen. Äste und Zweige schimmerten durch einen Film aus Feuchtigkeit. Das Laub raschelte verräterisch, als Leander sie abseits des Pfades durch die Bäume führte. Je weiter sie kamen, umso lichter wurde der Wald. Am Horizont tauchte eine letzte Erinnerung an ein farbenfrohes Thethys auf. Zwischen den grauen Wolken zeigte sich die Andeutung eines blauen Streifens. Sola konzentrierte sich darauf, als wäre der Horizont ihr Ziel und nicht jener nebelverhangene Ort, an dem die unheimlichen Felsen sie erwarteten. Die massiven Stämme der Eisenbäume wandelten sich in schmale Streichhölzer, deren nackte Baumkronen wie die skelettartigen Hände eines Toten in die Höhe ragten. Vertrocknete Gräser bedeckten in einem dunklen Braun den Boden. Zum ersten Mal sah Thethys so aus, wie es sich anfühlte: bedrohlich.

In der Ferne rauschten leise die Wellen des Meeres. Doch eine dichte Decke aus nasskaltem Nebel trennte Sola und die anderen von der blauen Weite.

Der Waldboden verwandelte sich in einen schmatzenden Morast. Laya fluchte ununterbrochen, während sie mühsam einen Fuß vor den anderen setzte. Es schien, als wollte der Boden sie nur ungern gehen lassen.

»Hätten wir das nicht bei schönem Wetter machen können?«, schimpfte sie, als die Feuchtigkeit ihre Kleider fast komplett durchdrungen hatte. Sie klapperte demonstrativ mit den Zähnen.

»Das Wetter wird nicht mehr besser«, sagte Leander.

»Das war's also?«, rief Laya. »Einfach so? Ich dachte, *sie* wären Genies gewesen. Ich dachte, *sie* wüssten, was *sie* tun! Hat nicht irgendein kluger Typ errechnet, dass wir hier in Sicherheit sind?«

»Ja«, sagte Leander und hob einen Ast, damit sie sich darunter hinweg ducken konnten.

»Leute, die für so etwas bezahlt werden, sollten keine Fehler machen. Da hätte ich auch selber rechnen können!«, grummelte Laya. »Ich meine, wofür das Ganze, wenn wir am Ende doch alle draufgehen?«

Das erste Mal in Solas Nähe deutete Laya an, wofür sie hier war. Dass sie in ihrem früheren Leben ein anderes Mädchen gewesen war.

»Ich bewundere dich für deine optimistische Art«, sagte Hem ironisch, dem die Bedeutung hinter ihren Worten offenbar nicht bewusst war.

»Ach«, fauchte Laya, »dich hat niemand gefragt!« Grollend wandte sie sich von ihm ab. Sola beobachtete ihre Freundin. Ihre Finger formten sich zu Fäusten. Ihre Augen blitzten aufgebracht. Nagte noch immer die Erinnerung an ihre gemeinsame Nacht an ihnen oder war seitdem etwas zwischen ihnen vorgefallen?

Als Laya sich bei Sola einhakte, überkam sie ein schlechtes Gewissen. Sie hatte ihre erste Freundin hier auf Thethys vernachlässigt. Und obwohl sie eine Reihe guter Gründe dafür gehabt hatte, sagte eine leise Stimme in ihrem Herzen, dass sie es hätte besser machen können.

»Wie geht es dir?«, fragte Sola leise, sodass nur Laya sie hören konnte. Layas Lider zuckten und auf ihrer zarten Unterlippe bildete sich eine feine Falte. Dann vertrieb ein aufgesetztes Lächeln diesen Hauch von Traurigkeit.

»Bestens«, sagte Laya laut, damit Hem jedes ihrer Worte hören konnte. »Immerhin gehen wir einer meiner Lieblingsbeschäftigungen nach!«

»Ach ja?«, fragte Sola erstaunt. »Hast du schon öfter Fliegende Felsen geklaut?«

Laya rollte mit den Augen. »Ich meine wandern!«

»S-seit wann wanderst du gerne?«, wollte Leander wissen und warf Laya einen misstrauischen Blick zu.

Laya zuckte die Achseln. »Ich stecke voller Überraschungen!«, verkündete sie. Doch ihre Augen straften ihre Worte Lügen. Sola musste schlucken. Sie drückte den Arm ihrer Freundin so kurz, dass diese so tun konnte, als hätte sie die Geste nicht wahrgenommen, aber lange genug, dass sie verstand, dass Sola sie durchschaute.

Die letzten Bäume vor den Fliegenden Felsen lagen bereits in dichtem Nebel. Sola konnte kaum noch ihre eigene Hand vor Augen erkennen. Leander und Hem zeichneten sich nur noch als undeutliche Umrisse vor dem Grau ab.

»Jetzt schau dir das an!«, rief Laya und hielt inne. Sie zwang Sola, die noch immer bei ihr eingehakt war, stehen zu bleiben. »Ich dachte, ich sehe doppelt!« Kichernd wies sie auf die Bäume.

Zwei moosbewachsene Stämme trugen ein einziges schmächtiges Blätterdach.

»Nicht trödeln«, ermahnte Leanders ungeduldige Stimme sie. Wie aus dem Nichts tauchte er vor ihnen auf. Er hatte die Schultern angezogen und seine Augen rollten unruhig hin und her, als suchten sie etwas.

»Alles in Ordnung?«, fragte Sola stirnrunzelnd. Obwohl ihr die Gegend unheimlich vorkam, hatte sie noch nichts bemerkt, das ihr Angst hätte einflößen können. Das bedeutete allerdings nicht, dass da nichts Gefährliches war.

»Angst vor Gespenstern?«, kicherte Laya albern. »Entspann dich mal, Leander.« Sie rempelte ihn mit der Schulter an und schob sich an ihm vorbei.

Sola trat zu Leander. Sie suchte in der hereinbrechenden Dunkelheit nach seiner Hand. Als sie sie fand, durchströmte sie eine prickelnde Wärme, die ihr Unbehagen in den hintersten Winkel ihres Körpers vertrieb. Mit ihm an ihrer Seite würde alles gut werden.

Wie Riesen ragten die Fliegenden Felsen aus dem Nebelmeer. Wenn Sola beim ersten Mal beeindruckt war, war sie nun von ihrem Anblick schier überwältigt. Das trübe Grau fraß an ihren Rändern, doch sie setzten sich stolz darüber hinweg. Mit offenem Mund starrte sie dieses Naturschauspiel an. Leander küsste ihren Schopf und sagte: »Wir haben nicht viel Zeit!«

Auf Hems Zeichen liefen sie die Grenze zu dem Felsen-Feld ab. Sola bemühte sich um lautlose Bewegungen auf dem erdig-sandigen Boden. Doch ihre Schritte knirschten leise. Wenn man nicht gehört werden wollte, waren solche Geräusche dröhnend laut. Sola hielt vor Anspannung die Luft an, bis ihre Lunge protestierte und sie keuchte.

»Scht«, machte Hem und wies sie an, stehen zu bleiben. Sola gehorchte mit glühenden Wangen. »Wie gehen wir vor?«, flüsterte Hem.

Leander zückte seinen Strick. Sie steckten die Köpfe zusammen, als er gedämpft zu sprechen begann: »Wir müssen in die Mitte des Feldes. Ich erinnere mich, dass dort kleinere Felsen schweben, die wir mit den Stricken umfassen können!«

Hem seufzte. »Je weiter wir hineingehen, umso näher kommen wir Maris!«

»Im besten Fall hat er all seine Leute um die Starstorm versammelt«, meinte Laya optimistisch.

»Er wird das Lager nicht ohne Schutz zurückgelassen haben«, warf Leander ein.

Laya verdrehte genervt die Augen. »Sind wir halt leise!« Sie band sich das Haar in den Nacken und klopfte sich auf die Schenkel. »Ich bin dann soweit!«

Hem und Leander tauschten angespannte Blicke, bis Leander schließlich nickte und die stumme Unterhaltung beendete. Er ging voraus und trat dicht an den Abgrund.

Der erste Felsen schwebte im Abstand eines halben Meters vor ihm. Er drehte sich gemächlich im Wind. Leander streckte die Arme aus und sprang. Der Fels sackte unter seinem Gewicht ein Stück nach unten. Ein paar Steine kullerten in das graue Nichts, das sie verschlang. Einen Aufprall hörte Sola nicht. Sie schluckte. Es war, als würde Thethys einfach ein Loch haben, durch das man ins Universum fiel. Als sie an der Reihe war, kniff sie die Augen zu. Ihr Herz wummerte gegen ihre Brust, obwohl sie schon einmal gesprungen war, damals, als Leander sie entführt hatte.

»Sola, sieh mich an!«, rief Leander.

Sola blinzelte widerwillig.

»Du musst die Augen öffnen!«

Laya knuffte Sola gegen die Schulter. »Du wirst dir doch jetzt nicht ins Hemd machen, oder?«

»Gr«, machte Sola und schnitt eine Grimasse. Sie zählte bis drei.

Eins…

Ihr wurde schwindelig.

Zwei…

Am liebsten hätte sie sich übergeben.

Drei…

Sie sprang. Sekunden später war alles vorbei. Leander fing sie auf und drückte sie zärtlich an seine Brust. »Gut gemacht«, flüsterte er ihr zu, aber sie verstand ihn kaum, weil ihr Herz sich in einen dröhnenden Bass verwandelt hatte. Ihr ganzer Körper vibrierte in einem eigentümlichen Rhythmus.

Nachdem Sola und Leander auf den nächsten Felsen gesprungen waren, folgten ihnen Laya und Hem. Laya flog grazil wie eine Elfe von Fels zu Fels, während Hem sich wie ein Gepard bewegte. Seine Muskeln zuckten und in seinen Augen lag ein Ausdruck grenzenloser Freiheit. Auch Leander schien in seinem Element zu sein. Wenn die Steine widerspenstig bei seinem Aufprall bebten, streckte er wagemutig die Arme aus, bis sie sich beruhigt hatten. Und so erreichten sie nach kurzer Zeit die Mitte des Feldes, in der tatsächlich kleinere Felsen in unterschiedlichen Höhen schwebten. Vor Solas Kopf baumelte ein Stein von der Größe eines Buches. Schräg darunter befand sich ein viel größerer. Auch kieselgroße Steine schwirrten durch die Luft. Sola musste sich ducken, damit einer davon nicht mit ihrer Stirn kollidierte. Laya zappelte auf ihrem Felsen albern herum, um ein paar kleineren zu entgehen.

»Reißt euch zusammen«, sagte Leander und machte seinen Strick bereit. »Dieser hier scheint mir ideal!« Er gab Hem ein Zeichen, dann warf er den Strick um einen mittelgroßen Felsen. Hem fing das Ende auf und schickte es zu Leander zurück. Dieser machte einen Knoten und zurrte den Fels fest. Wie einen Ballon hielt er ihn nun. Auf diese Weise sammelten sie noch vier weitere Felsen ein. Laya übernahm die Enden der Stricke und hielt sie wie einen Blumenstrauß. Es wirkte befremdlich, wie die Tonnen von Gestein über dem zarten Mädchen in der Luft pendelten. Sie kicherte und zupfte übermütig an den Stricken, sodass die Felsen ins Schwanken gerieten und aneinander stießen.

»Laya«, mahnte Hem, der das Schauspiel angespannt beobachtete.

»Was soll schon passieren«, fauchte Laya und ihre schwungvollen Augenbrauen schmolzen zu einem Strich. Sie verwandelte sich in eine dubiose Statue. Ihr Ausdruck veränderte sich. In einem Moment war sie von Hem genervt, im nächsten wurde sie zu einer Salzsäule.

»Laya?«, fragte Sola verunsichert. Sie suchte nach jenem Punkt, den Laya fixierte. Dann ging alles ganz schnell. Ein weißes Etwas, das kaum größer war als ein Emmling, schoss plötzlich auf Laya zu. Es kam von einem der Felsen, den sie hielt. Laya kreischte panisch und fuchtelte mit der freien Hand. Das Wesen ließ sich davon nicht vertreiben. Es knurrte. Es sah aus wie eine nackte Ratte mit rosiger Haut. Seine weißen, pupillenlosen Augen leuchteten in der nahenden Dunkelheit. Das Wesen hatte kurze Ohren, die dicht am länglichen Kopf anlagen. Aus der schmalen Schnauze drangen zwei Fangzähne wie bei einem Vampir. Es hatte Vorderarme mit kurzen Fingern und vier Hinterbeine, mit denen es über die Felsen auf Laya zukrabbelte. Sein kurzer, stummeliger Schwanz wackelte hinter ihm her, als es zum Sprung ansetzte.

»LAYA!«, brüllte Hem. Entsetzen verzerrte sein Gesicht zur Unkenntlichkeit. Sein Schrei machte Sola bewusst, dass das, was da aufgetaucht war, wirklich böse war. Angsterfüllt quietschte sie auf und musste mit ansehen, wie das Wesen Laya angriff. Sie ließ die Felsen los, um sich mit beiden Armen zu schützen.

Ohne zu überlegen nahm Hem Anlauf und sprang auf Layas Felsen zu. Er hatte den Abstand falsch eingeschätzt. Seine Füße streiften die Kante des Felsens, er rutschte ab. Sein Schrei hallte über das Felsenfeld. Mit der Rechten konnte er sich im letzten Moment an einem herauskragenden Brocken halten. Seine Fingernägel kratzten über Stein, bis sie blutig waren. Sola heulte auf. Sie machte einen Schritt auf den Rande ihres Felsens zu, während Laya mit dem Wesen und Hem mit dem Abgrund kämpfte.

»Bleib, wo du bist!«, befahl Leander. »Wenn du springst, wird dein Aufprall Hem abwerfen!« Er hatte Recht. Es war zu riskant. Sola schlug beide Hände vor die Augen, während Hem vor Anstrengung stöhnte. Schweiß sickerte in seinen Haaransatz und rann über seinen Nacken, bis der Kragen seines Hemdes durchnässt war. Er prustete und zog sich unter enormer Anstrengung hoch.

»Du schaffst das, Hem!«, feuerte Sola ihn an und betete, dass er nicht fiel.

Leander sammelte derweil kleinere Felsbrocken und begann, das seltsame Wesen, das Laya angriff, damit zu bewerfen. Fauchend und zischend duckte es sich weg. Leander traf es mit voller Wucht am Kopf. Es jaulte auf und purzelte rücklings vom Felsen. Sola beugte sich gerade noch rechtzeitig vor und beobachtete, wie das Tier in der Tiefe verschwand.

Erschrocken hob sie den Blick. »Was war das?«

Niemand antwortete ihr. Stummes Grauen hatte Hem überwältigt. Er näherte sich Laya wie in Zeitlupe. Seine Haut war käseweiß. Vorsichtig berührte er drei Kratzer, die Layas Dekolleté entstellten. Sie waren blutunterlaufen und unschön, aber sicher nicht tödlich. Wieso sahen Leander und Hem dann aus, als wäre Laya gerade gestorben?

»Was war das?«, fragte Sola erneut, aber deutlich schriller.

Leander schenkte ihr einen Blick, der nicht länger als eine Millisekunde währte. »Das war ein Enchant«, sagte er tonlos.

»Aha«, machte Sola, der dieser Begriff rein gar nichts sagte. Laya schien das Gespräch nichts anzugehen. Mit leeren Augen stierte sie vor sich hin, während die Seile um ihren Kopf baumelten und sich wie Algen im Wind bewegten. Es war, als wäre der kurze Angriff durch das seltsame Wesen gar nicht geschehen.

»Ich habe dir doch gesagt, dass Thethys ein gefährlicher Ort ist«, murmelte Leander und untersuchte Laya. Sie regte sich nicht.

»Ja, und?« Sola stand auf dem Schlauch. »Was ist mit Laya?«

»Der Enchant«, begann Hem mit erschreckend brüchiger Stimme. Weinte er etwa? »Er ist auch bekannt als Traumfänger. Er raubt die Träume anderer Lebewesen.«

»Er macht was?«, fragte Sola verständnislos.

»Durch eine k-kurze Berührung stiehlt er Träume«, erklärte Leander und wies auf die Kratzer, die Laya davongetragen hatte. »Er nimmt den Menschen einen Teil ihres Wesens, macht sie teilnahmslos.«

Um seinen Worten Ausdruck zu verleihen, schnippte Hem vor Layas Augen. Sie blinzelte träge. Es war, als hätte ein Teil ihrer Seele ihren Körper verlassen. Sie schaute stumpf vor sich hin.

Als Hem sie zu sich drehte und ihr Kinn anhob, zeigte sie kaum eine Reaktion. Verzweifelt schüttelte er sie, dann küsste er sie grob. Laya schien nichts davon zu kümmern. Sie schloss nicht einmal die Augen, als Hems Lippen ihre trafen.

Ein bleischwerer Klumpen bildete sich in Solas Magen. »Aber sie wird doch wieder?«, piepste sie in aufflammender Panik.

»Manche Menschen erholen sich davon«, sagte Leander betroffen. »Andere werden nie wieder dieselben!«

»Laya?«, rief Sola und ihr ganzer Körper stand unter Strom. »Laya, hörst du mich?«

Layas Antwort äußerte sich in einem tiefen Ausatmen.

»Es tut mir leid, Kleines«, flüsterte Hem und seine Schultern bebten. Vorsichtig drückte er Laya an sich. Ihre Arme baumelten links und rechts neben ihrem Körper, anstatt die Umarmung zu erwidern.

»Wir müssen hier w-weg«, sagte Leander und gewann seine Fassung zurück. »Enchants leben in Rudeln. Wo einer ist, sind viele!« Er sammelte die Enden der Stricke ein und zog die Felsen hinter sich her. Sie folgten ihm gemächlich mit dumpfen Geräuschen. »Du nimmst Laya!«, rief Leander Hem zu. Dann bedeutete er Sola, ihm zu folgen.

Während Hem Laya wie ein Baby hochhob, sprang Sola auf den nächsten Felsen. Sie sehnte sich nach festem Boden unter den Füßen und nach einer Sicherheit, die Thethys ihr nicht zu bieten vermochte.

Leander war zuerst auf der anderen Seite. Er fing Sola auf. Ihr folgte der schnaufende Hem mit Laya. Leander packte ihn und zerrte ihn vom Abgrund weg, während die Steine über seinem Kopf sanft gegeneinander stießen. Hem stellte Laya auf ihre eigenen Beine und wischte sich einen Schweißfilm von der Stirn. Unruhig wandte er sich um. Ein paar Felsen entfernt krochen zwei Enchants über die steinige Oberfläche. Sie richteten ihre leeren Augen auf Sola und ihre Begleiter.

»Lasst uns verschwinden«, sagte Hem und nahm Laya wie ein kleines Kind an die Hand. Sie ließ die Schultern hängen und stierte stur geradeaus, folgte Hem aber ohne Widerspruch, als er an ihr zog.

Laya so ausdruckslos zu sehen, war schrecklich. Was, wenn sie für immer in diesem Stadium blieb? Wie ein menschlicher Roboter. Ihre Gedanken wanderten zu Luki, die voller Leben steckte. Der Roboter-Vergleich war somit hinfällig. Laya war nicht mehr als eine Hülle ohne Inhalt. Sie stellte sich ihre Seele vor, die über ihr schwebte wie die Felsen über Leanders Kopf. Versuchte sie, zurückzukehren?

»Kann ich irgendetwas für Laya tun?«, wisperte Sola Leander zu und ihre Stimme bebte vor Angst, während sie auf die doppelstämmigen Bäume zuhielten.

»Sie muss einen Grund haben, zurückzukommen«, antwortete er vage. »Ansonsten wird sich ihre Seele immer weiter von ihr entfernen.«

»Der Traumfänger ist das Schlimmste, was mir je begegnet ist«, würgte Sola mit tränennassen Augen hervor. Sie wandte sich ab und wischte sich mit dem Ärmel durch das Gesicht.

»Thethys hat n-noch mehr zu bieten«, widersprach Leander unheilvoll.

»Wieso musste es diese Insel sein?«, wollte Sola traurig wissen.

»Weil sie unsere letzte Hoffnung war«, antwortete Leander und schob einen Ast zur Seite. Zielstrebig marschierte er auf den dunklen Eisenwald zu.

»*War*«, seufzte Sola, während sie einen Blick über die Schulter warf. Die Nebelwand wurde eins mit der Dunkelheit, die Fliegenden Felsen verschwanden.

»Es gibt eine neue Hoffnung«, versprach Leander und half ihr über einen umgestürzten Baum, indem er beide Hände um ihre Hüfte schloss.

»Das, was hinter unserem Universum liegt«, meinte Sola und versuchte sich vorzustellen, was auch immer dort lauerte. Doch ihr Verstand scheiterte an dieser Aufgabe. In den grauen Vorzeiten hatte man geglaubt, das All hätte keine Grenzen. Erst die neue Generation der Menschen hatte es in seiner Weite erforscht – und sein Ende gefunden. Die silberne Linie fasste das Universum wie eine Kugel ein und trennte es von dem ab, was dahinter lag. Bisher hatte es keine Menschenseele auf die andere Seite geschafft. Und das vermutlich aus gutem Grund. War es nicht vollkommen verrückt, es versuchen zu wollen?

***

Das Rauschen der Wellen war so laut, dass es ihre Schritte übertönte. Zum Glück, denn so viele wie sie waren, war es unmöglich, keine Geräusche zu machen. Hier knackte ein Ast, dort knirschten die Sohlen. Aber die Melodie des Meeres bot Deckung.

Sola fröstelte. Die Temperaturen auf Thethys waren gesunken. Es war zu kühl, um in dem alten Hemd ihres Vaters bei Nacht durch die Gegend zu streifen. Als könnte Leander Gedanken lesen, zog er Sola dicht an sich und hüllte sie mit seiner Wärme ein. Vielleicht hatte sie aber auch die Gänsehaut auf ihren Oberarmen verraten.

Die drei Monde über Thethys hingen erst auf halber Höhe. Sie kämpften sich durch eine Wolkendecke, die monströse Formationen einnahm, wenn das silberne Licht sie zerreißen wollte. Sie schienen die Starstorm, die hoch am Himmel schwebte, verschlingen zu wollen. Sola beobachtete es von ihrer Position zwischen den Bäumen.

Obwohl ihr kalt war, waren ihre Hände verschwitzt. Ungeduldig rieb sie sie an dem Hemd ab, ohne viel Erfolg. Ihre Aufregung kontrollierte ihren Körper.

»Alles wird gut«, beschwor Leander sie eindringlich.

»Wieso haben *sie* euch keine Waffen mit auf diese Insel gegeben?«, fragte Sola verständnislos. »Wenn wir ein paar Laserschwerter oder Booster-Kanonen hätten, würden wir Maris schnell zeigen, wo der Hammer hängt!«

»Sie wollten vermeiden, dass zwischen uns Krieg ausbricht«, brummte Leander.

»Oh, wirklich?«, rief Sola. »Und was tun wir hier gerade?«

»Wenn du noch lauter sprichst, kannst du auch gleich rüberrufen und Maris Bescheid geben, dass wir hier sind«, fauchte Luna, die sich durch das Unterholz an Solas Seite schob. »Was glaubt ihr, was wir hier machen? Einen Mondscheinspaziergang?«

Sola beobachtete die wenigen Wachen, die am Strand Position bezogen hatten und mit den Rücken zu ihnen standen. Der Wind trug ihre Stimmen fort von ihnen, sodass sie sie unmöglich hören konnten. Weil sie keine Lust hatte, sich mit Luna anzulegen, schwieg sie.

»Wo ist Artis mit dieser Höllen-Kreation?«, fragte Luna und wandte sich suchend um. In der Dunkelheit des Waldes blinkte ein rotes Lämpchen auf, das zu Artis' Ingrid gehörte. Er trug sie wie ein rohes Ei in den ausgestreckten Händen.

Etwas puffte leise. Aber Luna war es, die explodierte. »Verdammt nochmal«, fuhr sie ihn an. »Wenn du uns umbringen willst, dann zünde das Teil doch gleich!«

Artis gab ein würgendes Geräusch von sich und taumelte zurück, bis er rücklings Laya anrempelte. »'Tschuldigung«, murmelte er. Aber als er Laya erkannte, machte er einen Satz in die entgegengesetzte Richtung. Als Sola, Leander und Hem mit Laya und den Steinen ins Camp zurückgekehrt waren und Artis Laya erstmals in ihrem leblosen Zustand gesehen hatte, war er ausgeflippt. Er lief im Kreis, riss sich Haare aus und wischte sich Tränen weg, während er wieder und wieder ihren Namen aufsagte. Erst als Hem seine Faust mitten in Artis' Gesicht versenkte, beruhigte er sich wieder. Seitdem tat er, als wäre Laya ein Geist. Jedes Mal, wenn er sie sah, geriet er in Panik. Trotzdem hatte Hem darauf bestanden, Laya mitzunehmen. Er wollte sie nicht aus den Augen lassen. »Was, wenn sie zurückkehrt und niemand ist da? Wenn sie sich nicht an das erinnert, was geschehen ist, und plötzlich an einem ganz anderen Ort aufwacht? Sie könnte glauben, verrückt zu werden. Sie könnte sich verletzen!« Weil Leander ihm zustimmte, durfte Laya sie begleiten – auch wenn Luna sie mit grimmiger Miene beobachtete.

»Der Preis, den wir für die Felsen zahlen mussten, war hoch«, sagte Leander mit einem Blick auf Laya. Sie stand neben Hem, der die Steine wie Heliumballons hielt. Ihre ausdruckslosen Augen richteten sich auf einen Punkt, den Sola nicht ausmachen konnte. »Wir werden niemanden mehr verlieren«, betonte Leander und nickte Artis aufmunternd zu. »Ich g-gehe mit dir!«

»Aber«, setzte Luna an.

»*Ich* gehe mit ihm«, bestimmte Leander nachdrücklich. »Es wird alles gut g-gehen. Ich v-vertraue Artis.« Er nickte dem nervösen Rotschopf zu, was Luna mit dem Heben einer Augenbraue quittierte. »Stimmt's, Artis?«

»Mh, naja, im besten Fall«, murmelte er. »Wenn es schlecht läuft…«

»W-wird es nicht«, schnitt Leander ihm das Wort ab. »Ich rufe die Yakis.« Er entfernte sich ein paar Meter und formte die Hände zu einem Trichter an seinem Mund, um einen seltsamen Ruf auszustoßen. Ein paar Sekunden lang geschah nichts. Dann vernahm Sola ein vertrautes Schnauben. Gred und Feorge zockelten gemächlich durch die Büsche auf sie zu. Das matte Mondlicht spiegelte sich in ihren großen Augen. Feorge blieb vor Sola stehen und stupste sie zur Begrüßung an. Ein wenig unbeholfen tätschelte sie ihn.

»Und diese Viecher sollen sich schneller als die Zeit bewegen?«, argwöhnte Luna. Sie musterte die Wesen abschätzig. »Die sehen nicht so aus, als würden sie ihre Speckrollen vorwärts bewegen.«

Leander antwortete nicht. Er nahm Artis vorsichtig die Maschine ab und bedeutete ihm, aufzusitzen. Unbeholfen hievte sich der Rotschopf auf Feorges grau-blauen Rücken und hielt sich an der wuscheligen Mähne fest. Sobald er sicher saß, legte Leander ihm die Maschine in die Arme. Dann beugte er sich zu Sola und küsste sie zart auf die Nasenspitze.

»Zähl bis zehn und wir sind wieder da«, versprach er.

»Pass auf dich auf«, bat Sola kleinlaut und biss fest die Zähne zusammen, damit ihr nicht noch so kitschige Dinge wie »Tu's nicht!« oder »Bleib bei mir!« herausrutschten.

Mit einer fließenden Bewegung schwang Leander sich auf Gred und nahm zwischen seinen Buckeln Platz. Er nickte Artis aufmunternd zu, gab ein Zeichen – und sie waren verschwunden. Zurück blieben die faszinierten Mienen der anderen (man sah ja nicht jeden Tag zwei junge Männer auf zwei wundersamen Wesen, die sich scheinbar in Luft auflösten) und Solas wachsende Angst.

Eins.

Wenn Sola blinzelte, wiederholte ihr Gehirn das, was sie eben gesehen hatte wie in einem alten Schwarz-Weiß-Film.

Zwei.

Luna winkte Hem heran, der Laya nur ungern alleine ließ. Sie gab ihm Anweisungen und wies dabei auf den Haufen Rykis, der zu Hems Füßen lag.

Drei.

Der Wind wurde stärker. Die Kronen der Palmen, die die Grenze zum Strand markierten, krümmten sich, ihre Wedel peitschten Sola um die Ohren.

Vier.

Ein paar pralle Kokosnüsse fielen wie Kanonen vom Himmel und landeten wenige Zentimeter vor Layas Füßen. Sie blinzelte nicht ein einziges Mal.

Fünf.

Sola schob sich unauffällig an Layas Seite. Und auch wenn sie nicht reagierte, es fühlte sich gut an, ihre warme Hand in ihrer zu spüren. Für einen Augenblick hatte Sola das Gefühl, Laya wäre bei ihr.

Sechs.

Der Wind wehte Rufe von Bord der Starstorm zu ihnen. Sola konnte sie nicht verstehen. Sie umklammerte Layas Hand fester.

Sieben.

Ein Donnern durchschnitt die Luft und übertönte sogar den Wind. Danach war es totenstill.

Acht.

Solas Ohren rauschten. Ihr Herz explodierte. Schweiß brach sich einen Weg aus all ihren Poren. Hatten sie es geschafft?

Neun.

Die Wachen am Strand gerieten in Hektik. Ein paar von ihnen machten sich auf den Weg, die Ursache der Detonation zu untersuchen.

Zehn.

Gleich müsste Leander auftauchen. Angespannt starrte Sola auf die Stelle, an der er und Artis mit den Yakis verschwunden war. »Komm zurück«, murmelte Sola.

Elf.

Leander und Artis kamen nicht zurück. Das Stückchen Wald blieb schwarz.

Zwölf.

Hatte es sie erwischt? Waren sie Ingrid zum Opfer gefallen? Panik keimte in Solas Brust und schnürte ihr die Luft ab.

Dreizehn.

Die Angst wurde von einer sagenhaften Leere verschluckt, die sich wie ein Staubsauger alle Gefühle einverleibte. Sola war unfähig, auch nur den kleinen Finger zu rühren. Sie schluckte hart. Ihre Augen waren so trocken wie das Ödland, durch das sie für Alba marschiert war. Sie dachte an das rothaarige Mädchen und ihren kleinen Bruder mit den hundert Sommersprossen, dachte an Luki und Walter. Und als ihre Gedanken zu Leander wanderten und sich eine kleine Träne in ihren Augenwinkel stahl, da knallte es auf einmal. Die Yakis tauchten wie aus dem Nichts auf. Artis rutschte von Feorges Rücken und stieß sich den Kopf an einem Baumstamm an.

»Ich steige nie wieder auf so ein Ding!«, rief er in die entsetzte Stille hinein und deutete auf Feorge. Sein Gesicht war rußverschmiert, die blaugrünen Augen strahlten dagegen. Dann tauchte auch Leander auf. Er sah ähnlich wie Artis aus, sein Gesicht war fast so schwarz wie die Nacht. Mit dem Ärmel wischte er sich über die Stirn, ehe Sola sich ihm an den Hals warf.

»Du hast gesagt, ich solle bis zehn zählen«, schluchzte sie. »Ich habe bis dreizehn gezählt. Drei Sekunden lang dachte ich...« Ihre Worte gingen in Lunas herrischem »Scht!« unter. Leander drückte Sola fest an sich und vergrub die Nase in ihrem kurzen, hellblonden Haar, das im Dunkeln leuchtete.

»Es tut mir leid«, sagte Leander. »Wir sind nicht schnell g-genug weggekommen. Die Yakis haben uns nur ein paar Meter weiter gebracht, dann ging die Maschine los.«

»Ich bin einigermaßen froh, dass mir der Tier-Freak und das Genie eine Weile erhalten bleiben«, knurrte Luna. »Aber wenn ihr nicht endlich leiser seid, kann ich für nichts garantieren!« Sie sah sich suchend nach Hem um. »Sind die Rykis bereit?«

Hem trat vor, über seiner Schulter hing ein Beutel aus Palmenblättern, der randvoll mit halbierten Rykis war. Er hob eine heraus und öffnete die orangefarbene Frucht mit pelziger Haut. Dann reichte er eine Hälfte an einen dunkel gekleideten Begleiter, der mit ein paar anderen die Aufgabe hatte, die verbliebenen Wachen auszuschalten. Mit den Fingerspitzen griff er in die Ryki und zog ein im Fruchtsaft getränktes Tuch heraus. »Ihr wisst, was ihr zu tun habt?«, fragte er in die Runde. Stummes Nicken. Nachdem er die betäubenden Waffen verteilt hatte, bedeutete er seiner Gruppe, ihm zu folgen. Sola beobachtete, wie sie wie Raubkatzen durch das Unterholz schlichen. Sie bewegten sich nahezu lautlos und verschmolzen mit der Dunkelheit. Die Büsche raschelten, als sie sich hindurch schoben und auf den Strand traten.

Sobald sie das matte Mondlicht traf, ging alles ganz schnell. Wie Pfeile schossen sie auf die verbliebenen Wachen zu, die sich deutlich vor dem glitzernden Wasser abzeichneten. Solas Herz pochte im Takt mit ihren Schritten. Sie erreichten die dunklen Gestalten, packten sie von hinten. Ehe einer von ihnen einen Schrei ausstoßen konnte, legten Hems Leute ihnen die mit Ryki-Saft getränkten Tücher auf den Mund. Zwei Wachen schlingerten und versuchten, sich gegen ihre Angreifer zu wehren, die anderen gingen sofort zu Boden. Hem wandte sich um und reckte mit einem zufriedenen Grinsen den Daumen nach oben.

»Die Steine«, sagte Luna und gestikulierte wild. Aus dem Dickicht lösten sich zwei junge Männer mit angespannten Mienen und breiten Schultern. Sie nahmen Laya die Stricke aus den Händen und liefen voran auf den Strand zu.

»Wie kommen wir dort hoch?«, flüsterte Sola Leander zu, als hätten sie ein Stück des Puzzles, zu dem sich ihr Plan zusammenfügte, übersehen. Statt einer Antwort gab er ihr ein Zeichen. Sola beobachtete, wie einer der Männer dem anderen die Stricke reichte. Dann kletterte er selbst geschickt an einem Seil nach oben. Mit offenem Mund starrte Sola ihm nach. »Das kann ich nicht«, murmelte sie fasziniert und schockiert zugleich. Als er oben angekommen war, breitete er die Arme aus und warf ausgelassen den Kopf in den Nacken.

»Ich helfe dir«, versprach Leander. Auf ein Zeichen führte er Sola aus dem Dschungel. Ihre Augen huschten unruhig zu jenem dunklen Punkt, der die Starstorm war. Um sie herum verschluckte das leise Rauschen der Wellen alle anderen Geräusche. Leander führte sie zu der Gestalt, die die Steine hielt. Er legte die Hände um Solas Hüften und hob sie vorsichtig hoch. Aus dem Nichts tauchten Hände auf, die sie packten und nach oben zogen. Keuchend klammerte sie sich an den rauen Stein.

»Alles in Ordnung?«, fragte Lunas Handlanger und klopfte ihr auf die Schulter.

»Ja, schon okay«, murmelte Sola und rieb sich die Ellbogen. Der Wind war frisch und kitzelte ihre Nase. Der Fels war viel unbeständiger auf dem ebenen Strand. Er drehte sich in der Luft und sorgte dafür, dass Sola sich ein wenig seekrank fühlte. Sie hockte sich hin und krallte sich an seiner rauen Oberfläche fest, als der nächste auf den Fels kletterte. Es war Leander. Die anderen eroberten schweigend die übrigen Felsen.

Leander stellte sich aufrecht neben sie. Von unten reichte Hem ihm einen langen Stab, den er fest mit beiden Händen umschloss.

»Halt dich fest«, sagte er zu Sola. Sie gehorchte. Dann tauchte er den Stab ins Wasser und der Fels folgte gehorsam. Die seltsame Karawane zog über die Meeresoberfläche, in der sich der trübe Schein der wolkenverhangenen Monde spiegelte. Leander schaffte es, den Fels wie ein Boot in einer geraden Linie auf die Starstorm zuzusteuern. Er ruderte, als hätte er noch nie etwas anderes gemacht. Aber eine hervortretende Ader an seiner Schläfe verriet, wie anstrengend es war.

Je näher sie der Starstorm kamen, umso lauter pochte Solas Herz. Sie sehnte sich danach, ihre Freunde in die Arme zu schließen. Aber was erwartete sie an Bord? Was hatte Maris Luki und den anderen angetan?

Die Schiffsschraube ragte gespenstisch vor ihnen auf. Seit die Starstorm auf Thethys ankerte, hatte sie sich nicht mehr bewegt. Ein Vogelpärchen hatte sich in einem der Blätter ein Nest gebaut und zwitscherte aufgeregt, als sich ihnen die Fliegenden Felsen näherten.

»Kann jemand die Mistviecher abschießen, ehe sie uns verraten?«, fauchte Luna und ihre Stimme hallte lauter über das Wasser als der Singsang der Vögel. Leander warf ihr einen bösen Blick zu. Ehe er etwas erwidern konnte, stieß der Fels sanft gegen das unterste Blatt. Ein leises *Klong* ertönte und sein Ärger verpuffte mit dem Nachhall des dumpfen Geräusches. Besorgt schaute er zu Sola. Sie schob sich an ihm vorbei und legte den Kopf in den Nacken.

»Wir müssen dorthin«, sagte sie und wies auf einen Punkt, in dem die Blätter miteinander verschmolzen. Hinter ihr hüpfte Luna von Felsblock zu Felsblock. Ihr dunkles Haar wehte wie eine Fahne hinter ihr her. Als sie den Fels erreichte, auf dem Sola und Leander standen, wurde dieser erschüttert. Leander packte sie am Schlafittchen und zog sie in die Mitte des Steins, damit sie nicht rücklings ins Wasser fiel.

»Danke«, sagte Luna knapp und klopfte sich die Hosenbeine ab. Mit gerunzelter Stirn trat sie neben Sola. »Und da müssen wir hoch?«

Sola zuckte die Schultern. »Pass auf, wohin du greifst. Die Kanten sind so scharf, dass sie dir die Hände abschneiden könnten.«

»Na toll«, grummelte Luna, aber in ihren Augen leuchtete die Lust nach Abenteuer.

»Ich halte das für k-keine gute Idee«, gab Leander zu bedenken.

»Dich fragt ja auch niemand«, entgegnete Luna und drückte Sola bis zur Kante. »Du zuerst!«

Sola rieb sich die feuchten Hände an ihren Oberschenkeln ab. Sie konnte von Glück sprechen, dass es so dunkel war, dass ihr niemand unter das Hemd gucken konnte. Sie griff nach dem Schnittpunkt der Blätter und zog sich hoch. Den rasiermesserscharfen Kanten entging sie, indem sie sich vorsichtig daran vorbeischob und auf dem Propellerschaft Halt suchte. Sie konnte noch gerade so aufrecht stehen. Über ihr mündete ein schmaler Schacht, der ihr wie der Schlund eines Monsters entgegengähnte. Luna folgte ihr mit einem leisen Keuchen und einem rüden Fluch.

»Hast du dich verletzt?«, fragte Sola sofort und wandte sich um.

»Nicht nennenswert«, brummte Luna und trat zu ihr. Sie hob die Hand. Ein Schnitt teilte ihren Handballen und mündete in einem feinen Rinnsal. Sie trocknete es an ihrer Hose und meinte: »Siehst du, wie neu!« Dass sich frisches Blut einen Weg aus der Wunde bahnte, ignorierte sie gelassen.

»Na schön«, sagte Sola. »Siehst du den Schacht?«

»Dort oben?«, fragte Luna.

»Ich gebe zu, es ist weiter weg, als ich gedacht hatte«, murmelte Sola. »Kannst du mich auf deine Schultern nehmen?«

»Stimmt etwas nicht?«, unterbrach Leanders besorgte Stimme sie.

Luna schoss vor. »Verschwindet hier!«, fauchte sie. »Wartet an der Luke. Wir beeilen uns!« Sie wandte sich mit einem Augenrollen an Sola: »Der ist echt lästig, seit er auf dich steht!« Sie ging in die Hocke. »Rauf mit dir!«, befahl sie in einem Ton, der Sola keine Sekunde verlieren ließ. Sie stieg umständlich auf ihre Schultern und bemühte sich, nicht an ihren Haaren zu ziehen. Aber es war fast unmöglich. Sie waren überall. Luna reichte ihr eine Hand, sodass sie sich aufrichten konnte. Sobald sie gerade stand, steckte ihr Kopf bereits in dem Schacht. Sie suchte im Dunkeln nach einer Kante, an der sie sich hochziehen konnte.

»Mach schneller, so leicht, wie du aussiehst, bist du nicht«, knurrte Luna.

Sola gönnte sich noch eine Sekunde, in der sie ihre Kräfte sammelte. Dann schwang sie sich nach oben in eine Dunkelheit, die sie mit Haut und Haar verschluckte. Sie blinzelte, bis sich ihre Augen an die neue Umgebung gewöhnt hatten. Der Schacht war schmal und die Luft darin brannte heiß in Solas Lungen. Der Schweiß trat auf ihre Stirn und tropfte mit einem dumpfen Geräusch auf den blechernen Boden.

»Was siehst du?«, wollte Luna wissen.

Sola strengte sich an, ihr eine kluge Antwort zu geben. Doch das Einzige, das ihr einfiel und der Wahrheit entsprach, war: »Nichts!«

»Prima, nichts ist wenigstens nicht gefährlich!«, rief Luna ihr gedämpft zu. »Hilf mir mal!« Weil der Schacht so eng war, konnte Sola sich nur schwerfällig umdrehen. Sie stieß mit dem Kopf gegen die Decke und schrammte mit dem Oberarm an der Wand entlang, bis ihre Haut brannte. Als sie das Loch erreicht hatte, streckte sie die Arme nach unten. Luna packte mit einem festen, unmädchenhaften Griff zu und zog sich an Sola nach oben. Diese wich zurück, um ihr Platz zu machen.

»Und du bist sicher, dass wir hier richtig sind?«, fragte Luna, deren Blick sich in der Finsternis verlor.

Sola legte den Kopf schief. »Das ist das Schiff meines Vaters. Ich kenne mich hier besser aus als zu Hause!« Sie stockte und dachte an ihr kleines Zimmer in dem Appartement, das im 285. Stock auf Karit lag. Die Erinnerung an diesen Ort versetzte ihr einen schmerzhaften Stich. Ihr Zuhause war fort.

Sola wandte sich von Luna ab und krabbelte mit geducktem Kopf auf allen Vieren voran. Die Geräusche ihrer Bewegungen hallten in dem Tunnel und sie hatte das Gefühl, die ganze Starstorm mit einem Lautsprecher zu beschallen. Hinter jeder Biegung erwartete sie Maris, der ihr mit einem fiesen Grinsen auflauerte.

Angst war eine Empfindung, die sie erst auf Thethys wirklich kennen gelernt hatte. In ihrem alten Leben hatte sie Angst vor der nächsten Prüfung, Angst, dass ihrem Vater etwas bei einer seiner Missionen geschehen konnte, Angst, dass sie keinen festen Freund fand. Doch das, was wirklich hinter Angst steckte, hatte sie nie erlebt. Es war vielmehr eine kindliche Vorstellung von einer Situation, die ein gewisses Unbehagen in einem auslöste, wenn man sich länger damit beschäftigte. Eine unbegründete Sorge, die manchmal wie ein zu enger Hosenbund zwickte. Hier auf Thethys war alles, was Sola je gefühlt hatte, anders. Die Angst war zu einem ständigen Begleiter geworden, der an ihren Nerven fraß und dafür sorgte, dass ihr bisweilen schlecht war, dass sie sogar um ihr Leben fürchtete – oder schlimmer, dass sie jetzt um Leanders Leben fürchten musste.

Zwei Käfer krabbelten an Sola vorbei. Die Punkte auf ihren Rücken leuchteten. Sie erhellten den Gang kaum merklich. Aber ihre kleinen Chitin-Beine klackerten auf dem Boden. Luna schnaufte. Sie war dicht hinter Sola. Ihre Atmung ging laut und unregelmäßig.

»Geht es dir gut?«, fragte Sola und versuchte, sich umzudrehen. Die niedrigen Wände schränkten ihre Bewegungen stark ein. So konnte sie nur aus dem Augenwinkel einen Schatten ausmachen, der Luna war.

»M-hm«, machte diese nicht wirklich überzeugend. Sie stöhnte. »Es ist einfach ein wenig eng«, murmelte sie.

»Du hast doch keine Platzangst?«, fragte Sola erstaunt. Sie kroch unbekümmert weiter und hängte die Käfer ab.

Lunas Stimme entfernte sich: »Naja, vielleicht ein bisschen... Meine Brüder haben mich mal zur Strafe in einer Holzkiste eingesperrt, weil ich Zündkabel zerschnitten hatte...« Sola stellte sich ein kleines Mädchen mit dunklen Haaren und auseinander stehenden Augen vor, die in der Dunkelheit der Kiste weit aufgerissen waren. Bei der Vorstellung überkam sie eine Gänsehaut. Sie wurde langsamer und wartete, bis Luna wieder zu ihr aufschloss.

»Es kann nicht mehr weit sein«, sagte Sola und mühte sich um einen beruhigenden Ton. »Nur noch um die nächste Biegung und wir sind da!«

»Ich schaff das schon«, brummte Luna.

Als die Luft kühler wurde und ihr ein leichter Windzug entgegenblies, wusste Sola, dass sie Recht hatte. Der Schacht endete unmittelbar hinter der nächsten Ecke. Sola gab Luna ein Zeichen, sich still zu verhalten und kroch bis zur Kante. Vorsichtig streckte sie ihre Nase aus dem Loch in der Wand. Der Bauch der Starstorm lag in satter Dunkelheit. Hier, nahe der Maschinen, war es mucksmäuschenstill. Man hätte sogar einen Floh niesen hören können. Bedacht kletterte Sola aus dem Schacht und versuchte, in der Schwärze Umrisse auszumachen. Doch ihre Augen hatten keine Chance gegen die Finsternis. Sie war wie blind und musste auf ihre anderen Sinne vertrauen. Die Luft schmeckte nach Staub, roch aber unverbraucht. Sola spitzte die Ohren. Sie trat vor. Ihre eigenen Füße auf dem Boden konnte sie hören, ansonsten war der Raum vollkommen geräuschlos. Da war niemand, der sich bewegte oder atmete. Sie tastete sich vor und streckte zum Schutz die Arme aus.

»Wir sind allein«, sagte sie, als sie sicher war, dass niemand sonst hier war. Kurz darauf purzelte Luna aus dem Schacht und stöhnte theatralisch.

»Mir ist schlecht«, jammerte sie.

»Wir müssen uns beeilen!«, schalt Sola sie.

Luna grummelte unzufrieden, dann richtete sie sich auf und suchte nach Solas Hand, an der sie sich halten konnte. »Dann bring uns in die Eingangshalle«, sagte sie und versuchte, ihren gewohnt harschen Tonfall wiederzufinden, obwohl ihr der Schacht noch in den Knochen steckte.

Sola ging langsam voraus. Sie hatte schon viele Filme und Serien gesehen, in denen sich die Protagonisten lautlos bewegten. Leander besaß diese Gabe, wenn er durch den Wald streifte. Aber an ihr war dieses nützliche Talent vorübergezogen. Umso größer wurde ihre Angst, dass sie gleich von Maris' Leuten überwältigt werden würden. Wann immer sie ein Geräusch machte, das sie als zu laut empfand, kniff sie die Augen zusammen, als würde sie dadurch unsichtbar werden.

Sie führte Luna durch einen schmalen Gang, der sich seitlich der Eingangshalle annäherte. Der Boden, die Wände, die Decke – alles war ihr vertraut und gleichzeitig so fremd, dass sie fürchtete, in einem besonders realen Albtraum gelandet zu sein. Früher war sie durch die Gänge getobt, als wäre sie eine Prinzessin und die Starstorm ihr Schloss. Heute schlich sie wie eine Verbrecherin hindurch und im Schlepptau die Angst, gefangen genommen zu werden. Ob sich der Capt'n so ihr Leben nach dem Zerfall des Universums vorgestellt hätte?

Als sie die Tür zur Eingangshalle erreichten, bewegte sich am anderen Ende des Flures eine Gestalt. Sola packte Lunas Arm ein wenig fester als notwendig. Sie zerrte sie wortlos hinter sich her in die Halle. Die Tür schloss sich mit einem leisen Klick.

»Hat er uns gesehen?«, fragte Sola panisch. Ihre bebende Hand suchte nach dem Herz-Anhänger, der kühl in der Mulde ihrer Kehle lag. Sie drückte ihn, um das letzte Quäntchen Glück aus ihm herauszukitzeln.

»Ich denke nicht«, meinte Luna. »Sonst wüssten wir es wohl.« Meinte sie, sonst hätte er sie inzwischen gestellt?

»Okay«, murmelte Sola und ihre Gedanken schwirrten umher wie in einem Karussell. »Okay, okay…«

»Die anderen«, erinnerte Luna sie ungeduldig. »Wir müssen die anderen hereinlassen!«

»Ach ja«, erinnerte Sola sich zerstreut. Sie durchmaß den Raum und blieb zappelig vor der Luke stehen. »Wenn sie uns hören…«

»Das Risiko müssen wir eingehen«, bemerkte Luna und inspizierte den Schalter neugierig. »Wir können die Starstorm schließlich nicht zu zweit zurückerobern!«

Sola zögerte. Dann nahm sie all ihren Mut zusammen, legte beide Hände auf den Schalter und drückte. Die Luke öffnete sich mit einem leisen Rattern, das Solas Puls die Peitsche gab. Hektisch wandte sie sich zur Tür. Sie blieb verschlossen. Niemand trat ein. Niemand griff sie an. Während die Strickleiter nach unten glitt, hielt Sola ihren Kopf aus der Öffnung und sah sich um. Unter ihr winkte Leander mit einem erleichterten Lächeln. Die Steine schwebten um ihn herum und tanzten in der nächtlichen Brise. Lunas Leute ragten als dunkle Silhouetten auf.

Leander streckte die Hand nach der Strickleiter aus. Er gab den anderen ein Zeichen, es ihm gleichzutun. Dann kletterte er, als hätte er es schon hundert Male getan, die Leiter nach oben. Sie schwankte unter seinen kräftigen und zielstrebigen Bewegungen, bis eine andere Gestalt nach ihr griff und sie stabilisierte. Mit seinem dunklen Haarschopf strömte auch sein unverwechselbarer Duft in den Raum. Sola fühlte sich schwindelig. Sie taumelte auf Leander zu und legte den Mantel aus Anspannung ab, der sie eingehüllt hatte, seit sie in den Tunnel geklettert war und ihn zurückgelassen hatte.

Leander trat zu ihr und drückte erleichtert ihre Hand. »Geht es dir gut?«, fragte er aus dem Mundwinkel, sodass nur sie ihn hören konnte. Sie nickte knapp und stellte sich dicht neben ihn.

Luna zählte akribisch die Gestalten, die durch die Luke ins Innere des Schiffes kletterten, und lief angespannt vor ihnen auf und ab. Die Fliegenden Felsen ließen sie leer zurück. Sie dümpelten in der Luft und warfen lange Schatten auf die Wasseroberfläche. Die Wolken vor den Monden zogen langsam weiter. Thethys tauchte in silbernes Licht.

»Sola?«, fragte Luna und sah sich zwischen den dunklen Gestalten in der Eingangshalle um.

Sola löste sich nur ungern von Leander. Sie trat vor. »Hier bin ich!«

»Du bist einfach zu leicht zu übersehen«, sagte Luna, obwohl sie selbst nicht viel größer war als Sola. Diese überhörte den Kommentar. »Bist du bereit?«

Die ehrliche Antwort auf diese Frage hätte wohl »Nein!« gelautet. Sola formte die Hände zu Fäusten, bis ihre Knöchel hervortraten und sich ihre Fingernägel tief in ihre Ballen gruben. Dann nickte sie, obwohl es sie unendlich viel Kraft kostete.

»Sehr gut. Wo hat Artis sich versteckt?« Luna entdeckte ihn am Rande der Gruppe und zerrte ihn in ihre Mitte. »Es liegt an dir«, verkündete sie mit einem drohenden Unterton.

»M-hm«, machte Artis, der den Blick stur zu Boden gerichtet hatte und den Oberkörper mit den Armen umfasste. Er wiegte sich hin und her, als würde er in diesem Moment am liebsten weit weg sein. Sola konnte es ihm nicht verdenken.

»Du sorgst dafür, dass er im richtigen Raum landet«, sagte Luna und bohrte ihren Zeigefinger in Solas Brust. Anschließend wandte sie sich an Leander: »Und du passt auf, dass sie niemand an ihrem Ziel hindert!«

»Ich begleite sie«, sagte Hem und zog die teilnahmslose Laya wie einen unprogrammierten Androiden hinter sich her.

Luna musterte ihre Hülle von Scheitel bis Sohle und schnalzte ungeduldig mit der Zunge. »Ich nehme an, dass sie in diesem Zustand eine geringere Gefahr für die Mission ist«, meinte sie. »Sie war mir schon immer zu redselig!«

Ihre harten Worte trafen Sola, als hätte sie sie geschlagen. Vorwurfsvoll schürzte sie die Lippen: »Laya ist meine Freundin!«

Luna zuckte die Achseln. »Pass einfach auf, dass sie keine Dummheiten macht«, sagte sie. »Zur Not wirfst du sie halt von Bord!«

***

Der Bauch des Schiffes war so still wie das Innere eines Sarges. Die langen Schatten, die Sola einst Abenteuer versprochen hatten, verhießen nun eine unausgesprochene Gefahr. Während sie ihre kleine Gruppe anführte, fragte sie sich, ob Maris wirklich diese bodenlose Angst wert war, die von ihr Besitz ergriff, wenn sie auch nur an ihn dachte. War er nicht einfach wie Leander, Hem oder Luna? Ein Mann mit Ideen und Zielen, an deren Umsetzung ihm gelegen war? Vielleicht würde er ganz vernünftig mit sich reden lassen. Sie hatte sich so sehr von seinen wölfischen Eigenarten beeindrucken lassen, dass sie ganz vergessen hatte, dass er auch nichts anderes war als einer der letzten Überlebenden und nicht der Teufel von Thethys.

Doch dann kam ihr sein gieriger Blick in den Sinn und die Grausamkeit, die er jedem entgegenbrachte, der schwächer war als er selbst. Plötzlich sah sie sich zurück am Strand, als er ihr begegnete, sie verhöhnte und quälte.

Solas Gedanken gerieten an einen Scheideweg. Sie rieb sich über die müden Lider. Es half nichts. Sie hatten sich auf die Starstorm geschlichen und mussten nun an ihrem Plan festhalten. Entweder lenkte Maris ein oder...

»Ist das etwa Blut?«, keuchte Artis und blieb abrupt stehen. Hem, der nicht aufpasste, lief in den Rotschopf hinein und brachte ihn zum Taumeln. Im letzten Moment packte er ihn und verhinderte, dass er vornüberfiel.

»Maris war noch nie zimperlich«, sagte Hem bitter.

Als Sola die Spritzer an der Wand betrachtete, schwemmte eine Welle aus Übelkeit all ihre Zweifel fort. Maris war ein Monster, ohne Frage! Wessen Blut beschmierte den Gang? Hatte er jemandem etwas angetan?

Leander trat an Sola vorbei und strich mit den Fingerkuppen über die roten Spuren. »Getrocknet«, kommentierte er.

»Meinst du, Alba und Eris geht es gut?«, piepste Sola. Sie stellte sich vor, wie Alba gefesselt in einer Blutlache lag, ihr weinender Bruder an ihrer Seite. Bei dem Gedanken fühlte sich ihr Magen an wie ein eisiger Klumpen. Sie schluckte hart.

»Mh, wir haben keine Zeit, das herauszufinden«, bemerkte Artis. »Wenn wir entdeckt werden...«

»Für dich würden wir dasselbe tun«, fauchte Sola und tauschte einen Blick mit Leander. »Wir können sie nicht ihrem Schicksal überlassen!«

Leander zögerte. Seine grauen Augen lagen im Schatten, sodass seine Gedanken ein Geheimnis blieben. »Luna wird ausflippen, wenn sie davon erfährt«, meinte er.

»Wir bringen Artis ja in den Steuerraum«, sagte Sola ungeduldig. »Wir machen nur einen klitzekleinen Abstecher. Und genau genommen ist es gar kein Umweg.«

»Ich halte das für keine gute Idee«, meldete Artis sich wieder zu Wort. Er schaute zu Laya. Doch sein Blick zuckte zurück, als hätte er sich verbrannt.

Wütend blitzte Sola ihn an. »Sie sind unsere Freunde!«, erklärte sie ihm leidenschaftlich.

»Aber…«

»Mein Gott, Artis«, schalt Hem sich genervt ein. »Ich hoffe, du trägst Windeln!«

Artis wurde knallrot und schob schmollend die Unterlippe vor.

»Heißt das, du bist dabei, Hem?«, fragte Sola hoffnungsvoll.

Hem zuckte lässig die Achseln. »Ich habe nichts gegen ein bisschen Abenteuer und Adrenalin!«

Sola nickte. »Laya?«

»Wir nehmen sie mit, soweit es geht. Vielleicht können wir sie zwischendurch irgendwo... parken.« Hem legte beschützend den Arm um Layas zierliche Schultern. Dann schob er sie behutsam vor. Er bedachte sie mit einem liebevollen, beinahe sehnsüchtigen Blick. Sola fragte sich, wann sich seine Gefühle für sie derart verändert hatten. Oder war es doch nur das schlechte Gewissen? Was es auch war, Sola wünschte sich nichts mehr, als dass Laya die Veränderung in Hems Verhalten wahrnahm, dass sie zurückkehrte.

Laya blinzelte. Eine Millisekunde lang regte sich Hoffnung in Sola. Sie starrte Laya erwartungsvoll an. Doch sie wurde wieder zur menschlichen Statue. Sie hatte nicht auf ihr Umfeld reagiert. Sie hatte genau in jenem Moment geblinzelt, weil ihr Körper es mal wieder für nötig befunden hatte, ihre Augen zu befeuchten. Es war eine winzige Geste und Sola fühlte sich, als stünde sie an der Ziellinie und wartete darauf, dass Laya sie endlich erreichte.

***

Die Starstorm hatte sich in ein Geisterschiff verwandelt. Erst als Sola die anderen so weit nach oben geführt hatte, dass nun das Hauptdeck direkt über ihnen lag, hörten sie Schritte, die durch die Dielen drangen. Am Ende des Unterdecks befand sich das Zimmer, das Alba bezogen hatte. Sola betete innerlich, dass sie und Eris unversehrt waren und dass Walter und Luki ihnen Gesellschaft leisteten. Sie schlich auf Zehenspitzen und fürchtete, ihr pochendes Herz würde sie an Maris verraten. Doch alles blieb ruhig. Vor der Tür wandte sie sich stumm an Leander. Er nickte ihr aufmunternd zu. Dann drückte sie die Klinke. Abgeschlossen. Mit einem Kloß im Hals klopfte sie so leise an die Tür, dass man es kaum hören konnte. Nichts geschah. Unruhig sah sie nach links und rechts. Sie schickte ein Stoßgebet gen Himmel und klopfte lauter.

»Alba?«, flüsterte sie und malte mit ihren Fingernägeln ein Muster auf die Wand.

»Sola?« Die Stimme war leise und erschöpft, aber sie gehörte zu Alba. Sie kam nicht aus jenem Zimmer, in dem sie sie vermutet hatte, sondern aus dem, das ihr selbst gehörte und am anderen Ende des Decks lag. So schnell sie konnte, huschte Sola an jener Treppe vorbei, die nach oben führte. Sie bahnte sich einen Weg durch umstehende Fässer und Kisten, bis sie ihre Zimmertür erreichte. Sie rüttelte ungeduldig an der Klinke, doch auch sie war verschlossen.

»Sie haben uns eingesperrt«, sagte Alba von der anderen Seite. Es klang, als stünde sie direkt hinter der Tür.

»Wir holen euch raus!«, versprach Sola.

Kopfschüttelnd trat Artis vor. »Wir haben sie gefunden, es geht ihr gut. Wir haben keine Zeit, um sie herauszuholen. Vorerst ist sie in dem Zimmer am sichersten. Mh, lass uns endlich zum Steuerraum aufbrechen!« Unruhig knetete er seine Hände und behielt die Treppe zum Hauptdeck im Auge.

Sola zögerte. Alles in ihr sträubte sich gegen die Vorstellung, Alba zurückzulassen. »Geht es dir gut?«, fragte sie.

»Die Wunde ist trocken«, antwortete Alba ausweichend.

»Bist du allein?«, wollte Sola wissen.

»Eris und Walter sind bei mir«, sagte Alba.

Die feine Kinderstimme von Eris drang durch die Tür: »Hallo Sola!«, während der Emmling am Holz kratzte, um sich bemerkbar zu machen.

»Hi, Kleiner, hallo Walter«, erwiderte Sola erleichtert. »Was ist mit Luki passiert?«

»Ich habe sie nicht mehr gesehen, seit Maris an Bord kam. Er hat uns hier eingesperrt und Luki fortgebracht!«, erklärte Alba.

»Hör zu«, sagte Sola. »Wir müssen weiter. Bleibt, wo ihr seid, dort seid ihr sicher!«

»Wir kommen hier eh nicht heraus!«, erinnerte Eris sie.

»Was hast du vor?«, fragte Alba.

»Wir holen uns die Starstorm zurück!«, rief Sola.

Von der anderen Seite kam ein begeistertes »Rrrrrrrrrr!«.

»Walter!« Sola presste beide Hände gegen die Tür und lauschte.

»Scht«, machte Artis. Er kratzte sich die Oberarme, bis sie tiefrote Striemen zierten. Unruhig rollten seine Augen in den Höhlen, während er die Dunkelheit zwischen den Kisten nach Maris' Leuten scannte. »Mh, ich habe kein gutes Gefühl!«

»Wir s-sollten gehen«, gab Leander zähneknirschend zu. »Wir können hier nichts ausrichten.« Sola löste sich widerwillig von der Tür und nickte.

»Hier geht es lang«, sagte sie, ohne ihre Begleiter anzuschauen. Auf leisen Sohlen stiegen sie die schmale Stiege empor zum Hauptdeck. Der Raum, in dem die Stufen mündeten, wurde durch das große Fenster in der Tür sanft erhellt. Davor blieb Sola stehen. Sie stellte sich auf Zehenspitzen, um hinauszuschauen.

»Ist dort jemand?«, fragte Artis mit hoher Stimme.

Es dauerte einen kurzen Moment, bis Sola Schemen ausmachen konnte. Als sie mehrere Gestalten erkannte, die an Deck herumlungerten, duckte sie sich und nickte heftig.

»Haben sie mich gesehen?«, fragte sie und hob den Kopf so weit, dass man von außen nur ihre Stirn hätte sehen können. Gedämpfte Gespräche drangen durch die Tür.

»Wohl eher nicht«, meinte Hem, der sich in den Schatten der Wände herumdrückte. Er beobachtete angestrengt das, was an Deck geschah. »Wie kommen wir in den Steuerraum?«

Sola wies auf die Tür.

»Das ist nicht dein Ernst«, stöhnte Artis. »Gibt es, mh, keinen anderen Weg?«

»Nur, wenn wir ein Loch in diese Wand sprengen«, seufzte Sola und wies auf jene Wand, die sie vom Steuerraum trennte. Sie kannte dieses Schiff so gut wie sich selbst. Sie war hunderte Male durch die Gänge geschlendert und kannte jede lose Diele. Die Tür, vor der sie nun stand, gab ein schrilles Quietschen von sich, wenn man sie um mehr als fünfundvierzig Grad öffnete. Diesen Punkt nicht zu überschreiten, erforderte Fingerspitzengefühl. Sie holte tief Luft und streckte die Hand nach der Klinke aus.

»Was t-tust du?«, fragte Leander und legte seine warme Hand auf Solas Schulter. Das Gefühl seiner Nähe war stärker als ihre Angst. Sola wusste, dass dieser Moment so gut war wie der nächste. Unter Artis' Schnappatmung, die Hem stoppte, indem er ihm eine Hand auf den Mund klatschte, öffnete Sola die Tür. Bevor das Holz protestieren konnte, hielt sie inne. Der Spalt war gerade groß genug, dass sie sich alle nacheinander hindurchschieben konnten. Dann trat sie nach draußen und fühlte sich, als würde sie direkt in ihr Verderben laufen.

»Es ist ganz schön kalt geworden«, sagte eine leise Stimme, die über Deck wehte. Sola hielt den Atem an. Die Wellen schienen lautlos zu rauschen, als ob sie sie an Maris' Leute verraten wollten. Wo waren die ganzen Geräusche, vor denen sie so große Angst gehabt hatte, als sie auf Thethys gelandet war?

»Vielleicht nur ein Wetterumschwung«, brummte eine andere Stimme, viel kratziger als die erste.

»Wetterumschwung? Auf Thethys?« Der klingende Sopran gehörte zu Stella, die am Boden kauerte und die Beine mit den Armen umschlang. »In den ganzen Werbefilmchen war die Rede von paradiesischen Temperaturen. Ich dachte, es wird hier nur in den Bergen kalt!«

Die andere Person sagte etwas, das Sola nicht verstand.

»Was denn sonst?«, fauchte Stella. »Sie haben sich geirrt. Der Sturm erreicht Thethys. Und ich habe gesehen, was er mit Voort angestellt hat. Wir werden alle sterben!«

»Himmel, sei doch nicht so pessimistisch!«

»Pessimistisch?«, wiederholte Stella. »*Realistisch*!« Sie legte den Kopf in den Nacken und schaute hinauf in den dunklen Nachthimmel. Das Licht der Monde funkelte in ihren Augen. Dann wandte sie sich ab. »Wir sitzen in der Falle!«

»Wir auch«, flüsterte Artis dicht neben Solas Ohr. Sie drehte sich zu ihm und legte bedeutungsvoll den Finger auf die Lippen.

»Wir müssen sie ablenken«, sagte sie fast lautlos.

Hem trat vor und hob ein ausgefranstes Stück Holz hoch, das nicht mehr als eine Elle maß. »Das übernehme ich«, sagte er selbstbewusst. »Wohin soll ich zielen?«

Sola überlegte und ließ den Blick über die Reling schweifen. Vor dem Vorderdeck ragte ein Pfosten auf, der ihre Aufmerksamkeit weckte. »Wenn du den treffen könntest und das Stück Holz ins Meer fallen würde…«

»Das schafft er niemals«, bemerkte Leander stirnrunzelnd.

»Nur weil die Entfernung für dich zu groß erscheint, bedeutet das nicht, dass es für mich unmöglich ist«, sagte Hem und schob Leander resolut zur Seite. Er wog das Holzstück prüfend in der Hand und nickte Sola zuversichtlich zu. »Auf dein Zeichen!«

Sola spürte, wie die Aufregung über ihren Nacken kroch und eine unangenehme Gänsehaut hinterließ. Sie reckte ihren Daumen in die Höhe. Hems Faust schloss sich um das Holz, bis seine Knöchel in der Dunkelheit weiß leuchteten. Er wagte sich bis an die Linie vor, um die ein dunkler Schatten mit dem milchigen Mondlicht konkurrierte. Mit einer geschmeidigen Geste holte er aus – und warf. Eine halbe Sekunde lang war Thethys totenstill. Dann schoss das Holzstück haarscharf am Pfosten vorbei. Stattdessen traf es jene Wand, die die Räume des Capt'ns unter dem Vorderdeck einfassten. Ein Knall wie eine Kanonenkugel sprengte die Stille in tausend kleine Splitter. Das Holz prallte von der

Wand ab und schlingerte. Es flog über die Reling und tauchte einen Wimpernschlag später mit einem lauten Platschen durch die Wasseroberfläche.

»Was war das?« Plötzlich herrschte reges Treiben auf dem Deck. Maris' Leute wuselten wie Ameisen durcheinander und hasteten auf die Reling zu.

»Ein Tier?«

»Dafür klang es zu dumpf!«

»Es muss etwas Schweres gewesen sein!«

Die Sätze flogen wie zwitschernde Vögel durch die Luft. Als sie die Reling erreichten, gab Hem ein Zeichen. Artis quiekte panisch, aber er folgte Hem mit geduckten Schultern und eingezogenem Kopf. Sola griff nach Layas Hand und zog sie hinter sich her. Das Schlusslicht bildete Leander. Immer wieder blickte er über die Schulter und beobachtete die anderen, die mit den Rücken zu ihnen standen und sich unterhielten. Konnte es wirklich so einfach sein?

Nein, natürlich nicht. Leander stolperte über seine eigenen Füße, strauchelte und trampelte Halt suchend über die Dielen. Eine Sekunde lang blieb Solas Herz stehen – und vermutlich auch das ihrer Begleiter. Maris' Leute schossen herum. Als sie sie in der Dunkelheit erkannten, brach ein Tumult aus.

»PACKT SIE!«, donnerte eine Stimme über Deck, die Solas Blut in den Adern gefrieren ließ. Sie würde sie in ihren schlimmsten Albträumen wieder erkennen.

Maris.

Er stand auf dem Vorderdeck und sah auf sie herab. Seine Augen blitzten unheilvoll in der Nacht, während er langsam die Treppe hinabschritt. Es war, als hätte er alle Zeit der Welt, während seine Leute einen engen Halbkreis um Sola und ihre Begleiter zogen. Als Sola Stella unter ihnen erkannte, huschte ihr Blick zu Leander. Dieser hatte eine undurchsichtige Miene aufgesetzt und schien durch Stella hindurchzusehen. Artis quiekte wie ein panisches Mäuschen und wich zurück, bis er mit dem Rücken gegen die Wand prallte. Das Geräusch riss Sola aus ihrer Erstarrung. Wenn sie es zur Tür im Steuerraum schaffte... Unauffällig schob sie sich nach hinten.

»Welch hoher Besuch in dieser sternlosen Nacht«, sagte Maris kalt. »Schön dich zu sehen, Bruder!« An seiner Seite tauchte Sky auf, deren helles Haar im Dunkeln beinahe leuchtete.

»Ich wünschte, ich könnte dasselbe sagen«, knurrte Hem. Wut verzerrte seine Gesichtszüge ins Unkenntliche. So hatte Sola ihn noch nie erlebt.

»Ich habe euch gar nicht kommen hören«, stellte Maris fest und klang widerwillig beeindruckt.

»Na, dann ist unser Plan ja aufgegangen«, bemerkte Hem.

»Inwiefern? Immerhin haben wir euch gestellt, bevor ihr tun konntet, was immer ihr tun wolltet«, sagte Sky und ihre kalte Stimme traf Sola wie ein Peitschenschlag. An Maris' Seite ging sie auf sie zu.

»Woher willst du das wissen? Vielleicht haben wir es schon getan?«, pokerte Hem, der sich von der blonden Schönheit nicht beeindrucken ließ. Aus dem Augenwinkel beobachtete Sola, wie Luna und die anderen nach und nach an Deck tröpfelten und sich unbemerkt hinter Maris' Leuten verteilten.

»Was habt ihr getan?«, fragte Maris und sein Ton war eine Spur kühler. Er stieß einen Typen mit breiten Schultern und dumpfem Gesichtsausdruck beiseite, den Sola als einen jener Gorillas erkannte, der sie vor vielen Wochen gefangen genommen hatte. Dann baute er sich neben Ash auf und reckte das Kinn. Seine kalten Augen verengten sich zu Schlitzen. Er wandte sich an seinen Handlanger und sprach gedämpft auf ihn ein. Ash straffte die Schultern und reichte Maris etwas, das Sola nicht erkennen konnte. Ein gewinnendes Lachen drang aus Maris' Kehle, das ihre Angst schürte.

Alles ging so schnell, dass sie nicht mitbekam, was davon zuerst geschah.

Hem machte eine ruckartige Bewegung nach vorn.

Maris streckte den Arm aus. In der Hand hielt er einen für Sola undefinierbaren Gegenstand.

Ein Geräusch explodierte in der Stille und dröhnte in ihren Ohren.

Ein gleißend heller Blitz teilte die Dunkelheit und färbte sie ultramarinblau.

Hem kippte auf die Knie. Er stöhnte gequält auf.

Der Geruch verbrannten Fleisches stieg in Solas Nase.

Skys gackerndes Lachen durchfuhr die Nacht.

»Hem.« Die Stimme war leise. Trotzdem hörte sie jeder an Deck.

Sola wandte sich um. Laya stand über Hem und sah ihn mit einem sonderbaren Ausdruck an. Es war, als hätte sie Schmerzen, wüsste aber nicht warum.

Plötzlich war alles in Bewegung. Jemand packte Sola und zerrte sie hinter sich her. Sie wollte sich wehren, aber dann erkannte sie Leander. Irgendwo in der Finsternis leuchtete ein Rotschopf. Füße stampften über die Dielen und brachten den Boden zum Beben. Im nächsten Moment war alles still. So still, dass Sola glaubte, der Knall hätte ihr Trommelfell zerfetzt. Als Leanders Atem sie streifte und sie ihn nicht nur spürte, sondern auch hörte, entspannte sie sich. Er tastete sich an der Wand entlang, bis er gefunden hatte, was er suchte. Er legte einen Schalter um und die flimmernde Birne der Notbeleuchtung warf einen trüben Schein auf die Instrumente des Steuerraumes. Sie hatten es geschafft.

Vor dem Fenster draußen herrschte Chaos. Es war seltsam, den Kämpfenden zuzusehen. Obwohl ihre Körper miteinander verschmolzen und ihre Münder weit aufgerissen waren, hörte Sola nichts. Das Kathium, aus dem das Schiff bestand, schluckte alle Geräusche und schloss Sola und die anderen ein wie in einer Zeitkapsel. Es war, als wäre sie schon lange nicht mehr auf der Starstorm, sondern blickte auf einen großen Monitor, der ihr das zeigte, was vergangen war. Doch dem war nicht so. Das, was draußen geschah, geschah hier und jetzt. Sie hatten sich in Gefahr begeben und mussten ihr nun wieder entkommen.

Hem machte ein Geräusch wie ein getretener Hund. Und plötzlich hatte Sola mehr Angst vor dem, was sie erwartete, wenn sie sich zu ihm beugte, als vor dem, was sich vor dem Fenster abspielte.

Hem lag am Boden. Sein Gesicht war kreidebleich. Kalter Schweiß stand auf seiner Stirn. Ein riesiger Blutfleck mit ausgefransten Rändern entstellte das Hemd, das er trug. Das Blut tropfte auf die Dielen und sammelte sich in einer dunkelroten Lache. Vor Entsetzen schlug Sola die Hand vor den Mund.

»Was ist passiert?«, fragte sie, während Leander neben Hem in die Hocke ging. Mit flinken Fingern untersuchte er die Wunde in seiner Brust, aus der Blut sprudelte wie aus einem Springbrunnen. Hem zitterte und Sola tat es ihm gleich. Sie hatte Leander beobachtet, wie er Alba versorgt hatte. Doch Alba war nicht halb so schwer verletzt gewesen wie Hem es war. Grauen packte Sola und schnürte ihr die Kehle zu. Die Bedeutung jener Bilder, die sich vor ihren Augen abspielten, drang ihr ins Bewusstsein.

Hem würde die Starstorm nicht mehr verlassen.

Er würde Thethys nicht mehr verlassen.

Hem starb.

Leander presste beide Hände auf die Wunde. Das Blut schoss links und rechts zwischen seinen Fingern hervor. Artis wandte sich mit kalkweißem Gesicht ab. Er biss sich auf die Knöchel, ehe er zu erzählen begann: »Es ging alles so schnell, mh. Auf einmal hat Maris eine PT-34 in den Händen gehalten…«

»Eine was?«, unterbrach Sola ihn aufgeregt.

»Eine Lichtpistole«, erklärte Leander.

Artis nickte. »Er hat abgedrückt…« Er schielte hinüber zu Hem. »Mh, er ist sein Bruder… Und er hat abgedrückt!«

»Er ist ein Monster«, flüsterte Sola und schluckte hart.

Artis wischte sich mit dem Handrücken über die Lider. Neben ihm stand Laya. Die Arme hingen unnütz an ihrem Körper herab. Ihre Miene zeigte keinerlei Regung. Aber ihre Augen flackerten. Es war, als würde sich ihr Geist zu Hem zurückkämpfen. Sola betete, dass sie es rechtzeitig schaffte.

»Laya, geht es dir gut?«, fragte sie und nahm die Hand ihrer Freundin. Sie war eiskalt.

Laya antwortete nicht. Ihr Blick hing unverwandt an Hem.

Verzweifelt sank Sola neben Leander nieder. »Was können wir tun?«, wollte sie in aufzüngelnder Panik wissen.

Leander schloss für einen kurzen Moment die Augen. Dann öffnete er sie wieder und sah auf seine blutdurchtränkten Ärmel.

Hem gurgelte grauenvoll. Seine Lider flackerten, bis er Solas Augen fand. Er streckte die Hand aus und Sola fing sie auf. »Sag… sag Laya…«

Sola schüttelte den Kopf. Tränen verschleierten ihre Sicht.

»Sag Laya, dass ich sie hätte lieben können, wenn wir mehr Zeit gehabt hätten…« Er hustete und spuckte Blut. Inzwischen hatte sich sein Hemd tiefrot gefärbt.

»Das musst du ihr selbst sagen«, entgegnete Sola. Sie musste einen Schluchzer unterdrücken.

»Du… du musst alles dafür tun, dass sie in ihren Körper zurückkehrt, Sola! Versprich es mir!«

»Hem, ich…«, fiepte Sola verzweifelt.

»Versprich es ihm«, sagte Leander mechanisch. Er klang hohl, als setzte er alles daran, die Trauer, die ihn zu überwältigen drohte, zu unterdrücken.

»Hem, ich verspreche es«, schluchzte Sola. Endlich brachen sich die Tränen Bahn. Sie schmeckten salzig und brannten wie Lavaströme auf ihren Wangen. »Sie kommt zu uns zurück!«

Ein Lächeln stahl sich auf Hems bebende Lippen, das kurz darauf von einem Röcheln ausgelöscht wurde. Seine Schultern verkrampften sich, er rang schwer nach Luft. Dann atmete er tief aus und nie wieder ein.

Einer der letzten Menschen im gesamten Universum war gestorben.

***

»Sola? Sola?« Artis rüttelte an Sola. Sie erwachte aus einer Trance, die all das Leid, das sie empfand, für einen kurzen Augenblick ausgelöscht hatte.

»Wir müssen uns beeilen, ehe sie hier reinkommen!«, rief Artis. Seine Stimme überschlug sich fast vor blinder Panik.

Sola wandte sich ihm zu und versuchte, ihre Gedanken zu ordnen. »Sie werden uns nichts anhaben können«, sagte sie mechanisch. »Solange die Türen verschlossen sind, sind wir in Sicherheit!« Sie strich über das Touchpad des Mainboards und bemühte sich redlich, Hem nicht anzusehen. Sie musste sich konzentrieren! »Die Wände bestehen aus Kathium. Keine Waffe dieses Weltalls könnte sie durchdringen. Nicht einmal die PT-was-auch-immer!«

»Genau genommen ist das nicht richtig«, sagte Artis mit nasaler Stimme. »Alles besteht aus Atomen. Und Atome lassen sich spalten. Man muss nur wissen, wie. Der Strahl einer Laserkanone könnte das Kathium zerschneiden, als wäre es Butter.«

»Deine Intelligenz ist echt nicht gut für dich«, brummte Sola. Das Mainboard erwachte zum Leben. In klaren Buchstaben erschien das Wort *Password* auf dem Bildschirm. »Bitteschön«, sagte Sola herausfordernd, »jetzt bist du dran!«

Artis nickte und nahm ihren Platz ein. Seine gehetzte Miene verwandelte sich, als er die Zungenspitze zwischen die Vorderzähne nahm und konzentriert auf das Mainboard tippte.

»Was machst du jetzt?«, fragte Leander. Er zog seinen Pullover über den Kopf und legte ihn behutsam über Hems Oberkörper. Er konnte den Leichnam nicht annähernd verdecken.

»Ich rette uns, mh«, antwortete Artis knapp.

Sola verdrehte die Augen und wandte sich ab. Sie öffnete den Spind, der an der Wand stand, und hob eine mottenzerfressene Wolldecke heraus. Leander nahm sie entgegen und breitete sie über Hem aus. Sobald seine leblose Gestalt darunter verschwand, fühlte Sola sich nicht mehr gezwungen, den Leichnam anzustarren. Sie atmete erleichtert aus. Als sie den Spind schließen wollte, bemerkte sie ein milchiges Licht am Boden des Schrankes. Sie ging in die Hocke und räumte ein paar Kissen aus dem Weg.

»Luki!«, rief Sola aufgeregt. »Oh mein Gott, was ist mit dir passiert?« Sie hob die Androiden-Dame aus der Enge des Schrankes.

Luki hatte ihre Beine verloren. Lose Kabel ragten aus ihrem Unterleib und sprühten Funken, als Sola sie bewegte. Ihre Oberfläche hatte stark gelitten, seit Sola sie das letzte Mal gesehen hatte. Ihr Kopf hatte eine tiefe Delle und einige Kratzer.

»Mss Sl!« Die Stimme, die aus dem Roboter drang, klang kaum noch nach Luki. »Schn, dch z shn!«

»Luki!«, wiederholte Sola und schüttelte den Oberkörper ihres Kindermädchens. Lukis Kopf wankte bedrohlich hin und her. Er wurde nur noch von zwei Kabeln gehalten.

Leander musterte die Roboter-Dame bestürzt. »Was haben sie ihr angetan?«

Sola schüttelte ahnungslos den Kopf. »Kann man sie reparieren?«, flüsterte sie und fürchtete sich vor der Antwort.

»Artis?«, fragte Leander.

Artis hob widerwillig den Blick vom Mainboard, das sein Gesicht von unten mit einem orangenen Schein beleuchtete. »Mh?«

»Kannst du sie reparieren?«, wollte Sola flehentlich wissen.

Artis' Augen huschten über Lukis Einzelteile. »Ein bisschen antik«, meinte er.

»Kannst du es?«

»Pah, natürlich«, sagte er und vertiefte sich wieder in den Computer der Starstorm. »Das ist keine Herausforderung…«

»Hörst du, Luki«, seufzte Sola erleichtert. »Alles wird gut!«

»Lls wrd gt«, wiederholte Luki und ihr Licht flackerte.

Da saß sie, am Rande des Universums, dessen Ende besiegelt war. Sola hatte alles verloren. Ihre Familie, ihr Leben, ihre Freunde. Aber in diesem Moment, da sie die geschändete Luki in den Armen hielt, war sie untröstlich.

»Das gibt es nicht!«, rief Artis und schlug mit der flachen Hand auf das Mainboard. Sola machte einen Satz, sodass Lukis Kopf von ihren Schultern kippte.

»Was ist los?«, fragte Leander. Auf dem Mainboard blinkte in roter Schrift *Wrong Password*.

»So erging es mir vor ein paar Monaten auch«, seufzte Sola. Sie legte Luki vorsichtig hin und trat an Artis' Seite.

»Hast du es mit deinem Geburtstag probiert? Dem deiner Mutter? Dem Hochzeitstag deiner Eltern?«

Sola schnaubte. »Natürlich!« Ihr fielen Artis' Hände auf, die er mit verschiedenen Codes beschrieben hatte. Er spuckte auf seine Haut und wischte ein paar davon weg. Dann tippte er einen weiteren in den Computer.

Wrong Password.

Vor dem Fenster spielten sich noch immer Szenen des Kampfes ab. Die Gestalten, die miteinander rangen, waren für Sola nicht mehr als bloße Schatten. Sie konnte nicht erkennen, wer für Luna kämpfte, und wer für Maris – oder welche Seite gewann.

Artis kaute nervös auf seiner Unterlippe. Er bekam nichts von dem mit, was draußen geschah, obwohl es sich direkt vor seiner Nase abspielte. Resigniert schüttelte er den Kopf und tippte den nächsten Code ein.

Sola drückte im Vorbeigehen Leanders Hand, dann sammelte sie behutsam Lukis Teile zusammen. Ihre Beine lehnten gegen die Rückwand des Schrankes. Vorsichtig hob sie ihren Oberkörper hoch. Mit einem grauenerregenden Geräusch lockerten sich die letzten Kabel, die Lukis Kopf mit ihren Schultern verband. Wie ein Pendel hing ihr Kopf nun herunter.

»Mss Sl«, röhrte ihre verfremdete Stimme.

»Ganz ruhig, Luki«, sagte Sola. »Du musst nicht sprechen!« Sie schob ihre Hand unter den Hinterkopf der Androidin und wollte ihn anheben, als ihr etwas auf der Innenseite ihres Halses auffiel. »Leander«, sagte Sola angespannt. »Hilfst du mir mal?« Leander nahm Lukis Oberkörper in die Arme, während Sola vorsichtig ihren Kopf drehte. Sie fürchtete, noch mehr zu zerstören.

»Was hast du vor?«, fragte Leander stirnrunzelnd.

»Da steht etwas«, murmelte Sola. Sie beugte sich vor, um die hauchdünne Schrift zu entziffern. »Ich weiß, was das ist«, stammelte sie. »Artis, ich weiß es!«

»Wenn du mich ständig störst, werde ich niemals dahinter kommen«, knurrte Artis und tippte auf das Mainboard. »Ich kann mich nicht konzentrieren!«

»Nein, du verstehst mich falsch«, entgegnete Sola. »Der Code, sieh nur!« Sie hielt ihm Lukis Kopf entgegen und beobachtete gespannt, wie Artis ihn untersuchte.

»Mh, was ist das?«, wollte er wissen.

»Das ist der Tag, an dem mein Dad das erste Mal mit der Starstorm in See gestochen ist«, flüsterte Sola ehrfurchtsvoll. Sie erinnerte sich an die Worte, die ihr Vater ihr mit auf den Weg gegeben hatte: *Sola, alles, was du brauchst, steckt in Luki. Passt auf euch auf!*

Artis starrte sie verständnislos an. »Und darauf bist du nicht alleine gekommen?«, fragte er angriffslustig.

»Probieren wir den Code erstmal aus«, sagte Leander misstrauisch. Doch Artis musste ihn nicht testen. Sola wusste, dass es funktionieren würde, dass diese Kombination aus Zahlen und Buchstaben die Starstorm zum Leben erwecken würde. Ein Gefühl von Siegessicherheit durchströmte sie und flutete ihre Adern. Sie hatten es geschafft!

Nachdem Artis den Code eingegeben hatte, geschah einen Moment lang nichts.

»Es hat nicht g-geklappt…«, setzte Leander an, wurde aber von einem Vibrieren unterbrochen. Die Notstrombeleuchtung wurde von hellem Neonlicht abgelöst, die auch das Hauptdeck in strahlendes Licht tauchte. Die Schatten vor den Fenstern verwandelten sich in Luna, Maris, Stella und in all die anderen bekannten und unbekannten Gesichter. Maris' Leute legten erschrocken die Köpfe in die Nacken und suchten nach der Ursache der Helligkeit. Als Sola die Hand auf das Mainboard legte, spürte sie das sanfte Brummen der Motoren, ein Geräusch wie Musik in ihren Ohren. Die Monitore blitzten auf. Tausende Zahlen huschten über sie hinweg, bis der Computer hochgefahren war. Dann zeigte ein Bildschirm eine Sternenkarte, ein anderer errechnete die Kraftstoffreserven des Weltraumseglers.

»Siehst du Thethys auf der Karte?«, fragte Sola fasziniert.

Leander trat näher heran. Angestrengt untersuchte er die winzigen Punkte auf der Karte. Dann schüttelte er den Kopf. »Ich habe bisher nur eine einzige Karte gesehen, auf der Thethys verzeichnet war, und die haben *sie* uns gezeigt.« Er tippte auf eine Stelle, dicht am Rande des Universums. »Hier müsste Thethys ungefähr liegen.«

Die Maschinen der Starstorm bebten in Einklang mit Solas Herzen. »Kannst du die Starstorm steuern?«, fragte sie Artis.

Der Rotschopf zögerte. Sein Blick schien sagen zu wollen: den größten Weltraumsegler aller Zeiten? Dann antwortete er: »Ich denke schon!«

»In Ordnung«, sagte Sola und begann, vor dem Mainboard auf und ab zu laufen. Vor dem Fenster hatten die Kämpfe erneut begonnen. Allmählich schien es, als drängten Maris' Leute sie in die Enge.

»Die anderen brauchen unsere Hilfe«, bemerkte Leander und trat an Solas Seite.

»Wenn wir den Steuerraum verlassen, musst du die Tür gut verschließen«, sagte Sola zu Artis.

»Verlassen? Warum verlassen?«

»Sie brauchen uns!«

»Sola, Leander…«

»Was immer geschieht«, sagte Sola und betonte jedes einzelne Wort, damit die immense Bedeutung in Artis' Bewusstsein drang, »verlasse den Steuerraum nicht!«

Leander nickte Sola knapp zu. Sie kehrte dem Steuerraum den Rücken und positionierte sich vor der Tür. Es war leicht. Sie mussten sie nur öffnen und hindurchtreten. Mehr nicht. Und ihr Schicksal würde sie erwarten. Trotzdem fühlten sich Solas Beine bleischwer an, als könnten sie sich keinen Zentimeter mehr bewegen.

»Artis, bist du bereit?«, fragte Leander und packte die Klinke.

Artis schürzte verunsichert die Lippen. »Seid vorsichtig!«

Dann öffnete Leander die Tür. Ein kalter Wind begrüßte sie. Er trieb Sola Tränen in die Augen. Doch sie legte ihre Hand in die von Leander und trat an seiner Seite über die Schwelle. Das Klicken der Tür hinter ihnen besiegelte den Moment.

Niemand schien Notiz von ihnen zu nehmen, weil sich alle darauf konzentrierten, nicht getötet zu werden. Sola musste über einen leblosen Körper steigen, der ihnen im Weg lag. Sie konnte nicht hinsehen, wusste nicht, ob es einen von ihnen oder einen von Maris' Leuten getroffen hatte.

Und plötzlich waren sie mitten im Kampf. Sie verlor die Sicherheit, die Leanders Hand ihr gegeben hatte, weil er einen Angreifer abwehren musste. Sie selbst musste sich ducken, als eine Faust über sie hinwegflog. Sie gehörte zu Sky, die mit verzerrten Zügen um sich schlug. Sola stieß gegen ein Hindernis, das sie nicht hatte kommen sehen. Es war warm und roch nach Zedernholz. Als sie den Blick hob, begegneten ihre Augen Maris, zu dem ein animalischer Duft viel besser gepasst hätte. Sola war erstaunt, in ein menschliches Gesicht zu sehen. In ihrer Erinnerung hatte Maris mehr wie ein Wolf ausgesehen.

Seine kalte Hand legte sich an ihre Kehle. »Du«, zischte er und ließ Spucke auf Sola regnen. Sie versuchte, sich seinem Griff zu entwinden. Er war zu stark. Unbarmherzig drückte er zu. Sie keuchte. Auf einmal tanzten Sternchen vor ihren Augen und verzerrten die Wirklichkeit. »Was machen wir mit ihr?«, fragte er und sah hoch.

Sky näherte sich ihnen. Die vorderen Strähnen ihres Haares waren schweißnass. Ihre Stirn glänzte. Aber in ihrem Blick loderte ein irres Verlangen. »Töten«, zischte sie.

Doch dann lockerte sich Maris' Hand plötzlich – und verschwand. Sky stieß einen sirenenartigen Schrei aus, der abrupt stoppte und sich in ein erschrockenes Husten verwandelte.

»Lasst sie in Ruhe!«

Sola stützte sich auf ihren Knien ab und rang hektisch nach Luft, als Leander an ihrer Seite auftauchte. Er legte beschützend einen Arm um sie. »Geht es dir g-gut?«, fragte er besorgt.

Sola winkte ab. Sie suchte zwischen den Gestalten nach Maris und Sky. Sie hielt sich die Rippen. Er war gestürzt und rappelte sich gerade auf, als sie ihn in der Menge fand. Seine Augen blitzten gefährlich und seine Frisur war verrutscht. Er sah aus wie die

Verkörperung des Wahnsinns. Seine Hand wanderte zu dem Gürtel, der die Hose auf seinen schmalen Hüften hielt. Jene Waffe, die Hem getötet hatte, baumelte dort und reflektierte unschuldig das Licht der Neonröhren.

Alles geschah wie in Zeitlupe, aber Sola war unfähig, einzugreifen. Ihre Beine wogen Tonnen und ließen sich nicht bewegen.

Maris streckte die Hand aus, in der er die Waffe hielt. Sein Blick fand Sola und er wurde so rabenschwarz wie das sternenlose Universum. Dann leuchtete alles in dem ultramarinfarbenen Lichtstrahl auf, der pfeilschnell aus der Waffe schoss. Er traf mit einer unfassbaren Wucht auf die Mulde unterhalb von Solas Kehle. Sola erwartete, zusammenzubrechen. Sie wartete auf einen furchtbaren Schmerz, der sie blind machen würde. Aber das Chaos um sie herum blieb.

Der Anhänger an ihrer Lederkette leuchtete auf. Er schluckte den Lichtstrahl aus Maris' Waffe, bis nichts mehr davon übrig war. Eine unsichtbare Macht schleuderte Maris nach hinten.

»Aus dem Knochen eines Mondwals«, flüsterte Leander mit weit aufgerissenen Augen. »Der Anhänger… er hat dir d-das Leben gerettet!«

Sola versuchte, den Schock zu überwinden. Sie umfasste den herzförmigen Anhänger, der sich ungewöhnlich heiß anfühlte.

»Du hast verloren!« Lunas siegessichere Stimme hallte über das Deck.

Sola ließ den Anhänger los und suchte nach ihr. Sie baute sich über Maris auf, der halb liegend, halb stehend zu ihr aufsah. Sie hielt ihm ein riesiges Messer unter die Kehle, während er mit der Faust Ashs Lichtpistole umschloss.

»Maris!«, rief Sky und wollte sich an seine Seite kämpfen.

»Bleib, wo du bist«, befahl Maris.

Widerwillig gehorchte Sky. Sie formte die Hände zu Fäusten, während Maris' Kehlkopf heftig unter Lunas Klinge bebte. »Eine falsche Bewegung und du bist tot«, drohte er ihr.

Luna lachte abfällig. »Ich habe weniger Angst vor dem Tod als du!«, knurrte sie.

Maris fletschte die Zähne. Seine Augen rollten in den Höhlen, als suchten sie nach dem Ausweg in einem endlosen Labyrinth.

»Das nennt man wohl Pattsituation«, bemerkte Luna gehässig.

»Wahrscheinlich«, sagte Maris mit einem boshaften Grinsen.

Sola erstarrte. Sky machte einen Satz, aber jemand von Lunas Leuten packte sie und drehte ihre Arme auf den Rücken. Gleichzeitig tauchte hinter Luna eine Gestalt auf. Ihre grünen Augen waren wie zwei Smaragde in der Dunkelheit.

»Stella!«, rief Leander.

»Stella!«, rief auch Sky. Beide sprachen den Namen aus, als glaubten sie, dass jetzt alles gut ausgehen würde. Bloß kämpften sie auf unterschiedlichen Seiten.

Stella ignorierte sie. In ihrer Rechten hielt sie ein Messer. Sie streckte die Hand aus und richtete es auf Lunas Rücken.

Stella, die Verräterin. Sola hatte es immer geahnt!

»Stella, nein«, flüsterte Leander. Der Schock stand ihm ins Gesicht geschrieben.

Der Boden der Starstorm bebte. Geistesgegenwärtig streckte Sola die Arme aus, um das Gleichgewicht zu behalten.

Luna taumelte. Ihre Klinge bohrte sich durch die oberste Hautschicht, die über Maris' Kehle spannte. Er fuhr zurück. Als sich das Schiff erhob, schrie er: »Was ist hier los?«

Stella rutschte über den sich neigenden Boden. Ihr Messer rutschte ab und streifte Lunas Oberarm. Schmerzerfüllt zischte Luna auf und zuckte zurück. Maris war frei. Ehe er aufstehen konnte, sprang Leander mit einem Schrei auf ihn zu. Sola zögerte einen kurzen Moment, bevor sie ihm folgte. In dem Gerangel verlor sie das Gefühl für oben und unten und links und rechts. Überall waren Arme und Beine. Ein stechender Schmerz in ihrem Oberschenkel überraschte sie und machte sie unachtsam. Maris konnte sich losreißen, verpasste Leander einen Kinnhaken und stolperte rücklings. Er ruderte mit den Armen und verlor Ashs Waffe. In hohem Bogen flog sie durch die Luft. Als sie auf den Dielen landete, schlitterte sie über Bord und kam schließlich vor Stellas Füßen zum Halten.

Leander packte Maris und rang ihn nieder. Er verpasste ihm ein paar heftige Faustschläge, bis Blut spritzte. Doch Maris war stärker oder geübter im Zweikampf. Er entkam Leanders Faust und drehte ihn auf den Rücken. Das Knie drückte er auf Leanders Brust, um ihn zu fesseln. Dann suchten seine Augen Stella.

»Gib sie mir.« Seine Worte hallten über Deck und verschmolzen mit dem Fahrtwind. Die Starstorm beschrieb einen großen Bogen um die Bucht. Stella hob die Waffe auf. Alle Augen waren auf sie gerichtet. Ihre Finger legten sich um den Abzug, ihr Blick durchsuchte die Menge. Bevor sie abdrücken konnte, zerrte Luna sie an den Haaren. Stella schrie, packte die Waffe mit beiden Händen und zielte blindlings auf Luna. Plötzlich tauchte Ash auf, der Luna von hinten packte und sie von Stella wegriss. Luna strampelte wie ein wildes Tier, versuchte, ihn zu treten oder zu beißen. Sie heulte verzweifelt auf und warf den Kopf hin und her.

Mit züngelnder Angst beobachtete Sola, wie Stella die Waffe in ihren Händen wog. Sie sah schon, wie sich das ultramarinblaue Licht aus dem Lauf brach und den nächsten von ihnen ums Leben brachte. Stella holte aus und warf die Waffe über Bord.

»NEIN!«, schrie Maris und ließ von Leander ab. »Du verräterisches Miststück!«

Stella duckte sich, aber Maris war schneller. Er schlug ihr ins Gesicht. Ein unheimliches Heulen drang aus seiner Kehle und der Ausdruck in seinen rot geränderten Augen war irre.

Als er erneut ausholte, wehrte Stella ihn mit einem gezielten Tritt ab. Maris wurde nach hinten gestoßen. Die Reling fing ihn auf. Er stöhnte, als sich das Holz in seinen Rücken bohrte. Ehe er sich fangen konnte, war Stella auf den Beinen. Während die Starstorm immer höher schwebte und Thethys immer kleiner wurde, besiegelte Stella das Ende von Maris' Herrschaft.

»Du verachtenswertes Stück Dreck«, zischte sie. Eine Blutblase platzte auf ihrer Lippe. Stella holte aus. Ihre beringte Faust traf Maris mitten im Gesicht. Sein Kopf wurde nach hinten gerissen, seine Arme suchten nach Halt und er fiel, fiel mit einer gnadenlosen Endgültigkeit über Bord.

Stille legte sich auf die Starstorm, die nur von dem Rotieren der Motoren unterbrochen wurde. Solas Keuchen dröhnte fast genauso laut in ihren Ohren. Geschockt starrte sie Stella an, deren Schultern bebten. Leander drückte Solas Hand. Dann ließ er sie los und trat an Stellas Seite. Sie tauschten einen kurzen Blick aus, bevor Leander sie liebevoll an sich drückte.

»Verräterin«, keuchte Sky. Sie taumelte auf die Reling zu und beugte sich darüber hinweg. »Nein, Maris!« Ihre Stimme verlor sich in einem Schluchzer, der dafür sorgte, dass Sola sich unbehaglicher denn je fühlte. »MARIS!«

Die Starstorm drehte von der Bucht ab und ließ sie hinter sich, ließ Maris hinter sich, den die nächtliche Schwärze verschluckte.

»Wir müssen zurück!«, tobte Sky und boxte gegen die Reling, bis ihre Knöchel aufplatzten. »Wir müssen ihn retten!«

Luna gab ihren Leuten ein Zeichen. Sie flankierten Sky und zerrten sie von der Brüstung. Auch Ash und jene, die an Maris' Seite gekämpft hatten, wurden umzingelt. Ihr Anführer war fort.

Sola schob sich durch die Menge. Sie wusste nicht, was sie fühlte. Alles in ihr war in Aufruhr.

Hem, der gestorben war.

Maris, der besiegt worden war.

Stella, die auf ihre Seite gewechselt war.

Sky, die ihre menschliche Seite offenbart hatte.

Vor Leander blieb sie stehen. Er drückte Stella sanft an seine Brust, während eine Träne nach der anderen über ihr Gesicht kullerte und das Blut fortspülte. Ihr Anblick brach den Damm in Sola. Ihre Unterlippe zitterte, ihr Blick verschleierte sich. Sie versuchte, die Tränen niederzuringen und würgte ein »Danke, Stella!« hervor. Doch diesen letzten Kampf verlor sie. Und während die Starstorm sie entführte und sich von Thethys entfernte, tropften Solas Tränen auf das Deck des Weltraumseglers und spiegelten einen Himmel, der seine Sterne längst verloren hatte.

***

Epilog

Sola trug einen riesigen Rucksack, den Leander aus den ledrigen Blättern der Eisenbäume für sie gefertigt hatte. Es fühlte sich an, als würde sein Gewicht sie für jeden Schritt, den sie tat, zwei zurückziehen. Wenn sie ihn nicht selbst gepackt hätte, hätte sie geglaubt, dass sie Steine tragen würde. Tatsächlich bestand der Inhalt aus Leanders letzten Jjiga-Eiern, ein paar seiner Notizbücher über die Heilkräfte von Pflanzen, einer Handvoll Ableger der Fliegenden Felsen und aus gebündelten Kräutern, die einen intensiven Duft verströmten, der seit Beginn der Wanderung ihre Nase kitzelte. Obenauf thronte Walter und grunzte zufrieden über ihren Kopf hinweg. Er musste schließlich auch nicht laufen. Der Wind strich durch sein Fell und er reckte die niedliche Schweinchennase in die Luft.

Neben Sola lief Leander, der sich auf einen knorrigen Wanderstab mit hellgrünen Trieben stützte. Seine Verletzungen, die Maris ihm zugefügt hatte, waren fast gänzlich geheilt. An seinem rechten Auge erinnerte nur noch ein violetter Schatten an den Kampf um die Starstorm.

Sola und Leander bildeten das Schlusslicht einer Gruppe, die Luna anführte. Sie war ganz in Schwarz gekleidet und hatte sich die Kapuze tief in die Stirn gezogen. Sie hob sich als dunkler Schatten von den anderen ab, die ihr im Gänsemarsch über einen schmalen Pfad folgten. Artis' flammendes Haar leuchtete über alle Köpfe hinweg, als hätten sie die untergehende Sonne im Gepäck. Laya lief ein paar Meter vor Sola. Sie hatte die Hände in den Taschen und den Kopf gesenkt. Sie war noch immer nicht wieder ganz die Alte, obwohl Hems Tod einen Teil ihres Geistes mit gnadenloser Gewalt zurückgeholt hatte. Dennoch gab es Momente, in denen sie apathisch ins Leere starrte und stundenlang nicht ansprechbar war. Dann wiederum erwischte Sola sie, wie sie ihre Tränen aus rot unterlaufenen Augen wegblinzelte und sich an einem künstlichen Lächeln übte.

Die letzten Monate waren für Sola eine herzergreifende Mischung aus Abschied und Neubeginn gewesen. Hems Verlust hatte die Gruppe in Lunas Camp schwer getroffen. Alles hatte sich verändert. Sie waren die letzten Menschen, aber Thethys forderte ihren Tod. Einen nach dem anderen. Der elektromagnetische Sturm erfasste sie in immer kleiner werdenden Zyklen. Es war Zeit, weiterzuziehen. Thethys zu verlassen war eine seltsame Vorstellung, die so weit entfernt gewesen war. Die Insel war unweigerlich zu Solas Zuhause geworden. Sie hatte ihr Abenteuer, Liebe und Mut geschenkt. Doch der Tag war gekommen, endgültig Lebewohl zu sagen. Die Starstorm würde sie bei einem letzten Abenteuer begleiten. Vielleicht bei ihrem größten.

Am Horizont ging der Erste der drei Monde auf, die der Nacht auf Thethys eine eigentümliche Stimmung verliehen. Silbernes Licht legte sich auf die obsidianfarbene Wasseroberfläche. Vor ihnen breiteten sich die Eflock Islands aus. Das Kraut, das Leander Sola vor einer gefühlten Ewigkeit gezeigt hatte, blühte in der sattschwarzen Nacht und holten die Sterne zurück – zumindest sah es so aus, als würden sie am Fuße des Mounts funkeln, während der Himmel dunkel blieb. Das Kraut war wie eine Erinnerung an eine halb vergessene Zeit, deren Verlust noch immer in Solas Herz schmerzte.

»Was erwartet uns wohl da draußen?«, fragte Leander und legte den Kopf in den Nacken. Sola folgte seinem Blick. Eine feine Linie teilte die Nacht. Der Rand des Universums.

»Alles oder nichts«, antwortete Sola und wandte sich mit einem mulmigen Gefühl ab. Die Mondwale konnten die Linie passieren, ohne zu sterben. Menschen nicht. Aber was war, wenn ein Mondwal die Starstorm mitnehmen würde? Die Idee hatte Leander eines Abends, als sie alle um ein Lagerfeuer gesessen hatten.

»Mondwale sind göttliche Geschöpfe, die nicht für irdische Wünsche missbraucht werden dürfen«, belehrte Rika ihn, die inzwischen ihren festen Platz in Lunas Camp eingenommen hatte.

»Hör mir mit deinem Tanai-Gelaber auf«, knurrte Luna und nickte Leander zu. »Wie hast du dir das vorgestellt?«

»Ich habe die Mondwale in den letzten Wochen beobachtet. Sie passieren die Grenze bei Vollmond. Wenn wir uns ihnen anschließen würden…«

»Würden wir das überleben?«, fragte eine Stimme, die zu einem ängstlichen Mädchen gehörte.

»Learning by d-doing«, meinte Leander. »Soweit ich weiß, hat nie jemand versucht, mit den Mondwalen zu reisen.«

»Das bedeutet«, murmelte Luna, »wenn es schief geht, bringen wir die Menschheit um!«

»Das fasst es treffend z-zusammen«, stimmte Leander ihr zu und die beiden verfielen in ein schallendes Gelächter, das Solas Herz wärmte. Sie würden sich nicht dem Plan jener beugen, die sie wie Vieh auf diese Insel gepfercht hatten.

»Was ist mit Maris' Leuten?«, fragte Sola. Nach dem Kampf hatten sich einige seiner Anhänger Luna angeschlossen. Ash und Sky hatten mit ein paar anderen in einem verzweifelten Versuch Artis angegriffen. Daraufhin hatten sie sie gefangen genommen.

»Wir lassen sie hier«, sagte Luna kalt. »Soll Thethys mit ihnen anstellen, was es will!«

»Sie werden sterben«, bemerkte ein Junge weiter hinten.

»Und wir werden dann schon lange fort sein«, entgegnete Luna.

Eine Reise ins Ungewisse zu planen, stellte sich mit knapp vierzig Teilnehmern als knifflig heraus. Vorräte mussten gepackt und Aufgaben verteilt werden. Sie sammelten alles, was sie auf der anderen Seite würden gebrauchen können, obwohl sie nicht wussten, ob es sich lohnte. Vielleicht lauerte dort der Tod. Vielleicht lauerte dort eine ganz neue Welt.

Leander verbrachte Tage und Nächte damit, Samen zu sammeln, die unter den richtigen Voraussetzungen zu jenen außergewöhnlichen Pflanzen heranwuchsen, die Thethys einzigartig machten. Er wollte einen Teil seiner neuen Heimat konservieren und vor seiner endgültigen Zerstörung bewahren. Er hatte mit Luna einen heftigen Streit angefangen, als er ihr mitteilte, einige Tiere der Insel retten zu wollen.

»Die Starstorm ist keine Arche«, hatte Luna gefaucht und Leanders Plan mit einer Nadel vernichtet, als wäre er eine Seifenblase.

***

»Hör auf zu trödeln«, wehte Albas klare Stimme über die Köpfe der letzten Menschen hinweg. Eris war am Wegesrand stehen geblieben und beugte sich über eine Blume mit Ombré-Blättern. Ein violetter Käfer krabbelte darüber und streckte seine schillernden Fühler aus. Der Junge versuchte gerade, den Käfer in seine hohle Hand zu schubsten, da rief Leander: »Sei vorsichtig, Eris, Skarabäen sind Fleischfresser!« Der Junge machte vor Schreck einen Satz nach hinten, während der dicke Käfer sich gemächlich in die Lüfte hob und über ihnen am Himmel verschwand.

»Warte auf mich, Alba!«, rief Eris und rannte seiner großen Schwester nach. Sie begrüßte ihn liebevoll, indem sie ihm einen Arm um die Schultern legte.

»Skarabäen?«, flüsterte Sola stirnrunzelnd.

Leander zuckte die Achseln. »Wenn man nicht alles weiß, kann man wenigstens so tun als ob!«

»Ich nehme an, der Käfer ist nicht gefährlich?« Sola kicherte.

»Keine Ahnung«, meinte Leander. »Vielleicht, vielleicht aber auch nicht.« Mit Bedauern fügte er hinzu: »Das werde ich nie herausfinden!«

»Ts-ts«, machte Luki, die auf einer Bahre saß und von zwei jungen Männern getragen wurde. Ihr Oberkörper ragte hoch, während ihre Beine einzeln neben ihr lagen. Aus den Schnittstellen ragten kaputte Kabel. »Mister Leander, Lügen haben kurze Beine!«

»Besser kurze Beine als gar keine«, grinste Sola. Sie konnte über Lukis Zustand nur Witze machen, weil sie wusste, dass Artis sie wiederhinbekommen würde. Alles würde so werden wie zuvor. Nur anders.

Steine kullerten unter Solas Sohlen hinweg und brachten sie aus dem Gleichgewicht. Leander fing sie mit einem nachsichtigen Lächeln auf und umschloss ihre Finger mit seiner warmen Hand. Sofort löste seine Berührung ein Kribbeln auf Solas Haut aus, das sich wie ein Orkan in ihrem Körper ausbreitete.

»Seid ihr schon wieder am Turteln?«, fragte Stella. Sie hatte ihr langes Haar zu einem Pferdeschwanz gebunden, der im Takt zu ihren zielstrebigen Schritten wackelte, und drehte sich mit einem herausfordernden Grinsen zu ihnen herum.

Verlegen löste Sola sich von Leander und betrachtete die Kappen ihrer Stiefel, während sie die sanfte Anhöhe nahmen. Obwohl Stella den Kampf für sie entschieden hatte, konnte sie sich nur schwer daran gewöhnen, dass sie jetzt zu ihnen gehörte. Manchmal wirkte die schöne, selbstbewusste Stella mit den leuchtenden Augen wie ein Fremdkörper in ihrer Gruppe. Aber Leander verehrte sie, als wäre sie seine Schwester. Und so blieb Sola nichts anderes übrig, als sie zu mögen.

»Es wird Zeit, dass du endlich einen Freund findest«, entgegnete Leander. Stella streckte ihm die Zunge heraus und stiefelte hoch erhobenen Hauptes davon.

Je länger sie liefen, umso kälter wurde es. Luna führte sie einen schmalen Pfad empor, der sich wie eine Schlange um den Mount wand. Als Solas Atem gefror, wickelte sie den Mantel, den Laya genäht hatte, fester um die Schultern. Raureif bedeckte den Boden und verlieh ihm ein frostiges Antlitz.

»Wann sind wir endlich da?«, quengelte Eris.

»Sobald du Schneeflocken schmecken kannst«, antwortete Alba und gab ihrem kleinen Bruder einen Klaps.

Sie betraten das Reich des ewigen Winters, als sie eine pyramidenähnliche Felsformation passiert hatten. Der Himmel wurde von dichten, grauen Wolken verdeckt, aus deren Wattebäuchen dicke Schneeflocken fielen. Tatsächlich streckte Eris die Zunge heraus, um die weißen Flocken zu fangen. Ausgelassen tobte er durch die Gruppe und quietschte vor Freude.

Seit Sola die Starstorm das letzte Mal gesehen hatte, hatte sie sich in einen Mantel aus Schnee und Eis gehüllt. Lange Eiszapfen wuchsen an dem Hauptmast, dessen Segel wie grauer Nebel über dem Schiff hing. Ihr Bug war vollkommen eingefroren, während die Reling eine Decke aus Schnee einhüllte.

»Sie ist wunderschön«, bemerkte Leander.

Sola legte den Kopf in den Nacken. Auf einmal kam ihr die Starstorm riesig vor. Ehrfürchtig ließ sie ihren Blick über den

Weltraumsegler wandern. Würde die Starstorm sie sicher auf die andere Seite bringen? Eine Gänsehaut breitete sich auf Solas Armen aus, die nichts mit der winterlichen Kälte zu tun hatte.

Vor der Luke im Bauch des Schiffes blieben die anderen stehen und bildeten eine Gasse. Leander drückte Sola liebevoll an sich. Gemeinsam schritten sie hindurch, während Sola bemüht war, niemanden zu lange anzusehen. Luna, die an der Spitze stand, nickte Sola zu. Dann öffnete sie den Bauch des Schiffes und lud die letzten Menschen des Universums ein, ihr zu folgen.

Obwohl Luna die Position einer ungekürten Anführerin innehatte, wurde Artis zum Capt'n ernannt. Er würde die Starstorm über die Grenze des Universums steuern – und nachdem er es geschafft hatte, die Starstorm zu starten, konnte Sola sich niemand Besseren für diese Aufgabe vorstellen.

Das Brummen der Motoren übertönte das leise Rieseln der Schneeflocken und hallte in den Bergen des Mounts wider. Sola und die anderen standen an der schneebedeckten Reling und beobachteten, wie sich das gigantische Schiff hob. Der Wind blähte die Segel auf und schob die Starstorm gemächlich in die Lüfte.

Die Schmetterlinge, die nun in Solas Bauch flatterten, hatten für einen winzigen Moment nichts mit Leander zu tun. Sie fühlte sich, als würde sie nach Hause kommen, während sich die Starstorm von der wolkenverhangenen Bergspitze löste und den Nebel zerriss. Der Fahrtwind auf ihrer Nase weckte in Sola Erinnerungen an die Zeiten, die sie gemeinsam mit ihrem Vater auf der Starstorm erlebt hatte. Und nun schwebte sie mit dem Vermächtnis des Capt'ns in ein neues Abenteuer, das ihr Herz höher schlagen ließ.

Mit einer rasanten Geschwindigkeit schrumpfte Thethys zu einem kleinen Häufchen Dreck zusammen, das sich am Rande des Universums gesammelt hatte. Der Wasserfall fiel majestätisch von den Klippen in das sattschwarze Nichts, bis er sich auflöste. Fasziniert beobachtete Sola, wie der Mount von den Nebelmassen verschluckt wurde und schließlich so klein war, dass sie ihn nicht mehr erkennen konnte.

Das Universum breitete sich in sternenloser Dunkelheit vor ihnen aus. Inzwischen hatte der elektromagnetische Sturm alles vernichtet, was Zeit und Raum ausgemacht hatte. Sie segelten durch eine betäubende Leere, an deren Horizont eine gleißend helle Linie wartete, der Rand des Universums.

»Wo ist er?«

»Müsste er nicht schon längst hier sein?«

»Ohne ihn schaffen wir es nicht!«

Solas Finger schlossen sich um den herzförmigen Anhänger, der in ihrem Dekolleté baumelte. Er schickte warme Impulse durch ihren Körper. »Er wird kommen«, sagte sie bestimmt.

Und tatsächlich, er kam. Zuerst hörten sie seinen sehnsüchtigen Gesang. Wie beim ersten Mal ging er Sola durch und durch. Sie lehnte sich an Leander. Während sie der fremdartigen Melodie lauschte, kuschelte sie sich an ihn und genoss seinen vertrauten Duft. Es war so weit. In diesem Moment würde sich das Schicksal der Menschheit entscheiden.

Als der Mondwal neben der Starstorm auftauchte, hallten Ohs und Ahs über das Deck. Eris hüpfte wie ein Flummi auf und ab, unfähig, den Blick von dem Wal zu reißen.

»Ich hätte nicht gedacht, je einen von ihnen mit eigenen Augen zu sehen«, hauchte Rika und verfiel in ein stummes Gebet.

»Er ist unglaublich«, flüsterte Leander. Der gigantische Körper des Mondwals spiegelte sich in seinen Augen.

Die Starstorm heftete sich unter Artis' Führung an die Schwanzflosse des Wals und näherte sich dem Rand des Universums. Solas Herz überschlug sich fast. Sie packte Leanders Hand so fest wie möglich. Was auch immer gleich geschehen würde, sie wollte Leander unter keinen Umständen verlieren.

Ein aufgeregtes Murmeln wehte über das Deck und mischte sich mit der Melodie des Mondwals.

»Bleibt ruhig«, wies Luna sie an, obwohl ihre eigene Stimme bebte. Mit geweiteten Augen starrte sie der Grenze des Universums entgegen, die wuchs und wuchs, bis sie keine Linie mehr war, sondern ein breites Band flirrenden Lichts. Sola sah hinein und blinzelte. Auf einmal war das Licht überall. Es löschte alles um sie herum aus. Die Starstorm, die anderen, Leander, Sola selbst. Doch sie wusste, dass sie noch existierte, weil sie sich selbst spürte. Und Leander.

***

Nachwort

Jeder Mensch ist einzigartig. Fünfzig Überlebende zu bestimmen, die jene wunderschönen Facetten der Menschheit überliefern sollen, ist unmöglich. Es gibt mehr Träume als fünfzig, mehr Wünsche, mehr Ziele. Aber eines bewegt jeden Menschen, unabhängig von Alter oder Status: die Liebe. Solange die Liebe unter den Menschen verweilt, ist alles möglich. Sogar eine Welt ohne Gewalt.

Danksagung

Schreiben. Das ist mein Leben. Für mich ist es so essentiell wie die Luft zum Atmen. In den letzten Jahren ist unfassbar viel geschehen und ich konnte mir einen riesigen Traum erfüllen: Autorin werden.

Ohne Euch, meine lieben Leserinnen und Leser, wäre das nicht möglich gewesen. Deshalb gilt Euch ein riesiges Dankeschön. Danke, dass Ihr Lucrum und Damnum gelesen habt, dass Ihr meinem Debüt eine Chance gegeben habt, dass Ihr in mir das Selbstvertrauen geweckt habt, weiterzuschreiben.

Danke an die Liebe meines Lebens für viel Geduld und unerschöpfliches Verständnis. Danke, dass Du mich meinen Traum leben lässt und mehr noch – mit mir zusammen träumst. Nils, ich liebe Dich!

Ein riesiger Dank gilt meiner wunderbaren Mutter. Während mich Lucrum und Damnum zur Autorin machten, machten meine Bücher sie zur Lektorin und definitiv zu meiner größten Kritikerin. Ihrem Feingefühl für Satzkonstruktionen verdankt Soul of Stars den letzten Schliff. Meine Eltern lehrten mich, nach den Sternen zu greifen und für meine Träume zu kämpfen. Danke, Mami und Heinz, dass Ihr an mich glaubt. Ihr seid die besten Eltern der Welt. Ich hab Euch lieb!

Meine Familie ist mein Rückhalt. Deshalb möchte ich auch Sandra und Oliver mit Finn und Florian für ihre Unterstützung danken. Alles Liebe zum Hochzeitstag am 17. Juli!

Danke auch an meinen Bruder Fabian, der in einer gänzlich anderen Welt lebt als ich und mir gezeigt hat, dass es mehr als die meine gibt.

Ein unfassbares Dankeschön geht an den großartigen Künstler Fabian Lavater, der in liebevoller Arbeit vier wundervolle Illustrationen für Soul of Stars geschaffen hat. Danke für die tolle Zusammenarbeit! Und danke an meine liebe Freundin Sonja, die mir ihren Freund für diese Zeit ausgeliehen hat!

Für Lucrum und Damnum malte ich beide Cover mit Öl auf Leinwand und überarbeitete sie später am Laptop. Das gab den Büchern eine ganz persönliche Note, auf die ich auch heute noch sehr stolz bin. Weil es aber auch enormen Stress kurz vor der Veröffentlichung bedeutete, entschied ich mich bei Soul of Stars dafür, das Cover abzugeben. Niemand anderes als Alexander Kopainski hat diese Aufgabe für mich übernommen und ein Cover gezaubert, das mich sprachlos zurücklässt. Danke Alex, für Deine unglaubliche Arbeit!

Ganz besonders danken möchte ich Yasmin-Stella, die mir nicht nur ihren Namen für die Figur Stella geliehen hat, sondern mich seit dem ersten Buch unterstützt. Gleiches gilt auch für meine liebe Alina, die jederzeit mit Rat und Tat für mich da ist.

Ein unendliches Dankeschön gilt meiner lieben Kim, die Lucrum und Damnum in den örtlichen Buchhandel brachte und mir außerdem zu einer tollen Freundin geworden ist. Außerdem war sie es, die mich dazu motivierte, mit Soul of Stars zu beginnen – vielen, vielen Dank! An dieser Stelle möchte ich auch ihre kleine Schwester Kira erwähnen, die mit besonderer Leidenschaft meine Bücher liest und sie in den Sozialen Medien teilt. Danke Euch beiden für Euren Glauben und Euer Vertrauen in mich!

Ganz besonders danken möchte ich auch Debbie, die Soul of Stars in die Zielgerade begleitet hat. In einem tollen Schreibmarathon mit ihr konnte ich das Buch beenden. Danke fürs Anfeuern!

Wann immer ich eine Frage habe, steht sie mit einer passenden Antwort parat: Auch Nicci ist seit dem Anfang dabei und hilft mir, wo sie kann. Ihre Leidenschaft für Bücher ist mitreißend, und dass sie meine Bücher liest, ist ein Segen.

Vielen Dank auch meinen Emmlingen, meinem Bloggerteam, in dem neben Alina, Debbie, Nicci, Yasmin-Stella auch die wunderbaren Anna, Becca, Jennie, Liz, Michi und Ümran mitmischen. Danke für Eure tolle Unterstützung, unsere super Chat-Gruppe und eine traumhafte Blogtour! Ihr seid die Besten!

Danken möchte ich auch nochmal meiner Lieblingsarbeitskollegin Victoria, die ich für Soul zwar nicht mehr so sehr nerven musste, die mir aber auch weiterhin noch Antworten auf alle Druck- und Graphikfragen gibt, sei es für Lesezeichen, Logo und Co. – danke, dass Du mittlerweile zu meinem alten Eisen gehörst!

Danke an meine wunderbaren Testleserinnen, die mir mit viel Geduld, Kreativität und Mühe geholfen haben, Soul aus Sicht eines Lesers zu betrachten. Dankeschön an Christina, Daniela, Marina, Melanie, Melissa, Michelle, Nora und Samira für Eure konstruktive Kritik und Eure Freude an meinem Roman. Und natürlich geht hier mein Dank nochmal an meine treuen Mädels Alina und Nicci, auf die ich ebenfalls in der Testleser-Phase zählen konnte. Dankeschön auch an meine liebe Testleserin Ramona, die mich im letzten Jahr mitunter als Fotografin bei meiner ersten Lesung begleitet hat. Ein unvergessenes Erlebnis mit Dir!

Und zuletzt geht mein Dank an Emma, die mich das Schreiben lehrte. Ohne Lucrum und Damnum würde es Soul of Stars nicht geben!

Jetzt mögen sich mal alle, die bis hierher gelesen haben, gedrückt fühlen <3

ANIKA ACKERMANN
LUCRUM

Band 1 der Sonne-Mond-Saga

376 Seiten, Paperback
€ 13,95 [D]
ISBN: 978-3-7431-9527-1

Emma war die Finsternis, Noah war das Licht. Sie waren wie Sonne und Mond, zwischen denen mehrere hundert Millionen Kilometer Entfernung lagen. Sie lebten in verschiedenen Welten. Dennoch – und das musste Emma sich widerwillig eingestehen – hatte sie mehr als einmal an Noah gedacht.

Was bleibt, wenn sich alles verändert? Wenn Du Dich veränderst?

London, 2050
Die Feuer des Dritten Weltkriegs sind noch nicht erloschen, als sich der Kampf um die Vorherrschaft der Stadt zwischen Schattenbrüdern und Lichtrittern zuspitzt. Die siebzehnjährige Emma kämpft gemeinsam mit den Schattenbrüdern gegen die Loge des Lichts, bis ihr bester Freund Liam plötzlich verschwindet und sie die Bruderschaft dahinter vermutet. Gemeinsam mit dem vorlauten Formwandler Timotheus und dem schönen, aber streitlustigen Lichtritter Noah versucht sie, die Wahrheit herauszufinden – und gerät in einen jahrhundertealten Konflikt.

ANIKA ACKERMANN
DAMNUM

Band 2 der Sonne-Mond-Saga

376 Seiten, Paperback
€ 13,95 [D]
ISBN: 978-3-7431-0383-2

Eines Tages, wenn alles vorbei ist, bricht die Wolkendecke über London auf. Dann klettern wir auf das höchste Dach in dieser verdammten Stadt, damit wir den Sternen so nah sind wie nie zuvor, und schauen in den Himmel, bis der Morgen graut.

Was tust Du, wenn Du alles verlierst? Wirst Du stark genug sein?

London, 2050
Während in der Stadt kriegsähnliche Zustände herrschen, bangt Emma tief unter der Tagesoberfläche in der Burg der Loge des Lichts um das Leben ihres besten Freundes Liam. Doch schon bald holt sie die Realität ein und die Ereignisse überschlagen sich. Emma muss eine Entscheidung treffen: Will sie sich weiterhin verstecken? Oder will sie gegen jene Schattenbrüder kämpfen, die ihr alles nahmen und sie in die Arme ihrer Feinde trieben? Welchen Weg wird sie gehen?

JENNA STRACK
NACHTBEBEN

Band 1 der Nacht-Trilogie

478 Seiten, Paperback
€ 16,70 [D]
ISBN: 978-1-5334-5056-2

Der Traum war noch lange nicht vorüber. Ich war lediglich in eine andere Perspektive geschlüpft. Meine Gedanken flauten ab und ich sank in einen tiefen Schlaf, von dem ich nicht wissen konnte, dass ich mit ihm in ein fremdes Unterbewusstsein eindrang.

Emma steckt mitten im turbulenten englischen Studentenleben, als sich ihr vermeintlicher Freund eines Nachts an ihr vergreift. Plötzlich ist alles anders. Nach außen hin gibt sie sich beherrscht, doch in ihrem Inneren wüten die Folgen dieser traumatischen Erfahrung. Albträume, Flashbacks und panische Angst machen ihren Alltag in der Uni zur Qual und drohen, ihr Studium zu gefährden. Als dann auch noch ein neuer Student namens Kieran auftaucht, scheint das Chaos in Emmas Kopf perfekt. Sie kann nicht mehr aufhören, an ihn zu denken. Dabei ahnt sie nicht, in welcher Gefahr sie schwebt...

ACK
BEN

278 Seiten, Paperback
€ 12,00 [D]
ISBN: 978-1-5423-3778-6

Wenn ich mich an einen speziellen Moment erinnern soll, in dem mein bisheriges Leben einen Riss bekam und die ersten Splitter meine Wahrnehmung streiften, dann war es wohl der Abend, an dem ich nieste und hoffte, es wäre nichts Schlimmes. Doch irgendetwas in mir wusste es bereits: dass nichts mehr so sein würde wie zuvor.

Die Welt der siebzehnjährigen Mia scheint zu zersplittern, als sie kurz nach einem Sportwettkampf erfährt, dass sie unter einer unheilbaren Krankheit leidet. Von einem Moment auf den anderen scheinen ihre jungen Träume unerreichbar; die so hart erkämpfte Sportlerkarriere, das Wunschstudium und auch ihre erste große Liebe rücken in weite Ferne. Doch während sie sich Tag für Tag erneut dem Kampf gegen ihren eigenen Körper stellt, erkennt sie, was wirklich zählt im Leben: jeden schönen Moment zu genießen und aus den vorhandenen Splittern etwas neues zusammenzusetzen.

Anika Ackermann
Autorin und Selfpublisherin
www.anikaackermann.com